李陵传奇

风云乍起

之

第一卷

贾涤非 著

新星出版社 NEW STAR PRESS

目錄

壹

成边

风云飞纪

汉元狩五年，在安定郡西北的官道上，三十余个衣衫褴褛、蓬首垢面的犯人正迎着凛凛北风缓缓行进。其时已至深冬，铅云低垂，万物萧索。极目远望，两旁黄土岭、黄土坡漫漫无际，直接天穹；衰草枯杨在风中瑟瑟颤动，喑呀之声有如低低呻吟。几十丈宽的黄河水面再无往日之激越跳荡，残阳照着冰封的河面，宛若血珠滴于霜刃之上，令人望去更生荒寒畏惧之意。

押送这群犯人的是肩水金关的军士。为首的军官叫陈步乐，只因接了这趟差事，往返数百里，他心中老大不愿，骑在马上，不停骂骂咧咧，拿这群犯人出气。"你们这些王八蛋，犯了十恶不赦的罪，居然不死，还连累老子我大冷天的忙活，老子要是都尉，让你们戍边？早他娘一刀一个宰了，喂黄河里的王八。"后面的军士"轰"的一声笑了。陈步乐用手搓了搓冻得通红的耳朵，大喊一声："过河！"

他骑的是一匹枣红色的老马，马蹄上钉的是带尖刺的铁掌，是以踏在平滑如镜的冰面上，稳如平地，发出悦耳的"叮咚"声。那些犯人却是从河东郡过来的，经过近一月的跋涉，个个疲累已极，加之手上捆着绳索，行动不便，走在前面的少年甫一踏上冰面便摔了一跤，连带着绊倒了后面的几个同伴。

"姓朱的，我操你奶奶。你他娘走路不长眼睛啊！"一个身材魁实的大胡子从冰上爬起来，恼羞成怒，径直奔向最先摔倒的少年，照着少年的肚子狠命地踹了两脚。那少年只十三四岁，矮小瘦弱，远不是大胡子的对手，受了这两脚。一时竟痛得难以起身，但他极是硬气，眼泪在眼眶里打着转，却强忍着不落下来。少年微蹲着身子后退了两步，猛地一头向大胡子撞了过去，口里喃喃说道："一路上你净欺负我，我和你拼了！"大胡子侧身闪过，脚下一钩，少年直直地摔了出去，口鼻之中尽是鲜血，怀里的一个铜钱也滚落出来。

陈步乐和军士并不上前阻止，反倒哈哈大笑，看得饶有兴味。

大胡子占尽了上风，仍是不肯罢休，阴笑着走上前去，要继续痛殴那姓朱的少年。他刚想动手，就见从人群中闪出一个黑铁塔似的青年人，那青年也不搭话，飞起一脚踢在他的脸上。大胡子猝不及防，仰天摔倒，后脑结结实实地磕在冰面上，发出"咚"的一声闷响。

大胡子摇摇晃晃地起身，狠狠地啐了口唾沫，目露凶光，直盯着青年人骂道："霍光，我敬你是条好汉，素来不去招惹你，是你自己不知好歹，三番四次和我过不去，今天我他娘的活剐了你！"

霍光嘴角微微下撇，不屑地笑了笑，说道："好哇，你过来试试。"

陈步乐久居塞外，穷极无聊，巴不得这架越打越大，正待再看下去，一个军士在他耳边小声嘀咕了两句，陈步乐皱了皱眉头，似是没了兴致，懒懒说道："都给我放规距喽，再打的话扒了你们的皮。奶奶的，狗屁上边，真他娘的事多。走，到对岸安营。"

队伍重又开始行进。那少年却拖在后头不肯移步，左顾右盼，像在找寻什么紧要的物事。霍光大声喊他："出头，走吧。"那叫出头的少年回说："二哥，那枚铜钱不知掉到哪了？"押后的一个军士用剑柄重重地捅在他的腰际："还啰嗦！想逃哇，信不信我揍你！"少年可怜巴巴地看着霍光，张了张嘴，想说什么，可终于没有出口，叹了口气，赶了上来。

天色渐渐暗了，陈步乐命军士在一处背风的土坡后停马歇脚。众人赶了一天的路，早已是乏透了，听说不再前行，个个如蒙大赦一般，低低地欢呼了一声，急急地带了犯人去扎过夜的帐篷。一个军士解开了霍光和出头两人手上的绳索，要二人到林子中拾些树枝。霍光笑问道："军爷，你就不怕我们跑么？"那军士觑了他一眼，冷笑一声："跑，往哪跑啊？这方圆百里，没一处人家，除了黄土就是沙漠，还跑？冻也冻死了。能跑老子早跑了，哪轮得到你。"

霍光和出头拾好了树枝，用绳子捆了，负在肩上，慢慢回走。出头年小力亏，走得极是吃力。霍光说道："出头，你将绳子拴在腰间，拖着那担柴走，能省却许多气力。"出头摆手道："力气是贱种，越使越有。我现今力气小，慢慢就大了。到时，我看谁敢欺负我。二哥，你对我的好处，我全记在心里，等我有本事了，一定报还给你。"霍光笑道："小孩子，口气倒不小。好，二哥等着。"出头又问："二哥，你想逃么？"霍光停下脚步，抬头仰望昏暗的苍穹，缓缓地吁了口气，说道："我只是记挂我爹，自从出事后，就再没见着他老人家，也不知他回家没有？唉，咱们日后当了兵，说不定哪天就战死了，那是再也没可能回平阳、再也没可能见爹爹了。"他正说着，蓦地想起出头的身世，急忙住了口。出头神色黯然，低头不语，默默地向前走，看见霍光还站在原地，一脸歉然，出头拭了拭泪，笑道："二哥，如何不走了，你还有爹爹可以想念，应该高兴才是。我爹在世时，我只觉得他小气，不像堂堂男儿。他死了，我才想明白很多事。可惜我连他留给我的铜钱都保不住。那个大胡子，总有一天我要杀了他！"

二人回来时，帐篷早已搭好。陈步乐带四个兵士住一个，另两个由四个军士带着三十多个犯人住了。

塞北冬夜最是奇寒难耐，众人身下铺了茅草，一个挨一个紧挤在一处，仍是冷得牙关打战。直到生起篝火，帐中才有了些许暖意。霍光不愿再生事端，拉着出头避开了大胡子，到另一个帐篷里歇息。帐篷里已是人满为患，连个落脚的地方都没有，霍光和出头只得靠着火堆坐了。一个犯人嫌他二人挡住了火，格外不满，小声嘟囔道："那边没地方么，非得来这里挤。"待看到两个军士没有说话，也就怏怏地住了声。霍光和出头吃了些干粮，但觉干涩难咽，勉强充了饥，又嚼了片冰，便相偎着睡了。出头睡不实，耳中隐隐

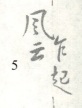

听到隔壁帐篷里管敢和几个军士在喝酒说笑，帐外，风声尖锐，在茫茫的荒野上呼啸来去。

出头看见爹在烙饼。爹把烙完的饼子放在篮子里，递到出头手中，说："出头，吃饼子，可劲吃！"出头吃了一个又一个，总不觉得饱，他拿了一个给爹："爹，你也吃。"爹说："看你吃爹就饱了。爹还得攒钱给你捐官呢，做小买卖的，终究被人瞧不起。哎，还得给官府交占租、更赋、算赋、口子钱。这世道活人不易啊！"说到这儿，爹的脸色忽地变得惊恐起来："出头，听听是不是有人敲门，收钱的来了吧！"然后，爹不见了。出头大喊："爹，你快出来，没人敲门啊！"他一转头，看见爹直挺挺地挂在房梁上。出头想，爹爬那么高干什么。他走过去摇爹，爹的身体随着他的手一摆一摆的，出头明白，爹已经死了。他仿佛掉进了一个深不见底的冰窖中，四面冷风袭体，出头不自禁地打了个冷战，睁开了眼睛。

帐帘不知何时被掀开了，外面已是下起了雪，狂风裹胁着雪花直冲进来，搅得身旁的篝火跳跃不休，发出"噼啵"之声。一个军士像是吃多了酒，满面通红，摇摇晃晃地走进来，乜斜着眼打量了众人，旋即指着霍光和出头说道："你们两个过来，侯长要找你们问话。"

两个人懵懵懂懂地跟着军士进了陈步乐的营帐。一进门，便闻到一股浓重的酒肉香气。陈步乐和其他几人正围着篝火鞠跽而坐，架子上的铁釜中煮着羊肉，旁边放着酒樽。陈步乐喝得已是眼中带了血丝，见他们进来，轻蔑地瞥了一眼，冷冷地问道："你们俩的门路很硬啊，都通到长安去了？犯了什么事啊，嗯？"说完从铁釜中捞了块羊肉放入口中大嚼。

出头看他吃得香甜，忍不住咽了口唾沫，答道："杀人。"

"哟嗬！"陈步乐来了兴致，"看不出你还有如此手段！你们这些贵介公子哥儿，尽做些伤天害理的勾当。给大爷我说说，你是欺压良善伤人致死啊，还是逼奸不遂杀人灭口啊？"几个军士听了这话笑得前仰后合，纷纷言道："大哥，他才多大？知道何为'奸'么。""那你就做做好事，教教他如何'奸'吧！"

出头见几人如此轻辱作践自己，顿时血气上涌，抗声说道："我不是什么贵介公子，草头百姓而已。我更不曾欺压良善，我杀的是贪官污吏，为的是替父报仇！"他这番话说得理直气壮，小小年纪站在帷帐当中，直如渊停岳峙一般，神情凛然而不可犯。座中诸人尽皆动容。陈步乐和众军士对望了一眼，淡然问道："你杀谁了，如何杀的，仔细说说。"

出头额角青筋微胀，望着帐中的篝火怔怔出神。暗红的的火光将他的脸分成明暗两色，他仰着头，双眼红红的，神情中先是愤怒，继而忧伤，最后则是由衷的快慰。良久，方听他开口说道："我娘死得早，我自小便和爹爹相依为命。我爹是平阳城里卖饼子的。我家做的饼子很出名，几年下来，多少赚了些钱。但爹对我很苛薄，一文钱也舍不得花。冬日里的棉衣破了洞，仍是照穿不误，卖剩的饼子也不叫我吃，说要便宜点卖给旁人。因他这般小气，我对爹爹并不如何敬爱，心里反瞧他不起。那天一大早，我饭也没吃，爹便赶我出去卖饼子。我走在路上，肚子饿得咕咕直叫，想偷吃饼子，却又不敢，怕挨爹的打。一出巷子口，碰见了长宣、旺儿他们。这两人的爹是县衙门里的人，他俩平素仗着势，整日欺负街上的孩子。我姓朱，叫出头，他俩将我的名字改了，叫我猪头。这次我本想远远躲开，偏生被长宣看见了。他说他要买我的饼子。我接过他的钱，在衣袖上划了两下，尽是黑道。我说：'你这铜钱是铅做的，我不要。'长宣眨了眨眼，又说：'那咱们比比谁跑得快，你要跑赢了我们，你的饼子四文钱一张我全买了，给你的全是正宗四株半两的铜钱，你跑不跑？'我的饼子三文钱一张，他花四文一张买，十八张饼我就多赚了十八文钱。我心动了，便问他，要是输了呢。长宣说：'输了也不叫你白跑，我白给你四文钱。'说完，他真掏出四枚黄澄澄的铜钱扔到我的篮子里。长宣说：'这回信了吧，连钱都给了。'我想也没想就答应了。长宣让旺儿和我跑。旺儿牵着条狗。他将狗交给了长宣，便来和我比试。我们约好，谁先跑到街口的石阙下谁就赢。我跑得比旺儿快，刚行到半途就已将他甩在身后。快跑到石阙底下时，我听到身后有狗叫的声音，回头一看，旺儿的狗正疯了一般地追我。那狗呲着一嘴白牙，脖颈上的毛都竖了起来。我又惊又怕，脚下一软，摔倒在地，那狗一口咬住了我的胳膊。远处，长宣、旺儿他们笑成一团，长宣喊着：'真是个猪头，这么容易就上当，走，咱们吃饼子去！'他拿起篮子，和旺儿跑了。

"我摸起块石头，砸在那狗的眼睛上，那狗哀号一声，逃了。我又寻了根棍子，去找两人报仇。在一间茶寮附近，我见着了旺儿。他正一个人蹲在街角儿捡石子。我偷偷地走到他身后，狠命地打他，边打边问：'我的饼子在哪？'旺儿哭着求饶：'别打我了，全是长宣的主意，他就分了我一张饼子，剩下的他都拿走了。'我又问他长宣的下落，他说不知道。我打得够了，也就住了手。一个人惴惴不安地回了家。

"爹听说我把饼子丢了，还打了旺儿，立时慌了手脚。他烙了好多饼子，要拿着饼子到旺儿家赔礼。旺儿他爹是县里的县佐，我们家一年的税赋都由他算计，爹常说那是得罪不起的人。爹拉着我去，我不去。是他们抢了我的饼子，还要我到他家赔礼，太没道理了。爹气急了，说我不晓事，要打我。我心里暗想，就是爹打死我我也不去，人可不能活得这般没骨气。后来爹不再说这话了，一个人蹲在地上唉声叹气。晚上，他给我嚼了些草药，敷在我的伤口上，还破例让我吃了几张饼子，就出去了。我想着白天的事，越发觉得气愤难平，心里责怪自己不该这般容易上当，又暗暗埋怨爹窝囊，明明应找上门去替我出气，却反倒要给人家赔礼。夜深了，爹还没回来，我躺在坑上等他，也不知怎么便睡着了。

"这一觉睡得好长，等我醒来，已是第二日头午了。爹看起来心境极好，一边哼唱着小曲，一边磨面。见我醒了，便和我说昨晚的事。爹说人家做官的到底不同，不但不收他带去的饼子，还没口子地赔罪，认了是自家孩子的不好。我哼了一声。爹瞪着眼问：'你哼啥？人家县佐老爷还请我吃酒席哩！'我说：'他有啥好，平日里尽白吃咱们家的饼子。'爹冲我喊：'那算啥，他是做官的么！他吃咱的饼子，也没少给咱们好处。你以后可不敢再跟旺儿闹生分了。'爹又一眼不眨地盯着我看，自言自语道：'卖饼子不长久啊。等再攒两年钱，爹上长安给你捐官去，免得咱家处处给人欺负，连地也不敢买。人，还得做官哪！'

"爹因我受了伤，没让我卖饼子，他要自己去，还没等他走出大门，旺儿他爹就来了。旺儿他爹给我带了一只鸡和一些家里自备的草药。爹受宠若惊，感激得不知如何是好，嘴里不停地念叨着：'这可怎么担得起哟。'旺儿他爹说：'老朱大哥，我替我那混账儿子赔不是来了，出头的伤势如何，缺什么就到我家拿去。'爹用衣袖使劲地擦坑，请人家到坑上坐，他踢了我一脚，说：'我这小子，比牛还壮哪，早没事了。以后旺儿想吃饼，尽管到家里来拿，跟自个家一个样。去给你叔倒水去。'我倒了水，回来时听旺儿他爹和我爹说：'老朱大哥，朝廷要收算缗了，这事你知道不？'爹说：'知道了，前几天县里贴了告示出来，商人家里存有现钱的，每贯钱收二十钱的税。唉，钱听着不多，可加上其他的税赋，一年下来着实不是个小数。这咋又要收钱了哪，再这么下去，我这买卖可实在是做不下去了。'旺儿他爹说：'老朱大哥，你没看明白这里头的厉害，收钱事小，倾家荡产事大！'爹登时变了脸色，颤着声说：'县佐老爷，你可别吓我，不就是收钱么，咋就至于倾家荡产了哪？'旺儿他爹说：'算缗之后还有个告缗，你知道告缗是个啥东西不？'爹摇了摇头。旺儿他爹又说：'这告缗可了不得！商人若隐瞒财产、不如数纳税，一旦被人告发且查证属实，被告发者的全部财产就要充公，而告发者可得其财产的一半，你说这告缗厉不厉害？'爹长出了一口气，说：'我还当是啥了不得的事哩。照数纳税不就得了，俺不占朝廷的便宜。'旺儿他爹叹了口气，说：'老朱大哥，你糊涂啊。你以为你如数纳税就没事了？若遇到和你有仇的，乘你不备，在你家院子里埋上一贯钱，然后到官府告你隐瞒财产，你到哪说理去，一文钱你也剩不下，全得被人拿走！'爹听得甚是惊心，半晌没说话。只听旺儿他爹又说：'有些事你是不知道，这几年卫大将军、霍大将军远伐匈奴，朝廷的钱花得是河干海落的，皇上急得没法，就变着花样地向民间收钱。人不都说商人有钱么，那就收你的算缗。可你想想，收钱那有抢钱快啊。假使你有十万钱，朝廷按算缗收，不过收你两千钱。可要是有人告发你，朝廷就有了五万钱的收项，何为轻，何为重？是以但凡有人告发的，朝廷不论是非曲直，被告发者的钱财统统罚没。已经开收算缗的几个郡，那些商人竟没有几个逃得过的，十之八九都被告发了，你说这事可不可惧！'

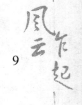

"爹先不住地点头，后又摇了摇头，说：'我这人县佐老爷知道，平日里最是忍气吞声的，从来不和人红脸，自问没有仇人。我一个卖饼子的，也没什么钱财，招不了别人的忌，还不至于被人告了吧？'旺儿他爹说道：'长安城里的陆举陆老爷，做玉石生意的，为人再仁义不过了。挣的那些钱，一多半都接济落难人了，那又如何，还不是叫人告了。一千多万钱哪，几世的心血，全都充了公。陆老爷受不了，用剑抹了脖子。他的妻儿素来锦衣玉食，如今却沿街乞讨。陆老爷下葬时，连副薄棺都没有，裹了个席子就埋下去了。那份罪受的，惨不忍睹啊。'

"爹被吓得脸色发白，直冒冷汗，忙问旺儿他爹：'县佐老爷，那你说我该咋办哪！'旺儿他爹沉吟了片刻，说：'老朱大哥，你先交我个实底，你家里到底有多少现钱。'爹呆呆地望着房梁，想了想，一字一句地说道：'多是不多，也就三十万钱上下。其中有十七万钱是备着给出头捐官的，还留着点钱想买块地。'旺儿他爹微微颔首，说：'这些钱都是正项，但有缓有急。先得把给出头捐官的钱保下来，买地倒也不急在一时，出头有出息了，还怕没钱买地么。'他顿了顿，把头凑到我爹近前，低低地说道：'老朱大哥，兄弟我和你说句掏心窝子的话，你要想平安无事，一定得拿钱出来打点，到时就算有人告你，县里的人也自会替你周旋，这是万全之策，你可千万不能因小失大啊。'爹想是在坑上坐得两腿酸麻，缓缓地下了地，不停地踱着步子，皱着眉头问道：'得多少钱够？'旺儿他爹掰着手指头，似在计算，说：'老朱大哥，我是不会要你钱的，咱们邻里邻居住了这些时候，我说啥也不会干那样的事体。再说，我也不缺那几个钱。但县令、县丞、县尉、功曹史、少府这些人都是必定要给的，哪个神拜不到都得惹大麻烦，依着我看，十万钱差不多够了。'爹倒抽了一口凉气，说：'十万钱那么多！'旺儿他爹一听这话，顿时阴了脸，回道：'这还多？再少不过了，换了别人，最少也得要你十五万钱。拿十万钱保你全部家产，这便宜事，天下上哪里找去！你要是觉得多，兄弟我就不管了，到时你可不要后悔！'爹一听他动了气，赶忙赔笑道：'县佐老爷，你别多心，我知道你是为了我好，但十万钱不是小数，可否容我再思谋思谋？'旺儿他爹起了身，说道：'既是这样，兄弟我就先告辞了，明天你想通了给我回个话，反正该说的不该说的，我是都点到了，结果如何，全看你自己了。'

"送走了旺儿他爹，爹也没心思卖饼子了，躺在坑上发怔，翻来复去只说一句话：'这也太多了。十万钱，我得多少时候才能挣回来呀。'到了午后，爹呆不住了，叮嘱我好好看家，他说他要找霍大伯商量商量。"

出头说到这儿便停住了，转头望了望霍光。陈步乐和诸位军士听得入了神，见他忽然间住了口，不约而同地抬头看他，但无一人出言相询，帐中一片寂静，只听到铁釜中羊肉煮开时发出的"咕嘟"声。

霍光接口说道："那日朱大叔确曾到我家中去过，把事情详详细细地说给我爹听了。其实就在一天前，那个姓张的县佐也来找我爹，因我爹平日里做些药材生意，他以为我家定然家室富足，一张口就要三十万钱。我爹没理他，他便愤愤地走了。我爹和朱大叔说：'人道是破家的县令，灭门的令尹，这话果不其然。朝廷没钱，管咱们要点子钱去征伐四夷、奖励将士，这本没什么可说的；我最气不过的是那些赃官墨吏借此中饱私囊。钱一多半都被他们搂去了，朝廷能拿到多少？苦就苦了咱们这些人，上要供奉朝廷，下要养活家小，中间还要受贪官们盘剥！偏偏越是巨贪越能安坐于庙堂之上，这叫什么世道！'朱大叔问：'那便如何是好，难道那十万钱就白白地送他不成？'我爹说：'钱我是不会给的，他想榨我的血汗钱，嘿嘿，只怕没那般容易。我旧日里在平阳侯家做过家吏，和我相与得好的几个人如今都做了官，我这几日就上长安去，他们只要肯说句话，连河东郡郡守都不敢不买账，又何况他平阳县一个小小的县吏。我劝你也不要给他，这回给了，下回他还得要，早晚叫他榨干了去。'朱大叔嗫嚅着说：'可我家没什么有权势的亲戚，我看我还是给了吧。'我爹说，你这是什么话，出头和我家光儿是从小一块长大的，我也一直拿他当亲子侄看待，咱们两家何分彼此，我敢担保，只要我霍家没事，你朱家就一定没事。'唉，我爹是太自负了，也许正是这句话，害了朱大叔啊。"

出头微微摇了摇头，说道："二哥，你这么说，未免将我父子俩瞧得小了。霍老伯仗义相助，我和我爹都感激得紧。从来没有半句埋怨。即便后来被逼得走投无路，我爹仍是念着霍大伯的好处，嘱咐我今后一定要好好报答他老人家，何况，你家也遭了大难！"

他顿了顿，又接着说道："那天爹回了家，越想越觉得霍大伯说得有理，加之实在舍不得那十万钱，便乍着胆子，没去见旺儿他爹。谁知第二日傍晚，旺儿他爹竟又寻上门来，只是换了副嘴脸。一进屋就喊：'我说老朱头，你还没思谋明白？如何信也不给我回一个。钱备好了么？我可是将县令的黑丝盖车都借了来，就停在外面，别再磨蹭了，眼见天都黑了，十万文钱，一千多斤，得忙活好一会儿哪。'爹不安地搓着双手，讪讪地笑着，说：'县佐老爷……我琢磨着没啥事……那十万文钱就不用了吧。'旺儿他爹立时急了，冷着脸看着我爹：'老朱头，我可怎么说你好哪，你这主意变得太快了吧，你就真不怕被抄家？'我爹仍是满脸堆笑着回道：'我管保按着朝廷的章程交足算缗，一文钱也是不敢漏的。再说，咱平阳城民风好，哪里就有那么坏的人哪，像我这样老实的人也告，我估摸着是没有的。'旺儿他爹脸色铁青，

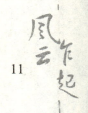

11

跳着脚骂道：'好你个老朱头，枉我在县里帮你说了许多的好话，人家才答应收你这十万文钱，你什么东西，竟是给脸不要脸！'我听他辱骂爹，实在忍不住了，便回骂道：'你这脏了心的狗官，四处勒索人钱财，比强盗还不如，你又算什么东西？我家的钱就是买肉喂狗，也绝不给你。'爹被吓呆了，狠狠地打了我一巴掌，赶紧给那狗官赔不是：'县佐老爷，你大人不计小人过，一个孩子懂得什么，别跟他一般见识。我们一家是很感你恩的，求你在上面再给多说两句好话，我这有五千文钱你先拿着，冬天到了，给家里人买两件棉衣穿。'旺儿他爹死死地盯着我，眼中凶光毕现，连声说：'骂得好，骂得好！老朱头，想不到你窝里窝囊一辈子，倒生了个这么有胆色的儿子。活路我已给过你了，你不走，以后可就怪不得我了。'爹用袋子装了钱，要硬塞到旺儿他爹手中，被他一把推开，旺儿他爹临走时冷笑着说：'谁稀罕你那几个破钱，留着买棺材吧。'

"我追出去啐了口唾沫，喊道：'只怕先死的是你！'爹死命地将我拖回来，作势欲打，但终于缩回了手，颤颤地说道：'出头哇，你咋能骂人哪，他一个县里的老爷，整治咱们老百姓还不容易，这回你算是把人得罪透了。以后在平阳咱还咋呆下去呀！'我气咻咻地说：'爹，咱有手艺，呆不下去就走，在哪里还不混口饭吃。就是讨饭，也远比在这里受气的好。'爹叹了口气：'你小孩子家，哪里知道世道的艰难，事情要像你说得那般容易就好了。'我没再和爹说话，躺在炕上和衣睡了，黑里起夜时，听见爹仍在长吁短叹。

"三天后，县里开始挨家挨户征收算缗。爹将藏在地窖里的三十多万文钱通通搬到了院子里，等着人来清点。怕不保准，爹和我又仔仔细细地翻了一遍家里，确信再没一个铜钱了，这才放心。大约晌午时分，便征到我家了。爹见是旺儿他爹带人来的，悄悄将我扯到一边，说：'你到你霍大伯家看看，他人回了没有。'我飞跑到霍家，家里只有二哥和几个仆役在，二哥说，霍大伯到长安去了好几日了，一点信都没有。我问：'征算缗的人明日就能到你家，你咋对付他们？'二哥冲我摆了摆手，避开了几个仆役，低声道：'我爹临行前再三叮嘱我，能拖就拖，拖不过去就随他们搜检好了，一切都等他回来再说。出头，你和你爹要千万小心，这些人黑着哪，不出事最好，若是真出了事，也得挨到我爹回来，别和他们硬拼。'我点了点头，又飞跑着回了家。

　　"家里的三十万文钱已被清点完了。旺儿他爹正黑着脸问我爹：'老朱头，你做了这么多年买卖，才攒下这么一点子钱，我不信，还得再搜搜。'爹低声下气地陪着进了屋。半晌，忽地听爹大喊道：'这金子不是我的，我做小买卖的，哪有地方换金子去，不是我的！'我心里一惊，赶紧跑进屋里，见爹被两人扭住了手，兀自面红耳赤地大声辩解。旺儿他爹手里拿着块黄澄澄的金子，得意洋洋地说道：'老朱头，你胆子好大呀，还敢隐匿财产。我跟你说什么来着，做人要老实，你偏不听，如何，后悔了吧。咱们素来相与得好，可你做出这样见不得人的事体来，我就是想帮你，怎奈还有朝廷的王法哪。来人，把院子里的钱全给我搬走。'爹也不知哪里来的一股力气，突然变得异常凶狠，一下子就甩脱了扭住他的两个人，紧紧抓住旺儿他爹的衣领，咬着牙说道：'你害我，金子是你们放的，我要去告你！'随后爹就被人扯了开，按倒在地。旺儿他爹奸笑着说：'你去告我？有本事你就去告好了！你哪只眼睛看到是我放的金子，你可有人证？哈哈，不晓事的混账东西，衙门是为你这号人开的么？'我见爹吃了亏，脑子里轰的一声，什么也想不得了，纵身扑过去救他，反被人一棍子打倒在地。棍子雨点般落到我身上，我只听爹带着哭腔喊道：'你们干啥打我儿啊！……'接着就什么都不知道了。

　　"也不知过了多久，我醒转来，看到爹鼻青脸肿地跪在地上，双肩一抖一抖的，正呜呜地哭。见我醒了，爹将脸背转过去，拭了拭泪，说：'出头饿了吧，爹给你做几个饼子去。'看着爹的模样，我也想哭，强忍着将眼泪咽了回去。我想到了二哥跟我说的话，便安慰爹道：'爹，你先别难过。霍二哥说了，咱就算出了事，也好歹熬到霍大伯回来，霍大伯会给咱们讨个公道。'爹无声地叹了口气：'我算想明白了，哪有啥公道啊。你霍大伯去了这些时候还没个信，想是求不动人家。旧日相识，相识只在旧日，如今人家发达了，如何还能高攀得上。没好处的事，哪个会去做啊！'

　　"爹不再哭了，只是神情痴呆呆的。我扶着爹坐到炕上，想着该把今天的事告诉二哥一声。刚出屋门，便发现院子里散落着几十枚铜子。定是那群王八蛋搬钱时失落的。我寻思，爹见了这钱说不定会开心些，就一一捡了起来，拿回屋给爹看。爹见了凄然一笑，摸着我的头说：'出头，跟着爹叫你受委屈了。爹没用，胆子小，什么都干不成，害你被人家欺负，爹对不住你。'我擦了擦眼泪说：'是出头没用，出头保护不了爹。'爹又笑了笑，将钱交到我手里：'好出头，跟着爹，你也吃不到什么，这钱给你，你喜欢什么就买什么，爹以后再不管你了。'我接了钱，放在贴身的褡裢里。只听爹又说道：'出头，爹问你，你知不知道你为啥叫出头？'我摇了摇头。爹说：'爹是想让你长大后出人头地呀！你要有了本事，咱爷俩就能过上安生日子。做饼这活没出息，爹干一辈子已经够了，不想你也在灶台上混日子。因为这个，爹始终不教你做饼子，爹咋辛苦都不要紧，只要能给你捐上官，爹啥都能豁出来，可老天爷连这个梦也不叫我做完哪！出头，你别怪爹，爹已经尽力了。'我似懂非懂地'嗯'了一声，跟爹说：'爹，凡是欺负过咱家的人，我都记着哩，等我长大了，一定让他们得不了好去。'爹说：'帮过咱的人你更得记着，爹还不了的人情你得替爹还了。'说着爹一把将我搂了过去，他力气真大，搂得我直透不过气来。我感到脖子里热热的，湿湿的，似乎爹又哭了。爹松开我，说：'出头，你出去玩会儿，爹累了，想静静地睡会儿。'我答应了一声，就离开了。

"我到了二哥家。看见二哥正在院子里磨一把剑。二哥不等我开口便说：'出头，你家的事我已知道了。县里但凡没行贿的买卖人家都被抄了，我估摸着我家也不能幸免。我想好了，我忍到爹回来。若是爹的旧日故交果真能说得上话，那便万事皆休，若是不然，哼，我定和他们拼个鱼死网破！'听二哥这话说得爽气，我心中备觉痛快，便也重重地拍了拍胸膛，说：'二哥，到时你叫上我，我和你一起找他们去。'二哥笑笑说：'出头，我比你大着三四岁哩，又练过武，你可不成，你有什么仇，我替你报就是了。'二哥凝视着宝剑，用手弹了弹，叹息了一声：'唉，谁不想过安生日子，不到万不得已，我也不想走这一步。明日你就和朱大叔搬过来住吧，咱们相互间也有个照应。'我想起爹来，不知他睡醒了没有，便谢了二哥，急急往家赶。

"因一天没怎么吃饭，我着实饿了，闻到临近酒肆传出的阵阵烤肉香气，禁不住馋涎直流。心想，反正就剩这几个钱了，索性全花了，和爹好好大吃一顿。我买了半只羊腿，又跑到酒榷沽了二两烧酒，揣着余下的一枚铜钱，兴冲冲地回了家。屋子里黑漆漆的，没有点灯。我大喊着：'爹，你看我买啥回来了。'四下里静极了，一点声响也无。我隐隐觉得不对。摸着黑往前走，不小心触到一样东西，硬硬的，悬在半空中，像是爹的腿。我一阵晕眩，坐倒在地，无声地哭了。

"爹神情很安详，唇角带着笑，仿佛解脱了一般，只是两腮上还挂着泪。我伸手给他擦了。我守着爹的尸体，呆呆地坐了一夜。天亮了，太阳照进屋子里，我开始感到一丝暖意，心神也渐渐缓过来。想着与其坐在这里没囊没气地哭，倒不如去替爹报仇，那才是大丈夫所为。爹死得太不值了，终归一死，为何不留着命，把那些欺负我们的人杀了？我在家里找到一把剪子，剪刃看上去很是锋利。我照着炕沿戳了戳，炕沿上立时现出几个白白的窝点。我把剪子贴身揣了，冲爹的尸体拜了两拜，大步出门。

"一路打听，得知旺儿他爹带着征收算缗的人去了二哥家。我心想正好，在你陷害二哥之前就把你结果了，看你还如何作恶。一进巷子口，就见二哥家门前围满了人，旁观的邻居都伸直了脖子看热闹，不时地冲着里面指指点点、嘀嘀咕咕。我轻手轻脚地靠上前去，暗想，千万不能给旺儿他爹发觉了，倘若一击不中，以后就再没机会下手了。二哥威风凛凛，仗剑倚门而立，正和旺儿他爹大声争辩：'跟你说了我爹不在家，你们过几日再来吧。又不会短了你们的钱，何必争这一时。'旺儿他爹大约是见了宝剑心里发毛，言语之间竟十分客气：'你这娃儿，你满月的时候我还来吃过酒哪，今日如何拿了剑吓唬起做叔叔的来。快让我进去，我断不会让你家吃亏的。'二哥冷笑着说道：'既是做叔叔的，就不要再难为侄儿了，小侄不当家理财，如何晓得家财的确数，若是有疏漏处，还不被你老人家告了隐匿罪，把我家所有家当都充了公去？'旺儿他爹被二哥夹枪带棒地损了一通，脸上青一阵白一阵，他重重地甩了下衣袖，显是心中极为恼怒，但又不敢发作，只听他又说：'征收算缗是朝廷定下的王法，是有时限的。你爹爹不在你就不叫收，他要是一直不回来，岂不是要免了你家的算缗不成？'二哥斜睨了他一眼，轻蔑地说道：'我何时说过我爹不回了，他这几日就能到家。王法？朝廷王法还不准做官的贪赃索贿哪，你贪了没有？'二哥话音未落，围观者轰然叫好。旺儿他爹看了看众人，脸上实在挂不住了，硬着头皮吼了一声：'你狂妄！你知不知道，单凭你方才说的话，我就可以罚你做城旦去。年轻人，不知天高地厚，朝廷明令商人不得私藏兵刃，你手上拿的是什么！光天化日之下，公然手持利剑阻挠朝廷命官征税，你该当何罪！'二哥哼了一声，拿起

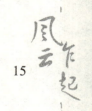

剑虚劈了几下，众人惊得'噢'的一声，纷纷向后退去。旺儿他爹一个没站稳，险些坐在地上，他抖着身子，结结巴巴问道：'你……你……待要如何？'

"我见没人留意我，又上前凑了两步，眼见离得旺儿他爹越来越近了，心中不禁怦怦直跳，又是紧张，又是兴奋，我将手缓缓探入怀中，想取出剪子，狠狠地在他身上戳几个透明窟窿。突然间，街角一阵大乱。我循声望去，见迎面走来几条彪形大汉，为首一人穿着宽身紧口裤，脚下一双软底漆履，腰下悬着宝剑，稀疏的头发在头顶松松地盘了个髻，须髯戟张，十分剽悍。旺儿他爹似是见了救星，眼中直喜得放出光来，但听他扯着嗓子对身边人喊道：'门下游徼来了，咱们不用怕他。给我进去搜，叫他小子再敢耍横！'

"那大汉来到近前，对旺儿他爹并不理睬，斜睨着眼，上下打量了二哥，淡淡问道：'就你小子不让收算缗？'我暗暗替二哥担心，心想，这人看上去如此凶悍，只怕再这样僵着，二哥要吃大亏。我身后有两人低声议论：'这不是城西的乔老六么，一个无恶不作的混混，如何做起官来了？另一人说，只有这样的人才能做官哪，官和匪都是欺负咱老百姓的，不过一个在明一个在暗罢了，高祖刘邦以前还不是混混，不也照样当皇上。'

"二哥见了这阵势，大约觉着堵在门口也不是办法，他梗着脖子，悻悻地向后让了一步，气哼哼地说道：'征就征吧，不过言明在先，你们要想陷害我家，我可跟你们没完。'那乔老六旁若无人地哈哈大笑，上前照着二哥脸上就是一巴掌，口中兀自骂道：'操你娘的，你跟谁没完！家里有几个臭钱，惯得你一副好脾气，竟敢和官府作对，今天老子就来教训教训你！'他又转了身，横了旺儿他爹一眼，喝道：'老霍家对抗朝廷法令，阻挠县吏办差，还不赶快抄喽！也不知他娘的都是干什么吃的，连个小孩子都搞不定，屁大个事都得麻烦老子我。'此时我就站在旺儿他爹身后，掏出剪子便可将他杀了，可不知怎地，心底竟生出几分惧意来，握着剪子的手抖个不住，只想着，我杀了旺儿他爹，也立时会被这大汉一剑刺死，他会刺我哪里呢？剑刺进身体里是不是很疼？我死了之后会不会看到爹爹……

"我正胡思乱想着，猛的发现周遭一下子静了下来，那大汉的骂声、旺儿他爹的笑声、围观众人的窃窃私语声通通消失了，四下里一片沉寂，但这沉寂中仿佛又隐藏着绝大的恐怖。只见乔老六张大了口，脸上神情惊愕异常，像是见到了最不可思议之事，一小截剑尖贯透了他的前胸，在太阳的照射下，闪着幽幽的光，殷红的血沿着他的身躯，一点一点地滴落在地上。乔老六将手伸向空中，五指渐渐并拢，像是要抓住什么东西，嘴里恨恨地念着：'好……好……有本事……'他的手终于无力地垂了下来，身子也随着倒了。二哥站在他的身后，脸色白得吓人，手中握着那把带血的宝剑，呆呆地望着乔老六的尸体，似乎要伸手过去扶他，却又不敢。

"旺儿他爹见闹出了人命，已是吓得说不出话来，口中不停发出'啊……啊……'之声。他躲到公差后面，远远地用手指着二哥，示意众人将二哥拿住，自己却背着身子，一步一步向后挪去。乔老六胸前的鲜血仍是汩汩流个不住，我看着那血，眼睛登时红了，头脑中雾蒙蒙的一片，先前的那点子胆怯早已抛到了九霄云外，只觉胸中一口恶气无处宣泄，胀得全身都要爆裂开来。眼前，现出的是旺儿他爹那张惊恐的丑脸；耳中，听到的是自己紧咬牙关的'咯吱'声。

"我一剪一剪地戳着……鲜血溅在我的脸上，湿湿的，热热的，和爹的泪一个样。旺儿他爹大睁着双眼，一只手直直地挡在身前，似在向我求饶，我感到阵阵难以言传的快意。后来，我戳得累了，便丢了剪子，斜躺在旺儿他爹的尸身旁边，大口大口地喘着气，连笑的力气都没了……"

帐外的风雪似乎更加大了，狂风卷着沙粒，打在毡帐之上，"噼啪"作响。帐中诸人听着这段惊心动魄的往事，无不心下凛然，直到出头讲完，仍是各自凝神，默默地想着心事，竟是谁也没有说话。许久，陈步乐喟然一声长叹："饮樽中酒，断仇人头，此人生两大快事也！小兄弟，好样的！你敢饮酒么！"说着，将身边一个酒囊掷向出头。出头一手接过，大声说道："饮酒有何可怕！谢了！"仰起头，"咕嘟咕嘟"喝下一大口。塞外所酿之酒，不比中原，酒性极烈，辛辣异常，出头饮下后，但觉肚腹中如同着了火一般，一股热气直冲头顶，片刻间便已头晕目眩，他身子晃了晃，强自站住了。陈步乐大笑道："这酒是专为塞外戍卒冬季御寒而用，性子最猛，想不到你小小年纪倒也这般豪气，来，两位坐下说话。"

这帮军士俱是纵横疆场的厮杀汉，对性情刚烈、快意恩仇之人最为推崇，见出头、霍光以闾巷穷僻之身而敢诛杀朝廷贪赃枉法的恶吏，不禁衷心钦佩，早已收了先前的小觑之意，公推两人坐了上座。

陈步乐亲自为二人斟了酒，自己也满了，而后攘臂轩眉，一饮而尽，用衣袖抹了抹嘴，大声说道："两位兄弟，陈某着实是误会你们了，还道你们是平阳恶少，杀了人，为保命才来此戍边，原来你们也是烈性汉子，所作所为可敬可叹，方才这酒就算陈某人向你二位赔礼了！"

出头此时酒意上涌，醉眼迷离，坐也坐不稳了，听了陈步乐的话，只是一个劲地傻笑。霍光面上谦逊了几句，心中却在寻思："那陈步乐叫我二人前来不知有何图谋，难道仅仅是探问身世？三十多个戍边囚徒，为何单单只问我们？还有，他先前说我们靠山很硬，我们又有什么靠山了……莫非……莫非爹爹真在长安找到了奥援不成？"他百思不得其解，但也不便开口相询。

只听陈步乐问道："霍老弟，你的拳脚很好啊，一脚就踢得那管大胡子仰面朝天！这身功夫是跟谁学的？"霍光腼腆地笑了笑："我那是胡乱练的，不过是一些三脚猫的把式，见不得大世面。"陈步乐不以为然地说道："不管什么把式，只要能克敌制胜，就是好把式。李广将军又何曾得过高人指点，他那身天下无敌的本事，大都是在战场上杀敌杀出来的。嘿，他奶奶的管大胡子，平日里只知鱼肉乡里、欺凌孤弱，居然也想效仿李将军流芳百世，我呸，他也配！"

霍光见他两次三番提到"大胡子"，因问道："侯长，你说的管大胡子是和我打架的那人么？"陈步乐瞪着眼睛说道："怎么不是！我有个亲戚住在河东安邑，曾和我说过这人。在安邑，一提管敢，人人色变，他可算是恶名昭彰了。从前，他还不过是个强横泼皮，近两年，靠着强买强卖，发了横财，声势越发大了起来，还收了上百个徒弟替他卖命，地地道道的安邑一霸，连安邑县令都不敢惹他。"

霍光蹙着眉头，说道："自古只听说贼怕官，还不曾听说过有官怕贼的呢！那安邑县令手下有县尉，县尉手下有兵，莫不成衙门里的兵还敌不过管敢的徒弟么！"

陈步乐喝得多了，黑黝黝的脸上沁出热汗来，说话也没了顾忌，只听他冷冷地说道："要是真想抓他，哪里有抓不住的道理。最怕的就是官贼不分哪！欺负你和出头兄弟的，不就是官么，和贼又有什么分别了？那安邑县令平日里定是没少收他的好处，拿人家的手短，自然就不敢如何管他。何况管敢和符离侯路博德有点拐弯抹角的亲戚，有了这个大靠山，就更没人敢动他了。"说到这里，他叹了口气，骂道："奶奶的，我等在边塞之上餐风饮露、拼命流血，而所得不过贪官豪强之万一。那起子王八蛋触刑律、犯王法，假公济私，侵民自富，却个个平安无事，日日风流快活。想想也真叫人灰心。平阳那两个恶吏不过是倒霉，碰到了你和出头这样的真豪杰，若是寻常百姓受了欺辱，又有几个敢提刀亮剑，杀其于闹市之中！"

霍光听着这话，不觉心头一沉，想到："我要是一早知道管敢这人有这么深的背景，还真未必敢踢他一脚。日后对他务必要加倍小心。我自幼习武，也盼着有朝一日能报效朝廷，立勋于万里之外，只是爹爹一直不许。如今阴差阳错，无意之中来此戍边，焉知不是上天的安排。大丈夫生当封侯，死当庙食，唯如此，才不枉来世上走这一遭。贤者诚重其死，我可不能再像从前那般轻易自陷于死地了！"他正想着，猛听得座中一阵轰笑，也不知陈步乐说了句什么话，引得众人如此开心。

坐在霍光身旁的一位军士问道："大约路侯未必就知道管敢在下头如此横行，他们也不是什么实在亲戚，安邑县真要是动了管敢，路侯才犯不着为他出头哪！"

陈步乐哼了一声，说道："你懂什么！人但凡做了官，对没好处的事，只有躲的，没有揽的。动管敢只对安邑百姓有好处，对他县令而言，除了自断一条财路之外，有个屁好处？路侯当然不会为管敢出头，因为不值么。但保不准心里会想：'明知管敢跟我沾亲带故的还动他，根本就不把我放在眼里！'存了这样的心思，对景的时候整治一下，安邑县令还不吃不了兜着走。混迹官场的人，对利害得失都算计到了极处。百姓给的是口碑，上官给的是乌纱，两害相权取其轻，那自然是宁肯得罪百姓不肯得罪上官了。"

众人听了不住点头称是，那军士又道："侯长，按你说的，管敢地位很稳啊，如何会落到这步田地？"

陈步乐并不急于解说，先是咂摸了一口酒，又往火堆里添了些干柴，待见众人都以渴求的眼光望着自己，这才慢条斯理地说道："人哪，最怕得意忘形。管敢只是个小混混，却当自己是皇上，以为想干什么就干什么，谁都可以欺负，这就忘了本分，迟早要坏事的！他在安邑是个人物，一旦置之于天下，他算个屁呀！也是活该他倒运，那年安刺史巡视河东，手下有个随从顺便回安邑探亲，便在安邑市集里遇到了管敢。当时管敢正带着几个徒弟挨家挨户地收平安税。安邑的大小商人除了交税给朝廷，还得给管敢另交一份，叫平安税。交了这税，日后碰到任何麻烦，自有管敢替你出头。怪就怪在这些人还挺乐意，说朝廷收钱多管事少，而管敢收钱少管事多，交税给朝廷还不如交税给管敢，因此上管敢生意兴隆，每年收项都在五百万钱上下。那日管敢遇到了一个没钱交平安税的老妪，便将人家卖的梨子全搬了去，照管敢的性子，这已是最轻的惩罚了，偏那老妪不知他的厉害，当街哭个不停，招了很多人围观。其中就有安刺史的随从。那随从也是个有血性的，实在看不过去，忍不住说了几句公道话。管敢平日里作威作福惯了，哪里见过这个，便让徒弟们围住那随从一顿臭揍，竟将人活活地打死。事情就此叮噹大了。安邑县想遮掩也遮掩不了，只好处置。几个打人的全部枭首示众。管敢倾家荡产走了门路，免去了死罪，罚作城旦。说起来有趣，那管敢做了城旦也一样自在，县里的官都是养熟了喂饱了的，谁能让他干活。他整日里吃得好睡得香，依旧做他的大爷，只是换了个地方而已。等熬完了刑期出来，他仍是安邑县第一泼皮，照样能翻云覆雨。谁想管敢做泼皮做得腻了，觉得再大的泼皮也不如做官的威风，自己这泼皮势力也不小了，到头来还不是被当官的给收拾了。于是又托了门路来戍边。打算在沙场之上搏个封妻荫子的大功名。"

说到此处，陈步乐意味深长地看了霍光一眼，又若无其事地将目光移动篝火上，说道："戍边是减死一等的重刑。管敢居然有城旦不做，还要花钱给自己加刑，也算是桩奇闻了。不过话说回来，如今天下死囚太多，要减死一等，寻常人家是断断办不到的。"

霍光听他的口气，知道是想探自己的底，因乘机问道："按理说，我和出头杀了平阳县吏，那是非死不可了。我爹只是经营药材的小生意人，并没本事救我们两个。能来这里戍边，我心里也是纳闷得紧，侯长，你知道是何人给我们说的情么？"

陈步乐盯着霍光，眼中波光一闪，又即黯然，他思谋了一会儿，说道："你们关在平阳的时候，没人和你们说过么？"

霍光心想："这陈步乐显然以为我在装傻，索性我把知道的都告诉他，说不定能从他嘴里套出实话来。"因摇了摇头，说道："一开始，我们被关进了死囚牢。和十几个犯人挤在一起。不怕各位笑话，我和出头杀人的时候无比英雄，对斧钺锤楚、刑辟诛戮毫不在乎，一进去就后悔了。住在那牢房之中远不如立时死了的好。数九寒天，地上连茅草都没一根，睡觉只能席地而卧。拉屎撒尿全在一个大罐子里，那罐子早已满了，结了一层厚厚的冰，也没人管，只能便溺在地上。幸亏是在冬天，若是盛夏，我和出头只怕已得疫病死了。那几日，总有些官差模样的人来打我们，说是要替李县佐和乔游徼报仇。有时一天要打上好几遍。我和出头任由他们打骂，只觉反正要死，死在谁手里又有什么关系，被他们打死了也好，免得再受这份活罪。就这么一直捱到了第三天头上，那天牢里突然来了几个衣饰华贵的军士，个个身材魁伟、相貌英武。狱监对这些人极为敬畏，不住地点头哈腰，对他们的话半分也不敢违拗。这些军士在牢房里转了两圈，待踅到我们跟前时，我听那狱监小声说了句，这两个就是。那几个军士探头往里瞧了瞧，似在看我和出头，旋即点了点头，没说话就走了。

"当天夜间，我和出头就被送进了一处精雅的院落，住进了正房。房中靠南有一铺大坑，坑上的被褥全是新换的，地中间放着炭火盆，里面炭火烧得正旺。冷丁从粪尿横溢、寒如冰窖的牢房移到这融融春暖的斗室之中，我和出头都如置身梦里，不敢相信这是真的。不久，两个军士抬了个注满温水的大木盆进来，请我们沐浴更衣。我问他们到底想怎样，是不是洗巴干净后就把我们拖出去杀了。那两个军士像是要笑，强忍住了，给我单腿打了个千，说，一切都是他家主人吩咐的，绝无恶意，请我不要担心。我越发奇怪了，这两人显然位份不低，对我一个死囚却这般恭谨，这又是为了什么？晚饭极为丰盛，除了鱼肉，还有时鲜菜蔬，也不知他们是从哪里搞来的。我和出头谁也想不明白这是怎么一回事，索性不想了，大不了一死，干脆痛痛快快地享几天福再说。一连十多天都是如此。看守我们的军士竟把我们当做了老太爷来伺候，要什么给什么，吃的是鱼肉，睡的是热坑，哈哈，那情形，大约和管敢在安邑县坐牢时也差不多。

"再后来，我们就来戍边了。走的那天，县里大大小小数十个官员都来给我们送行，连县令也来了，仿佛我们不是去戍边而是去上任一般。那县令握着我的手说了许多肉麻言语，趁没人，还悄悄给我塞了块金子，叮嘱我一定要记着他，他说他叫卫延寿。唉……真是想不通……如若说有人帮我，那人到底是谁哪？莫非他们认错人了？"

风云乍起

陈步乐听霍光将县令赠金这等隐秘之事都说与自己听，显是语出至诚，绝无丝毫隐瞒，心中喜他直率，说道："霍兄弟，你爹到京城一定是找到了一个大贵人，不然……"他停了停，似在凝神思索，许久，方缓了口气："我来接你们之前，都尉大人特意将我叫了去，要我一定照看好两个人。这两个人一个是霍兄弟你，另一个就是管敢。都尉大人在提起你的时候，神情很是奇怪，简直有点……诚惶诚恐，他说：'这个人你务必给我照看好，他少了一根汗毛，别说你，就连我也吃罪不起。'而说到管敢，就差得远了，只说他是路侯的一个什么亲戚，一个无赖泼皮，平日里称王称霸惯了，只要他闹得不太出格，就不要管他。"

说到此处，陈步乐抬头看了看霍光，见他兀自一脸的迷惘，不由得微微一笑，说道："霍老弟，从这番话里可以听得出，你的后台要比那符离侯路博德大多了，这样的人掰着指头也数得过来。你小看你爹爹了，他看上去是个小商人，其实通着天哪！"

霍光默然良久，回道："通到哪都无所谓，我既来到这边塞之上，就安心做个士卒，我霍光不会别的本事，一把子力气还是有的，隧长和各位但有什么驱使处，我一定尽力做到。运气好的话，我便能活着回乡和爹爹相见，不好的话，把这一腔热血洒到边塞之上也就是了。"

陈步乐拍了拍他的肩头："霍老弟，你勿需为安危之事忧心，这些都尉大人自会替你安排。边塞虽苦，却是你建功立业的好地方，你注定要扶摇直上的。只盼你飞黄腾达之后，还能记起我们这些人。当初还以为你是个浪荡公子，你和管敢打架，我心里高兴，想着你们最好两败俱伤，各自吃些苦头，幸亏老胡劝住了我……"他边说边望向坐在对面的一个中年军士。

那姓胡的军士四十余岁的年纪，长得枯干瘦小，因长年驻守塞外，脸色灰灰的，像蒙了一层尘土，只一双眸子晶莹透亮，显出干练和精明来。他嘿嘿一笑，说道："霍兄弟，这事你可千万别怪侯长，我们不知你的底细么。从前有不少浮浪子弟，仗着家里有财有势，把军令当儿戏，不肯听长官约束，最终送了性命。是以再有纨绔子弟从军的，未进关前，侯长都要叫进来折辱、教训一顿，这样做，完全是一片好心，灭灭他们的威风，日后也好驾驭。我们这次都走了眼，你和出头兄弟是真英雄。想我未当兵时，也不过是一普通百姓，没少受恶吏的欺负，听了你们的事，我心中也是解气得很啊！

来，借侯长的酒，我敬你一碗！"

他酒喝到中途，蓦地一个念头涌上心来，入口的酒竟咽不下去，"卟"地一声全喷到了衣襟上，众人不晓得他怎么了，都惊讶地望着他。只见那老胡大睁着双眼，直直地盯着霍光，神情呆呆地，像是受了惊吓，好半天，才从嗓子中挤出一句话来："你……姓霍？"霍光惶惑地点了点头，不知他所问何意。老胡也察觉自己失了态，因讪讪地笑了笑，口中喃喃说道："姓霍……难道是……不可能啊……"

陈步乐见老胡问得这般奇怪，先是不解，忽地心念一动，已隐隐猜到了老胡心中所想，一个名字险些脱口而出，他大喘了几口气，好容易才按捺住了。

此时帐中篝火即将燃尽，寒气袭人，出头和几个军士横七竖八地躺在草堆上，口角流涎、鼾声如雷，睡得如同死人一般。陈步乐使劲裹了裹身上的棉衣，打了个哈欠，冲霍光说："霍兄弟，天就快亮了，咱们也睡会儿，明天还要赶路哪！"

23

贰

李陵

风云乍起

陈步乐一行人又走了十多天，方才赶到肩水金关。肩水金关一带原是匈奴浑邪王、休屠王故地，自元狩二年浑邪王杀休屠王降汉后，河西之地便统归大汉所有。汉皇刘彻在此更设立了武威、酒泉郡，屯兵驻守，以防匈奴入侵。那肩水金关便建在弱水西岸，隶属于武威郡，乃北路要冲。

陈步乐等到达肩水金关时，已是天色向晚，一轮红日依着肩水金关高大的角楼缓缓西落，万道金光从角楼拱洞的缝隙中迸射而出，照得四下里一片灿烂。

出头、霍光第一次来到这边塞之上，事事都感新奇，何况随众人走了四十多天路，吃尽了苦头，今日终于到了，心中喜悦自不待言。就连广袤无垠的沙漠在二人看来，也是只见其辽阔，不觉其荒凉。

那守关的关啬夫是个胖子，走起路来浑身肥肉乱颤，他与陈步乐极是熟络，远远地见了，便大笑着踅过来，骂道："鸡巴老陈，如何才回来，有没有想你老子我啊？"陈步乐也是故作惊讶地喊了声："哎呀，原来是董大人，我每日里茶饭不思，光想你了，想你怎么还不死！你死了，我就可以霸占嫂嫂了！"众人听他二人斗口，都忍不住掩口偷笑。那姓董的关啬夫也不生气，仍是笑吟吟地说道："这个老陈，一天到晚没句好话。不说了，先办正事。"他冲两边的军士挥了挥手，说了句："你们将入关人数清点一下。"

陈步乐向那关啬夫缴了关传，得意洋洋地吹嘘道："共是三十三个，一个也不少，都他娘的命大，挺过来了。兄弟我这趟差事办得漂亮，赏钱下来，我请你饮酒。"

那关啬夫觑了陈步乐一眼，回道："老陈，你先别美，你的逍遥日子快过到头了。你们那几个障散了快半年了吧。平日里也没人管你们，每日睡到日上三竿，有时连巡逻都不去，把你们可能耐坏了。如今不行了，听说管着你们的军侯即将上任，他可是个厉害角色，你小心着点。日后挨板子、打得你哭爹喊娘的时候，可别怪做哥哥的没提醒你！"

陈步乐"噢"了一声，脸上露出关切之色，忙问道："新上任的军侯，那是谁啊？"

那关啬夫将头凑了过去，低声说道："是个少年亲贵，今年还不满二十哩！李广的大孙子，叫李陵。"

陈步乐沉吟了半晌，脸上略带悲伤之色，自言自语道："李广将军没的说，在将军里头是这份的！曾做过他老人家的下属，我这辈子都感到荣耀。可惜……"他竖了竖大姆指，叹了口气，又道："不知他的后人可有他的遗风？若是能及得上李将军一半，我们也算摊个好上司啊。"那姓董的关啬夫神神秘秘地说道："这些我可就不知道了。不过前几天都尉来巡关，无意中和我说起这事，说公孙敖将军曾对李陵有个评价，有趣得很哪！"

陈步乐一听，来了兴致，问道："什么评价？"

那关啬夫摇头晃脑地说道："貌若宋玉而未见其才；气同项羽而未见其勇；运如李广而未见其心。"

陈步乐"卟哧"一笑，说："拿出来与之相比的倒都是些大人物，可怎么听怎么不是好话。"

那关啬夫也笑道："可不是么！想不到公孙敖堂堂将军，还有这等歪才，骂人不吐脏字。这些话照直说就是：李陵好看而不中用，骄傲自负但没本事，运气不好心肠也坏。你看看，把人糟蹋成什么样了！"

陈步乐说道："李将军的孙子哪就如此不堪了呢！八成是得罪过他吧。"

那关啬夫道："上头那些污七八糟的事，谁说得清！总之你小心就是了。"

耽搁了些许时候，陈步乐这才领着众人入关。

出头在队伍后面亦步亦趋地跟着，向关门走去。那关门并不如何阔大，只有三丈来宽，两旁建着两座对峙如阙的土楼橹。一条小道直通关内。关门两侧各挖了一个方形深坑，坑内密密麻麻立满了尖头的木桩。关墙俱是由土坯夯垒而成的，高可一丈余，宛若两条粗大的臂膀，一直延伸，无有尽头。一丛丛枯黄的红柳在墙角下东一簇西一簇的兀立着，在西天霞光的映照之下，像是团团火焰，给这处雄浑苍凉的关隘增添了些微暖色。

陈步乐骑在马上，冲众人扬了扬手，高声道："弟兄们，再加把劲，这儿离我们长秋障不过十里了，到了地方咱们再歇着。"

管敢不满地嘟囔了一句："怎么，还得走啊？不是已经到了么！"陈步乐听了，横了他一眼，没有言语。

他们走的是一条干涸的河道，那河道干枯已久，连冰也不见一片，河底到处是拳头般大小的卵石。走在上面，脚底硌得生痛，但石子却远较黄沙易于着力，众人深一脚浅一脚地走着，行进得反倒比从前快了。

走出里许，出头回头看去，晚霞如同一只巨大的火鸟，将西边的天空映得通红，渐渐地，火鸟燃尽，只余下一块块晶亮的红色宝石，镶嵌在形似灰烬的云层里，宝石的光芒越来越淡，红色退去，由灰转黑，终于淹没于苍茫的暮色中。

出头见此美景，立时痴了，不由得轻叹道："真美啊！"

霍光回过头来，见出头兀自呆看，笑道："出头，以后咱们就天天住在这里了，有你看够的时候。"

出头紧赶了几步，说道："二哥，咱们这就算当兵了吧？"霍光若有所思的"嗯"了一声。出头用手拍了拍自己的脑袋，又说："二哥，这些天我一直在想，咱们是不是在做梦啊？"霍光问道："做梦，做什么梦？"出头说："两三个月前，我在卖饼子，忽的变成了杀人的死囚，被关在大牢，如今又离家上千里，跑到这边塞之上当兵！说不定明天一觉醒来，发现这不过是场梦，我还躺在平阳的家里，爹爹又拿来一筐饼子，跟我说：'出头，该起来了，卖饼子去……'"一想起爹爹，出头的声音顿时变得哽咽了，下面的话竟无法出口。霍光停下脚步，眼望前方，幽幽地说道："难怪你有此想。咱们这几个月的经历当今匪夷所思，旁人几辈子只怕也难有这样的际遇。不过这也未必是坏事。人，经得起锉磨，方能成大器。如若整天浑浑噩噩地度日，即便活上一百辈子，和活一天又有什么区别了！"

出头低着头，没有吭声。霍光笑问道："出头，你琢磨什么哪？"

出头说道："二哥，只几个月我就从卖饼子的变成了当兵的，那十年二十年之后咱们会做什么？"

霍光拍了拍胸脯，大声道："我做了大将军，你也做了大将军！"

出头擦了擦眼角，黯然说道："我真希望这是一场梦，我不要做什么大将军，只要爹爹能活过来，我宁肯做个卖饼子的。"

众人又沿着长城走了半个多时辰，终于来到了长秋障。此时已是天色全黑，那长秋障被无边的夜色所笼罩，黑沉沉的看不出一点形容。只有几点昏黄的灯光闪烁其间，令人更感空旷寂寞。走得近了，轮廓才渐渐显现，不过是依长城而建的一个坞堡，周边只有二十丈见方，南侧开有一个角门。陈步乐下了马，里面早有两个军士打开门迎了出来，那两人牵过陈步乐的马，满面堆笑着说："侯长，这一去一个多月，可着实把你累坏了吧？这些天我们都悬着心哪，你这一回来，我们才算把心放回到肚子里。"陈步乐笑骂道："你们两个王八蛋，生就一张巧嘴，一月不见，马屁功夫见长啊！饭做好了吧？"那两人道："早做好了，我们还给侯长准备了点酒哪。"陈步乐"嗯"了一声，漫不经心地说道："你俩安排一下，先带他们去吃饭。"他又回头冲众人说道："这两个一个姓高，一个姓程，是伍长，今后你们听他们的就是了。"说完自顾自地走了。

程、高两个伍长领着众人进了一间大土屋，土屋之中弥漫着浓重的烟火气，一个军士在往炉中添柴，因被烟熏得眼泪鼻涕直流，正不住地低声咒骂，见众人进来，他只抬头瞅了一眼，依旧干自己的活计。屋子西侧摆着一个方桌，桌上放着两个大木盆，木盆中盛满了热气腾腾的粟米饭。

姓程的伍长令众人站定，和几名军士去灶上取了三十多个敞口、鼓腹、圆底、一端带有长柄的青铜器具来，挨次发了。然后高声道："这是刁斗！你们可都保存好喽，以后行军打仗就用它煮饭，夜间巡逻见到异常情况就敲它示警。明儿都拿绳拴好挂在腰里，千万别弄丢了……不准挤，不准说话，到那边排队领饭，再他娘的吵，都没饭吃。"

出头领了饭，发现粟米饭上还薄薄地盖了一层豆豉酱，不由得冲霍光挤了挤眼睛，说道："二哥，这饭还成，唉，这么长时间了，可算吃上一口热乎饭。"二人寻个角落，正准备蹲下，忽听得管敢叫道："我们走了这么长的路，身子骨都累散了，今日是在边塞吃头一顿饭，怎么着也该给补补吧，如何连肉也没有一块！这么一点，根本就吃不饱……"

那姓程的伍长闻言大怒，顺手抄起一把木头勺子向管敢掷了过去，口中骂道："操你奶奶的，一个戍边的囚犯也敢挑肥拣瘦！这还轮不到你做主，不吃就给我滚一边去。"

管敢脖筋胀得老粗，"腾"的一下站起身来，似要挺身过去相斗，因见灶上刷锅的几个军士也都神色不善地围拢了来，方恨恨地望了一眼，气咻咻地蹲了。

那姓程的伍长"哧"了一声，说道："就知道你他娘的没种，想在这儿立杆子，你还嫩得很哪……"

出头见管敢挨骂，心中备觉痛快，将饭吃得"啪叽啪叽"直响，转眼就将拌着豆豉酱的粟米饭吃了个干干净净。

又过了片刻，程、高二伍长见众人都吃完了，便各带了十多个人到房舍中歇息。

出头和霍光住了东面的营房，屋中只有一铺大坑，十多个人头挨头脚挨脚地挤着睡了，连转个身都困难，但众人累极了，并不以为意。出头脱了衣裳，钻进了被子，只觉那被子污秽不堪，被头不知被谁扯了条大口子，露出了灰白的棉花套，被中散发出阵阵的臭气，那臭气由脚臭、体臭混和而成，令人嗅之欲呕，出头本不是什么洁净之人，却也兀自承受不住，只得将鼻子掩了，勉强睡去。迷迷糊糊之中，不时梦到自己从高处堕下，数次惊醒，但转眼便又睡着了。

次日一早，天还未大亮，那姓程的伍长就将他们叫起，吩咐众人去院子当中列队听训。大家睡得正熟，被人搅了好梦，心中一百个不愿，躺在暖

风云乍起

暖的被窝中，磨蹭着不肯起来。那程伍长一顿大骂，众人才懒懒地起了身，匆匆穿好了衣裤，跟着去了。营房外，北风飕溜溜地刮个不住，众人缩脖端肩、跳脚嘘手，仍是冻得浑身直抖。

那程伍长令众人列成一队，在院中站定了，踅着步子从各人身前依次走过，脸上露出鄙夷的神情，冷冷地说道："你们过去是什么人、耍过多大的威风、有过多大的体面，我不知道，也不想知道；犯了哪些罪、做了多少恶，我不管，也管不着。既是到了边塞上，从前的一切便一笔勾销。自今儿起，你们就是大汉的兵，是长秋障的兵。当兵就要有当兵的样子，瞅瞅你们，连这点子冷都受不了，还谈什么上阵杀敌！都把手给我从袖口子里拿出来，把胸膛给我挺起来，站好喽！"他又沿着队伍踅了一遍，见众人个个挺胸凹肚，目不斜视，这才满意地点了点头，开口又说道："我叫程连，还有个高无咎高伍长，以后就由我们两人带你们这些新兵。现在我开始申讲军法，军法的每一条每一款，你们都务须牢牢地记在心里，这关系到你们日后的生死。如若谁不把军法当回事，以为是闹着玩，尽管犯一回试试，看看是你们的脑袋硬，还是我的刀子硬。"

随后，程连便开始逐条背诵军法。军法冗长而繁琐，他却生得好记性，长篇大论、侃侃而言，竟无丝毫滞碍。大汉军法严密，赏轻罚重，直听得众人心惊肉跳，忘了寒冷，入耳的都是些争功斗殴者杖八十，临战畏懦者弃市，从军失期者斩等血淋淋的字眼。讲完了军法，程连清了清嗓子，续道："你们不要以为当了兵就可以上阵杀敌了，还差得远哪，先在这里老老实实地干上一年活再说。你们要做的很简单：都是乡下人平日里做惯了的，不过是些打土坯、治薪、凿井之类的活计，谁要以为干这些活没用处，那就错了。谨烽隧、严斥堠、固长城、御外侮，这些事哪个不需从小处做起！没有土坯还固什么长城！没有薪草还举什么烽隧！即便是今后学习劈刺、骑射之术，不也需要做活计打熬出的好身板么……"

出头一动不动地站着，早已是冻透了，听他啰里啰嗦地没个完，心中不住骂娘，却也无可奈何。他斜眼看了看霍光，小声叫道："二哥！"霍光眼视前方、全神贯注，竟似没有听见。

程连又讲了小半个时辰，直到胡子上遍布冰珠，方才住口。他遍视众人，似乎意犹未尽，咬着嘴唇，想了想，说道："你们还有什么不懂的，尽管问！"队伍中一片静寂，许久无人说话。出头想："看来要是没人提问，这伍长是断不会罢休的，与其在这里冻着，还不如我问上一句，叫大家早点散了！"因见队伍中没有管敢，这才想起，昨日夜间住西屋的人都没出来，不禁心中有气，便大喊了一声："昨日我们来的共是三十三人，为何今日只有我们十七个人听训，他们难道不用来么？"

程连听他口气极硬，像是质问自己，且连隧长也不叫一声，不由得皱了眉头，微现不悦之色，说道："那些人已被调到显明障去了，能留在长秋障是你们的造化，还他娘的操心别人的事。"他顿了顿，心中怒气更盛，厉声喝道："你们在长秋障当兵，就得守长秋障的规矩，以后问话的时候要有上下之分，别没大没小的！在家里，也这么和爹娘说话么！我看是欠打！过会儿到胡伍长那儿领完军衣、兵器后就躲回你们的臭窝子里去，别四处招人厌！各人干什么活，明日再做分配。"他不耐烦地摆了摆手，众人登时如鸟兽散。

出头被程连莫名其妙地数落了一通，满心的不服，还想过去理论，霍光一把将他抓住，声音低低地责备道："出头，咱们已是再世为人的人了，你可不能再这般莽撞，日后要少说话多做事，没来由的得罪人干什么？"出头梗着脖子答道："不是他让问的么，问了又冲人发狠！我看他跟侯长说话，可总是低声下气的，就和咱们有本事，小人！"霍光笑道："出头，你这不是挺明白事理的么。其实人情本就如此，对上俯首帖耳，对下强横霸道。要想不受他欺负，只要官做得比他大就是了。咱们初来乍到，处事谨慎些总没坏处，何必一定要堵自己的路哪。"

出头盯着霍光的脸，像是在看一个陌生人，半晌才说道："二哥，我觉得你胆子变小了，在平阳杀贺老六的时候，你多威风啊，可如今……"

霍光一听这话，笑容登时敛了，神情变得异常凝重，他叹了口气，说道："出头，二哥从来就没变过，即便是换了现在，那贺老六我仍是照杀不误！人家要逼得你家破人亡你还不敢还手，那算哪门子大丈夫！但我们毕竟只有一条性命可拼，如若任着性子胡来，就是铁打的人也早完了。人不能怕死，却也不能找死，真到了拼命的时候，得想想值不值得！在杀贺老六之前，我曾跟你说过，不管怎样我都会忍到我爹回来……那天我拿着宝剑，本来是想吓吓姓李的县佐，要他行事有些顾忌，谁料贺老六跑了出来……当

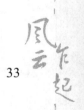

33

时形格势禁……没想到就闹出了人命大案！"

出头见他说得郑重，只得点头，心中却想："像贺老六和旺儿他爹那样的烂乌龟臭鸟蛋，杀便杀了，有什么值不值的，再叫我遇上这种人，我依旧要杀，反正我已杀过人了，死也够本了！"

半个月转眼即过，这十多天里，出头在边隧之上也渐渐住得惯了。那陈步乐是个顾念旧情的人，对他和霍光二人极为优待。别人做活，每天是打一百五十块土坯、伐三捆薪草，陈步乐托口出头年纪小，叫他做八十块土坯即可。霍光则更为轻闲，仅是负责喂养隧里那几匹齿落毛脱的老马。只是二人整日囿于这方寸之地，不得出去，日子久了，难免有些气闷。出头格外艳羡障里的老兵，这些人上午拉弓射箭、跑马斗刀，午后则轮流外出巡逻。出头常忍不住向他们呆望，心中盼着这一年早些过去，自己也能成为一名真正的军士。

那长秋障是肩水金关的一个大障，有三十个兵，六名伍长。这六名伍长中，出头和霍光识得三个，除直接管辖他们的程、高二人外，还有一个便是来边隧路上结识的老胡。那老胡并不带兵，是库仓上的头儿，专司众军士每日的吃穿住用，障里头一份的肥差，但他却奉职甚谨，从不克扣士兵，加之他为人随和，处事公道，是以人缘最好。出头、霍光与他处得极是熟稔，常在一处说说笑笑。那老胡生性文弱，不喜舞刀弄枪，一有空，便将自己关在库仓里，濡墨研颖，奋笔疾书，已密密麻麻写满了好几卷竹简。众人大多不识字，也不知他整日刷刷点点地写些什么，便取笑他不自量力，想做经学之士。那老胡也不理会别人如何议论，每日仍是笔驰不辍。

出头得空问他："老胡大哥，你好有学问啊，识得这许多字！可惜我一个都不认得，能否给我讲讲。"

那老胡笑道："我的名字叫胡解，胡解，胡写也，我写这些字，不过是消磨时光罢了，其实毫无用处。你不识字有不识字的好处，有时候字识得多了，倒会惹麻烦。"

出头在干活的时候也会见到侯长陈步乐。侯长虽是个小官，但在这长秋障里却是唯此独大，出头只是个戍边的新兵，两人名位相差甚远，因此无形中多了拘束。陈步乐自顾身份，不好在众人面前对出头太过亲热，每次见面都是点头微笑而已。

出头却一直想找他请一天假，好到外面玩一玩，但去了几次，侯长的营房里总有军士进进出出，每每话到嘴边又咽了回去。时日一久，出头请假的念头也就慢慢淡了。

这日出头吃了晚饭，闲来无事，便到院中散步。见北面的障墙上矗着一座回字形土台子，台上建有楼橹，楼橹旁另立一根三丈高的木头杆。台下堆着几堆茇茇草、一些竹笼及赤白二色相间的布匹。出头听人说过，这就是边隧上的烽火台了。不禁心想："我来了许久，没见这烽火点过一次，不知点着后到底是什么样子？茇茇草是用来烧的，那布匹和竹笼又是做什么用的？"正自出神，忽觉有人拍自己的肩膀，转头一看，老胡不知何时站到了身后，正笑眯眯地看着自己。出头笑道："哟，是胡大哥，今儿这么有空，不写字了？"老胡伸了个懒腰，说道："歇歇，写不动了。"他见出头盯着烽火台若有所思，便问道："怎么，也想上去放哨？"出头道："我可不成，我连这布是做什么用的都不清楚。"老胡道："这布叫表，竹笼叫兜零，都是白日里用的。一旦匈奴日间入侵，就把表或兜零升到木杆上，兜零里需放些茇茇草，点燃了才能放烟，下一隧只要看见咱们这里有布挂起或轻烟冒出，就知敌人来了，他们也需如法炮制，向关内示警。若是夜里发现匈奴人，那就要点苣火和积薪了。情势紧急时，最多可点三苣火三积薪，有火有烟，远远就能瞧见。"出头恍然大悟的"噢"了一声，用力拍了拍自己的脑袋，笑道："没想到点个火还有这许多门道！"

二人正说得热闹，猛听得"咣当"一声巨响，长秋障的角门被人狠狠地撞开了。出头吓了一跳，定睛细看，见程连怒气冲冲地从外面闯了进来，那程连一身是土，没戴帽子，发髻也散了，遮住了半边头脸，右眼乌青，嘴角隐隐有血迹，他一进边隧就大喊高无咎的名字，声音又尖又利，直如呼叫救命一般。老胡远远地问了声："程兄弟，你这是咋了？"程连匆匆向他一瞥，恼怒地摆了摆手，说道："没事，摔了一跤！"说完径直进了高无咎的营房。

出头疑惑地看了老胡一眼，正要发问，就见老胡淡淡地一笑，说道："什么摔跤！定是刚跟人打了一架，还吃了亏！"出头道："打架？军法上不是说打架要挨板子的么，他们难道不怕？"老胡微微一哂，捻着颌下稀疏的胡须言道："出头，你在这儿呆得时日还短，边隧上军士打架的事常有。这种

风云乍起

事双方谁都不会说的，打完就完了，只要不闹出人命，上头也是睁一只眼闭一只眼。"说着，他从怀中掏出根木条递给出头："这是我自己做的小偶人，我家乡那的人都说，带这东西可以趋吉避凶、遇难呈祥的，你要不嫌弃，就带在身上，将来和人打架，管保不会像程连那般狼狈。"

出头伸手接过，见那小偶人是用桃木制成的，浓眉大眼、阔嘴长须，虽雕刻得不很精细，但神态颇为灵动，因笑道："老胡大哥，这小偶人长得像你，你是不是照着自己的样子雕的？"老胡听了，也是一笑。

老胡一边和出头说话，一边盯着高无咎的营房，只一会儿的工夫，高无咎便从房里走了出来，面色阴沉沉的，穿戴得甚是齐整，腰间还挂着把环首铁刀。那程连亦步亦趋地跟在他身后，脸上一副跃跃欲试的神情。到了门口，高无咎又叫上了两个人，冲他们小声地嘀咕了几句，那两人听完后，均是怒不可遏，大嚷着："居然还有这种事，扒了那小子的皮……"四个人打开障门，大步流星地去了。

老胡望着他们的背影，摇了摇头，自言自语道："人哪……到底所争何事，所求何物哪！"

夜半时分，出头外出解手，路过东首厢房时，发现里面亮着灯，有几个人在大声说笑，程连的声音隐隐约约地传了出来："今日一战大获全胜，打得他鼻青脸肿，好不痛快！多谢各位兄弟帮我出这口气。众位的好处，我姓程的是绝不会忘的……唉，老胡人长得随和，其实最不开面的，从他那里弄不出什么来……也罢，明日我去关内寻些肉来，咱们好好吃上一顿。"过了半晌，又一人说道："那小子倒有刚性，咱们这么多人打他，他都不跑，打倒了还起来和咱们斗……他明日约咱们正午接着打，咱们去不去？"程连沉吟了半天，说道："咱们已经占了便宜，还去什么，让他傻等着吧！"众人一阵大笑，随即说话的声音便低了下去，出头只断断续续的听得几句："那明日……谁去……""让……去……他年纪小……断不至于为难他……"

出头迷迷瞪瞪地向营房走去，心中想到："原来他们打赢了。"

第二日天气极好，风轻云淡，碧空如洗，太阳暖暖地照着大地，直晒得人懒洋洋的。出头一上午下来，打了六十多块土坯，他兀自不肯歇着，打算一口气把剩余的干完，下午好去看二哥喂马。正干得起劲，蓦地听见有人喊自己的名字，一抬头，见程连远远地踱了过来，那程连一改平日冷冰冰的模样，微笑着向自己招手。出头心下奇怪：这程伍长一向对我甚是冷淡，从来不拿正眼瞧我，今日是怎么了，居然这般亲热！他缓缓地站着身来，以手搔头，大惑不解。

那程连神色慈和，走到跟前，拍了拍出头的肩膀，说道："出头，整日呆在障里，很闷吧。"出头应了声："还好。"程连心不在焉地点点头，又说："着实难为你们这些新兵了，天天圈在这里，和在河东郡里做城旦也没什么区别。也该让你们出去转转了……"他无端地笑了笑，用探询的口气问道："今日本该高伍长巡逻，可他病了，我看你的活计做得差不多了，午后也没什么事，介不介意和他换换，你代他巡逻，他替你将余下的几块土坯做了，他能省些力，你也能上外面看看，如何？"

出头心中欢喜，眼角眉梢掩饰不住的笑意，心想："他还道是求我哪，其实是我求之不得！"因急忙接口道："既是高伍长病了，这几块土坯也不用他做了，让他好好歇着，我干完了再去。"

程连直视着他，眼中尽是嘉许之意，说道："巡逻也不是什么难事，只要精心些就行。你向西走，到显明障的地界，和他们的巡逻军士碰个头，合了符券刻上印记即可回来，极简单的。沿途检查一下天田，看看上面有没有脚印……这时节，匈奴兵是不会有的，顶多有一两个逃犯……那倒不打紧，不过你还是看看，以防万一么……"他若有所思地看着出头，似乎还想说什么，良久，方自失笑道："我想，不会出什么事的。过会儿你到高伍长那里领取符券，太阳落山之前要赶回来，否则是要犯军规的……"他又细细叮嘱了一番才离开。

待他走得远了，出头兴冲冲地翻了个跟头，一不小心摔倒在地，却丝毫不觉疼痛，咧着嘴傻笑不止，看得众人都是莫名其妙。

出了长秋障，出头放眼四顾，但觉天高地远，荒原茫茫。触目所及，既无鸟兽，更无人迹。远处的沙丘形如海浪，连绵不断，此起彼伏。一阵风贴地而过，卷起细小的沙粒，飘飘摇摇有如轻烟，在浩浩荒野上流转不定。出头自由自在地疯跑了一阵，累得通身是汗，他大口大口地喘着气，觉得心中无比舒畅。坐在地上，不由想到："玩是玩，可不能耽误了干活，要不下回程伍长该不让我出来了。"他拖了腰刀，沿着天田向前走，一边欣赏边塞的

风云乍起

景色，一边查看天田①上的痕迹。

到了约定地点，显明障的巡逻军士尚未到达，看看天色还早，出头便找了一个向阳背风的地方躺了下来，天空澄碧清澈，没有一丝云彩，出头仰望青天，大生神往之意，心想："我如若能化身为鸟儿，定要一直向上飞去，看看天上到底有些什么……"他胡思乱想了一会儿，渐渐困了，清风如水，掠过他的脸庞，说不出的惬意舒适，出头只觉倦意上涌，眼皮愈发沉重，终于闭上双眼，睡着了。

醒来时，已是日影西斜，出头长长地打了个哈欠，他手脚冻得冰凉，但精力复原，神思清爽，只是肚子有些饿了，他掸了掸身上的尘土，准备回障里饱餐一顿，猛然想起："显明障的巡逻军士还没到么？难道没寻着我已经回去了！这可糟了，我该如何交差啊！"

正自忧心，无意间发现夕阳下闪出一骑来，因离得远，出头看不清马上之人的面容，他陡然惊觉："莫非我遇上了匈奴人？"仔细看看，却又不像。马上那人年岁极轻，一身汉家装束，人着素衣，马呈白色，人马浑然一体，远远望去，这一人一马宛若出鞘宝剑，给人一种说不出的肃杀凌厉之气。

出头紧紧握住手中的腰刀，乍着胆子迎了上去，心想："我虽然年轻，可怎么说也是个巡逻的军士，边塞重地，岂能任由你随意出入！管你是什么人，先问问再说。"没走出多远，忽听得身后脚步声杂沓，连带有几个男人的呼喝叫骂之声。只听其中一人说道："管大哥，昨日约好了的，他们不会不来吧？"另一人回道："操他娘，他敢！他要不来咱就到他障里骂去，非揪出来揍他一顿不可。咱们显明障不能叫他长秋障欺负住，要打就彻底打服他，让他一见到咱们就哆嗦！"

出头听着这声音耳熟，忍不住回头瞅了一眼，心头忽的一跳，这人不就是曾经欺负过自己的大胡子管敢么！原来昨天和程连打架的居然是他！

那管敢眼尖，瞧见巡逻的兵士是出头，早飞奔过来，边跑边喊："姓朱那小子，你别走！"出头冷冷地哼了一声，站在原地，竟是动也未动。

管敢和几个前来助拳的军士将出头团团围住了。管敢盯着出头，恶狠

---

①所谓天田，不过是烽隧上的附设工事。在长城烽隧之间的无人地段，将细沙刨松抹平，如有匈奴侵入或罪犯夜渡，自然会在沙土上留下脚印。

狠地啐了口唾沫，翻着眼皮说道："操，程连不敢来了？竟派了你这个小兔崽子送死！奶奶的，程连和他带的兵都是他娘的缩头乌龟！"

出头此时方明白程连让他巡逻的真意，心中气苦难当，嘴上却兀自不肯服输，他斜睨了管敢一眼，大声说道："谁打你的你同谁说去，和我发狠有什么用！缩头乌龟怎么了，总比做被人打的伸头乌龟好些！"

管敢眼中凶光一闪，咬着牙冷笑道："说得好，果然是个有胆色的！程连我自会去找他，不劳你费心。不过你既已来了，我也不好让你就这么回去，烦劳你陪我和弟兄们练练拳，只有拳头练硬了，打程连才能更狠些。"

出头不理他们，低头要走，被几个人推了回来，出头喊道："我是来巡逻的，不是来打架的，你们纠缠我做什么，让我走！"

那管敢"咻"的一笑，说道："原来你只是嘴上说得威风，心里早怕了我们。好，我今天也不难为你，你只要跪下磕三个响头，说上一句：'我服管大爷'，我便放你回去。"

出头狠狠"呸"了一声："你们几个大人欺负我一个小孩，算什么本事！有本事去打匈奴人！只怕你们见了匈奴人，早一头拜倒，磕了三个响头，说，匈奴大老爷，别杀我，我服了……"他话未说完，就觉得一个硬邦邦的东西直砸在脸上，自己像一片叶子似的被抛了起来，重重摔倒在地。出头仰面躺着，头晕目眩，神思恍惚，嘴角的鲜血渗入口中，又咸又涩。他挣扎着起身，胡乱在脸上抹了一把，眼光一一扫过众人，停在管敢身上，瞪视了半晌，突然放声大笑。管敢被他笑得心中发毛，忍不住问道："你笑什么？我这一拳打得你好舒服么？"出头止了笑，一字一板地说道："管大胡子，咱们从前的旧账揭过不提，今日你只要跪在我的面前，喊我三声爷爷，我便饶了你的性命。"众人见他小小人儿竟说出这等狠话来，都觉滑稽之极。管敢和几个人对望了一眼，把脑袋伸向出头，做出一副战战兢兢的模样，说道："乖孙，你爷爷的头就在这里，想要的话尽管拿去，用刀割的时候要小心，千万别伤着自己。不行就先到你娘怀里吃些奶，吃了奶就有力气了。"他边说边做出孩子吃奶的表情来，逗得旁边众人捶胸顿足、跳脚打跌，笑不可遏。

受此羞辱，出头却并不在意，他抬头看了看天穹，幽幽地叹了口气，说道："管大胡子，说起来还是你占便宜，比我多活了二十年……"管敢和其他军士兀自开怀大笑，对他的话全没放在心上。出头闭了眼睛，突然手腕一

39

翻，拔出环首铁刀，向管敢兜头砍去。

管敢今日约了人，是要找程连报仇，对出头根本没放在眼里，只想饱揍他一顿了事，万万料不到这孩子性情如此果决狠辣，竟是说干就干，待要闪躲，已然不及，只得将头微微一偏，头锋贴耳而过，砍在左肩之上。幸而刀刃甚钝，伤口并不深。那几个军士见管敢的肩头流出红殷殷的鲜血来，一时呆了，忘了上前助阵，站在原地，"啊啊唉唉"地叫个不停。

出头大喝一声，又是一刀砍过去。管敢见他竟欲将自己置于死地，心中怯意大盛，掉头便跑，出头在他身后紧追不舍，口中喊道："你不是要打我么，来啊！今天我先杀了你，再去给你偿命，到了阴曹地府，我看你还敢不敢欺负我！"

管敢回头度量了二人之间的距离，放慢了脚步，忽地伏下身去，出头收脚不住，绊在他身上，一跤摔了过去。管敢缓出手来，抽出了肋下的腰刀，慢慢走到出头跟前。他肩上的鲜血仍是汩汩流个不住，管敢撕下一条军衣，草草裹了，额头上微微见汗。其他几人也都围拢了来，用刀抵住出头，眼睛看着管敢，等他的吩咐。出头满面血污，刀丢在了一边，脸上却无丝毫惧色，他死死地盯着管敢，眼中似要喷出火来。管敢挥了挥手，示意众人让开，又亲自拾了出头的腰刀，递了过去，之后退开三步，说道："起来！再打！"

出头摇摇晃晃地爬起身，握了铁刀，劈面砍去，管敢举刀相格，只听"当"的一声，出头手中的铁刀如纸鸢一般远远飞去，插在了沙漠之上，刀柄的红缨随风飘舞，像一丛开得正艳的红花。管敢一脚将出头踹倒，问道："服是不服？"出头摇了摇头，从腰间捵出平日吃饭用的刁斗，挺身又要扑过去相斗，管敢翻转铁刀，刀背重重砸在他肩上，出头"啊"的惨叫了一声，直直倒了下去。管敢狞笑着说道："我就不相信有打不服的人，今日先打你，明日再去打程连、打霍光……一直打到你们都怕了为止！这里只有老子才能威风！"

七八只脚在出头身上踏来踏去，出头心中一片迷惘，竟不觉得疼痛……越过管敢，出头看见那一人一马离得愈来愈近了，那马驰骋在沙漠之上，激起阵阵烟尘，如同腾云驾雾一般，出头想，来的是天神么。

不知过了多久，管敢和几个人忽然停住了。出头听见管敢说了句："那人是谁？去问问。"片刻功夫，一个军士气喘吁吁的答道："大哥，他说他叫李陵，是甲渠塞新到任的军侯。"管敢"咦"了一声，似乎颇为惊异，过了半晌，才听他问道："有印信么，别是假冒的？"那军士说道："他说有，让领头的去看！"恍惚中，出头觉得管敢低下头来看自己，神情极为关切，随即转过身，一言不发地去了。出头以手抠地，支撑着想要站起，但觉胸肋处痛楚难当，浑身没有半分力气，只得躺着不动，心中却想："骑马的那人原来叫李陵，还是个军侯。军侯是个很大的官么，怎么管敢不敢打了？管敢还大言什么'这里只有老子才能威风'，我呸，见着大官不一样夹着尾巴赶去磕头，他的威风哪里去了！可见这人十分无能，做恶人也做得这般没骨气！"出头听见他们叽哩咕噜地说着话，但听不清楚说什么。

出头吃力地侧过身来，想看看那军侯长得何等模样，却只看到了他的的背影。那人身材瘦高，左肩斜背着一张大弓，头上没有戴冠，只别了根长簪，梳了个上耸的发髻，穿着一袭白色大氅，腰间系着条麻绳，衣饰虽不华丽，但纤尘不染，干净利落。出头的眼光被那张弓吸引住了，那弓比寻常的弯弓足足长了一尺有余，通体金黄，在夕阳的照耀下，现出淡淡的玉石般的光泽，显然并非木质。出头忍不住赞叹了一声，心道："这弓真是漂亮，我要是有一把就好了！"

管敢大大咧咧地站在那人对面，并不说话，双手交叉置于胸前，眼睛看着别处，神色之间满不在乎。他身后的几位军士倒是口讲手比说得热闹，似在向那叫李陵的军侯解释什么事情。出头见几人不停地冲着自己指指点点，心下纳闷："他们是在说我么？这些人无缘无故将我打了，该当向那军侯俯首谢罪才是，如何非但没有半分惶恐内疚之意，反倒像受了天大委屈似的……不好！他们是要恶人先告状！"一想到这儿，出头顾不得疼痛，翻身坐起，扯着脖子大喊道："是他们先打我的！"

那李陵原本背对着出头，听到他的叫喊，身子微侧，转过头来。出头只觉眼前一亮，不禁怔住了，心想："我只道边塞将士个个都是相貌粗豪、神态威猛的大汉，想不到还有这等俊美的人物。一个男人怎会长得如此漂亮，简直比大姑娘还要好看。"他痴痴地呆望了一阵，但见李陵身披霞光，当风而立，人如玉，衣胜雪，爽朗清雅，潇洒出尘，身后衬以雄浑苍凉的边关、大漠，愈发显得丰神俊异，光彩照人。出头为他容色所逼，情不自禁低

风云乍起

下头去。

李陵慢步走到出头近前，一阵风吹来，把他大氅的后摆撩得老高，如同鼓起一双翅膀。他漠然地看着出头，冷冰冰地问道："你的伤碍不碍事？"出头鼻青脸肿，浑身沾满了尘土，衣袖被撕成一条条的，眼中还噙着泪珠，看看李陵，再瞧瞧自己，顿感自惭形秽，因讪讪地答道："是他们先打我的，求军侯大人替我做主。"李陵长眉一挑，眼光在他身上转了两转，移了开去，说道："这件事以后再说吧！"出头满以为李陵能教训一下管敢那帮人，还自己一个公道，不曾想他连提都不提，心中既感委屈，复又失望，鼻子一酸，眼泪涌了出来，急忙转身偷拭了。心想："这人长得这般好看，其实却是个草包。管敢说什么，他便信什么。瞧他这副盛气凌人的模样，定是瞧我不起。哼，瞧不起我又怎样，我还瞧不起他哪！这个仇我自己来报！总有一天，我要让管敢跪在我面前，喊我做爷爷。"

李陵走出数步，突然回头问道："这里离长秋障还有很远的路，你能回得去么？"出头把头一扬，想也不想便答道："当然能！"他心里念叨着："我出头绝不会向人示弱，以前不会，今日更不会。就是死，也不能死在这里。"他咬了咬牙，低吼一声，强自站起，因起身过猛，牵动伤口，疼得险些晕去，晃了两晃，勉强站住了。他步履蹒跚地拾了铁刀，以刀撑地，一瘸一拐地去了。

李陵望着出头的背影，唇边漾起一丝笑意。

叁

举烽

風云作记

　　出头赤了上身，躺在炕上，伤处被老胡涂了一种不知名的草药，又麻又痒。他是少年心性，受欺负时，愤愤不平，恨不得与仇人同归于尽，事情过去，也就不放在心上。他四下打量了老胡的居处：房中一桌、一椅、外加一铺大炕，墙角整齐地堆放着十几卷竹简，靠门处砌着土炉子，炉子边放着一个盛水的大木桶，此外别无他物。屋子虽简陋却宽敞，比起出头他们十几个人挤做一团的景况，自然是好得多了。出头看罢啧啧赞叹："老胡，你过得挺美呀！"老胡笑了笑："我不和人打架，身上没伤，当然过得美了。"出头知他是揶揄自己，白了他一眼，忽地想起件事来，抓过上衣，仔细掏摸了一会儿，找出根小木条，丢给老胡，气哼哼地说："这东西还是还你吧。你说带上它和人打架，管保不会狼狈，我看还是不带好些，带上它，不定哪天便被人打死了！"老胡一把接过，见是自己送他的小偶人，微笑着又掷了回去，说道："你看看后面。"出头将木条拿在手里，那木条背后密密麻麻刻满了小字，可惜他一个也不认得，便瞪着眼睛诧异地问："老胡，你忘了我不识字了，这上面写的什么呀？"

霍光一直默默地往炉中添柴，半天不曾说话，此刻听了二人的言语，不由得转过头来，目光灼灼地盯着老胡。老胡盘腿坐在炕上，眼睛看着窗外的沉沉暮色，神情突然变得异常哀伤，他下意识地摇了摇头，喃喃说道："即便识字，你也不会照上面的话去做的。年轻人，好胜心切，自以为无功不可成，无事不可为！只想高高在上，岂肯屈居人下……人哪，终究不是神……再英雄又如何，到头来，不过是一掊黄土罢了。"

霍光和出头不安地对望了一眼，心中均是惊疑不定，不知老胡何以会有如此感慨。出头想："胡大哥是因为我跟人打架才说这番话的么？那他又何必如此伤心？我只是跟人打架而已，再说我打输了，被人一顿臭揍，狼狈得很，谈不上是英雄啊……还有他说的什么黄土，那是什么意思……他说的到底是谁啊？"

霍光看了看老胡的脸色，小心翼翼地问道："胡大哥，你怎么了？"老胡从怔忡中缓过神来，赧然一笑，双眸中有泪光一闪而逝，旋即恢复了常态，和出头、霍光说道："木偶人上刻的这段话出自《庄子.秋水篇》。"接着，他曼声吟哦道："至德者，火弗能热，水弗能溺，寒暑弗能害，禽兽弗能贼，非谓其薄之也，言察乎安危，宁于祸福，谨于去就，莫之能害也。"出头听得一头雾水，半句也不懂，不耐烦地说道："老胡，你这人好没趣！吊什么文，说点我明白的。"老胡道："出头，你告诉我，一个普通人，怎样才能做到水火不侵，冷热不惧，不受野兽的伤害？"出头思量着，说道："要有本事，本事大了，自然就天不怕地不怕了。"老胡瞟了他一眼，微微一笑，道："人再有本事，还能比过天么，你倒说说看，世上有哪种本事，是连水火都不怕的？"出头想不出来，小声嘀咕道："只怕你自己也不知道，你说的根本就不是人，是神仙。"老胡哈哈大笑，摸了摸出头的脑袋瓜，诡秘地说道："一个人要想水火不侵，办法是有，而且极简单，你可记住了，那就是：离水火都远点，你避开它们，它们自然就烧不着你、也淹不着你了。哈哈……"出头只道老胡是在耍笑自己，索性转过头去不再理他。霍光却低头凝思，眼中闪出异样光彩，他重重地拍了两下大腿，恍然大悟道："老胡，你说的这道理很好啊！"

老胡微怔了一下，似乎没想到霍光能参悟出他话中的深意，不禁点了点头，说道："越是简单的道理，人越容易想不明白。出头方才说能水火不侵，冷热不惧，不受野兽伤害的人是神仙，这话倒也不错。深通人情，明于天理，做事无往而不利，这样的人，当得起神仙二字……"

霍光本想再问问他何为天理，何为人情，哪知老胡却转了话头，斜着眼和出头说道："你不省人事之时，程连还来看过你哪，给你拿来了二斤羊肉，我已替你收下了。"出头听他二人谈论处世大道，只觉废话连篇，本已昏昏欲睡，一听程连的名字，霍地坐了起来，怒道："他还有脸来看我，这人太阴险了，我这顿打就是替他挨的，老胡，你把羊肉赶紧扔了，免得吃了以后黑了心肠！哼，想靠二斤羊肉就了结此事，他想得也太容易了，他和管敢对我的好处，我自会记在心里，今后我再和他们好好算这笔账。"

老胡沉默着，没有言语，好半天才说道："程连这人我知道，其实没什么。你和他的过节我听霍光说了，他断不会因一两句口角而处心积虑地害你。你挨了打，他也很内疚，大约他以为你和管敢是同来的，又年纪最小，即便没有交情也总不至于有仇，谁知……"

出头握紧拳头在炕上狠狠一砸，咬着牙关咯咯笑道："胡大哥，你不用替程连说好话，出头虽然年纪不大，可心里清爽。在这边塞之上，真心待我好的，除了霍二哥，也就是你了，嗯……"他略为犹豫了一下，续道："侯长也可算得一个。你们真心待我，出头自然也拿真心待你们。其他人，出头就当他们是……买饼子的，他给我三文钱，我就给他一个饼子，互不相欠。谁要是想不花钱就吃我的饼子，哼，我就是拼着性命不要，也要把钱讨回来！"

老胡听了出头的话，先是一愣，继而大笑，捂着肚子，好半天才缓过气来，拍着手说道："绝！多少人一辈子也未必想得通的道理，被你一句话给点破了。唉，人活在世上，大多时候都是在计算权衡，利大弊小的事就做，利小弊大的事就不做，一本万利的事，管它弊大弊小，那是非做不可！趋利避害是人之本性啊。人人都想占便宜，像出头这样买卖公道的，还真不多见。"

出头悻悻说道："老胡，你又在笑我了。"那老胡止了笑，起身下地，踱了两步，幽幽说道："出头，我有一句话你一定要听……"他仰着头，似乎

风云乍起

陷入了沉思，良久，才又说道："李陵已经到任了，管敢打你这件事，我总觉得他不会就这么算了。倘若他真是不闻不问，你就当什么也没发生过，照常做你的兵。千万不要找程连去闹，程连有愧于你，日后定会加以补偿。这就如同他吃了你的饼子没有付钱，始终欠着你一份人情；但你若是找上门去和他大吵一顿，人情不但没了，反而结了仇，事情只会越变越糟。"

霍光在一旁插口道："那李陵要是管了哪，出头又该怎么办？"

"要是管了……"老胡搓着手，斟酌了一下说道："那便只说管敢打出头的事，至于之前管敢和程连的恩怨一概不提。"出头不服气，皱着眉问道："为什么不能提？没有这事，哪有后来我挨打？"老胡长长吁了口气，盯着出头，咻哧一笑，道："出头，你方才说侯长算得上是真心待你好的，你自然也要真心待他，如果你将之前的事翻腾出来，不但程连恨你，侯长也会被牵扯进去，日后，你麻烦大了去了。"

出头不解地问道："这事和侯长有什么关系？"老胡舒展了一下身子，慢条斯理地说道："李陵今年不过二十岁，正是精猛躁进、自以为是的年纪，他又是名将之后，初来边塞，立功升官的心正切，无事还要寻事哪，怎会放掉这个扬名立威的好机会。要是我所料不错的话，他必定会借此杀一儆百、整顿军纪。你将程连、管敢打架的事说出去，一是口说无凭，两人必定不会承认，你枉做小人；二是官兵私相斗殴，为大汉军法严禁，斗而不能知，知而不能禁，长官不是无能就是放纵，你无形中给侯长安上了这两个罪名，要他日后再真心待你好可就难了。即便他不怪罪你，心中也难免有了芥蒂，就像这次，程连本无意害你，可你和他有点小过节，一遇到没人愿意做的事，他自然而然地就先想起你来……"

"说话做事用得着这般小心么？"出头攥紧拳头，既愤怒又不甘心，思谋了一阵，终觉老胡的话无可辩驳，忍不住叹了口气："挨个揍都得绕这么多弯子，想这么多花花肠子，这样的日子，过得也真是无趣。哭也不敢哭、笑又不敢笑，再这么下去，非活活累死不可。"

老胡看着出头，怔怔出神，桌上的烛火在他眼中聚成两个小亮点，显得目光晶莹而温润，他神色迷离，仿佛隔着出头，看到了另外一个人，想起了很久远的事情。出头被他盯得发慌，伸出手来在他眼前晃了晃："老胡，想什么哪？"

老胡身子一颤，醒过神来，苦笑着摇了摇头："没想什么……只是觉得你说话的口气和……和一个人很像。"

屋子里已是燥热难耐，霍光还是不停地往炉里添柴，一不小心，手被蹿出膛的炉火烫了一下，疼得他猛地一缩。出头看着，不禁开心大笑。半晌，他问霍光："二哥，你觉着在这里呆着有意思么？"

"出头！"不等霍光开口，老胡接过话茬，语气淡淡地说道："这里没意思，哪里又有意思了？天下都是一样，有人的地方就有争斗，闾巷之争，不过撒泼斗口、挥拳相殴而已；庙堂之争，则伏尸百万、流血漂橹。人在局中，避无可避，没有谁能独善其身，不懂得一些手段，何以安身立命！"

霍光将最后一捆柴草尽数投入炉膛之中，回身问道："胡大哥，你懂得这么多，可如何不见你和别人争啊？"老胡擦了擦额头上的汗，脱了棉衣，只穿了一件单褂子，找了个离炉子最远的角落蹲了，似笑非笑地说："谁说我不争的？只不过旁人争的是热闹，我争的是清净罢了。争的东西不一样，自然就看不出争的痕迹来。霍兄弟……"他犹豫了一下，说道："有朝一日，你和别人争一样东西时，就看看楚庄王摘缨会的故事，读得懂了，自会对你有所裨益，你和我们不一样……"

霍光起身掸了掸衣襟上的尘土，在木桶里舀了瓢水，咕咚咕咚喝了，大大咧咧地说："都是爹妈生养的，有什么不一样，我是四个鼻子还是八只眼睛？"他顿了顿："胡大哥，我只是一直想不通，那个在暗处帮我的人到底是谁？你和侯长是真的不知道还是……"不等他说完，老胡已是跳着脚喊了起来："唉呀，我说这屋子怎么这般暖和，原来是你把我三天的柴禾全烧了，你让我这两日如何过啊！"他懊恼地看着霍光和出头，一副无可奈何的神情，三人相互对视着，不禁哈哈大笑。

当夜，出头、霍光与老胡挤在一处睡了，出头沾枕即着，霍光和老胡却各自想着心事，在炕上辗转反侧，但两人谁也没再说话。

岁月其徂，四季更替，出头初来边塞时是深冬，如今已是初夏光景了。

老胡所料不错，那程连自出头受伤后，隔三岔五便来探望，还常常带些鱼干和羊肉给出头补身子，这都是平日出头难得一吃的东西。吃得好、睡得香，加之白日里不用干活，十几天下来，出头不但伤势大好，人也胖了。程连每次来，都要当着出头的面大骂管敢，但对自己和管敢之间打架的事却绝口不提，只是说要寻个时机，约齐人手，趁管敢巡逻时狠揍他一顿，为出头报仇，还劝出头要沉得住气，不要将受伤的事到处宣扬，如若让隧长知道，非但报不了仇，只怕还要受到责罚。出头是个豪迈豁达之人，吃软不吃硬，心中虽对程连惺惺作态的小人嘴脸十分鄙视，但见他礼数周到、待己优渥，也就不好发作。

程连又借口出头年纪幼小、身体单薄，在隧长处荐了出头做斥堠兵，陈步乐当即应允。其他军士想得这份差事，至少要熬个三四年，出头短短数月便能于烽火台上站岗放哨，引得旁人又羡又妒，都以为出头大有背景，没人再敢招惹于他。

出头生性聪明，自那日得了老胡指点，于举烽之事已略通一二。做了斥堠兵后，更是整日缠着老胡给自己讲授《塞上烽火品约》，不过三天，便将各式条例记得烂熟。

斥堠兵是边隧上最悠游的差事，出头每日呆在烽火台上的土楼橹中，升高望远，穷居独处。寂寞时，就看看下面蚁群一样忙忙碌碌的军士，看他们演武、打垒、汲水、除沙、用草泥涂墙，听着他们喧哗打闹之声，一天就这么过去了，晚上，另有军士替他上哨。刚开始，出头还觉得轻闲有趣，时日一久，他对这种大老爷般无所事事的生活越来越是厌烦，别人求之不得的差事于他却是受罪，心中只盼着回去做个普通军士，再苦再累也胜于这么干呆着。

一晃已到了四月二十。这天出头夜半醒来，暗暗打定主意，不管人家说自己如何不知好歹，这差事也不干了，下了哨就去找程连，让他和侯长说说，另委他人。因心里有事，出头再难入睡，索性穿衣起身，信步上了楼橹。此时四更刚过，值夜哨的兵士正靠着墙打瞌睡，见出头进来，喜不自胜，匆匆打了招呼，乐颠颠地跑回营房睡觉去了。出头透过楼橹的望孔向外看去，但见四下里黑沉沉的，一片静寂，只远处有个亮点在微微闪烁。出头百无聊赖，往油灯中添了些灯油，坐在灯下擦起刀来。他心里隐隐觉得不安，似乎有一件重要的事情忘记做了，然而仔细想想，却又全然记不起来，他盯着油灯，微露笑意，只道是夜里没睡好，以致有些神思恍惚之故。

猛然间灯花一闪，出头忽地想起了什么，心头如受重撞，急急地跳起身，跑到望孔去看那闪烁不定的亮点。是火光！从显明障所辖亭隧方向传来的火光！难道……难道是他们点燃了烽火？这一惊非同小可，出头只觉阵阵晕眩，手扶墙壁，好容易才站定了。一摸腰间，发现忘带了刁斗，他狠狠打了自己一个耳光，跌跌撞撞向下跑去，边跑边喊："快起来！匈奴人打来了……"声音嘶哑凄厉，直如狼嗥枭啼，在漆黑如墨的静夜中听来，格外惊心动魄。

出头跑回营房时，已是两腿发软，左脚竟绊在门槛之上，重重地跌了一跤，他顾不得疼痛，径直奔向自己的炕铺去寻刁斗。有几名军士被他吵醒了，大声地骂了几句，出头也不解释，左手抄起刁斗，右手随处一抓，摸到一副吃饭用的木头筷子，便不管不顾地敲击起来。黑暗中只听有人问道："出头，到底发生了什么事？"出头识得是霍光的声音，他颤着声答道："二哥！匈……匈奴人来了！"他的声音并不宏亮，但众人听在耳中，却与炸雷相仿，营房中先是一阵死寂，继而大乱，人人摸着黑找寻自己的衣物兵刃，相互之间不断推搡碰撞，喝骂声、抱怨声响成一片。出头见此情形，心中惶惑无主，他呆呆地站着，不知如何是好。

霍光点亮了油灯，一闪眼，见出头还在原地傻站着，上前推了他一把，喝道："出头，你还不快去禀报侯长！"出头下意识地答应了一声，飞跑着直奔陈步乐的营房，远远地，听到霍光在后面喊："其他人到院中集合……"

另外几个营房被这里的响声惊动，灯光陆续亮起，不少军士开了门，探头探脑地向外张望。出头来不及一一细说，见人就敲几下手中的刁斗，一路敲将过去，险些和一个人撞个满怀。那人一把抓住出头，吼道："出头，你这么慌张做什么！"出头细看之下，认出是侯长陈步乐。那陈步穿戴齐整，当庭而立，面色阴沉沉的，看不出是喜是忧。出头心中略定，便把在烽火台上见到的情形跟他说了个大概。陈步乐听完，腮上的肌肉微微抽搐了两下，嘿嘿冷笑道："来得好，老子我好久没打仗了，这回倒要杀个痛快！"他一眼看见出头手中的刁斗，轻蔑地哼了一声："出头，以后别再敲这玩意了，李广将军就从来不让我们敲什么狗屁刁斗。大丈夫为国效力，愁的是没仗可打，惧的是无敌可杀，如今敌人自己送上门来，我们该当欢喜才是。一敲这东西，倒好像我们怕了匈奴人！"出头一听这话，不由得抬头打量了陈步乐一眼，心想："我原以为侯长是个极平庸的人，看来我错了，只有好汉子，才能说出这等英雄的话来！"

风云乍起

只听陈步乐又说道："不过烽火还是要点的，不然就犯了军法……老胡，你过来。"他冲远处招了招手，只见老胡左手持弓、腰间挎刀，慢吞吞地跑了过来。陈步乐冲他点了点头，说道："出头来的时日还短，有些规距尚不大明白，你帮帮他。"

老胡帮出头将茇茇草运到了烽火台上，已是累得气喘吁吁。出头笑道："胡大哥，你身子骨怎么这般差，一点也不像个当兵的。"老胡没有搭话，抬头遥望远处的烽火，喃喃自语道："点了三堆，看来匈奴人来得还真不少啊！"出头心中一凛，记起《塞上烽火品约》中说过："只有犯边敌人超过一千时，才可燃起三堆积薪。"他不由得叹息了一声，问道："老胡，你说我们会死么？"老胡一笑："怎么，怕了？"出头摇摇头："我不是怕死，只是还没活够哪。"老胡把茇茇草分成三堆，点了一只火把递给出头，漫不经心的说道："我不怕，我是早就该死了的人，多活了这么多年，足够了……出头，你是斥堠兵，还是你来点吧。"

干透了的茇茇草遇火即着，顷刻之间火光熊熊，三股浓烟冲天而起。出头望着眼前的烽火，想着转瞬即来的战斗，心中又是激动，又是恐惧。此刻，天色麻苍苍的即将放亮，几缕血线从东方厚厚的云层中透将出来，那血线愈来愈长、愈来愈浓、愈来愈亮，将半边天空点染得瑰丽莫名，不经意间，一轮红日已喷涌而出。红日出浴，天地间一片赤彤，身披铁衣的壮士、哀哀嘶鸣的战马、浩翰无垠的大漠、黄土夯就的城墙……一切尽皆笼罩在这壮美难言的阳光之下。出头站在烽火台上，胸中豪气陡生，回头对老胡说道："老胡，我今日若是战死了，烦劳你就将我葬在这塞外，让我天天都能看到这里的日出！"说罢，抽出肋下的腰刀，不顾老胡的叫喊，头也不回地去了。

出头登上了墙头，见隧中数十名军士沿着障墙上的一个个雉堞次第排开，弓上弦、刀出鞘，早已做好了应战的准备。出头寻着了霍光，在他旁边站了，霍光侧过头，冲出头笑了笑，低声说道："你怎么来了，侯长不是让你放烽火么？"出头扬了扬手中刀："那边有老胡就够了，我要和二哥并肩作战！"霍光拍了拍他的肩头，刚要说些什么，却见陈步乐心事重重地向这边走来，两人几乎同时喊了声："侯长！"陈步乐点了点头，"嗯"了一声。他停下脚步，看着霍光，像是有话要说，张了张口，又把话咽了回去。霍光向出头递了个眼色，示意他走远一点，出头却不解其意，望着霍光，又瞅瞅陈步乐，仍是站着不动。陈步乐看在眼里，情不自禁地笑了出来，说道："和你们俩说话我有什么可避讳的，只是……霍光，我曾经和你说过，你是都尉大人要极力保全的人，但兵凶战危，一旦真接起仗来，是生是死很难讲啊，你要是害怕，我即刻给你一匹快马，你拿我的出入符到大湾城肩水都尉府去找刘都尉，他自会好好照料于你……""候长！"不等陈步乐说完，霍光便打断了他的话头，"我霍光昔日可以杀贪官、除恶吏，今日更应抗匈奴、御外侮。我不知暗中帮我的是什么人，他即于我有恩，救了我和出头的性命，自然也希望我们到边塞之上杀敌立功，做个有用之人，若是我惧饥寒、顾利禄，贪生怕死，那才是真正对不起他。隧长的心意我领了，但我霍光誓与长秋障共存亡，我身为大汉军士，报国而死，有何可惧！"

一番话说得陈步乐嗟叹不已，他重重地叹了口气："要都像你们就好了，哼……"他忽然冷笑了一声："那边有几个戍边的囚徒，居然就吓得尿了裤子，听说从前也都是些称霸一方的豪强，原来只是欺负百姓有本事……真给我们大汉朝丢脸，这次要是不死，看我以后怎么收拾他们。"他又自言自语道："也难怪，这里的兵大多是新来的，没见过世面，不知道打仗是怎么一回事，自然害怕，得想个办法鼓舞一下士气才行……"

他清了清嗓子，径直向前走去，对守卫的军士们大声说道："匈奴人不会打仗，倒挺会唱曲子的，大家知不知道他们最喜欢唱的是什么曲子啊？"

长秋障的军士近一半是来自河东的罪犯，另有一些是各郡国的正卒，真正和匈奴人打过仗的少之又少，这些人素日里常听说匈奴人如何残忍暴虐，已先有了怯意，如今要真刀真枪地与之决胜负、定生死，心中更是忐忑不安，偏偏隧长又着三不着四地说起小曲来，人人均是一愣。

只听那陈步乐说道："你们不知道，我可知道。"说着，便捏着嗓子唱了起来："亡我祁连山，使我六畜不蕃息；失我焉支山，使我妇女无颜色！"这首曲子曲调激越苍凉，动人心魄，是以在大汉也流传极广，塞上的军士几乎人人听过，谁知被陈步乐尖声尖气地唱出来，变得说不出的滑稽可笑，众人立时笑成一片，方才紧张、恐惧的气氛一扫而空。陈步乐笑眯眯地说道："听听，多没出息，打了败仗还不够，还要编成曲子，四处宣扬他们输得有多惨，这就是匈奴人！你们大声地告诉我，这样的人，我们会怕么？"

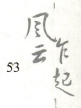

53

"不怕！"

"再大声点，会怕么？"

"不怕！"

"好！"陈步乐满意地点点头，脸上的神情变得异常庄重："这样的曲子我们不会唱，要唱就唱就唱能振我大汉军威的！'大天苍苍兮，大地茫茫。生虽可乐兮，死亦不伤。壮士出塞兮，保我国疆！"他的嗓子又粗又哑，唱得并不好听，但其中却充塞着一股慷慨豪迈、莽莽苍苍的英雄气。直听得众人周身热血沸腾，咬牙切齿、目眦欲裂，恨不得立刻便与匈奴人决一死战。先是几个人跟着唱了起来，继而和者越来越多、声音越来越大，歌声昂扬，响彻四野。

出头和霍光说道："二哥，侯长平素看着有些吊儿郎当，到了见真章的时候，真是个了不起的人啊！"

霍光盯着陈步乐，微微颔首，说了句："多加历练，置之一方，当可为一代名将！"

大约过了一顿饭的时分，匈奴人仍是连影子也未见一个。兵士们渐渐松懈下来。不一会儿，只听背后马蹄声"得得"，一个年轻的军士骑着马，自西而东，直奔肩水金关的方向去了。陈步乐满面狐疑地望着那军士，眉头紧皱，沉吟着不语。正思索间，老胡已是匆匆忙忙地登上了墙头，冲自己跑过来。"侯长！"老胡擦拭着头上的汗水，深吸了一口气，尽量使得语气平缓："那边的烽火熄了！"

"啊！"陈步乐张大了嘴，愕然良久，他低下头，缓缓地踱着步子，不解地说道："这怎么可能，难道把匈奴人击退了？哪有这么快，算起来，军侯的援军也就刚刚赶到……那些亭隧都在显明障的管辖之下，莽何罗也是久经战阵的人了，他的手下怎敢随便去点烽火？谎报军情可是掉脑袋的大罪啊……"他喋喋不休地说着，话语里充满了无尽的疑惑。

转眼时已过午，军士们个个腰酸背痛、又饥又渴，纷纷要下去休息，陈步乐只好逐个安抚，说上面没有命令下来，警戒便不能解除，大家再忍耐一下，很快就有消息了。其实他自己心中也是焦躁难耐。他一面叫老胡带几个军士去做饭，一面犹豫着是不是该派人到军侯所驻的甲渠塞中打探一番。

霍光见隧长愁眉不展，本想出言安慰，却又寻不出话来，他举目远望，突然"咦"了一声，说道："侯长，你看！"陈步乐顺着他所指的方向看去，见方才骑马经过的军士又折了回来。到了障门近前，那军士下了马，高呼道："陈侯长，都尉府有令……"

陈步乐面无表情地说了句："今日这事，可真他娘的蹊跷！"他将腰刀入鞘，也不叫别的军士跟着，一个人去了。

城上的军士听到都尉府来了军令，好奇心起，都聚拢了过来，远远地望着。陈步乐和来人相谈了甚久，因离得远，众人一句话也听不见。陈步乐像是问了句什么，那人想了想，摇了摇头，陈步乐铁青着脸，转身便走，那人尴尬地站了一会儿，又快步追上，赔着笑说了几句话，陈步乐这才面露喜色，与那人拱手作别。

上得墙来，陈步乐环视左右，脸上挤出一丝笑容，说道："今日偏劳弟兄们了，我已让老胡给大家做了顿好吃的，每人再加一个鸡蛋、一勺子酒。方才都尉府来了信，警戒解除，大家可以回去歇着了，下午放假，你们想怎么乐就怎么乐！"众人登时欢呼起来。出头兴冲冲地看了霍光一眼，说："我去问问侯长到底是怎么一回事？"霍光偷偷地摆了摆手，直到军士们都下了墙，他才领着出头一步步向前挪去。

陈步乐背着双手，专注地盯着墙角一颗冒出头来的芨芨草，用脚尖仔细将它铲了，突然开口说道："你们两个小猴崽子，八成是等着从我嘴里套话哪吧？"出头嘻嘻一笑："侯长，我们忙乎了一头午，累个半死，却连匈奴人的面也没见着，你怎么也得让我们累个明白吧。"陈步乐苦笑了一声："明白？奶奶的，我到现在还糊涂着哪。方才来的那人是显明障的车千秋，昨儿夜里就是他巡的哨。车千秋说，四更时分，他在烽火台上听到了闷雷一样的马蹄声，当时天还未亮，他也看不出个所以然来，料定是匈奴人入侵，就急急忙忙地点了烽火，结果所辖亭隧也都跟着点了，一直就传到了咱们这里。等到太阳出来他才发现，来的不过是两个普通的匈奴牧民，他们赶着二百多匹马和几百只羊，走失了方向，这才来到长城底下。这两个大笨鳖一走错不要紧，却成全了管敢那小子，当时显明障的军士都愣住了，出障，怕有埋伏；不出障，又可惜了这些马……嘿嘿，如若换成了我，恐怕也是左右为难啊……偏偏管敢这小子不知天高地厚，偷偷地瞒了众人出了隧去，将那两个匈奴人杀了，那些牲畜也被他赶进了障里，等军侯带人前去救援时，屁事都没了……"说到这里，陈步乐重重地捶了一下城墙，恨恨地说道："管敢真他娘的有狗命，这种事情都能碰到，他立了大功，想是不久就要高升了……"

霍光想了想，问道："咱们这里水草甚少，匈奴人怎么会想到来这里放牧？况且……哪有在夜里放牧的道理？我怎么觉得……这两个匈奴人……好像是故意要将马送给咱们似的？"陈步乐点了点头，说道："这件事委实可疑，我心中也是纳闷得紧。但牧人放牧，因迷失方向而连夜赶路的情形也是有的……不管怎么说，管敢是实实在在地杀了两个匈奴人，得了几百匹马、数百只羊，就凭这，立大功是一定的了。"他顿了顿，面上忽露自得之色，说道："但显明障想要独吞功劳也不是那般容易，咱们没有功劳也有苦劳啊。方才那车千秋说，都尉只要马匹，那些羊全留给显明障算做奖赏，我呸，就他一个显明障能守得住整个长城？我好歹也要弄他几十只羊回来，给弟兄们打打牙祭……车千秋已经答应回去和老莽说了，老莽虽然狂傲，我的面子却还是要给的。"

一提起吃的，出头、霍光登时觉得饥肠辘辘，闻着从伙房传来的阵阵饭菜香气，二人禁不住馋涎直流，再顾不得谈论管敢立下的蹊跷功劳，向陈步乐行了礼，赶回营房吃饭去了。

这一餐极为丰盛，除了众军士常吃的盐、豉、荠、酱之外，还多了鸡肉、咸鱼、牛脯等荤菜，饭是上好的粱米做的。出头戍边以来头一回吃到这么多好东西，香得险些连舌头也吞下肚去。另一些年纪稍长的军士却只喝酒。他们自己的酒不够喝，便涎皮赖脸地将出头、霍光等人的酒抢了去。出头、霍光也不在意，笑着看他们划拳行令，投壶斗酒。正喧哗叫嚷间，营房门"吱呀"一声开了，陈步乐带着几个人从门外缓步进来，众人见到侯长，先是一怔，复又嘈杂如故。一个军士满满地斟了杯酒，乐颠颠地跑过来，将杯子举到陈步乐面前，说道："侯长，老高在这边吹牛，说论喝酒，障里没人是他的对手。你和他比，让他见识见识你的海量！"旁边的军士们拍着手轰然叫好。陈步乐接过那酒，舔了舔嘴唇，又若无其事地放下。他冲四周抱了抱拳，一脸歉然地说道："各位弟兄，今日本想让你们开怀畅饮、玩个尽兴，可惜军侯来了令，要所辖各障的军士到甲渠塞集合。他是军侯，比我官大，自然是他的话更顶用些。他的命令已下了有一会儿了，咱们再不去，一个个都得挨板子。我看，今日这酒就到此为止吧。不过大家不必担心，欠你们的，来日我一定给你们补上！老胡，你和程连带手下人留守，其他人马上穿戴齐整，随我出发！"

众人被搅了酒兴，心中难免不自在，但又不能不听，一个个只好快快地答应着，出门列队。出头、霍光是程连的部下，以为自己是要留守的，是以站着未动。陈步乐看了二人一眼，说道："你们两个不用留下，跟着我一块去。"

出头经过陈步乐身边时，被他轻轻扯住，只听他低声问道："出头，和我说实话，你认识军侯李陵么？"出头想起那天老胡说的话，思量再三，摇了摇头。陈步乐盯着出头，半晌，将目光移开，随口说道："这就怪了，你不认识他，他可认识你啊，点了名要你去的。"

甲渠塞在肩水金关的西北方向，距长秋障约有四五十里的路程。管敢一行人走了一个时辰方才赶到。那甲渠塞建在一个高高的土坡上，东南西北四方以高墙通通围住，四角设有垛楼以备守望。土坡下面是大一片开阔的空地，数百名军士钉子似的在空地上排成五列，个个精神饱满，身姿挺拔。一个军官模样的人站在队列前面，背着手，来回地踱着步，像在等待什么。

陈步乐见这阵势，知道自己来晚了，不由得加快了脚步，带着众人跑至近前，匆匆列好了队伍，自己则在那军官面前站定了，高声说道："禀军侯，长秋障共三十一人，除八人留守外，其余二十三人全部到齐，列队完毕，请军侯示下。"那军官并不说话，只抬起眼来打量着众人。出头的目光和他的目光相遇，身子微微一颤，心中想到："时隔两月，又见着这个绣花大枕头了，不知他今日要和我们说些什么？哼，教我们怎么绣花么？"想到这里，脸上微微露出笑容。耳听得旁边有人议论："这就是咱们的军侯么？怎么长得这般俊，别是大姑娘假扮的吧。""这谁知道，嘿嘿……那得脱光了看……"

出头听他们说得下流，想象着军侯不穿衣服时的样子，险些乐出声来，好容易才忍住。正自心猿意马，只听那军侯说道："我李陵赴任时日不短了，总得和大家见见面，今日本来要向大家通报两件事，但如今看来……"他瞅了陈步乐一眼，续道："变成三件了。"他清了清嗓子，说话的声音大了些："陈侯长，你说说，我的传令兵是怎样告知你的？"说着，侧过头来，直视着陈步乐。陈步乐站得笔直，正视前方，高声答道："得令之后立刻率队赶往甲渠塞！"李陵"嗯"了一声，接着说道："我的传令兵是先去的你那里，之后才赶往显明障，可显明障的人却比你先到了，你怎么说？"陈步乐不卑不亢地答道："兵士们忙于举烽警戒，疲惫不堪，我想让他们吃饱饭后再来聆训。"李陵眼光一亮，似是没想到陈步乐敢这样回话，嘴角现出一丝笑意，停顿了一下，语气淡淡地问道："匈奴人来了，肯等你吃饱饭后再打么？"队列中有几个人低声笑了出来。陈步乐仍是面无表情："禀军侯，匈奴人没来！"出头和霍光见侯长这样面对面的顶撞军侯，相互对视了一眼，暗暗替陈步乐担心。李陵眉棱骨微微一动，长长地出了口气，语气仍是极平和："难道匈奴人每次来，都要事先告知陈侯长你么？"那几个人笑得更加厉害了。出头厌恶地瞥了他们一眼，见管敢咧着大嘴，神情甚是欢愉，不禁大怒，恨不得上前一刀劈死了他。

陈步乐本无意与李陵闹僵，只是觉得这少年语气神情太过傲慢，忍不住便想顶他几句，如今势成骑虎，也只好硬撑。他大声说道："禀军侯，敌人侵入长城，塞上烽火自会告知于我，何必劳烦匈奴人？鄙人虽不材，也曾得李广将军言传身教，懂得带兵无恩，军必覆亡的道理，军士们累了许久，只因军侯想说几句话就要饿肚子，未免不尽人情。体恤士卒，何错之有！"

"体恤士卒当然没错，我问的是不遵军令的错！"李陵勃然作色，"倘若人人借口体恤士卒，各自为政、自行其事，那要将领做什么，要军令做什么？！吃饭？光吃饭能用去这许多时候，我看是饮酒玩乐了吧！你看看你带的兵，一个个喝得红头涨脸、酒气熏天，能上阵杀敌么？来人，把陈步乐给我带下去，打二十军棍，帮他醒醒酒！"他话音刚落，两个亲兵便如狼似虎地扑上来，按住陈步乐的肩头，拖着就走。陈步乐极硬挺，两膀一晃，甩开两人，自行走到一边，褪下裤子，扑地而倒，大笑着说了声："来吧，打狠一些，老子的屁股硬着哪！"

棍子落在陈步乐的屁股上、双腿上，发出一声声闷响，不出十棍，鲜血便从他的双股间涔涔流下，陈步乐兀自意气阳阳，哼也不哼一声。众人看着这种场面，无不胆颤心惊、手足发软。二十棍堪堪打完，出头、霍光已从队伍中抢出，上前搀扶着陈步乐归队。陈步乐挣脱了两人的手，咬着牙说道："放开我，我要自己走回去。他越想看我的惨样，我越不能让他如意。"

李陵处置完陈步乐，又徐步走到显明障队列前，在管敢身边停住了。只听他问道："你就叫管敢？咱们上回已经见过面了。你出列！"管敢大踏步走出，转了个身，面向众人，挺胸抬头，一副志得意满的模样。李陵斜着眼看了看他，突然不屑地"哧"了一声，说道："难为你还这般高兴，莫非真当自己立了功不成？那两个匈奴人是你杀的？"管敢本以为李陵要他出列，定然要在众军士面前大大地夸奖一番，最不济也能提升自己做个伍长，正自陶醉，哪料想李陵竟然说出这等话来，不禁愣住了。李陵又冷冷地说道："谁叫你擅自打开障门迎敌的？你置整个肩水金关的安危不顾，侥幸立功，犯险求逞，你好大的胆子啊？"

这一下大出众人的意料。管敢孤身一人杀敌得马，可谓出尽了风头，这件事情差不多全肩水金关都传遍了，就算他擅开障门有过，可仍是功大于过，应得重赏。如今听李陵话中之意，竟似要当众处置于他，人人均感惶恐迷惑，不知这位年轻英俊的军侯到底要做什么。管敢浑身颤抖、面皮涨得通红，一时气得说不出话来。

出头背地里已不知将李陵骂过了多少遍，此刻见形势急转直下，方才还踌躇满志的管大胡子即将倒霉，心中说不出的快活，不禁对这个金玉其外、败絮其中的军侯多了些许好感。他刚想出声叫好，就见从显明障的队列里走出一个人来。

那人身材异常魁梧，壮健得像头大牯牛，紫红色的脸上生满了麻子，粗眉大眼，塌鼻阔口，相貌十分狞恶。他哈哈假笑了几声，伸手一把将管敢拽到身后，瓮声瓮气地说道："军侯此言差矣。常言说将在外君命有所不受。战场之上形势瞬息万变，时机稍纵即逝，就像这回，我们要是等着军侯来了再做定夺，那两个匈奴人早赶着牲畜跑了，我们连毛都拿不到一根。打仗么，就是行险，想一点风险没有，不如回家抱孩子。哈哈，我老莽嘴臭，怎么想的就怎么说，军侯可别见怪！"出头听着，心里一惊："这人好生无礼啊！瞧他行事说话，倒好像他是军侯一般，居然叫李陵回家抱孩子！我们这位大枕头军侯该如应付哪！唉，碰上这帮骄兵悍将，也真是难管！"

李陵眼中寒光一闪，冷冰冰地说道："依莽侯长之见，管敢做得很对是不是？"那姓莽的侯长眼皮一翻，说道："那是自然！管敢孤身一人出隧迎敌，可谓有胆；断定敌人并无埋伏，可谓有识；连杀匈奴两人，可谓有勇；

59

不惧自身安危，不顾上司责难，为我大汉抢得数百匹良马，可谓有义。像这样一个有胆、有识、有勇、有义之人，军侯不思重赏，反倒要难为他，我老莽实在看不下眼去。带兵不比小孩过家家，胡闹不得啊，冷了弟兄们的心，今后谁还会为国效力！"这番话简直就是在训诫李陵，甲渠塞的二百多名军士归李陵亲自统领，眼见军侯受辱，早有几个人冲将出来，掣刀在手，要将那姓莽的侯长拿下。管敢也拔出刀来，右手一挥，显明障的三十名军士团团围过来，将那姓莽的侯长护住了。

双方剑拔弩张，火并一触即发。

出头手心全是冷汗，扶着陈步乐的那只手不知不觉放下了，在自己的衣襟上一擦。陈步乐笑了笑，转过头来，看着霍光，眼神中似乎别有深意，半晌，方才说道："你知道这个莽何罗是什么人么？"霍光摇了摇头。

"他是大司马、骠骑将军、冠军侯霍去病的马弁！"

一听陈步乐提起霍去病，霍光、出头身子都是一颤。在汉军中，霍去病是神一样的人物，十八岁追随舅父卫青出征，先后六次出击匈奴，开河西之地，封狼居胥山，共斩首房十一万余级，纵横六载，从未一败，不到二十四岁就已官至大司马、骠骑将军，冠军侯，位居人臣之极，自古以来，前所未有。想不到这老莽竟是他的部下。霍光半天才缓过神来，只听那陈步乐接着说道："冠军侯的贴身亲兵，外放出来，最不济也要做个军侯。老莽跟了霍侯四年，已经定下做上党郡五原关都尉了，不成想他醉酒后与僚属发生口角，一气之下，竟拔剑杀了人家。也就是霍侯吧，能把这事压下来，非但没砍他的头，反而放到这肩水金关做了侯长。眼瞅着就要升任甲渠塞的军侯了，也不知怎么搞的，上边又指派了李陵，老莽早就憋了一肚子的无名火，他们两人是干柴遇烈火，我们乐得看个热闹。叫弟兄们谁都别动。"他又重重地哼了一声："李陵这人锋芒毕露，和他爷爷完全不同。李广将军待人以恩，他却治之以法，老莽这么大的后台，他可未必镇得住，弄不好，从此甲渠塞要乱了……"

出头却始终关注着那边局势的进展，不知怎么，他渐渐被这个新来的军侯吸引住了，只觉这人并非如想象中的那般无能，何况他要惩治的，又是多次欺负过自己的管敢，心中竟暗暗地希望李陵能够获胜。

李陵面沉似水，挥手让自己的兵士们退下，一字一板地说道："要拿莽何罗，我一只手就够了，用不着你们。”那莽何罗纵声长笑，指着自己的兵士们骂道：“跟了我这么久，连他娘的我有多大能耐都不知道！就这些人拿得住我么？”他随手抓过来一名军士，大骂道：“你他娘的如若处事公道，我莽何罗自会敬重你；要是你擅作威福，想骑在我头上拉屎，嘿嘿，那可是打错了算盘，就是天王老子，我也不买账。都给我回去，少在这儿丢人现眼！”他一把推开那军士，叉腰而立，意态甚豪。众人听了他这般露骨的辱骂，不禁将目光一齐望向李陵。

兵士们纷纷回归原队，空场上只剩下李陵、莽何罗、管敢三人。

李陵冲莽何罗抱了抱拳，说道：“莽侯长，你是前辈，是真正在战场上洒过血、流过汗的人，就凭这，我李陵今日不杀你。你我之争，全为公事，你既想不明白其中的是非利害，我便解说给你听。”他抿了抿嘴唇，义正词严地问道：“那两个匈奴人曾向你们障里喊了几句话，他们喊的是什么，你说与大家听听！”

莽何罗犹豫了一下，说道：“我……没听见！”“没听见？显明障的军士们全听见了，你没听见？你没听见就是擅离职守！一样有罪！”莽何罗听着李陵刀子一样的言语，把心一横，高声说道：“那两个匈奴人说：‘你们不是要马么，我们给你，有胆子尽管拿去。’”

李陵满意地点了点头，又转过身问管敢：“你说实话，那两个匈奴人当真是你杀的？”管敢似乎感到了一种巨大的威压，他垂下头去，躲闪着李陵的目光，沉思了一阵，终于还是低声说了句：“是。”

“是？！你居然说是！”这几个字从李陵牙缝中迸出来，杀气腾腾，闻者无不悚然。李陵瞪视着管敢，良久，说道：“你要是自认无能，仍不失男儿本色，贪天之功以为己有，你好不要脸！你瞧瞧这是什么！”他从怀里掏出一样东西，掷到管敢的脚下。管敢颤着手，拿起来仔细看了，见是两枚闪闪发亮的箭镞，脸上微微变色。李陵冷笑着说道：“这是我从那两具匈奴人尸体上发现的，这种箭镞只怕你连见都没见过。它叫鸣镝，箭铤上带有一个空孔，是以箭射出后会发出凄厉的响声，匈奴人常以它来指示方向，咱们汉人根本就不用这种箭。你不会跟我说这两只箭是你射的吧？”他微笑着注视着管敢，声音却阴冷得令人胆寒：“那两个匈奴人是自杀的，和你管敢的有胆有识有勇有义又有什么关系了？”

他话一出口，除了显明障的部属之外，其他军士都不由自主惊呼了一声，相顾骇然，谁也想不到，事情背后竟还有这许多的曲折。

李陵仰头向天，凝神思索了一阵，又淡淡地说道："我虽没亲眼看到，但也可以想象得出，你管敢刚一下去，那两个匈奴人便将这鸣镝刺入了自己的胸膛。匈奴人自认骑射天下无双，自尽时不用刀而必用箭。在他们心中，自杀是件极屈辱的事情，因而要拗断箭杆，不留痕迹。他们本可以将这场戏演得更像一些，但他们太自负了，宁肯留下些破绽，也决不死于汉军之手。他们到底想要干什么哪……"他用拳轻敲着额头，显然甚是困惑。

莽何罗阴着脸，悄无声息地走到显明障队列跟前，一个军士一个军士的打量着，突然大吼一声："是谁！是谁吃里扒外给李陵做了奸细，有种的话就给我站出来！"

"莽何罗，你好猖狂，我和你说了这么多，你还是不明白？！"李陵剑眉一扬，目中精光大盛："那两颗人头、近千匹牲畜，是匈奴人存心送给咱们的，是诱饵！他们一定另有图谋！"

莽何罗轻蔑地一笑："属下抖胆问军侯一句，匈奴人到底有什么图谋？"

李陵静静地看着他，黑黑的瞳仁像两口深不见底的幽井，他的脸色越来越阴郁，说话的口气却越来越淡："既称之为'谋'，真相自然一时看不清楚，不过，你们轻举妄动的恶果不久即会显现，事已至此，已是无法弥补。"

莽何罗板着面孔说道："恶果既然尚未显现，那么一切只是军侯你的猜度而已，岂能单凭胡思乱想而给下属妄定罪名。不错，那两个匈奴人并非管敢所杀，但管敢单枪匹马出隧迎敌时，又何尝顾虑过自身的安危。说他冒领边功？我大汉军中冒领边功的事不知有多少，有几个受到处置了？就连朝廷也是睁一只眼闭一只眼。我们当兵的太苦了，即便是冒领的功劳也是用血换来的，军侯何必苦苦相逼，一定要让管敢走投无路，做个顺水人情不好么。"

李陵赞许地点了点头："你这话说得在理。但你可知道，管敢已经惹下大祸，日后对景时，不只他的首级难保，你们显明障的人个个难逃干系。我今日处置了他，他的过错便一笔勾销了，将来上边要再寻你们的麻烦，我李陵自会一力承担。"

莽何罗直直地瞪着李陵，说道："说来说去，军侯还是要治管敢的罪？"

李陵迎着他的目光，毫不示弱，答道："不但治他的罪，还要治你的犯

62

上之罪。”

“属下恕难从命！”

“我自会要你从命！”

一旁的军士们见两人针锋相对，又说僵了，隐隐觉得不妙，接下来非有一场拼斗不可，一想到要自相残杀，众人心中都是惴惴不安。

李陵信步走到众军士跟前，见人人紧绷面皮，忧惧之情溢于言表，不禁笑道：“各位兄弟不必紧张，莽侯长不过是和我闹了些意气，不是什么大事，让我再劝劝他。你们听我号令，退后一百五十步，不奉令不得擅自上前，违者重处。”

等军士们退得远了，李陵转过脸来，说道：“老莽，我知道没当上军侯你很不服气。你心中定以为我这个官是投机钻营出来的。也难怪，我出身世家，又这般年轻，说这个职位是全凭自己本事得来的，没人相信。这样吧，咱们比比，你若打赢了我，我即刻辞官，这个军侯便让与你做。你若是输了，以后便唯我马首是瞻，不可像今日这般胡闹了。”莽何罗大笑着摇了摇头，说道：“你以为这官是你家封的啊，你说要谁做谁就做？”李陵微微一哂：“我们李家在朝廷里还是有些势力的，虽说我爷爷不在了……”他顿了顿，咽喉处无声吞咽了一下，接着说道：“可我三叔还做着郎中令，他要提拔你做个军侯，也并非什么难事。”

63

莽何罗犹豫着沉吟不语。

李陵又开口说道：“你不是一直跟着霍侯来着么，霍侯身边的人可都是天不怕地不怕的。噢，原来你是没本事。对了，连冒领军功这等隐秘之事都做得漏洞百出，可见确是愚不可及。”莽何罗霍地抬起头来，怒道：“那是因为你来得太快了，我尚未来得及将箭头从尸体中取出。否则，以你这个小孩仔子能看出个屁来！”

李陵也不生气，说道：“好，既然你不承认自己蠢，那咱们就比比。你和管敢一起上，可以用兵刃。我赤手空拳对付你们两个。只要能接住我三招，就算你们赢。”莽何罗嘿嘿一阵冷笑：“李陵，你辱我太甚。这可是你自己找死，须怪不得我。我杀了你，再去给你抵命也不枉了。”他看了看站在一旁的管敢，说道：“老弟，要是让他得势，你我都没好日子过，莫不如就和他拼了，你敢不敢和我一起杀了他。”管敢面无表情，“刷”地一声抽出了腰刀。莽何罗冲他点了点头，说道："我果然没看错你，是条汉子！"两个人互相使了个眼色，各挺腰刀，直扑过来。李陵稳稳地站着，丝毫不动声色。

莽何罗大吼一声，举刀向李陵劈去，猛然间，只觉眼前一花，不知怎么，李陵竟已牢牢抓住了自己胸口，他大骇之下，挥刀横撩，李陵右手一提，将他高高举过头顶，顺势抛出，掷向迎面而来的管敢，只听"扑通"一声，莽何罗那肥硕的身躯登时将管敢压倒在地。

这一下摔得莽何罗头晕脑胀，他坐在地上醒了会神，看见管敢抱着右腿正不断地呻吟。他爬着身来，"呸"了一声，说道："男子汉大丈夫，连这一点子痛都受不了么？"管敢额头上全是冷汗，指了指自己的腿，说道："侯长……断了。"

李陵脸上一丝笑容也没有，他拔出佩剑，剑尖顶在莽何罗的喉咙上，问道："认不认输？"莽何罗扬起脸来，恨恨地说道："认个屁输，你方才使的什么鬼招数，我没看清，输得不服，我要和你再比一次！"李陵无声地叹了口气，渐渐地没了耐性，他用剑背狠狠抽了一下莽何罗的左脸，说道："我没功夫陪你玩下去，一句话，认不认输？"

莽何罗摇了摇头，斩钉截铁地说道："李陵，有胆子你便杀了我，要我事事依你，那是休想！"李陵目不转睛地盯着莽何罗，突然一笑，说道："莽侯长，你断定了我不敢杀你，是以才如此器张的吧？是，我一个小小的军侯，无擅杀下属之权，但你向那边瞧瞧……"他用剑指着远处的军士，说道："知道我为何要他们后退一百五十步么？因为他们的眼睛能看到这里，耳朵却听不到这里。他们能看到莽何罗联合下属管敢，置军侯的好言劝说于不顾，痛下杀手行刺军侯，军侯逼于无奈，为求自保，只好自卫杀人。是不是这个道理？"

莽何罗闻听此言，惨然变色，身子一挺，似乎要冲到李陵跟前，满是怒火的眼中夹杂着一丝恐惧。李陵看着他，仍是慢声细语地说道："你和管敢死了之后，人头要传到肩水金关的各个亭障烽隧示众，直到烂成骷髅为止，人人对你们切齿唾骂，你们不但身死，还会名裂……"

莽何罗将拳头攥得"嘎吧"直响，目光中杀气陡盛，挥起一拳直捣李陵面门，李陵向左疾闪，右手探出，抓住莽何罗的胸口，将他长大的身子再次举起，狠狠掼在地上。莽何罗仰面躺着，抖着双唇，刚想说话，一口鲜血已是呕了出来。李陵面无表情地凝视着他，说道："对付你这种冥顽不灵之人，只怕还是卑鄙些的法子管用。不过你别怕，我李陵还不至于真的就这般做了。要整治你，我有的是办法。约束不了你，我李陵还做什么军侯。日后你是好是歹，是生是死，全在自己的一念之间，不要想着什么霍侯，在我这儿，他保不了你！"

　　他又低头看了看管敢，拂了拂袍袖，直奔众军士那边去了。

肆

死鼠

众军士们虽站得远，对李陵等三人的一举一动却看得清清楚楚。眼瞅着李陵举棉花一样地将莽何罗摔来摔去，心中均感惊惧，不知究竟发生了什么事。因李陵有"不奉令者不得擅自上前，违者重处"的军令在先，众人谁也不敢向前一步。显明障中一些人看到长官吃亏，倒颇有蠢蠢欲动之意，但都是犹疑着用目光相互探询，始终没人敢率先发难。

出头见李陵举手投足间便将莽何罗、管敢二人打得落花流水，不禁大为倾倒，暗暗地喝了声彩，心想："这李陵看上去文弱俊秀，却原来这般厉害！我只消学得他一半的本领，那就再不用受别人的欺负了。到时，像旺儿他爹、乔老六、管大胡子这些人，有多少我杀多少，看他们再敢横行霸道！"他越想越是兴奋，两眼放光，竟呵呵地笑出声来。

陈步乐撑了许久，双腿渐渐失去知觉，身子向下一沉，险些摔倒，幸亏出头、霍光一边一个架住了。陈步乐恼怒地跺了跺脚，骂道："奶奶的，这两条腿怎地如此不中用，连二十军棍都受不了，再他娘的不听使唤，回去砍了你！"出头、霍光听他说得有趣，不由得一笑。出头问道："侯长，李军侯这身本事是家传的么？唉，他好大的力气。看得我眼都花了，真想不到世上还有如此手段……"陈步乐咧着嘴大笑道："这有什么，比这厉害十倍的我也见过。""厉害十倍？！"出头、霍光异口同声地惊叹道，"还有比这厉害十倍的，那是谁啊？是霍侯么？"

陈步乐撇了撇嘴，说道："霍侯……霍侯怎能与之……"他看了霍光一眼，像是突然间想起了什么，急忙改口说道："我看霍侯也未必及得上他老人家……十多年前，我曾经见识过李广将军的箭法，那才是真正的了不起！"他眼望远方，神色间充满了仰慕钦敬之情，说道："李将军的一身本事，都用来打了匈奴人，我跟了他十年，没见他打骂过自己的兵士，李将军常说，当兵的就是要有些野性，若是一个个低眉顺首、循规蹈矩，那和做奴才又有什么分别了？对付那些桀骜不训的下属，他老人家从不绳之以军法，只将他们带在身边，随侍左右，不出十天，那些人便个个对他无比敬服，不敢再生轻忽怠慢之心。只有做到这份上，才称得上是名将啊……"他正待再说下去，一眼瞥见李陵已走至近前，便怏怏地住了口。

李陵站在队列前，由左至右，一一打量了众人，开口说道："方才莽何罗、管敢一时手痒，和我过了几招，我们只是寻常的较量，你们切不可想歪了。"他冲显明障的军士们摆了摆手，说道："你们过去几个人，用我的马将莽何罗和管敢送回隧里去，他们受伤不轻，你们要小心照料。朱出头！"出头正低头想着心事，蓦地听李陵叫自己的名字，浑身一颤，下意识地应了声："在！"李陵扫了他一眼，向着众人说道："我要说的第三件事和这位小兄弟有关。两月之前，管敢外出巡逻，领着几个人无缘无故地围殴长秋障的军士朱出头，碰巧叫我遇到了，这几个人还骗我，说朱出头口出不逊，称汉军比不过匈奴人，他们为长我汉军的志气，逼于无奈，这才对一个孩子大打出手。哼，果真如此么？好男儿大丈夫，做了事便要勇于担当，明明自己错了，非但不敢承认，还要反咬一口，这般无耻，那真是连匈奴人都比不过了。那天围殴朱出头的都有哪几个人，自己给我站出来！"

显明障的军士们低着头屏息静听，好半天，才见一个人从队列里慢吞吞地走了出来，只听众军士中有人骂道："上官桀，你这个胆小鬼，被人家两句话就吓唬住了，时隔这么久，他未必便认得出我们，唉，我们可被你害惨了！"那个叫上官桀的回骂道："赵喜连，你他娘的是猪脑啊，没听莽侯长说么，李军侯在咱们障里安插了奸细，咱们那点子破事人家早就知道了，还瞒什么瞒。不就是一顿打么，你要是害怕，我来替你挨。"说话之间，又有三个人从人群当中跨步而出，站到了那个叫上官桀的身侧，彼此怒目相视。

众人看这四个活宝起了内讧，都大声哄笑起来，李陵也是一笑，随即敛了笑容，说道："还说别人是奸细？把你们的丑事说出来就是奸细了？那做这些丑事的人又是什么？听说你们回去之后还编了小曲，大唱'打了朱出头，骗了李军侯'。哼，想想真是令人做呕。当兵的戍守塞外，当怯于私斗、勇于公仇，有本事和匈奴人使去，在一个孩子身上抖什么威风！"

那个叫上官桀的晃了晃脑袋，硬邦邦地说道："军侯，你不必说了，这些事都是有的。我做错了事，自应受到惩处。我的这几个兄弟怕挨打，埋怨我坏了义气。求军侯开个恩，饶了他们，他们的罪责，我一并领受了就是。"

李陵看了看上官桀，又看了看出头，说道："开不开恩不在我，你去求朱出头吧，他要是饶了你，我又何苦做这个恶人！"

那上官桀屈着身子，冲出头深施一礼，说道："朱兄弟，那日我们几个打得你够呛，连本带利，今日你应打死我才对，但我这条贱命只值两文钱，我今日与你一文，你就打得我半死吧，可好？"说着，还真掏出一文钱来，双手递到出头面前，出头被他逗得笑了，把手一挥，说道："上官大哥，你将这文钱收起来吧，你的这条命，我还给你就是。"上官桀抱了抱拳，神色间甚是感激，说道："朱兄弟，如此多谢了，以后你但凡有驱遣处，我上官桀定当效犬马之劳。"他又转过身来，向李陵行了礼，安步退于队列之中。

李陵皱着眉头瞥了出头一眼，似是对他的宽大处置颇不以为然，他大声道："以后咱们就定下个规矩，再有私相斗殴的，先动手者便要听凭对方处置，你们若是人人都像朱出头这般不计较、有肚量，那便尽管打。至于管敢……"李陵想了想："朱兄弟，他的腿断了，我替他求个情，你一并饶了他吧，如何？"他用探询的眼色望着出头，出头见军侯待自己如此礼遇，顿感局促不安，嗫嚅着说了声："好……我听军侯的。"

"李军侯！"莽何罗半伏在马上，不知何时已来到众人身边，他冷冷地看着李陵，神情委顿，目光迷茫，淡淡地说了句："你今日没以卑鄙的手段除了我，我很念你的情，但刘都尉已答应了重赏管敢，不知都尉府手谕下来那日，你将何以自处，哈哈……在下告辞了……"他骑在马上，大笑着远去。李陵望着他的背影，长长叹了口气，喃喃自语道："真是不知死活啊，亏得他还是霍侯身边的人……"他背了身，遥视天际，沉默不语。

天色黑得很快，转眼已是黄昏时分，落日的余晖给苍茫的大地披上了一层淡淡的紫色，长秋障外几棵稀疏的胡杨树上落满了乌鸦，翩翩起落，飞舞盘旋。一阵风打着旋掠过众人，袭得人人身子都是一颤。

李陵像是累了，颓然说道："这鬼地方，一昼一夜，冷暖差异竟这般大，今日就不累众兄弟了，都散了吧。"

出头、霍光搀着陈步乐刚要离去，猛听得李陵在后面喊了声："陈侯长！"三人停住脚步，一起转过身看着李陵。李陵紧走几步赶了上来，说道："陈侯长，你的腿骑不得马，我让他们备辆辎车，送你回去。"陈步乐轻蔑地一笑，说道："军侯，你太小瞧我陈某人了。我陈步乐曾拖着条伤腿，徒步走过二百里的路，今日这点子伤，实在算不得什么。何况，这伤是军侯所赐，无非是想叫我多吃点苦头，长点记性，不再触了军侯的军法，我若是坐车回去，岂不辜负了军侯一片教诲训诫的苦心？"李陵似是没听出他话里的讥讽之意，点点头说道："那好吧，随你。都尉前日来了信儿，要调霍光到肩水金关，他让我告知你。"陈步乐"嗯"了一声，说道："军侯若是没别的吩咐，属下就先告退了。""还有件事……"李陵沉吟了片刻，说道，"我身边少了一名亲兵，这位朱出头朱兄弟倒是很合适，我想调他过来跟我，不知陈侯长肯否割爱？"

陈步乐自失地一笑："这里哪轮得到我做主？只要出头兄弟乐意，我没话说。出头，你乐意跟了李军侯去么？"

出头夹在两人之间，颇有些手足无措，心想："李军侯英风四流，陈侯长重情重义，无论跟着谁，都是我出头的福气。可惜两个人偏偏水火不容。我要是跟了李军侯，必定会伤了陈侯长的心，但若是回绝了，又太不知好歹了，何况……唉，要是能问问老胡就好了。也罢，这么多是非，还是不去的好。"他寻思了半天，自以为拿定了主意，哪知话到嘴边，说出来的却是："行！"

回隧的路上，出头一直小心地看着陈步乐的脸色，想说句话，又不知说什么才好。其他军士列着队在后面跟着，人人均知隧长挨了打，心中不痛快，是以谁也不敢触这份霉头，一个个闭口噤声，默默而行，偌大的天地间，静的只听得到一阵阵沉闷的脚步声。

过了半晌，出头实在忍不住了，怯怯地说道："侯长，你要是不想让我去，我就不去，明日见了军侯，我就说自己舍不得长秋障，宁愿留在这里做个普通的军士。"陈步乐嘴角上翘，露出一丝笑意，说道："出头，你如何变得这般婆妈起来，想去就去吧。李陵为人虽然嚣张狂妄，但处事刚勇果决、率性张扬，精明干练，这是他的长处，你做了军侯的亲兵，身份、前程便大不一样了。我不满李陵是我的事，和你们又有什么相干，我陈步乐难道是心胸狭窄之人吗？"

出头长舒了一口气，说道："身份、前程之类的事情，我是想也没想过的，只是今日见了李陵的本事，对他佩服得五体投地，他调我去做亲兵，我心里乐意得很。但我也一般记着侯长的恩德，他今日打了你，我要是再去做他的亲兵，岂不是对不起侯长。我生怕伤了你的心，因此才左右为难。"

陈步乐欣慰地笑了笑，说道："这才是我认识的出头。大丈夫行事说话就该这般坦坦荡荡……唉，你和霍光都要走了。刘都尉是中山靖王刘胜的儿子，李陵是名将之后，他三叔李敢又做着郎中令，地位也极是尊宠，你们跟着他们，少不得以后要有个出身，那就是官了，做官和做平常人不一样……"他缓了缓，仰头望着天际那一弯新月，幽幽说道："想我陈步乐十五岁从军，十余载戎马倥偬，大大小小与匈奴接战数十次，身披百创、血染征衣，可惜至今却一事无成，说起来也真是惭愧，唯盼你们努力上进，能在这边塞之上做出一番轰轰烈烈的事业，不枉了这大好年华。"说完长叹了一声，神情甚是伤感。

霍光一直在旁边搀扶着他，见侯长愀然不乐，便开口劝慰道："侯长，你刚三十岁，要想建功立业，有的是机会，如何竟这般灰心？"

陈步乐摇了摇头，说道："普天之下奇人异士多得是，但真正能大展宏图、名垂青史的又有几人？没有机缘，没有靠山，再有本事也是枉然。嘿，好男儿志在四方，我陈步乐虽不肖，若是投胎投得好，身为皇亲国戚而得以带兵出征，一样能打出一份彪柄千秋的功业，并不一定就比卫侯、霍侯差

73

了！"他这几句话说得很是狂傲，但出头、霍光听在耳中却是胸怀激荡，深以为然，都觉大丈夫就该有这样气吞天下的雄心壮志。

陈步乐一时不能自已，纵声长啸，声音激越，良久不歇，出头、霍光也随而相和，三人在这广袤无垠的荒原上尽情呼喊，均感胸中浊气尽出，浑身上下说不出的畅快。霍光说道："侯长、出头，咱们今日不妨在此立个誓约，十年之后，我们三人定当聚首于庙堂之上，鲜衣怒马、放荡长安，叫天下人人都知晓陈步乐、霍光、朱出头的大名！"

陈步乐、出头齐声叫好，三人互握双手，心意相通，情不自禁大笑起来。

回到营房，出头和衣躺下，闭了双眼，兀自心潮难平，怎么也睡不着。能给李陵做亲兵，他心中自是兴奋，但从此便要与陈步乐、霍光、老胡等人相别，又是不胜伤感。半梦半醒之间，忽地见到爹爹从门外进来，爹爹满脸放光，笑呵呵地看着自己，说道："出头，听说你做官了……好啊，咱们朱家祖祖辈辈还没出过官哪，你要给爹好好争口气，朱家光宗耀祖就靠你了……"说完飘然而去。出头心下惶急，喊道："爹，你快回来，我还没做官哪……"他举步要追，双腿却像灌了铅一般，无论如何也走不快，遽然一惊，梦便醒了。出头翻身坐起，揉了揉眼睛，稳了稳心神，看看天色已是发亮，便叫醒了霍光，一道准备行装。他二人都是身无长物，找了半天，也只有几件军衣勉强可塞入包裹。出头环顾四周，突然对这破旧的营房生出一丝不舍之意，见其他军士睡得正熟，他不由得轻叹了口气，说道："二哥，咱们走吧。"

陈步乐给出头、霍光开具了符券，加盖了长秋障的印记，连同升调的文书一起郑重地递到二人手中，他望着二人，口唇微动，似是有满腹的话语要倾吐，却只说了四个字：好自为之。

出头、霍光出了长秋障的角门，刚走出不远，忽听得身后有人叫他们的名字，出头一回头，见是老胡，急忙欣喜地迎了上去，问道："老胡，你怎么来了？"那老胡手中提着个饭篮子，跑得上气不接下气，结结巴巴地说道："你们……这两个小兔崽子……走也不告诉我一声！"霍光笑道："走来走去，仍然是在这边塞之上，大家相距又不远，有空我和出头还要回来看你哪，这时说了，徒增伤心。"

老胡摇了摇头，说道："你们两个是升迁，人往高处走么，我何来的伤心。只是以后大家不在一块儿了，见一次面也不容易，你们好歹也得吃一顿我亲手做的饭菜再走。"他边说边揭去蒙在篮子上的灰布，里面装着两只烤羊腿、三个陶制的大碗及一个酒囊。老胡将羊腿分给二人，自己则将碗依次放好，满满地倒了酒，感慨地说道："昨日夜里才听说你们的事，也来不及准备什么，这两只羊腿是我一大早烤的，你们尝尝，滋味如何？"出头拿着羊腿，怔怔地流下泪来。老胡也是眼圈一红，勉强着笑了笑，说道："你们两个不要以为我这羊腿是白送的，吃了它，我自然有事相托！"出头说道："老胡，有什么事你就直说，但教我和二哥能办到，那是万死不辞！"霍光也点了点头："胡大哥，我们相交一场，你有什么事，我们一定尽力而为。"老胡意味深长地看了霍光一眼，说道："如此多谢了。我先干为敬。"他一仰头，将一碗酒喝得涓滴不剩，旋即站起身，拔脚便走。出头喊道："老胡，你究竟托我们什么事，还没说哪？"老胡大笑了一声："真到了我说的时候，只盼你们二位不要推辞啊……"他转身冲两人拱了拱手，突然高声唱起歌来："一壶酒，祝君寿，壮志酬……"歌声随着他的脚步渐渐远去。出头和霍光对望了一眼，心中均是怅然若失。

霍光端起酒碗，双手微微颤抖，说道："出头，我往东，你往南，你我兄弟终于也要相别了，莫忘他朝聚首，今日各奔前程，来，喝了它！"

出头将酒饮下，眼泪滚滚流个不住，他伏下身子，冲霍光拜了两拜，哽咽着说道："二哥，我有什么不知道的，出头这条性命就是你救下的。没有你，我怕是早死在平阳了，我家无权无势，人家凭什么会叫我来戍边哪！出头虽然没有爹娘，孤苦伶仃，但能认了你做哥哥，这辈子也不枉了。"他哭哭啼啼地说了半天，一抬头，发现霍光早已去得远了。

出头擦净了脸上的泪痕，遥望前方，但见长路漫漫，无有尽头，不禁心中备觉孤单。暗想："这些日子以来，我始终和二哥在一起，又结识了陈侯长、老胡这些朋友，在隧里刚刚过得快活，便离开了……唉，也不知李陵会怎样待我，他会教我本事么？他这人冷峻傲岸，似乎很难相处，一旦侍候不周，恐怕我这屁股就要挨板子了。管他哪，只要能学到本事，挨几下板子又算得了什么……"一路上，他心中各种念头层出不穷，是以走得极慢，到达甲渠塞时，已是辰时光景了。

把守塞门的军士仔细验看了出头的符券，又盘问了几句，这才领着他去寻李陵。

塞中森严而整肃，按东西南的次序分列着三十多间营房。院子刚刚扫过，还洒了水，地上连杂草也不见一根，干净得有些过分。西南角是马厩，厩中只有十余匹马，一个军士正在往马槽中添草料。间或，会有一队士兵手按腰刀、面无表情地巡弋而过。偌大的塞中静悄悄的，不闻一句喧哗之声。出头跟在那军士身后，禁不住胸中怦怦乱跳，寻思："这里的军纪果然比我们障中严多了。"

到了一间土筑的大屋前面，那军士叫出头在外等着，自己先进去通禀。不一会儿，便闪身出来，冲出头扬了扬手，说道："军侯让你进去。"

这间屋子很大，但光线昏暗，正中摆着三尺长的木几，几下铺以竹席，李陵跪在席子上，正凝神看一卷竹简。北墙上，挂着一张长约八尺、宽约六尺的山川形势图，那图为碎牛皮拼制而成，描画得极是精细。左侧是个木头柜子，上下分成三格，错落有致地摆满了书简，右边立着的兵器架上，只插着两把剑，那剑套在乌黑的木鞘之内，看上去甚不出奇。出头扫视了一下四周，垂手站在一边，并不说话。只听"啪"的一声，李陵重重地拍了下桌案，长叹道："豫让真壮士也！"出头被他唬了一跳，半晌才意识到李陵是在称赞书中的人物，不由得长出了一口气。

李陵卷起那竹简，静静地出了会儿神，方才抬起头来，看着出头，说道："朱出头……出头……你这名字取得好怪啊！"出头回道："这名字是我爹取的，我爹没念过什么书……"李陵一笑，说道："名字的意思倒好，可惜太直白了，显得粗俗。我给你另取一个如何。"出头嗫嚅着答道："军侯，我不想改名字，这名字虽然不好听，却是我爹留给我的唯一东西，他已经死了……别人一叫我的名字，我就能想起爹爹来……"李陵默然了良久，说道："我看过戍卒档，知道你的事，难为你有这份心，只是你渐渐大了，这名字实在不合适，真有一天做了官，难道也让皇上叫你'出头'不成！既然你不愿意改，那就叫着，不过是在私底下叫，算小名，我另给你取个学名，可好？"出头想了想，点了点头。

李陵站起身，踱了几步，问道："你可有什么志向？"

"让天底下的老百姓都不受欺负！"出头毫不犹豫，脱口而出。

"噢！"李陵眼睛一亮，细细打量了出头一番，赞许地一笑："你这志向大得很哪，好，那就叫……安世吧！"

"安世，朱安世……"出头将这名字反复念了几遍，觉得既雄壮又响亮，不禁面露喜色，说道："这名字真是好听，自此以后，我就叫朱安世了。"

李陵又盘腿坐回到毯子上，皱着眉头，手指不停地敲打着几案，若有所思，良久，说道："你为报父仇，当街手刃恶吏，这份胆色人所难及，若非如此，我也不会调你来做我的亲兵，跟我李陵的人，就得有这样无畏无惧的男儿气概。不过你的本事差了些，连管敢那几个人都打不过……"

出头听了，心中一动，忙接口道："没有本事，我可以学，军侯的本事也不是生来就有的，如若军侯肯教我，我一定能打得管敢跪地求饶。"

李陵忍不住笑道："真是孩子想头，我教你本事难不成就为了让你打管敢？"他略微沉吟，说道："习武是要吃苦的，你吃得了苦么？"出头道："只要能练得一身好本事，我什么样的苦都吃得！"

李陵点了点头，转了身，在兵器架上挑了一把长剑佩了，径直向门外走去，头也不回地说了句："随我来，我这就给你些苦头吃。"

到了甲渠塞门口，早有军士给李陵牵过马来，那马通体皆赤，头细颈高，四肢修长，毛色鲜亮，昂首嘶鸣，隐隐有金石之音。见了李陵，它前蹄微微扬起，欢跳纵跃，竟如见到老朋友一般。李陵微笑着过去，抚摸着马的脖颈，说道："羽兄，这几日将你关在马厩里，着实是委屈你了，来，咱们今日好好跑一跑，让这位小兄弟见识见识你的本领！"说着翻身上马，眼望出头，说道："朱安世，你跟着我的羽兄跑上一圈，我们在前面等你，半个时辰之内你若是能见到它，我就教你本事。"

77

出头一怔，还没来得及寻思，李陵骑马已经冲出了塞门，出头急忙甩开大步，紧紧追赶。只片刻功夫，李陵和那匹马便越来越小，终于化作一个黑点，不见了。

出头沿着马蹄印追了下去，心中暗暗叫苦："这是什么马，跑得也太快了，要是它跑出七八十里才停下来，别说半个时辰，就是我跑到太阳落山也未必能看得见它。唉，这分明是难为人么！"他又奔跑了一阵，只觉嗓子发甜，两耳鸣响，一颗心怦怦地跳个不住，四周的景物也渐渐变得模糊起来，他步履愈发沉重，一不小心，摔倒在地，呛了一头一脸的沙子。望着头上湛蓝的天空，出头大口大口地喘着气，真想就这样躺着，永远也不起来。蓦地，他突然记起以往与长宣、旺儿赛跑的事情来，不由得心中一痛，想到："人没本事就要受欺负！当初我要是有一副好身手，长宣、旺儿怎敢抢我的饼子，旺儿他爹又怎敢陷害我家！如今我好不容易遇上了李陵这等厉害的人物，为了让他教我本事，我自应全力一搏，即便看不到他的马，也绝不能叫他小看了去，奶奶的，拼了！"想到这儿，他爬起身来，咬牙又跑。

出头循着马蹄的印迹跑上了一个土坡，一抬头，发现前面矗立的竟是蜿蜒的长城，他心里一惊："这是哪里啊，那边那个坞堡怎么这般像长秋障，难道我又回来了……可路径完全不对啊……"

李陵站在坞堡前，正向这边张望，那匹马在一旁悠闲地啃食着地上的芨芨草。出头摇摇晃晃地跑到李陵身边，散了架似的躺在地上，断断续续地问道："军侯……到没到半个时辰……"

李陵微笑着一把将他拽起，说道："三十多里路，能跑下来就不容易，放心，不管过没过时辰，我都教你。你刚跑完，不宜躺着，来回走走，一会儿就好了。"

歇了一阵，出头的气息逐渐平缓，他好奇地问道："军侯，这是哪里啊？"李陵盯着那坞堡，额角的青筋不易察觉地跳动了一下，一字一句地说道："显明障。走，咱们到长城外看看去。"

开门的军士出头见过，叫车千秋。那车千秋见了李陵，一下子愣在当地，竟忘了行礼，李陵也不管顾，大步进了隧门。院子当中，四五个军士正笑成一团，一个军士手里牵了一只老鼠，正绕着院子跑，旁边有人大喊："谁去弄点菜油来，咱们烧死它！"

慢慢地，喧闹嘈杂的院子静了下来，几个军士垂手肃立，脸上现出惊惧惶恐之色。那牵老鼠的军士低着头，兀自在跑，口中嘀咕着："快，快，看看我的宝马良驹……"经过李陵身边时，他随手一推，喊道："你怎么站这儿，挡道，一边看着去……"话未说完，已瞥见了李陵一双寒光四射的眼睛，登时吓得脸色发白，手一松，那老鼠带着身上的绳索，"哧溜"一下跑向墙角，瞬间逃得无影无踪。

李陵沉着脸大喝一声："上官桀！"出头这才想起，那牵老鼠的军士叫上官桀，昨日里还曾拿着一文钱，求自己饶了他半条性命，想到此处，不禁莞尔。那上官桀哆嗦了一下，一撩衣襟，跪在了李陵面前，小声道："小人知错了，但军侯责罚小人之前，可否容我解说几句。"他不等李陵开口便说道："最近障里老鼠突然多了起来，扰得弟兄们半夜里睡不安稳。昨日夜里，我的一双袜子也给老鼠咬坏了。我心想，我是李军侯的部下，匈奴人都不敢来招惹我，难道这老鼠比匈奴人还厉害不成。为了扬我大汉军威，小人这才设计捉了这只老鼠，用绳子捆了，游障示众，好叫其他老鼠不敢再在我大汉天兵头上动土。军侯若是因此事而处罚小人，那便是为老鼠报仇。它们仗了军侯的势，以后定要大闹特闹，弟兄们就更没安宁日子过了。求军侯重赏小人，以震慑鼠胆，千万别做令亲者痛、鼠者快的事情。"

听了他这通"表白"，众人都在肚子里偷笑，只是碍着李陵的面不敢放声。出头却忍不住，捏着鼻子仍是笑了出来。李陵回头看了出头一眼，也是咧嘴一笑。半晌，他才收了笑容，郑重说道："既然你要震慑鼠胆，我便让你震个够！我给你一个时辰的时间，你捉十只老鼠来，少一只，我就打你十板子！"旋即冲车千秋说道："打开障门，我要出去看看。"

其时寒气已退，地气温暖，芨芨草早已从浮沙、乱石缝中冒出头来，嫩绿油亮，给荒凉死寂的大漠平添了几许生机，令人望去胸襟为之一爽。

李陵停下脚步，心事重重地注视着一个小土包，冷不丁说了一句："那两个匈奴人就葬在这里……慷慨赴难，誓死如归，宁肯自杀也不死于汉军之手，真是两条响当当的好汉啊！"出头一脸困惑地看着李陵，问道："军侯，我常听人说匈奴人吃人肉、喝人血，一旦年老了就会被同族人杀掉，平日里儿子和娘、爹和儿媳、哥哥和弟妹、弟弟和嫂子乱搞一气，行事说话如禽兽一般，真是这样么？"李陵笑道："何止你，汉人都是这样的想头，其实大谬。匈奴人轻老贵壮不假，但为的是年轻人能战斗、善放牧，人老了，病了，奄奄一息地躺着等死，于他们来说是件极不光彩的事情，是以年轻人能三餐尽食而老者只能食其余。老弱病残不会被杀掉，但确是受人轻视。至于父子兄弟中有人死了，其他人就要续娶他的妻子，我初时也是难以索解，不过曾听一个从匈奴逃回的汉人说过，匈奴人极重种姓，女子嫁入夫家，便姓夫姓，倘若丈夫死了，她另行改嫁，自然也要改姓，为使人丁兴旺、种姓不失，这才要续嫁至亲，这是匈奴的风俗使然。皇上说他们逆天理，乱人伦，暴长虐老，在我们汉人看来，原是不错的。"

出头撇了撇嘴，说道："那军侯还说他们是好汉，这两个匈奴人，说不定就是……就是……想想都令人做呕。"

李陵没有理他，低着头，拣了一些石头，在土包上放了，跪下身去，拜了几拜，起身对出头说道："匈奴人是喝人血，但只喝仇人和敌人的血。他们第一次杀敌后，定要满满地喝上一碗对方的鲜血，以壮胆气。匈奴人死后，坟上不立墓碑，他们杀过多少敌人，坟上就会摆放多少石头。强悍好武、崇勇尚力，喜战死、耻病终、行血盟，这才是匈奴人的真性情。百年来，我们汉人打他不过，可见他们确有过人之处。这两人虽与我大汉为敌，但不爱其躯，为国而死，却是匈奴人的大英雄，既是英雄，管他朋友敌人，都当得起我李陵一拜！"

出头听了，不由得肃然起敬，说道："军侯都拜了，我还有什么话说，给他们多磕几个头就是了，只盼我日后战死沙场之时，也会有匈奴人给我磕头。"说着，他向前走去，突然觉得脚下软绵绵的，像是踩到了什么东西，抬脚一看，居然是一只血肉模糊的死老鼠。出头"呸"了一声，急忙跳了开来，在细沙上不停地蹭着鞋底。李陵看着他气急败坏的模样，问道："你这是怎么了？"出头道："真是晦气，踩着一只死老鼠。定是上官桀他们从隧里扔出来的，见着这东西我起了一身的鸡皮疙瘩。太恶心了。"

李陵"哼"了一声，刚想说话，只见出头睁大了眼睛，手指前方，惊叫道："那边还有两只，怎么这么多啊！"李陵心中一惊，凝神看去，果然见前面不远处另有两只死鼠。那两只死鼠尸身干瘪，如同两片干枯了的树叶，半露于浮沙之外，显也死去多时了。李陵面色凝重，仔细看了一会儿，说道："出头，咱们再找找，看看附近还有没有这东西？"

两人一找之下心中更奇，在方圆十余丈之内，竟然发现了三十余只死鼠！这些鼠尸像被擀过的饼子一般，只剩了薄薄的一层贴于地上，不用心寻找，当真令人不易发觉。

出头笑道："上官桀他们可真能干，已抓了这么多老鼠了。"李陵却只盯着显明障的角门，怔怔出神。

两人缓步进了障中，见七八个军士分别守着几个老鼠洞，正烟熏水灌，忙得不亦乐乎。上官桀站在空场上，面前摆着五六只被捆在一起的老鼠，他一遍遍地清点着，脸上一片沮丧之意，看见李陵进来，急忙"咕咚"一声跪倒，说道："禀军侯，小人捉了两只老鼠，弟兄们帮我捉了四只，共是六只。

先前小人还捉了一只，就是方才牵在手里的，经军侯一吓，已经跑了，始终没有捉到，算上它共是七只，还差三只够数，小人该受三十板子，请军侯行法。"

李陵漠然地瞥了他一眼，说道："七只……难道跑掉的也算数？"上官桀低低地说了声"是"，可怜兮兮地站到了一边。只听李陵说道："我问你，隧里老鼠是什么时候多起来的？"

"禀军侯，好像……就是这两天的事。昨日夜里，赵喜连的脚趾头被老鼠咬了一口，我的袜子也被这些孽障们咬坏了，从前这都是没有的事。今儿一早，我还在院子里看到两只老鼠大摇大摆招摇过市，简直不把我们放在眼里，因此才捉了一只……"

"这两日你们共捉了多少老鼠？"

"就是这七只……不，六只，还有一只跑了，都是今日捉的。"

出头听了微感诧异："他们一共才捉了六只老鼠，那……那障外的三十多只死老鼠又是从哪里来的……"

众军士们却不明就里，一个个面面相觑，不知军侯为何对捉老鼠这样的琐事也关心起来。

"那你们打算如何处置这些老鼠啊？""如何处置？"上官桀抬头看了李陵一眼，犹豫着答道："当然是杀了，不过有人说刀斩，有人说火烧，小人不敢擅自做主，一切还请军侯定夺。"

李陵双眉微蹙，半晌，才说了句："你们不是喜欢将老鼠踩死么。""踩死？"上官桀一愣，旋即面露难色，说道："虽说这些老鼠可恶，但真要是踩死烂糊糊的一团，小人也有些害怕。不过既然军侯让踩，我们一脚脚踩扁它就是了。"

李陵摇了摇头，说道："杀老鼠也要干净爽快，一刀砍死就完了。从今日起，你们闲暇时就捉障里的老鼠，捉满一百只者按斩敌一名论功，看看你们谁升得快。"上官桀双膝微屈又要跪下，想了想重新挺直了，讪笑着说道："军侯，我们日后定当好好习武，多多干活，再不胡闹了，请军侯就饶过我们这一次吧。"

李陵遍视诸人，哑然失笑，说道："你们以为我在说笑话是吧。好，索性我就再大方一点，捉鼠十只即按斩敌一名论功。上官桀，你如今是什么爵位？""回军侯……公士……""嗯，你今日捉了六只老鼠，只要再捉四只我就进你为上造。捉几只老鼠也不是什么了不得的难事，到时你拿着四只老鼠来见我，看我是不是骗你。凡是这两天捉的都算数，昨日有没有人捉到老鼠？"众人目瞪口呆地望着李陵，没人答话。李陵点了点头："既是没有，那诸君从今日起自当竭心尽力，以捉鼠为事，为前途全力一搏。我以五日为期，五日之后，这话就不再做数了……"他话音未落，已有一名军士站了出来，说道："军侯，上官桀只捉了两只老鼠，有三只是我替他捉的，不应算到他的账上，小人只要再捉七只即可晋爵一级！"李陵微微颔首："既然如此，我在甲渠塞等着你。""你，"李陵指了指车千秋，说道，"用布袋将这些老鼠装了，在障外挖个深坑埋了。"

出头牵着马跟在李陵身后出了二十二隧，心中寻思着："军侯让他们捉老鼠做什么用？捉鼠十只即晋爵一级，这功劳得来的也太容易了，军侯到底要做什么哪？"他头都想大了，也没想出个所以然来。走出里许，蓦地看到车千秋拎着空布袋子迎面跑来。那车千秋见了李陵，赶忙走到近前见了礼，眼睛却一直盯着出头，眼神中充满了提防之意。

李陵伸手将他挽起，说道："这位小兄弟叫朱安世，是我的亲兵，很靠得住。车兄弟，我有几句要紧话问你，你但说无妨。"车千秋这才冲出头笑着点了点头，说道："军侯，你问吧，小人定当知无不言。"李陵用手指轻轻敲着额头，沉思了良久，开口问道："车兄弟，你好好想一想，那两个匈奴人来了之后，都做了哪些事？有没有你当时未曾留意忘了和我说的？"

那车千秋低着头，似在仔细回忆："我未曾留意的……没有啊……那两个匈奴人十分嚣张，又说又笑的，根本就不怕死……他们一直向城上喊着：'你们不是要马么，我们给你，有胆子尽管拿去。'这句汉话他们像是刚学不久，说得很生硬，不仔细听根本听不明白……后来管敢就冲下去了，那两个匈奴人……对了，他们一个站在马群前面，一个却站在最后，相距很远……当管敢出障时，前面的那个匈奴人好像回过头嚷嚷了一句什么……他说的是匈奴话，我听不懂，跟着他就用箭自杀了……"

李陵本来微眯着双眼，听到此处瞿然开目，瞳仁灼然生光，问道："他自杀时，另一个匈奴人在做什么？"

车千秋茫然地望着李陵："另一个匈奴人……那我可没留意，谁也没想到站在前面的匈奴人会自杀,大家当时都惊呆了,哪顾得上看后面那个……等到看他的时候,他也自杀了,右手捂着胸口,左手拿着把短刀……"

"短刀……他决意自杀,并无反抗之心,又是箭刺胸口而死,他要刀做什么……第一个匈奴人死的时候,手里有没有刀?"李陵的口气不疾不徐,像是自言自语,可出头听在耳中,心底竟生出一丝凉意来,情不自禁打了个冷战。

车千秋摇了摇头:"没有,前面的那个匈奴人手里没刀……哎呀!"车千秋喊了一声:"我想起来了,后面的那个匈奴人自杀之前像是……像是用刀朝下虚劈了几下!"

李陵神色惘然,喃喃说道:"虚劈了几下……虚劈了几下……他究竟在劈什么?"

"军侯!"车千秋眼里闪着兴奋的光,说道:"我知道了,他不是在劈,而是在割。割袋子!"

"割袋子……袋子……"李陵听到这话精神一振,问道:"什么袋子?"

车千秋说道:"那天管敢赶着马和羊进障时,有几匹马是驮了麻布袋子的。麻布袋子绑缚于马身之上,用绳索捆扎得极是结实。莽侯长叫我解下来瞧瞧。我一看,袋子里什么也没有,禀过侯长后,就将袋子扔了。不是军侯提及,我仍是想不起来。是啊,我怎么就没在意哪……那些袋子很奇怪啊……大袋子里面左一层右一层地套了三四个小袋子,小袋子破破烂烂的,密密麻麻的有许多小洞。每个袋子上都有一条尺许长的大口子,想必是刀割的……那个匈奴人为何要在临死之前割坏袋子?难道袋子里真装了什么东西不成?"他停住不说,想了想,摇了摇头:"若是真有东西从袋子里掉出来,我们清理战场时一定会看到,可确实没有。"

"你们看到了,只是没加留心而已。"李陵如释重负地叹了口气,脸色却越来越是阴郁:"那东西已经进来了!"

"进来了?……到底是什么?"车千秋的声音微微发颤。

"老鼠!"李陵缓缓说道。

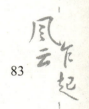

83

伍

疫病

　　车千秋张大了口，良久，问道："军侯何以确信袋子里装的是老鼠？"李陵没有回答，只抬头看了看天色，说道："车兄弟，你出来有一会儿了，早点回去，别让他们生疑。方才咱们说的话关系甚大，你一句也不可外传。这几天好生留意障里的动静，有什么事随时报知于我。去吧。"车千秋瞅瞅李陵，张了张嘴，待要再问，终于将话咽了回去，躬身一礼，转身径自去了。

　　出头望着车千秋的背影，陡然惊觉："原来莽何罗说的内奸就是他啊。"看看李陵已走出好远了，出头牵了马，这才跟上，心中想着今日发生的事，觉得可惊可怖。"这些匈奴人真奇怪啊，跑了老远的路，死了两个人，就为送我们马、羊，还有老鼠？难道这些东西也能持刀射箭和我们汉军打仗不成？"正思量间，听见李陵说道："出头，方才和我们说话的那人是谁啊？"

　　出头不明白李陵是何用意，迟疑了半天，说道："是谁？他不是叫……叫车千秋么。"李陵停下脚步，深吸了一口气："从此刻起，你将他忘了，就当从未见过这人。你生性单纯，若是无意中泄露了出去，也许就能送了车千秋的性命。"出头似懂非懂地答应了一声，心中却不服气，想着："军侯仍当我是小孩子，这种事我难道会四处说么。做内奸虽说是件不光彩的事，可也不至于就送了性命。"

两人一前一后缓步走着，不知不觉间，天已经黑了。寒星闪烁，月涌中天，淡淡银光倾泄在大漠上，似铺了一地的清雪。

出头一天没吃东西，饿得肚子"咕咕"直叫，想起自己包裹里还有一只大羊腿没吃，不禁精神大振，咽了口唾沫，恨不得立时插翅飞回长秋障。但李陵不紧不慢徐步而行，自己如何能够快走，想了想，心中有了主意，开口说道："军侯，忙碌了一天，你也累了，上马吧。"李陵"唔"了一声，从臆想中醒过神来，回头看了看出头，笑道："原来你是饿了，想催我快点走，是不是？"出头笑了笑，说道："我是想，我饿了，军侯也一定饿了，我那里还藏着只大羊腿哪，咱们两个一起吃了它。"李陵一愣，问道："羊腿？那可是稀罕物，连我也不常吃到，你从哪里搞来的？"出头说道："长秋障的老胡和我相与得好，我走时他送给我的。"李陵点了点头："你在长秋障日子过得着实不错啊，为何不留在那里，反而情愿跟我？是不是觉着跟着我有朝一日也能做个侯长军侯之类的官？"

出头摇了摇头："陈侯长这般说，军侯也这般说，做官真有那么好么？唉，我见的官里头，倒是坏人居多，这官做不做也没什么了不得的。我乐意跟着军侯，没别的心思，就是想学军侯的一身本事。这两下子真是厉害……"他口说手比，将李陵摔莽何罗的样子学了个十足十，看得李陵忍俊不禁。比画完了，出头轻出一口气，说道："我要是有了本事，不当兵也不做官，浪迹天涯四海为家，看到坏人做恶，我便大喝一声：'呔，住手，你的报应到了！下辈子做个好人，不然被爷我遇见了，照样杀你！'之后手起刀落，坏人登时了账！被救的那人跪在我面前，哭着说：'恩公请留下姓名，日后就算做牛做马我也要报答恩公！'我手持利刃，也不说话，哈哈大笑，扬长而去……"他说得痛快，那边李陵已是笑出了眼泪，李陵捂着肚子说道："出头，你不留下姓名，岂不是白叫了朱安世……"

过了一会儿，李陵正色说道："小小年纪，竟有这份济世救民的心，难得啊……出头，你知不知道近阵搏击最要紧的是什么？"

出头想了想，说道："当然是本事。谁的本事高谁就能打赢。"李陵摇了摇头："最要紧的不是本事，是'胆'。一动手你便被对方的气势慑住了，害怕了，那便再有本事也使不出来。是以不管对方武功如何高强，局面如何于己不利，都不能露怯。你当街手刃父仇，又在边隧之上独斗管敢，胆子是有的，但没见过大阵仗，真到了生死一线之际就难说了。昔年燕国勇士秦舞阳年十三而杀人，胆子不可谓不大，可惜到了秦廷之上佐荆轲刺秦王之时，竟色变振恐，吓得一动也不敢动。哼，此人名为勇士，其实不过一欺软怕硬之徒罢了。我陇西李氏威名赫赫，甲于天下，自秦以来，百年不坠，盖因择徒极严，教出来的弟子个个都是好汉。记住，男儿大丈夫，可以打不过人家，却绝不能叫人家吓破了胆！"

出头心思再慢，也听出李陵是要收自己为徒，忙跪倒了，冲李陵磕了三个响头，兴冲冲说道："军侯这是要收我做徒弟了吧，这些话我都记住了。"

李陵摆了摆手："我年方弱冠，哪里有资格收徒弟。我教你本事，但你我日后仍以兄弟相称。"他微微倾了倾身子，舒了口气，说道："若要成为真正的高手，一靠胆二靠智。两军相逢勇者胜，两勇相逢智者胜，这话说的是行军打仗，其实习武亦然。世上习武之人何止千万，真正下过苦功的也不在少数，绝顶高手却不多见，其中差别就在于悟性高低。勤能补拙这话虽然说得不错，但悟性差的练到一定境界之后，再想百尺竿头更进一步终究是不能了……你既有此机缘，有胆子也肯吃苦，这是极好的，不过他日进益如何，最终能练到什么地步，还要看你的天资，不能强求啊……"他像突然想起了什么，顿了顿，说道："这几日读《刺客列传》，据说是一个叫司马迁的郎中所写，此人便是个天资卓绝的……像这样的好文章，断非常人能写得出。司马相如号称辞赋冠绝天下，嘿，依我看，哪及得此人才气纵横。观其为文，想见其为人，定是个有胆有识的豪杰，可惜却无缘结识……"说完长叹一声，言下竟甚是遗憾。

出头心想："想不到军侯武艺这般高，本事这般大，居然还喜欢读书，真是好笑。司马迁是谁，听军侯的口气，对他极是敬佩啊……一个读书人，开不得弓、射不得箭、打不得仗，光是字句如刀似箭有个屁用，碰到仗剑持刀不讲道理之人，人家会跟你论文么，上前一刀就杀了，文章写得再好还不是要做无头鬼，这样的人有什么好敬佩的？"

李陵看着出头,也是自失地一笑:"你又不读书,和你说这些做什么……嗯……还有一句话我要叮嘱你……"他仰了一下身子,站得笔直,说道:"我李家自秦时即为将领兵,武功家数源自实战,是以招招狠辣,处处致人于死命。你要切记,不在战阵之上、不到万不得已,绝不可轻易出手。若是用我李家武功欺凌弱小、好勇斗狠、称王称霸,我一定不会饶了你!"

出头脸涨得通红,大声说道:"我出头最见不得的便是有人受欺负,一旦有了本事,怎会再去欺负别人。但若是遇到泼皮无赖、贪官污吏欺压良善,我就是拼着被军侯打死,也是要出手的,不然学本事做什么!"

李陵没有言语,望着天边那一轮明月,静静地出了会儿神,半晌方说道:"我教你本事,也不知是给你赐福还是种祸……顺其自然吧。今日说得够多的了,我也饿了,走,回去吃你的羊腿。"

自次日起,李陵便开始传授出头武功,开始只是教授一些粗浅的入门功夫,谁想出头竟颖敏异常,许多精微奥妙之处无需点拨即可自行领悟。李陵暗自骇异,不禁大起爱才之心,深知他绝非几套拳法所能局限,是以从第三日开始,便同时教授出头拳脚、刀剑、骑射之术,出头如老饕之遇美味、贪夫之入宝山,学得用心,练得刻苦,常常中夜而起,习武不止,直至天明,兀自神采奕奕,丝毫不觉疲累。

他亦感念李陵授艺之恩德,打起全部精神侍候这位年轻的军侯,洗衣擦靴、扫屋喂马凡事亲历亲为,从不马虎苟且,将李陵照顾得无微不至。好在他自小吃苦,干起这些粗累活计来得心应手。

这几天来边塞之上风平浪静,李陵担心之事情并未发生,匈奴人也像是真的没有什么图谋。管敢立功反被责罚一事一度在左近障隧传得沸沸扬扬,如今时过境迁,说的人也渐渐少了。显明障常有人拿着死鼠来向李陵邀功,李陵查点数目后登记在册,回复说期限过后定会申报都尉如前所约——晋爵。莽何罗伤势好得极快,先后到甲渠塞里来过两次,暗地里向出头打听都尉嘉奖管敢的手谕下没下来,出头回说没有,他便怀疑是李陵公报私仇藏匿了手谕,嘴里不干不净地骂了一通,说要到都尉府论理。第二次来时,竟再不提手谕之事,见了李陵神情也恭顺了许多,只说替军士赵喜连告假,赵喜连患了热病,不能任事,想歇息几天。李陵没有难为他,在《病卒簿》上仔细记了,准许赵喜连休假十天,令其就医。

一天深夜，出头练了两个时辰的拳脚，仍是神完气足、毫无睡意，便索性在院中踱起步来，心中默念着李陵传授给他的射箭要诀，正想得出神，突然听到角楼上值夜的瞭望军士喊道："什么人，站住！这个时辰跑马，不要命了么……"对面那人也是高声叫道："是我，显明障的莽何罗，赶紧通报军侯，我有紧急军务要报知于他！"过不多时，塞门"吱呀"一声开了，莽何罗大步流星向这边跑来，他似乎来得甚是仓猝，帽子斜斜地扣在头上，腰间没系带钩，上衣左右敞开，露出了里面毛茸茸的胸膛。

出头因莽何罗曾回护管敢，又与李陵做对，心中对他极是反感，忙大步跨出，一伸手，拦住了莽何罗的去路，一本正经地说道："莽侯长，都尉府并没有嘉奖管敢的手谕，这话我已经和你说过了，你要是不信，自己去查，怎么又来了？"

莽何罗抬了头，仔细看了看，认出是出头，松了口气，用衣襟擦了擦脸上的汗水，说道："原来是你，赶紧，我要见军侯，有急事！"出头本想挡他回去，待见他满头大汗，神色惶恐，心里不由得犯了嘀咕，沉吟了片刻，正要出言拒绝，李陵那略带暗哑的声音已从营房里传了出来："叫莽何罗进来说话。"

营房中烛光昏暗，李陵像是刚刚起身，只披了件褝衣站在书案后，眼望烛火若有所思。他高大的身影映于墙壁之上，随着烛火的一明一灭而轻轻摇晃。

莽何罗进了门，刚张口说了句"军侯"，见李陵不动声色，只冷冷盯着自己，心中一寒，犹豫着跪了下去，却并不叩首，头向前伸，点了两下，算是见礼。

李陵"嗯"了一声，问道："莽侯长，深夜到此，究竟为了何事？"莽何罗看看李陵，费力地咽下一口唾沫："军侯还记得赵喜连吧，就是我上回给告假的那个……他……他死了！"

"死了，怎么死的？"

"大约是病死的……"

李陵眉毛微微一动："病死的？你上回说他只是患了热病，头痛脑热的如何会死人？"

莽何罗眼神中现出一丝恐惧，说话时嗓子也嘶哑了："我当初和军侯想的一样，唉，就连赵喜连自己也没放在心上……前日他还和我说：'没事，我歇几天，拿大被捂出一身汗来，准好。'可方才……方才和他同铺的军士告诉我，赵喜连已经死了……"

李陵仰着头，呆呆地站了一会儿，轻叹道："有生必有死，这也是没法子的事，这样的事每年都会有上一些，恤资优厚些，别委屈了他的家人……唔，天气渐渐热了，赶快将他装敛了，送他回家乡安葬吧，活着不能回去，死了是一定要回去的……"

"军侯……"

"什么？"

"我们障里有几个军士……也患了热病，和赵喜连一样……这病怕是……怕是瘟疫！"

李陵目光霍地一跳，脸色在烛火的映照下显得有些苍白，他舔了舔嘴唇，不安地挪动了一下身子，问道："你怎么不去找军中的医曹给他们看看？！胡猜乱想就能治得好病么？"

莽何罗重重地"哼"了一声，骂道："那个狗屎医曹，他会看个屁……实不相瞒，这事我开始没想禀报军侯，寻思没什么大不了的，我们障在这几个障里事事都是拔尖的，若军士告假的太多，岂不是坏了名声。因此我想找个医曹，悄悄地治好也就完了。谁想那个王八蛋什么都不会，昨日午后过去看了看，说无需吃药，挺几天就能自愈。给我逼得急了，才胡乱开了个方子。他娘的，想唬我，医曹我见得多了，哪有像他这样开方子的，治热病居然用巴豆，没病也吃出病来了。他还振振有辞地说，这些军士是虚火上升，是以要拉肚泄火，我去他奶奶的吧，当时就打了他个七荤八素，事后才得知，这人原来是刘都尉的一个什么亲戚，从前是个屠户，就为混一份俸禄才来边塞之上做医曹的……"

李陵狠狠一拍书案，嘴无声地动了两动，想说什么，又忍了，只淡淡地问道："就他一个医曹么，怎不去找其他人？"莽何罗说道："其他医曹都被刘都尉派出去了，听都尉的意思，十天半月才能回来。"

"派出去了？又没打仗，派那么多医曹出去干什么……吰，咱不靠他们，我亲自到障上走一趟！"李陵咬牙切齿地说道。

出头给李陵备了马，自己也牵了一匹。李陵打量了他一眼，说道："夜深了，你回去睡吧。"出头笑呵呵地上了马，说道："我是军侯的贴身亲随，水里火里跟定了军侯！"李陵听了这话，赞许地一笑，擎着苣火，纵马飞奔而去。莽何罗和出头对视了一眼，也都紧跟着驰出了塞门。

大漠上刮起风来，细小的沙粒打在脸上，如刀割一般疼痛，三人迎风而行，连呼吸也是备加的艰难。出头骑术新学未久，头一回骑马跑这么远的路，不由得生出几分惧意。他将身子紧紧贴在马背上，听着尖锐刺耳的风声，回望茫茫来路，只觉天地间空空旷旷，仿佛自己孤身一人御风而行，飘飘荡荡无所凭依。

直到丑时，三人才在显明障门外下马。

莽何罗引着李陵、出头来到了一间营房前，低声说道："军侯，这间营房如今就是几个发了热病的军士在住。从前和他们同屋的，我怕也染上这病，已经移到其他营房中了。"

李陵摇了摇头，说道："你糊涂！移出去的人说不定就有染了病的，只是尚未发觉而已，你将这些人移到其他营房之中，就不怕得病的越来越多么！"莽何罗垂下头，黑暗中看不清脸色，只听他嗫嚅着说道："依军侯之见该怎么办？"

李陵说道："凡是和染病军士同过屋的，一律单独安排营房居住，相互之间不许见面。还有，你在障里搭十个帐篷，身体康健的军士每四人一队，搬出营房住帐篷，要各自起灶做饭，各帐篷间的军士不得相互走动。从即日起，障里打垒、涂墙、伐薪、除沙之类的活计全都停了，这事我会和都尉说。只巡哨瞭望这差事不能停，你在外面建个角楼，天天派人上去就行了，没有特别要紧的事，不要进营房。暂且就是这些……等再想到什么，我会让朱安世告知你。"

莽何罗惊异地抬起头，望着李陵，默默思谋了一阵，说道："好，就照军侯说的办。咱们这就进去吧。"他抬手便要推门，却被李陵止住了，李陵撕了块衣襟蒙在脸上，说道："既是疫病，咱们还是小心些好，将口鼻都遮了。"

三人悄无声息地走了进去，屋子中漆黑一团，幸好李陵手中的苣火尚未熄灭，借着火光望去，但见一铺大炕上并排躺了四个人，各人身上都捂了几层棉被，犹自瑟瑟发抖。躺在外侧那人似乎发觉有人在看他，无力地睁开眼睛，眨了两下，又合上了。莽何罗说道："张可，醒醒，我是侯长，你怎么样了？"那叫张可的迷迷糊糊地说道："冷……透不口气来……"说完便张开两片干裂的嘴唇大口地呼起气来，看他的模样，似要将周遭的空气尽数纳入胸中。

李陵、莽何罗、出头于静夜之中听着张可那浓重的喘息声，人人心中均感到了恐惧。李陵沉默着，向前走去，莽何罗指着余下的那三人说道："这个叫郭子方，这个叫陈亮，这个叫吕安……咦，吕安倒不喘，像是睡着了，看来他的病见轻啊……"莽何罗手指着一个侧身向里躺着的年轻人，刚要凑过去看，李陵突然喊了一声："别过去！"紧接着对满脸狐疑的莽何罗说道："他是不喘，因为人已经死了！"

莽何罗身子一震，抖着手指着吕安，半晌说不出话来，好一会儿，才结结巴巴地说道："这是什么病啊……太快了……不到两天哪，就……就又死了一个！"

李陵缓缓地吁了口气，扬起手来，说道："这里不宜久留，咱们到外面说去。"

出头想着张可喘息时的情状，一颗心禁不住"砰砰"乱跳，只觉胸口憋闷异常，他走出营房，一把扯下脸上的面巾，使劲地喘了两口气，心中这才略觉舒畅。

李陵转过头来，冲他说道："出头，你们长秋障可有深通医理的人么？"

出头沉思了片刻，突然眼睛一亮，忙说道："老胡！对，老胡行！"李陵疑惑地问道："老胡？老胡是谁？"

"他叫胡解，大家都管他叫老胡。管着长秋障军士们的饮食起居，为人最好不过了。上次我被管敢打，伤得不轻，老胡也不知在我身上敷了些什么药，竟是灵验无比，只十几天伤就全好了。依我看，他比那些寻常的医曹们更有本事。"

李陵点了点头，说道："好，你拿我的印，骑我的马，到长秋障走一趟。告诉陈步乐，我要调胡解帮办军务。快去快回！"

过了一个多时辰，天已蒙蒙亮了，出头方带了老胡匆匆而回。李陵和莽何罗听见马蹄声响，急急地迎了出来。出头下了马，又将老胡从马背上扶了下来，说道："老胡大哥，这位就是咱们的军侯，你还没见过哪吧。"老胡看了李陵一眼，愣了愣，双膝一屈，便要跪倒施礼，李陵慌忙伸手扶了，说道："这节骨眼，咱们闹这些虚文做什么。你要是不嫌弃，我也和出头一样，叫你大哥，可好？"老胡笑了笑，说道："军侯这般客气，叫我如何担得起，还是叫我老胡我听着舒服。只是不知军侯这时分叫我来，可有什么要紧之事？唉，我一块朽木，百无一用，恐有负军侯之望啊。"

李陵苦笑了一声："胡大哥，你不必过谦了。出头说你医术精湛，他一向说话老实，断无夸大之处。"他顿了一下，说道："实不相瞒，如今显明障有几个军士得了怪病，已死了两个人了，你好歹给看看，这事关系到许多军中兄弟的生死，不管治得了治不了……咱们都得试试，对么？"

老胡略为迟疑了一下，说道："既是军侯这般瞧得起在下，那我就勉力而为吧。"

四个人重又蒙了脸，进了营房。

出头从李陵手中接过苣火，领着老胡，径直走到那死了的吕安身边。老胡伸手在脸上抓搔了一下，咕哝道："这么早便有蚊子了！"

莽何罗见李陵一直没有做声，便插口道："这个人刚死不久。"老胡点了点头，并不搭话，只让出头把苣火举向吕安的尸体，从头到脚仔细照了一遍，良久，方叹了口气，说道："军侯，我才菲能薄，又不是专门吃行医这口饭的，这病……我怕是无能为力……"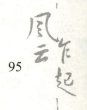

李陵听了甚是失望，但仍拱了拱手，说道："有劳了，我这就叫人送你回去。"

他背了手，踱了两步，说道："莽侯长，明日你和我到都尉处去一趟，把这里的情势讲明了，务必要他派个能干的医曹来看看。出头，你把吕安的尸体拖出去，和赵喜连的摆在一起，即刻烧了，拣出他们的骨灰。记住，切莫用手碰他们的身子。"

出头答应着，将苣火交给老胡，自己撕下两块衣襟，将双手包了个严严实实，便去拖吕安的尸身。老胡看着众人的脸色，晓得事态严重，自己没帮上忙，又深觉不安，想了想，举着苣火，也跳到了坑上，对出头说："来，我帮你。"出头一笑："不要紧，我一个人能行！"他将吕安翻转过来，双手抓住足踝，正要向下拽，突然听见老胡惊恐地叫道："这……这是什么？"

几个人被他的喊声吓了一跳，都僵立着望向老胡。只见老胡痴痴地盯着那尸身，眼神古怪之极，先是惊讶，继而惶恐，惶恐之中又带了几分欣喜，口中喃喃自语道："原来那些传说……都是真的。"旋即，他抽出肋下的铁刀，小心翼翼地将吕安的衣衫剥开。

李陵和莽何罗对视了一眼，走上前去，一起细看那尸身。老胡蹲下身子，将苣火举得更近了，用刀尖指着吕安的左脸颊，说道："军侯，莽侯长，你们看到了么？"

莽何罗有些茫然地瞅着老胡，说道："你是说那块红斑？！"老胡点了点头："不只一块，脖颈、胸前都有……若不是出头搬动尸身，我仍不会留意到这淤斑，想不到会是真的，难以置信啊……"他想了想，又走过去看那几个生病的军士。出头借着老胡手中的微弱的火光，低头细细找寻了一阵，情不自禁大叫道："他们的脸上也有！想是这屋子太暗了，咱们方才竟谁也没有发现。"老胡却没有说话，只呆呆地站着，尽自出神。

李陵长出了一口气，悬得老高的心放下了，问道："胡大哥，这究竟是什么病，该如何医治？"

老胡望着吕安的尸身，怔怔的，似乎没听到李陵的问话，过了许久，他才答道："军侯，要说起来话就长了。唉，有些事，不是咱们这种身份的人该说、敢说、能说的……这病其实早在十三年前便有人得过，为这还引出了一件震动朝野的滔天巨案，牵连极广、杀戮甚众……我只是想不通，他们几个寻常的军士怎么也会染上这种病？"

李陵笑了笑："胡大哥，到了这地步，咱们能活到几时都难说，你还有什么可顾虑的，索性开诚布公、痛痛快快地讲出来，即便死了，也叫大家死个明白！莽何罗，你在前面带路，去你的营房好好聊聊，咱们集思广益，说不定能想出救治的法子！"

几个人除了面巾，在莽何罗的营房里依次坐了。人人都是满腹的疑团，但谁也不先开口说话，偌大的营房里，气氛沉闷得令人压抑。

出头心中却是兴奋异常，无论如何也静不下来，放眼看去，周遭一切都模模糊糊的，显得极不真实，不由想到："我替父报仇、手刃恶吏之时，早已断了活着的念头，只求速死，谁能想到短短数月后，便会坐在这边塞的营房里，和军侯、隧长商议如此隐秘之事，人生……真是变化无常啊！"他迟疑了一下，觉得自己应该说点什么，忍不住清了清嗓子，说道："老胡大哥，十三年前，真有人染过此病么？一个人得了病，只能怪自己身子骨差，又怎会引出什么震动朝野的滔天大案？"

老胡眼光幽幽地盯着李陵，缓缓说道："军侯，我姑妄言之，你们姑妄听之，事涉宫闱秘闻，咱们哪说哪了，万万不可外传。君不秘则失其国，臣不秘则失其身，各位都是宦海中人，听完这件事后，自然会晓得其中的利害，如若定要大言自炫、四处宣扬，他日惹上杀身之祸，可就不干我老胡什么事了。"

李陵等三人见他说得郑重，不由得点了点头。

老胡沉默了一阵，突然没头没脑地问了句："军侯，你可知当今皇后是谁？"李陵哑然失笑："这是全天下人都知道的……卫侯同母异父的姐姐卫子夫。胡大哥怎么想起问我这个？""那军侯可否知道卫子夫是怎样当上皇后的？而在十三年前，当朝皇后又是谁？"李陵看着老胡一脸高深莫测的模样，想了想，说道："我隐约听人说过，从前的皇后姓陈，十多年前，不知什么原因被废了，之后才立的卫皇后。难不成这件事和军中流行的疫病也有关联么？"

老胡不置可否地一笑："这病十三年前曾在未央宫中流行过，前后共死了三百多人，而始作俑者，便是这位陈皇后！"

莽何罗和出头听到此处不禁惊呼了一声，李陵却是身子一颤，陡地站了起来，目光炯炯地盯着老胡，冷冷地问道："你究竟是什么人，这等隐秘之事，你怎会知道？"

老胡一动不动地坐着，两颊的肌肉略微抽搐了一下，好半天，才长长地吁了口气，说道："军侯，我是什么人，家住何处，又因何来到这边塞之上，这些事情和军中流行的疫病一点关联也没有，军侯关心的如果都是这些事，请恕小人不便作答，军侯若要治小人的欺上瞒下之罪，小人甘愿领受。"

李陵在营房中缓缓地踱着步子，足有移时，忽然回过头来微微一笑，满不在乎地摆了摆手，说道："你既有难言之隐，这话我再也不提就是，胡大哥，你接着说。"

老胡感激地看了李陵一眼，点了点头，说道："那陈后名叫陈阿娇，父亲是堂邑侯陈午，这还罢了。母亲可了不得，是当今皇上的亲姑姑、大名鼎鼎的馆陶公主刘嫖。刘嫖这人很有本事，能言善辩、心计深沉，为人处事八面玲珑圆融无间，极受母亲窦太后和弟弟孝景皇帝的宠信。说起来，当今皇上之所以能身登大宝、君临天下，还真多亏了陈后一家。皇上六岁那年，母亲王夫人向馆陶公主求亲，希望馆陶公主能将阿娇许配给自己的儿子。其时皇上仅仅有个胶东王的封号，只是个寻常的皇子，并不被景帝如何爱重，是以馆陶公主对这门亲事并不热心，给王夫人求得紧了，才敷衍着问当今皇上：'你长大了，打算怎么待我们家阿娇啊！'皇上答道：'愿盖金屋以贮之！'皇上与阿娇自小常在一起玩耍，感情极好，这句话未始不是他童稚真心之语，但……也有可能是王夫人早已教好了的。馆陶公主听了，感慨良多，这门亲事就此定下了。那王夫人和馆陶公主是何等厉害的人物，两人联手，天下尚有何事不可成……一年后，太子刘荣被废为临江王，不久就因坐侵太庙地一案，死在了狱中。"

出头出身草野，对这些宫闱争斗、帝王行止全然不知，不由得大感兴味，开口问道："老胡，太子那么大一个官，也会被处死么？"

老胡只微笑着看了看出头，继续说道："皇上登基之后，便册封陈阿娇做了皇后。开始几年，皇上待陈阿娇着实不错，千依百顺、呵护备至，两人和出身普通百姓家的小两口一样，日子过得极是甜蜜。唉，不曾料想，那陈皇后不会生养，和皇上成婚数年，没有育下一个皇子。后宫之中，讲的是母以子贵，陈阿娇没有儿子，便自感抬不起头来，起初是遍征天下名医，想要治好这不育之症，求子的秘方也不知吃了多少，仍旧是毫无起色，渐渐地也就绝了这生子的念头。

莽何罗一直沉默不语，这时突然开口问道："皇上就为这个废了她的后位么？"

老胡捶了捶跪得发麻的双腿，无声地叹了口气，说道："哪会这般简单！皇上对陈后还是有情意的……后来的事情怪不得皇上，是陈后自找的。她是个心思单纯之人，一出生便被所有人捧着，说什么便是什么，想要什么就有什么，没人敢说半个'不'字。十七岁成了皇后，垂拱深宫，为天下之母，那就更加不用提了……嘿，人人都想身居高位，岂不知不通权变之道、不懂阴谋之术，身居高位非但不能享受荣华富贵，反要遭不测之祸。陈后便是这样，她生性蠢钝，偏又脾气极坏，为防别的妃子与皇上生下儿子，危及自己的皇后之位，陈后竟想出了个愚不可及的办法，整日防贼似的看着皇上。她真是天真，以为皇上是她一个人的丈夫，皇上只要有一日不到她的宫中来，她便要撒泼使性，大吵大闹，皇上渐渐厌了她，她却仍不知收敛。以后做的就更加过分了，凡是和皇上有过肌肤之亲的女子，不是被陈后寻个错处打入冷宫，便是莫名其妙离奇死去。后宫嫔妃们为求自保，个个畏皇上如蛇蝎，惟恐避之不及。皇上正值壮年，龙精虎猛，守着一群如花似玉的妃子却偏偏无处泄火，心中自是恼怒万分，只是碍着馆陶公主昔日的拥立之功，始终隐忍未发。当时皇上正忙于新政，欲尽收皇权于己，好好地做一番事业，谁想却惹恼了奶奶太皇太后窦氏，窦太后本就不喜这个孙儿，加之宗室亲贵整日里向她讲说皇上的不是，她一怒之下，便大大削了皇上的权柄，杀了皇上的几个心腹大臣，新政也尽皆废除了。幸亏馆陶公主从中周旋，皇上才保住了皇位。皇上是雄才大略之主，如今处处受制于人，国事家事均要听人摆布，心情一直郁郁难畅，便索性韬光养晦，终日悠游于山水之间，斗鸡走狗，驰骋畋猎，不问政事。那些时候，他常常跑到姐姐平阳公主家里去，就是在平阳公主家，皇上识得了卫子夫……"

李陵听到这里，面上微露不解之色，低声说道："卫子夫……那是当今皇后了……哈，想不到平阳公主这般胆大，敢在这个节骨眼上给皇上找女人，她就不怕打翻了陈皇后这个醋坛子？"

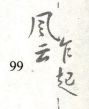

老胡盯着李陵，赞许地一笑，说道："军侯能想到此节，足证是个才智之士，可惜比起平阳公主来，仍是差了一截。这个欢心看似讨得凶险，其实却是万无一失。一则皇上羽翼未丰，根基不稳，内有陈皇后作威作福，外有窦太后时时掣肘，正是处境危难之时，于此时谀君献媚，无异于雪中送炭，更兼表明了自己支持皇上的一片赤胆忠心，皇上一旦大权在握，好处还能少了她的？二则平阳公主是在自己家里接驾，她挑些家妓为皇上歌舞助兴，这也是臣子应尽的礼节，谁也说不出什么来。皇上一旦相中哪个，想在平阳侯府中玉成好事，或是割舍不下，将之带回宫中，难道她敢阻拦不成？女人是皇上要的，不是她平阳公主给的，陈后就是要恼，也只能恼皇上，与她无干，你们说这女人心机厉不厉害……那平阳公主蓄养家妓近百，全是为皇上准备的，想着只要其中有一人终邀恩宠，她便会受益无穷……她倒是赌赢了，却没想到那人会是卫子夫……说起来，卫皇后长得并不惹眼，在平阳侯府中，只是个寻常的歌妓，偏偏皇上就看上了她，偏偏她就做了皇后，唉，世事真是奇妙得紧啊……"

出头在一旁听得极是用心，问道："那卫子夫得了皇上的宠幸，陈后会放过她么？"

老胡抬起头来，呆呆地望着营房的屋顶，隔了良久方道："皇上和卫子夫云雨一番，心中亦自惬意，临走时，便带上了卫后。可他是皇上，终日里想的是与窦太后争权夺利的大事，焉能将一个弱质女子放在心上，回宫不久就彻底忘了这码子事。卫子夫出身微贱，姿色又不出众，陈皇后起初根本不知道有她这个人，即便知道了，也不会把她放在眼中。陈后一向自视甚高，怎会瞧得起卫子夫这样的女子，真正的敌手是要旗鼓相当的，陈后视卫子夫一无是处，自然懒得加害于她。大约陈后还在想，皇上身边像卫子夫这等平庸女子越多，她的皇后之位便越稳固。因此上，卫后才得以保住了性命……许多年前，我曾见过卫后一次，那时她还没有封号，与下等宫人住在一起，娇小瘦弱，不善言辞，见了生人，竟还会脸红……实在看不出有什么出奇之处，我怎么也……"

莽何罗狠狠地拍了下大腿，慨然长叹道："想必那卫后是天生厚福之人，事事逢凶化吉，荣华富贵不求自来，这是命中注定的事，凡俗之人原也难比！"

老胡不紧不慢地说道："自古居高位、成大事者，没有不受命运眷顾的，这个道理不消说，人人懂得。但你若是以为卫子夫这个皇后位置是单凭撞大运得来的，那可就大错特错了。卫后不声不响，城府却深得很哪……"

莽何罗哈哈大笑，说道："你这个姓可真没姓错，原来'胡'是信口胡吹的意思。这些事你哪有我知道。我在霍侯帐下当差的时候，常听一些将军们说起卫后，人人都打心眼里佩服她。卫后为人真是没说的，比许多须眉男儿还要仗义。大臣们但凡犯了过失、得罪了皇上，无不走卫后的门路，卫后是来者不拒，有求必应，能周全的尽量周全，管不了的也要说清原委，让人家事先有个准备。且不论事情成败，从不收半文的礼金。自汉兴以来，哪个皇后有卫后这样一副侠义心肠？！不少宠妃曾在皇上面前说过卫后的坏话，卫后从不与之计较，当这些人遇到难关时，她反倒要倾力相助。连皇上都和卫侯说过这样的话：'你们姐弟俩太老实了！'卫后城府深？那你说说看，卫后处心积虑害过谁？"

老胡和李陵对视了一眼，"扑哧"一声笑了出来，说道："谁说有城府就一定要害人来着。莽侯长，你好好想想，一个胸无城府之人能干出你说的那些事来？"说到此处，老胡忽地敛了笑容，仰起头，默默思量了一阵，喃喃说道："卫后为犯过大臣请托，这件事可有些冒失了，再这么下去……皇上迟早……"

李陵催促道："老胡，别听他的，莽何罗受过霍侯大恩，卫霍一体，他替卫后说两句好话，原也应该，你接着说你的。"

"嗯。"老胡答应了一声，说道："卫后被皇上忘了，忘了便忘了，她幽居于深宫之中，连见皇上一面都势比登天，就算再有本事，也是无法可想。时间长了，心就慢慢灰了，于是又托人找到馆陶公主说项，宁肯仍回平阳侯府中为奴，也胜于在宫中做个活死人。后来，卫子夫就被安插到了一批年老色衰不能任事的宫女当中，等着被放出宫去。怪就怪在……皇上本来是从不见这些人的，放逐宫女出宫，由皇后身边的大长秋主持也就够了。那一年不知怎么，皇上心血来潮，竟鬼使神差地非要见见这批出宫的宫女不可。卫子夫站在最前面，穿的便是与皇上初遇时所着的那件串花凤纹绣绢单衣，面带泪痕，楚楚可怜。见了皇上，不知她是情不自禁还是……"

老胡瞟了一眼莽何罗，改口说道："卫子夫冲皇上盈盈一拜，哽咽着说：'愿皇上珍重龙体，贱妾从此诀矣……'说完已是泣不成声。皇上身边一个宦官骂道：'卫子夫，你是什么东西，在皇上面前大哭小嚎，难不成皇上会认得你……'这一哭一喊，皇上自然将卫后想了起来……但凡强悍的男人，都喜欢柔弱的女人，皇上当初看中卫子夫，也许就是为此……后面的事就顺理成章了，皇上封卫子夫为美人，将她另外安置在建章宫中，大加宠幸，卫后的肚子也真争气，不久便有了生孕。直到此时，陈后才开始将卫后视为心腹大患，可惜已然晚了……"

李陵先是冲老胡会心一笑，旋即蹙眉问道："按理说，陈后此时要置卫后于死地，仍是易如反掌，凭借她家的势力，神不知鬼不觉就能将卫后害了，何以会闹到自己被废的地步？"

老胡咧了咧嘴角，似笑非笑地说道："陈后势力大，平阳公主的本领可也不小哇。平阳公主将宝押在卫后身上，起初不知自己胜面多大，自然不敢投注太多。而今情势渐趋明朗，眼见窦太后油尽灯枯，皇上亲政指日可待，

风云乍起

陈后年长无子，且愈发惹皇上厌憎，后宫之中只有卫子夫深得圣宠，她又怀了身孕，倘若生下的是个男孩，十之八九立为太子，于此时下注，非但胜面大，回报也是无比丰厚。平阳公主是个人精子，岂会白白放过这样一个大好机会。背靠大树好乘凉，何况这棵大树还是她亲手栽培的，这种情形之下，她即便赔上身家性命，也要力保卫后到底了。"

李陵挑了挑眉毛，问道："宫内的郎宫、宦官甚至宫女都是窦太后和馆陶公主的人，单靠一个平阳公主能保得住卫后？"

老胡道："她保不住，但却能请动保得住卫后的人！"

李陵紧跟一句问道："谁？"

老胡闭了双眼，双颊微微颤动，似在极力掩饰心中的悲喜之情，良久，他瞿然开目，说道："她请的……请的是一位大名鼎鼎江湖侠士！"

李陵瞥了老胡一眼，见他痴痴地望着前方，眼睛亮亮的，带着些许的忧伤，忧伤之中又隐隐透出无比的骄傲，心中不禁一动，暗暗思量着："元光年间，天下最出名的侠客是谁哪？"

只听出头问道："老胡，那个江湖侠士叫什么名字？"

老胡摇了摇头，神情很是迷茫，像是不知道，又像是不愿说，他似乎累了，双手在太阳穴上揉搓了好一会儿，才继续说道："那个侠士本不愿卷入这场争斗之中，但他早年曾受过平阳公主的大恩，人家现今要讨回这个人情，那是想推托也推托不得的。嘿，他既然答应出马，天下办不成的事只怕没有几件……也不知他使了什么手段，宫中不少禁军首领和宦官们都竞相保护起卫后来……这些人大多是墙头草，当时陈卫二人逐鹿中宫，胜负未分，情势如此微妙，哪个不想为自己预留后路，谁都不愿把事情做绝，是以陈后几次三番派人加害卫后，卫后都是有惊无险，平安无事。在那之后，皇上对陈后也有所察觉，特意加封卫后同母异父的弟弟卫青为建章监，专司卫护自己的姐姐，陈后再想下手，可就更难了。"

外面天色渐亮，一缕阳光从门缝中射将进来，众人都听得入了神，竟而谁也没有发觉。

那老胡又说道："陈后心思本就不太灵光，眼见自己害不了卫后，便索性求诸于鬼神，花重金请了个女巫，欲行巫蛊之术，将卫后置于死地！"

莽何罗身子一动，怔怔地张大口，情不自禁地喊了一声："巫蛊？！"

陆

巫蛊

　　老胡的口气冷寒得令人发噤："所谓巫蛊，即由巫师向鬼神祝祷祈求，而使被诅咒之人不知不觉罹于灾祸，陷于病害。陈后对那女巫深信不疑，珍宝钱帛赏赐无算，每日里任由她在寝宫之中跳神念咒，行法害人……"

　　李陵听到这里，已是呵呵笑出声来，说道："到底是女人，居然相信这个，你说的这巫蛊我也知道，无非是用桐木削成仇人的样子，在上面写上生辰八字，刺以铁针，埋于地下，日日痛骂不绝。愚夫愚妇常用这法子发泄私愤，以求心之所安……哈哈，倘若这法子管用，世人能有几个活着的？"

　　老胡受了嘲弄，并不生气，侧了头，望向莽何罗，问道："莽侯长，你也听过巫蛊这回事么？"

　　莽何罗阴郁地点点头："巫蛊之术是匈奴人的玩意儿，我随霍侯远征，曾见过巫师作法，那些人身着法衣，头戴法冠，脸上蒙着面具，腰里挂着许多'叮当'作响的铜铃铜牌，手舞足蹈，口中不停地念叨着一些话……看上去着实吓人，匈奴人都信这东西，至于管不管用，我就不得而知了……"

老胡沉吟了片刻，看了李陵一眼，说道："军侯说这法子没用，也有道理,否则卫后何以安然无事,但……那女巫施法不久,卫后果然受了伤……"

出头"啊"的一声叫了起来："那巫蛊之术真有这么厉害？"

李陵对于神怪之说素来不信，这时听说卫后受了伤，也不由得向前探了探身子。

老胡吁了口气，接着说道："卫后这伤受得蹊跷，好好地走着路，突然就崴了脚，将养了一个多月，才渐渐好转。奇怪的是，卫后的伤好了，侍候陈后的宫女和宦官们倒得起病来。"

出头忍不住笑道："究竟是谁害谁啊，施了这么长时间的法，人家伤倒好了，自家人却病了……"

几个人听了，也都跟着笑了起来。

老胡道："不管谁病，足证这巫蛊之术还是有些效验的，卫后也确实受了伤……陈后认为卫后所以不死，是因那女巫不肯尽力之故，于是又大大了赏赐了一笔钱财，指望她能看在钱财份上，替自己拔去卫后这个眼中钉。"

出头问道："后来哪？"

老胡说道："后来……哪还有什么后来。陈后请女巫折腾了一个多月，终于将皇上招来了。那时太皇太后窦氏已死，皇上再不用看馆陶公主和陈后的脸色。这娘俩自恃拥戴之功，不晓得时移势异、适可而止，反倒变本加厉，胡作非为，皇上早就不耐烦了，如今又出了这么一档子事，陈后焉能再居皇后之位？不久诏书即下：'皇后失序，惑于巫祝，不可以承天命，其上玺绶，还退居长门宫。'至此，陈卫争宠以陈后一败涂地、卫后大获全胜而告终！现今权势熏天的御史大夫张汤，那时还不过是个小小的侍御史，就靠审这个案子出了名，唉，前后共杀了三百余人，真是惨哪……"

李陵打住老胡的话头，问道："三百余人？这也太多了些。陈后行巫蛊之事,当然要知道的人越少越好……怎会株连三百余人？莫不是诛了那女巫的九族？"

老胡冲李陵竖了竖大拇指，赞叹了一声，说道："军侯不过二十岁，却有这般机敏的心思，他日前途定然无可限量，我老胡真是服了。"他略微停顿了一下，接口又说："那女巫根本就不是匈奴人，她不过是个楚地的神婆，孤身一人浪迹京师，平日里靠装神弄鬼唬弄些钱财，既无丈夫又无兄弟，加之父母早死，上哪儿去寻她的九族？"

出头颤声道："那杀的……都是些什么人？"

老胡仰头向天，脸上现出一派悲悯之色，幽幽说道："杀的是宫女和宦官，这些人都患了同样的病，高热致喘，体有红斑，和……和显明障几个军士的病征完全相同……太医称之曰'伤寒'。"

"啊？！"老胡话音刚落，李陵、莽何罗、出头三人不约而同地惊叫了一声。

老胡面无表情地瞥了几人一眼，说道："这种病我曾听人谈及，却从未见过，直到看了那军士身上的红斑……方敢确认……原来竟都是真的。"

李陵心下不胜骇异，低着头，口中喃喃自语道："我不相信那些巫术会真的管用……大约只是碰巧吧，陈后行巫蛊之时，恰好有人得了疫病，这病于是在宫中流传开来，世人不察，以为是巫蛊作祟……"他重重地点了下头，似是想通了其中关节，面向老胡说道："一定是这样的……不然何以解释卫后竟会没事，反而是陈后身边的宫女和宦官最先得病？"

老胡想了想，不解地摇了摇头，说道："怎会有这么凑巧的事，从前不得，之后也没得，偏偏赶上陈后施巫蛊的时候就得了……不过，话说回来，那个女巫也不承认自己会法术……"

李陵眼中精光一闪，问道："她怎么说？"

老胡说道："那女巫姓南。据她供说，她来京城已有二十余年了，无夫无子，谋生艰难，为蒙哄些钱财度日，便四处宣称自己会相面之术，还在长安洛城门南侧摆了个看相的摊子，因算得不准，生意并不兴隆。一天，她的摊子前突然来了一个乞丐模样的人。南氏数日没有开张，便寻这乞丐撒气，骂道：'我说今日老娘怎么没有生意，原来全是你这臭要饭的害的，给我滚远点，老娘自己还吃不饱哩，可没有剩菜剩饭喂你。'那乞丐听了，非但不气恼，反而哈哈大笑，说道：'谁要你的破菜破饭，老子有的是钱！'南氏啐了他一口，便要上前打他。不想那乞丐真的从怀中掏出块金灿灿的东西来。南氏一世贫穷，最爱的就是钱财，她从乞丐手里拿过那东西，细看之下，立时懵怔了……那的的确确是块金饼，足有七八两重。'"

莽何罗"哧"的一笑，说道："那女巫为求活命，什么编排不出来！她的话如何能信。这些信口开河之语，不说也罢。"

李陵白了他一眼，说道："可不可信要等老胡说完方知！你不愿听就一边歇着去！"

莽何罗撇了撇嘴，一脸的不服气，却也没有起身。

老胡欠了欠身子，抿嘴一笑，说道："南氏拿着那块金饼，早已是手足酸软。那乞丐凑过来低低地说道：'你不是没生意么，那我就来和你谈笔买卖，事成之后，酬金比这多十倍还不止。'南氏听着这话，头上冒出汗来，只愣愣地看着那乞丐，不知是该点头还是摇头。那乞丐又对南氏说道：'三天后，会有一个姓兰的人前来找你，他大约要问你些法术之事，开始你只管说不知道，给他逼得紧了，你便说，此法太过阴狠，老身已立誓此生不再为之。假若他要带你去一个地方，你一定不要答应，但也不要回绝，话要说得模棱两可。记住，你越是犹豫，他给你的钱便越多。你若是觉得他出的钱够你下辈子花了，就跟他定个期限，约他五日后见面。到时我自会安排好一切。这件事出不得一点差错，办得好了，你下半辈子要什么有什么，若是办得不好，你也不用过下半辈子了。'那乞丐说完这番话，留下那块金子便走了。南氏平白得了这许多金子，心中又是高兴又是害怕，不知那乞丐究竟有何图谋。就这么战战兢兢地过了三天……"

李陵深吸了一口气，问道："三天之后，确有一个姓兰的人前去找她么？"

老胡点了点头："找了……而且……来的还是个女人。"说到这儿，老胡轻叹了一声，脸上尽是迷惘之色："南氏说的这件事越到后来越是匪夷所思，加之没有旁证，也难怪没人信她……她在供词上说，找她的那个女人面上蒙着黑纱，故而看不清容貌，但听声音，年纪应该不大。来人衣饰华贵，气度雍容，像是出身于大户人家，只言谈间冷冷的，给人一种阴森森的、极不舒服的感觉。那女人先是上下打量了南氏一阵，点了点头，似乎对南氏的样子颇为满意，随即她便向南氏问起……巫蛊之术来……"

出头吃了一惊，瞪着眼睛问道："难道……真的被那乞丐说中了？"

老胡苦笑道："是啊，全都说中了，那女人说的，便是那乞丐事先向南氏交待好的……南氏哪里会什么法术，她平日只敢花言巧语骗些升斗小民，即便骗术被戳穿，人家也不敢拿她怎么样，眼见这女人来头不小，事情又这般蹊跷，心中先自怯了，但又舍不得钱财，只好照那乞丐吩咐的作答。那女人见她吞吞吐吐，闪烁其词，神色又极是为难，越发相信她有本事，索性单刀直入，说自家主人受仇人逼迫，身陷危难，求南氏施以援手，为家主驱邪禳灾。至于酬劳……那女人将随身携带的一个包裹交给了南氏……那包裹入手甚是沉重，南氏偷偷揭开包裹，闪眼一瞧，竟险些晕了过去，里面黄澄澄的都是金子……"

莽何罗望着老胡，发了一阵子呆，恨恨地说道："一大包金子……一辈子也花不完哪！老子出生入死，血染沙场，朝廷总共才赏了我一斤黄金，嘿，大半还欠着，到如今也没给清……南氏真傻，换作是我，金子既已到手，管他是谁，趁早遛之大吉，老子有了钱，还听他们摆布！"

老胡"哼"了一声："你以为这钱是白给的，食人之食者死人之事，这是买命钱。南氏已然入了局，便成为人家手中的一颗棋子，进退由人，自己是再也做不得主了……南氏见了这许多黄金，自是眉开眼笑，便按着那乞丐教她的，和人家定好了日子，五日后随那女子前往家中，为其家主效命。莽隧长说那南氏傻，她才不傻哪，那女子前脚刚刚出门，南氏这边已开始收拾细软，准备当晚带上黄金逃之夭夭……哈，可惜她逃得快，人家来得更快，还没等南氏拾掇停当，那乞丐便已站在房中了。"

李陵双手互握，将手指捏得"啪啪"直响，皱了皱眉头，说道："三天前，她收那乞丐金子之时，就已注定无路可逃了。大约正是因她贪心，那乞丐才选中了她。这次来，那乞丐又要她做什么？"

老胡笑道："做什么？自然是要教那南氏本领了。五日后，南氏就要到人家家中施法，可她对巫蛊之术还是一窍不通，放了这么一个骗子进去，那乞丐怎放心得下。南氏见事已至此，只好乖乖地听人摆布。初时，南氏以为那乞丐和自己一样，只是为了骗些钱财，便将那女子送来的金子如数拿出，要与乞丐平分。谁知那乞丐冷笑着说道：'这些金子全都归你，我要的不是这些……'"

出头不以为然地"哧"了一声，说道："那乞丐口气好大，不为钱，他又图的什么？"

老胡说道："南氏也是这样问那乞丐，那乞丐说：'我要的东西大了去了，岂是区区十斤黄金所能相比！'南氏见他这般说，也就不敢再问了。之

风云乍起

后几日，南氏便跟那乞丐苦学巫蛊术中的种种法门，她年纪大了，记性不好，做得稍有差错，那乞丐便是一个大耳刮子扇过去。可怜那南氏已过了知天命之年，兀自要受人的威逼呵骂，心中气苦，却是求告无门，只慨叹那些金子得来不易。到了第四日晚上，那乞丐终于要走了，离去之前，他给了南氏一个小木人，那上面龙飞凤舞地写着三个字，南氏目不识丁，哪里知道上面写的什么。问那乞丐，那乞丐只说，见到那家的主人，你便拿出，其他什么话也不要说。”

李陵右手食指在草席上划了几下，说道：“那上面写的一定是卫子夫三字吧。”

老胡拊掌笑道：“南氏一直到死都不知卫子夫是何人，也不知自己是住进了未央宫中，还不住口地夸这家主人豪富，住的房子竟这般大。唉，真是可笑又可怜，陈后赏她的那些金子，她一直带在身边，巫蛊案发，南氏被枭首示众，金子也全部没入了少府……”

出头大惑不解地问道：“老胡，你说南氏的金子是陈后赏的……难道见南氏的那个蒙脸女人就是陈后？”

老胡无可奈何地看了他一眼，说道：“陈阿娇贵为一国之后，怎能抛头露面做这等不入流之事。去见南氏的是陈后的一个贴身婢女，是她带的南氏入宫，但这个婢女没等到案发就得伤寒死了，比起后来南氏的死法，她还算是幸运。”

李陵听老胡说完，越发觉得巫蛊一案疑团重重深不可测，他在心中仔细思量事情的前因后果，却乱纷纷的难以理出头绪，许久，他开口问道：“胡大哥，那个乞丐到底是什么人，当时追查了么？”

老胡说道：“南氏的供词虽然离奇，但事关重大，张汤又素性苛刻严酷，焉有不查之理……那乞丐名叫郭海山，是馆陶公主家中的一个客卿，他进府时间不长，但因其足智多谋，平日里深为馆陶公主所倚重，常参与府中机密之事，据说，行巫蛊害卫后的主意就是他最先想到的。陈后开始对此事颇为犹豫，郭海山一句：‘为之即便无益却也无害，试试又何妨’劝得陈后动了心，陈后被废，这人实是祸首。”

李陵问道：“这人首倡巫蛊之议于前，又煞费苦心做假于后，他究竟想做什么？”

老胡说道："这就没人知道了……巫蛊案案发前夜，郭海山突然失了踪，几天后，有人在京郊的一片密林之中发现了他的尸体……"

"噢，他是怎么死的？"

"吊死的……张汤断狱时，说他是自缢身亡。"

李陵轻蔑地一笑："这张汤一向号称能吏，如何做事竟这般糊涂，那郭海山分明是被人灭了口，他居然说是自缢身亡，可笑！"

"军侯真以为张汤是糊涂？"老胡双目炯炯，瞪视着李陵，半晌将目光移了开去，淡淡地说道："咱们在这里笑话张汤，说不定这正是他处事高明之处，这个案子背景这样深，谁知道再查下去又会牵涉出什么人物，陈后此时已是死老虎一只，将所有罪名往她身上一推，无疑是最聪明的做法……"

李陵站起身来，心事重重地在营房之中来回踱步，喃喃说着："如若那南氏所言不假，显然是有人设了个圈套，等着陈后往里钻……"他一想到此处，心中陡然清明起来，一阵寒意直透骨髓，他望着老胡，嘴唇无声翕动了两下，老胡迎着他的目光，点了点头。

李陵沉吟了一阵，说道："这件事中，最令人费解的便是那些宫女、宦官们竟真的得了病……这病倏然而起，倏然而止，且十三年后，又重现于边塞之上……莽侯长……"李陵转头冲莽何罗说道："显明障新来的戍卒之中，有没有长安人氏？"

莽何罗想了想，说道："没有。只有一位祖籍是长安的，现今也生着病……"见大家都抬头看他，莽何罗得意地笑了笑："他叫管敢，前些日子被军侯打断了腿，他可不像我老莽这般身子壮健，这几天来，一直躺在炕上动弹不得……"

李陵没理会他话中的揶揄之意，在营房中站定了，怅然地看着老胡，说道："巫蛊之术……光是跳跳古怪的舞蹈，用针刺几下小木人……这样便能致人生病……这也太荒唐了，老胡，你相信真有这回事么？"

老胡默然了半晌："起先，我也不相信这码子事，但有些事不由得你不信，十三年前宫中的巫蛊案，有数百人恰逢其时染了疫病……仔细想想，这疫病就如同被人操控着一般，若是不通鬼神，谁能有这么大的能耐？"

李陵轻轻摆了摆手："那是他们另有法门，只是我们不知道罢了，我从不信有什么鬼神，世上的事都是人做的，人可以是鬼，也可以是神……"

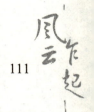

莽何罗见李陵不信，心里暗自较劲，大声说道："军侯，依我看，那南氏虽说是个骗子，巫蛊之术却未必是假的，郭海山既然可以教南氏，他自己也必精通此术，当初卫后受伤，陈后身边的宫女、宦官染上疫病，说不定都是这姓郭的捣的鬼。这么看来，巫蛊之术还真有些用处……不然，何以匈奴人都信得不得了……"

李陵身子一颤，眼睛死死地盯着莽何罗，仿佛看见了一件极可怖的事物，莽何罗被他盯得心中发毛，惴惴地问了句："军侯，你……"只说了三个字，便不敢再问下去。

李陵以手拍额，激动得声音发颤："老鼠！是老鼠！"他在营房中快步走着，极力掩饰着内心的兴奋与不安，话说的有些语无伦次："老鼠……匈奴人带来的老鼠，装在袋子里……赵喜连是在那之后得的病……老鼠随着马匹进了边塞……莽何罗，你说得对……匈奴人崇信巫蛊之术，原来所谓的巫蛊就是这个……十三年前，未央宫中也一样是老鼠作祟，哈哈，我终于知道了……"

老胡、莽何罗见他势若颠狂又说又笑，都是不明所以，出头却听李陵说过老鼠之事，心想："老鼠也能使人染病么？就算散播疫病的老鼠是匈奴人放入边塞的，但十三年前未央宫里的老鼠哪？长安离这里不知有多远，难道匈奴人能跑到未央宫中施放老鼠不成？"

"莽侯长。"不知过了多久，李陵安静了下来，神情变得有些忧郁，他咬着牙关徐徐说道："我曾和你障里的军士们约定，捉鼠十只即按杀敌一人行赏。当时说好以五日为期，现在看来，日子要延长了。先前我只是怀疑，并不清楚匈奴人放老鼠入塞的真意……想不到他们用心如此险恶……这病是从老鼠身上来的，多杀一只老鼠便少了一份染病的危险。你到各障传我的号令，让那些侯长们先把手头的事放一放，这些日子什么都不要做，全力灭鼠。捉鼠十只即晋爵一级，我说的话仍然算数。这里的情形你要和他们仔细说说，让他们知晓其中的厉害，不然他们还以为是闹着玩哪！有赏必有罚，三天内捉鼠不到一百只的障，侯长也不用干了，就地革职，侯长的职位由捉鼠最多的军士接任……这件事越闹越大，瞒是瞒不住的，我这就去一趟大湾城，面见都尉，有些事得要他拿主意……"

李陵说到这里，偏过头来看了莽何罗一眼，说道："擅开障门的事我已经罚过你和管敢了，再有什么罪责，我李陵自会承担，你勿须挂怀。把我吩咐的事情办好了，就算你将功补过。"

莽何罗脸色一红，羞愧、恼怒还有些许感激一齐涌上心头，嗓子里像塞了团棉花，想说句得体的话，却无论如何也说不出来。

李陵打开营房门，阳光如决堤之水骤然涌入，刺得人人睁不开眼睛。他举步要走，犹豫了一下，说道："咱们和染了疫病的军士共处一室……谁也不敢担保自己一定没事，老莽，你再搭几个帐篷，这几日我、胡大哥还有朱安世都住在显明障，万一染了疫病，也不至害了别的兄弟，这病倘若在甲渠塞和其他障传开，可是件不得了的事……你去各处传令之时，不要进营房，蒙了面巾，在障外申明即可。"

李陵走后，几个人又出了一会儿神。老胡年纪大了，鞠跽而坐说了一夜，身子骨有些吃不消，他双手拄地，缓缓站起身来，活泛了一下腿脚，突然问出头："出头，朱安世这名字是谁给你取的？"出头赧然一笑："军侯取的，他说……大名叫出头不合适。"老胡点了点头便不再问。

莽何罗扫了出头一眼，问道："军侯说什么匈奴人放老鼠，又说这疫病是老鼠带来的，究竟是怎么一回事？"

出头本来也不十分明白，这时却有心炫耀，想也不想便答道："军侯在障外发现了许多死老鼠，问你们障里的人，都说不是他们捉的……后来，车千秋和军侯说，那天一个匈奴人在临自杀前割破了布袋……军侯也不知怎么就猜出里面装的是老鼠。"

莽何罗眼光一闪，嘴里念叨了一句："车千秋……"

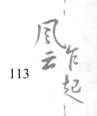

大湾城虽号称"大湾"，却是座小城，因草创未久，城中极是萧条。朝廷初建武威、酒泉郡时，曾迁徙不少流民入塞，称凡是定居于河西者，无论男女老幼，均赏赐良田十顷，房屋五间。诏令一下，入塞者趋之若鹜。

这些人到了河西才知是受了愚弄，地倒是有，不过都是些生荒地、沙土地以及大片的草原，所谓房屋，只是临时拼凑搭建起的草棚子、马架子。流民们激愤之下闹起事来，朝廷出动重兵镇压，费了好大的劲才平息了暴乱。后来便不再内迁百姓，只令驻守河西的军士屯田，军士们战时为兵，闲时务农，军队所需粮草都是自给自足，是以在这大湾城中，士兵人数要远远

113

多过百姓。

李陵骑马进了城，恰逢一队士兵种田归来，这些军士们光头赤脚，扛着农具唱着军歌从李陵身旁经过，李陵隐约听到一句："壮士长歌，不复以出塞为苦……"不禁怦然心动，想到："我来此地已近半年了，离家千里，音信不通，不知母亲、三叔、弟弟们可都安好？"他空自怅惘了一阵，拨转马头，直奔都尉府而去。

肩水都尉府建于大湾城东北，前后五进的院子，规制极是宏伟，建造得却甚为粗陋。十余丈长的院墙没用一块青砖，只以黄泥夹杂碎石夯筑而成。府门阔大，却没刷红漆，门上刻着铺首，作饕餮衔环状。门前摆着两条长凳，四五个守门军士坐在长凳上，相谈甚欢。

李陵在门前下了马，门口早有一个相熟的士兵抢上前来，接过李陵手中的马鞭，嘻笑着说道："李军侯，什么风把您给吹了来，要见都尉么？"李陵刚要说话，猛然间想起疫病的事来，赶紧撕了块衣襟蒙了脸，说道："都尉在么，我有要事见他，你快去通禀。"

那军士迟疑了一阵，说道："都尉在是在……只是他未必肯见军侯。"

李陵呸了一声，怒道："未必肯见我？你怎么知道他未必见我。我说的这事关乎边塞之上万千将士的生死，都尉不见我，连你在内，大家谁也别想有好日子过！你就这样去回禀刘都尉，看他见是不见？"

那军士见李陵动了怒，忙不迭地答应着，苦着脸分说道："李军侯，我有多大胆子敢阻你的大驾。佩服你还来不及哪！……莽何罗平日气焰嚣张，胡吹什么肩水金关数他武艺最高，本领最大，听说在你手里他一招也过不了，真是厉害，厉害！不愧是李广将军的孙子！实话跟军侯说了吧……"那军士压低了声音，神神秘秘地说道："我这会儿进去通禀也是自讨苦吃，都尉不但不能见你，连我也要骂的……"

李陵斜了他一眼，问道："都尉在干什么？"

那军士看看四周无人，凑近了说道："都尉在驯马哪。这些马实在是好，比咱们的马强多了，颈高腿长，跑起来像飞一样，就是耐力差些……"

李陵见他说得奇怪，忙问道："马？什么马？"

那军士笑了笑，说道："军侯忘了么？显明障缴了匈奴人几百匹马，都尉将这些马全部安置在都尉府中。都尉真是爱极了这些马，后面那几趟房子都让了给马住，自己则在离此二里之外又盖了两间房，夜里就住在那边，除了驯马，都尉大人是不轻易到这儿来的……唉，马住厅堂、人睡马厩，这马比我们强啊……听说不久都尉就要将这些马送往京师……朝廷上调了马价，在长安城，一匹公马值二十万钱，这些马，一匹少说也得值这个数……"那军士伸了三根手指出来，在李陵眼前晃了晃："几百匹马，上万万钱哪，这回都尉可发了大财了……"

李陵心中一惊："你说什么！难道都尉想将这些马自行处置，不用上报幕府、上报朝廷么？"

那军士发觉自己说走了嘴，尴尬地望着李陵，结结巴巴地说道："军侯，这是小人胡乱猜的，像这样的事，我怎会知道……"

正说间，都尉府正门"吱呀"一声开了，那军士转头看了一眼，身子一哆嗦，小声说道："都尉出来了……军侯……你自行参见吧……方才那些话都是小人胡说的，你可千万别当真，否则小人这条性命就算没了！"

李陵嘴里答应着，眼睛一直盯着从门口走出的那人。那人约摸三十六七岁的年纪，黑脸长髯剑眉朗目，看上去很是威武，却是一身文官打扮，头戴漆纱卷梁冠，着大袖袍服，腰间系了条黑绶，斜斜打了个连环结垂在身前，右耳夹着一支簪笔，身后没跟护卫。

李陵大步上前，跪倒在地，大声说道："甲渠塞侯官李陵有要事禀告都尉大人。"

那人停下脚步，打量了李陵一阵，笑道："我当是谁？原来是李家的大公子，哈哈，快快请起，你是京师四大世家中难得的后起才俊，将来是有大作为的，好在我和令叔相熟，要不然，你这一拜我刘屈氂还真是担当不起啊。"说着握着李陵的双手，亲自搀他起身，言谈间极是亲热。李陵到任后，只随着众军将见过这肩水都尉刘屈氂三回，两人私下里没说过话，有的仅是公事上的来往，这次见他待自己如此客气，既觉意外，又着实感动，暗想："原来他和我三叔交好，怎么三叔从未提过此人？唔，大约三叔是想我自建功业，不靠他人的荫庇吧。"

那刘屈氂徐徐向前踱着，说道："像我长得这样丑陋，蒙起脸来还情有可原，世侄貌比潘安宋玉，是少见的美男子，如何也蒙起脸来？"李陵听他说话风趣，原本绷得紧紧的神经立刻松弛下来，他向后退了一大步，拱手说道："都尉，显明障正在闹疫病，属下刚从那边过来，蒙着脸是为着以防万一。"

刘屈氂听了，似乎并不感到惊奇，只微微点着头，说道："我说前几日莽何罗那小子怎么跑到我这里来寻医曹，原来是闹了疫病……那病很厉害么？"

李陵将种种情由挑紧要的备细说了，那刘屈氂始终凝神听着，脚步渐渐缓下来，最后不以为然地一笑，说道："世侄怎么就敢确定那老鼠是匈奴人放进来的？"

李陵低着头，皱了皱眉，耐着性子解说道："显明障障门外有三十余只死鼠，最远的也不过离障门二百步，正是当日那匈奴人所站的位置。这些老鼠尸身干瘪，显然是被马群踩踏而死，如若老鼠不是匈奴人放入马群之中，即便马匹再多，又怎能同时踩死三十余只老鼠？何况，有军士亲眼看到马群中的几匹马驮着三四个大口袋，口袋已被划开，里面却空空如也。匈奴人跑了这么远的路赶来送死，难道就为送咱们一些牲畜？这些空袋子做什么用？那匈奴人又为何要在临死前将袋子划开？最奇怪的是，属下次日巡视显明障隧时，军士们都说隧里的老鼠突然多了起来，是以属下猜测，口袋里装的是活物，从口袋中掉出来后，便随着马群进入障中，而那活物便是老鼠。匈奴人处心积虑送这些老鼠入塞，生怕路上有老鼠逃出来，竟里三层外三层套了许多口袋，他们为的是什么？显明障中最先发病的是军士赵喜连，据说，他就是在那一晚被老鼠咬了一口，如此看来，那些老鼠定然是匈奴人施放的无疑，他们最终的图谋便是让边塞将士人人都染上疫病，再无防御之力！"

刘屈氂拊掌大笑，说道："精彩，精彩！这故事好听是好听，只不过一切都是世侄的猜测而已，毫无凭据。你说的那些死老鼠，依我看，定是障中军士闲极无聊捉着玩的，弄死了又扔到障外，他们一时的胡闹之举倒让世侄多了心。"

李陵说道："起初属下也作此想，疑心他们畏惧刑罚不敢承认，便许诺军士们，捉鼠十只即可晋爵一级，他们没了顾虑又能受赏，何必再加隐瞒。果然，这些人为了眼前的六只老鼠争起功来，障外那三十余只死鼠却是无人争抢。由此属下断定……"

"胡闹！爵位乃社稷公器，专为有功于国的将士所设，你当是小孩子的木马么,想给谁就给谁! 乡间的农夫一年不知要打死多少只老鼠,按你的想头,万户侯也做上了……唉,也难怪……"刘屈氂大约觉得自己说得重了,语气和缓了下来:"世侄,你还年轻,初入官场,许多事尚看不明白,这事是你能答应的么,你哪有那么大的权柄……凡事不可意气用事,做官不比打仗,不是本领大、武艺高就成了,想你爷爷那么大的本事,结果……我和令叔交情非同寻常,你既已说了,我好歹将这事圆下来,否则令出不行,你还怎么做这军侯,部下又如何会服你……你回去后,赶紧将这命令撤了,晋爵的人太多,我这里也不好办……"他语重心长、娓娓道来,不像上司训斥下属,倒似长辈在劝诫晚辈,殷殷情意,发自肺腑,李陵垂手肃立仔细听着,一颗心已是渐渐沉了下去。他强自抑了胸中怒火,冷冷说道:"这事李陵做得着实有些孟浪,但情势急迫,非从权处置不可。都尉要罢我官杀我头,李陵绝无怨言,只是军中疫病散布极快,若无良策,肩水金关数千将士定会深受其害,请都尉深思之、慎处之,不要……"

"不要什么?不要尸位素餐,昏愦颠顸,碌碌无为,置千万将士的生死于不顾?"刘屈氂笑眯眯地看着李陵,默然良久,叹了口气,指着都尉府门前那两排胡杨树说道:"这些树是我来时亲手栽的,当初有五十余棵,如今只剩这二十左右棵了。塞外苦寒少水、风狂沙大,树和人一样,能活下来就不易。你初来乍到,不知戍边的苦,譬如这疫病,隔几年就要闹一次的,身子骨好的便挺过来了,身子骨弱的……死对他们来说也未必是件坏事,免得在这里受无穷无尽的苦……你方才说的很在理,也许匈奴人放了些老鼠进来就是想害咱们,可那又怎样?将这里闹疫病的情形上报大将军府,上报朝廷?说管敢贪功、莽何罗冒赏,你我不能约束属下,以致匈奴人阴谋得逞,使我大汉边塞军士身染疫病?我知你是个有担当的人,天下人传言:生为霍家汉,死做李氏男!那是绝不错的。你们李家男儿个个都是英雄,没有一个孬种,你不怕罢官杀头,这我信。可莽何罗他们哪?他们又有什么过错?这些军士刀光剑影里打滚,血雨腥风中度日,吃的是糟糠,拼的是性命!为扬我大汉军威,管敢孤身单骑出障迎敌,在我刘某人眼中,他一样是条好汉,这样的好汉,因一时不慎,到头来却落得个身首异处的下场,我身为都尉,于心何忍?他们行事确实有些冒失,我当时头脑一热,称赞了几句,事后想来,也觉不妥,这种事情不宜奖劝……干脆睁只眼闭只眼,不赏不罚算了。"

李陵见他说得真挚，不由得想起了自己的家世，心中颇有所感，眼眶一红，哽咽着说道："莽何罗、管敢是我的部下，他们犯过，罪责在我，朝廷要杀要打，寻我便是了，都尉万万不可为难他们。"

刘屈氂拍了拍李陵的肩头，眼光中流露出一丝怜爱之意，说道："世侄，你又耍小孩子脾气了……我不为难他们，自然更加不会为难你……你三叔真是过分，自家子弟来肩水金关任职，事先也不和我通个声气……唉，你们李家人心气高得可以，事事耻于求人，他不和我说，不过是想让你自己打拼出一份功业，我懂他的心思，是以面上对你并未如何优待，可你的一举一动我都看在眼里，真是后生可畏啊，以世侄你的本事，万户侯何足道哉！"

李陵本来听得心里暖融融的，这时却越想越是不对，这刘都尉只顾拉家常、套交情，怎么偏就不提正事？但人家将自己说得这般好，自己也不能过于无礼，待刘屈氂说得够了，李陵才插口道："都尉大人，军中这场疫病来势凶猛，到底该如何措置，属下还要请都尉拿个主意。"

刘屈氂思索了片刻，说道："疫病疫病，能治得好的，还叫什么疫病？就是派宫中的太医来，也仍是个干瞪眼。不过再厉害的疫病，过一阵子也就没了……这样吧，明日我挑几个能干的医曹到显明障看看，届时再做定夺吧……"

见李陵还要说话，刘屈氂一扬手，说道："咱爷俩性子还真相投，你不带亲兵，我也没带护卫。我这人爱清净，树旗旌、罗弓矢，前呼后拥的，只是做个样子给别人看，耍那份威风有什么用处，还是一个人独来独往好些……舍下就在不远，世侄要不要过来坐坐？"

话既已说到这个份上，李陵只好施礼告退，他回望刘屈氂的背影，见这位都尉大人腿脚轻快，步履从容，浑无半点心事的模样，不禁无声地叹了口气，心想："方才他晓之以理动之以情，说来说去，无非是要对这疫病听之任之。我三叔真的与此人相熟么？都说他是中山靖王刘胜的儿子，大汉《左官律》不准诸王子弟、僚属入朝为官，刘屈氂靠了什么做了都尉？"诸般疑窦在胸，一时间也想不明白，李陵只得默默地上了马，往城南而行。

出了城门，李陵勒住马头，面前有一南一北两条小路。他心下烦闷，不愿立时便回隧里，索性信马由缰，沿南面那条路跑了下去。

李陵胯下坐骑，系匈奴马与中原马交配而生，是少有的神骏，跑了一个多时辰，仍是疾奔不止，丝毫不现疲态。烈日当头，马行如风，不知不觉间，李陵出了一身的透汗，迎面微风轻拂，遍体生凉，便似置身于春水之中，施施然，泠泠然，胸中杂念尽去，一片宁静平和，功名富贵、生死荣辱，一无动心。

又行了一阵，耳中隐约听见有流水之声，李陵纵马驰去，翻过了一个高坡，眼前突然现出了一大片草原，一条大河从草原中央缓缓流过，满目河光潋滟，金斑闪烁，波浪滚滚滔滔向北流去，浩浩汤汤，无有尽头。李陵见了不禁精神一振。那马儿似也为这美景陶醉，不再快跑，放慢了步子徐徐而行，时而低头啃食地上的青草，李陵伸手拍了拍马的脖颈，笑道："羽兄，你好贪吃啊。好，今日我就放了你去撒欢！"他滚鞍下马，自行向草原深处走去。

青草没膝，随风起伏，李陵行走在长草之中，犹如踏浪于碧波之上，浑身轻飘飘的，醺然欲醉。草原上生长着许多不知名的野花，阵阵幽香直透心脾。远处，数座山峰巍巍屹立，与天相接，山顶上雾茫茫的一团，不知是积雪还是白云。

119

李陵望着那山峰，心中蓦地升起一阵苍凉豪壮之意，暗想："这就是祁连山吧。匈奴人呼天为祁连，千峰叠嶂、嵯峨险峻、果然是名不虚传。人道是千山雪、大漠风，不来边塞，哪里能见到这般奇丽壮观的景象！男子汉大丈夫，得以生于斯、长于斯、亡于斯，足矣！何必金印紫绶、高堂大马、醇酒美人？"

正心摇神驰间，远处突然传来一阵歌声，那歌声若有若无，断断续续，听不真切，但曲调隐约可闻。李陵只觉那调子极熟，仓猝间又想不起来在哪里听过。歌声渐渐近了，初时感愤壮烈、激奋昂扬，越到后来越是凄婉哀伤，直欲裂人肝肠。好似两队人马近阵搏杀，羽箭呼啸，刀枪碰撞，你来我往。转瞬间，战事已尽，弓断剑折，人马仰卧。暮色中，一个战士半跪着望向天边，利刃从他胸口穿过，他已死去多时，却始终不曾倒下，微闭着双眼，唇边漾起一丝笑意，神情喜悦而安详，仿佛睡着了，正做着一个甜甜的梦，梦里重又回到了家乡，见到了心爱的姑娘……李陵静静地听着这歌声，沉浸其中，无力自拔，感觉有片片清雪飘落心头，清雪融化，寒意入心，说不出的酸楚难过，忍不住落下泪来。

歌声悲怆慷慨、感人肺腑，曲调却并不如何繁复。李陵听了几遍，心中略感诧异："他们唱的是什么？我怎么一句也听不懂啊。不像是汉话……倒像是……匈奴语！"一念及此，已是惊出了一身冷汗，急忙撮唇长啸，召唤坐骑归来，自己翻身上马，持弓在手，搭箭上弦，凝神远眺：只见不远处的山冈上，有二十余个黑点正向这边缓缓移动。那二十余骑由远及近，形容渐次清晰：个个身材粗壮，圆头阔脸，胡服椎结，神情剽悍，弯弓又长又大，斜背于肩，箭筒横吊在腰部，耳垂上穿着孔，佩戴着一只金环。这些人已止了歌声，一齐面向祁连山，神情庄重，眼神忧伤，口中念念有词，不知在祝祷着什么。

李陵心里一凉："这一带我汉军亭障烽隧林立，守卫极是严密，他们是怎么过来的？瞧他们的模样，像是匈奴人中最难惹的射雕者。爷爷曾经说过，射雕者是匈奴最强悍的勇士，力扼虎，射命中，一人可抵汉军数十。战阵之上遇到他们，需格外小心在意，万万不可轻敌。唉，这么多射雕人斗我一个，我恐怕是凶多吉少……"想到这里，情不自禁便要调转马头回去，手握马缰迟疑了一会儿，暗恨自己无用，将心一横："既然以身许国、边塞从军，还顾念什么性命！"双腿一夹，跃马驰出。

那二十余个匈奴人万没料到此处会有汉军出现，见李陵孤身一人有恃无恐，都惊怔住了，一个个呆呆地望着他，目光中尽是惊讶与好奇。

右首一个年轻人纵马缓缓上前，仔细打量了李陵，轻蔑地笑了笑，手中马鞭一指，用汉话问道："你是何人？"

李陵冷冷地看着他，在马上拱了拱手，说道："大汉甲渠塞军侯李陵。"接着也是以马鞭一指，问道："你又是谁？"

那年轻人扬起头，说道："匈奴人日碑！"他转头向后瞧了瞧，说道："你们大汉的漯阴侯便在那里，快去拜见！"

"漯阴侯？"李陵略一思忖，随即想起，元狩二年，匈奴浑邪王率四万众来降，皇上封了他做万户侯，难道这人说的漯阴侯便是匈奴浑邪王不成？想到这里，心下鄙夷，撇了撇嘴角，说道："我李陵只拜视死如归的好汉，不拜贪生怕死的降虏，你回去问问你的主子，他这个万户侯是怎么得来的？只怕我这一拜他当不起！"

那年轻人额角青筋胀起，满面通红，盛怒之下，仿佛立即便要放马过来厮杀。李陵暗自握紧了手中弓箭，看似漫不经心，实则凝神戒备，对方稍有异动，他便一箭射出。

那年轻人勒转马头，退后了三十余步，取下弓箭，说道："我不知他是降虏还是英雄，只知他是我的恩人，你侮辱我的恩人，便是侮辱我的父母，这样的仇怨，要用鲜血才能洗清。咱们之间相隔三十余步，这么近的距离，于好箭手来说，射出的箭是百发百中的。照我们匈奴人的规距，你我就这样对着射箭，直到其中一人死去为止，你敢么？"

李陵微微一笑，迎着那年轻人的目光，点了点头。那年轻人笑道："有胆色！你若是死了，我会将弓箭埋在你的身旁，让它日夜陪伴你，就如同我陪伴你一样。"

李陵曾听人说过，射杀敌人后再埋下自己的弓箭，这是匈奴人对待敌人的最高礼节，表示仇恨已一笔勾销，来世往生二人定会结为兄弟。他觉得这年轻人豪爽自负，和自己性子很像，心中不禁生出一丝亲近之意，沉吟了一下，说道："我的弓箭是爷爷留下的，你即便死了，我也不会将它埋在地下……但……这把剑亦是赫赫有名的宝物，削铁如泥，锋锐无比，数百年来，不知饮了多少壮士的鲜血，你若是死了，就让它随你去吧。"说罢解下腰间佩剑插于地上。

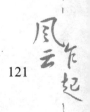

121

那年轻人喊了一声好，说道："那我们便三箭定生死，三箭之后，无论谁生谁死，你我都是兄弟！你先射！"

李陵摆摆手，说道："既在我大汉地界，自然是我主你客，你先来！"那年轻人也不推辞，取下弓箭，搭箭上弦，瞄向李陵的咽喉，正要开弓，忽听得身后有人在喊他的名字，那年轻人回过头去，用匈奴话问了句什么。李陵见匈奴人中为首的老者正冲那个叫日磾的年轻人招手，便笑道："大约他有些事要叮嘱你，你去吧，我等着。"

那年轻人迟疑了一会儿，催马回归本队。李陵听着他们用匈奴语在低声交谈，那老人似要让日磾做一件事，而日磾极不情愿，大声和他辩解，好半天，才怏怏地回到阵前，他擎起弓来，也不搭话，"嗖"的一声，羽箭出手，直取李陵咽喉。李陵看准箭的来势，伸出右臂一挡，哪知那箭射到中途竟倏然退了回去，李陵空自挥舞了一下手臂，什么也没有碰到，样子极是滑稽，日磾身后的那些匈奴人大声哄笑起来。李陵这才发觉，原来那箭后拴着根绳子。日磾面有惭色，将绳索绕在手中，来回套转，收回了箭，他躲闪着李陵的眼光，说道："轮到你了。"

李陵面无表情地看着那群匈奴人，也从箭袋中摸出一支拴着绳索的箭来。这种箭名曰矰，是专门射飞鸟用的，绳索名曰缴，一端拴在箭上，另一端握在手中，便于射出后将箭收回。李陵慢慢将箭缴展开，用手仔细捋了一遍，从怀中摸出只玉制的指环，套在右手拇指上。他小心翼翼地将背上的大黄弓摘下，隐约中，听到一个匈奴人惊叹了一声，李陵冷冷一笑，深吸一口气，将弓拉得满满的，箭括搭在弦上，微眯右眼，箭锋指向了日磾的咽喉，想了想，又瞄向了他的左肩。

李陵方才将箭缴展开之时，人人都看得极为清楚，那箭缴长约不过十丈，而李陵与日磾之间相距三十余步，这箭无论如何也射不到日磾身上，匈奴人以为李陵不过是做做样子，是以讪笑不休，日磾骑在马上，漠然地望着天边，丝毫不加防备。

李陵左臂伸得平直，纹丝不动，额角的青筋轻轻跳动了两下，右手一松，羽箭呼啸着飞了出去。

柒

斗箭

日碑眼见那羽箭来势劲疾，情知并无危险，仍忍不住暗暗心惊，脸上却不肯带出钦佩敬服的神色，索性闭了眼，静待那箭中途退回，蓦然间听到族人一阵惊叫，只觉肩头一痛，睁眼一看，羽箭竟斜插在自己的左肩之上，箭尾尚连着一截丈许长的箭缴。他头脑中一片混沌，连疼痛也忘记了，怔怔地望着李陵，一时间竟说不出话来。

箭缴断后，箭势减缓，插入肩头并不甚深，但鲜血仍是汩汩流出，浸透了半截衣袖。日碑回过神来，竖起大拇指，笑道："你连箭缴都射得断，我不是你的对手，第二箭你来射吧！"他将手中弓箭掷在地上，跳下马来，面对着李陵，竟似要束手待毙，且颜色不乱，阳阳如平常，浑不以生死为念。

忽然间他像是想起了什么，冲李陵说道："方才那一箭，我并非有意戏弄于你……唉……这辈子我的箭法比不上你，下辈子却未必，到那时，咱们再来比过，说不定我的箭比你的更快。"日碑说着，面上露出微笑，转过身去，又说道："大哥，你射我的心，别射我的脸，否则下辈子我打败了你，你又怎知那人便是曾败在你手下的日磾。"

他这一声"大哥"叫得极为自然，仿佛真当李陵是呵护他长大的兄长一般，李陵心头一热，不由得想起堂弟李禹来。李禹是李敢的独生子，比李陵小着五岁。李家后代人丁不旺，第三代便只有李陵和李禹兄弟两人。李陵未来边塞前，李禹每日都要缠着他比射箭，输了之后必说："哥，你不用得意，总有一天我要胜过了你！"想到此处，李陵不禁莞尔，见日磾肩头流血不止，又略感歉疚。他伸手入怀，掏出个小葫芦，掷给日磾，说道："三翼箭镞射在身上，伤口极难愈合，涂上这药，好得就快了。要想赢我，你这就回去好好地学本事。怨天尤人，不思自奋，转而寄言来世，非好男儿之所为。我的兄弟，才不会这般没志气！"

日磾脸上肌肉牵动，现出坚毅之色，咬牙说道："你等我一年，明年咱们还来这里比箭，我日磾敬佩你，但绝不惧怕你。"

李陵笑道："好兄弟，一年后，我一定来这儿等着！"

日磾拍马回归本队。那些匈奴人虽然担心他的伤势，但在他与李陵决斗之际，却不肯上前相助，直到日磾回转，才纷纷探问。有两人将他的上衣撕开，用小刀缓缓地将箭镞起出，清理了伤口，涂上了李陵所赠之药。立时血流见缓，只片刻功夫，伤口便结了一层薄薄的血痂。那两个匈奴人见了，面露喜色，看看那药，再看看日磾的伤口，都是大感惊奇。日磾远远地冲李陵笑笑，拱手致谢。

匈奴人中为首的老者见日磾伤势无碍，也向李陵赞许地点了点头，他催马上前，端详了一下李陵，问道："大黄弓……飞将军李广是你什么人？"

李陵扫视了老者一眼，说道："是我祖父。"那老者"嗯"了一声，便不再说话，双眼茫然地望着前面的山岗，似乎陷入了深深的思索。隔了一阵，说道："我少壮之时，便曾知晓李广将军的大名，当年听人称他为箭法天下第一，我极不服气，总想找他比试比试，只恨无缘一战。后来……我臣服于大汉，而李将军却……李广将军的箭法到底怎样，我始终未曾亲眼见过。但盛名之下定无虚士，连我们匈奴人都对李将军备加推崇，可见他确是一个了不起的人物。可惜啊，李家后继乏人，他的孙子……哼……"

李陵见他提到自己时一脸的讥嘲轻视之色，心下大怒，大声道："我的箭法和祖父相比，自然是天差地远，但比起某些卑鄙无耻、叛国投敌、卖友求荣的小人，只怕还是强的。你老人家便是匈奴的浑邪王吧……啊，我忘了，你现今是大汉的漯阴侯。阁下的箭法当然极高明，否则不肯和你一起投降的休屠王，怎会被阁下一箭射死？小人早就想领教漯阴侯天下闻名的'贪生怕死'箭法，不知你老人家肯否赐教？"

日磾听见李陵这番言语，在后面高声喊道："大哥，你不要胡说……"浑邪王摆了摆手，示意日磾不要辩解。他盯着李陵，问道："你真要和我比箭？"李陵也是一眼不眨地看着他，说道："浑邪王年纪大了，精力不济，不想比，我李陵绝不勉强。"

浑邪王想了想，笑了起来，说道："我为什么要和你比箭？我是万户侯，你却是个不入流的小官，和你比，大失我的身份。何况，不用箭我一样能置你于死地。你以微渺之身，骄横无礼，飞扬跋扈，打伤我许多手下，又大放蹶词，辱骂本侯，我将此事上奏朝廷，自然会有人替我砍了你的脑袋。"

李陵拍了拍手，说道："好，我这便上奏朝廷：'匈奴浑邪王既已归降我大汉，当洗心革面、痛改前非，安居陇西，沐浴圣朝清化。不想此虏狐疑狼顾，居我国而思故地，身披胡服，远赴边塞，率众祭拜祁连山，叛逆之意，反复之心，昭然若揭……'浑邪王爷，我若是将这篇奏疏呈交给朝廷，想必会有人替我杀了阁下全家！"

浑邪王闻言愕然，半晌才道："听说李广为人仁义宽厚，想不到你却如此辣手！"

李陵冷笑着说道："正因为我爷爷处事太直，待人太好，才屡屡遭人陷害，以致……"他哽咽了一下："别人想欺辱我李陵，嘿，只怕没那么容易。哪怕是卫侯霍侯甚或皇……那样的人物，我也要和他拼上一拼！你不用怕，我李陵不是无耻小人，你若是光明正大地胜了我，我绝不为此卑鄙之事！"

浑邪王凝视了他半晌，叹了口气，说道："谁能想到李广竟有你这样一个孙子……我才不怕你告我的黑状哪，过会儿我便一箭射死了你。哈哈，我倒要看看，死人如何告我！"

李陵见这老者这般自信，心痒难耐，急欲想见识见识他的箭法，便擎起大黄弓，说道："阁下是真有本事，还是信口胡吹，得射完了箭才能知道，咱们这就比比！你要是胜了我，我给你叩头赔罪！万一被你射死了……"说到这里，不禁哑然，心想："射都射死了，还能怎样，我这话说得可多余了。"

浑邪王听完，畅快地一笑，说道："好，老夫今日就和你比比！"他转头对自己的侍从们说道："若是李公子一箭将我射死了，你们万万不可追究……上面查问下来，就说我是饮酒醉死的，听到了么？"

那些匈奴人雷鸣般地应了一声。李陵一怔，已明白浑邪王此举用意，心想："我官位不高，可也是镇守一塞的军侯。浑邪王新降未久，他射死了我，只怕麻烦不小。"想着，拾起宝剑，在身前的草地上写道："身染疫病，为害边塞，与其苟活，不如赴死！"将剑插回腰间，说道："如今边塞疫病日烈，我若是死了，你们就将我的尸体放在这里，别人一看，定会以为我是自尽的。"

浑邪王看到这几行字，目光一颤，望着李陵，想说句什么，想了想，却转了口，说道："这几个字，只怕你还要再写一遍。"

李陵问道："什么？"

浑邪王说道："我说这几个字你还要再写一遍。因为咱们不在这里比箭。"

李陵哑然失笑，说道："比箭还分什么地方，这里比不了么？"

浑邪王摇了摇头："我记得《庄子》里面写了这样一个故事：列御寇为伯昏无人射箭，措杯水于其肘上，连发三矢，矢矢中的，而水不溅出一滴。那当然是极高明的箭法了。可伯昏无人却嗤之以鼻，说道：'此乃射之射，非不射之射。你与我登高山，履危岩，临百仞之渊，若是还能射中，我便服了你！于是两人攀上了一处悬崖，伯昏无人倒退至悬崖边，脚后跟垂在悬崖外，让列御寇和他并肩站着，然后射箭。列御寇两腿发软，一头冷汗，竟吓得趴在了地上，一门心思只想快快逃走，哪里还会什么箭法。"他双眼瞥着李陵，停了一会儿，说道："天下间没有最好的箭法，只有最好的箭手。好的箭手必能静心。手一握上弓箭，毁誉、巧拙、胜负以致生死便通通置诸脑后。人即是箭，箭即是人，人箭合一，浑然忘我，这才是射箭的最高境界。伯昏无人所谓'不射之射'正是这个意思。你……"他轻蔑地笑笑："还差得远哪！"

李陵热血上涌，怒气转盛，想到："这老家伙，太也不知死活，难道换个地方我就会输给你不成？我先不和你计较，等过会儿赢了你，再好好地羞辱你一番，看你还有何话说。"因说道："好，阁下说到哪里比，咱们就到哪里比，我李陵绝不占人便宜，定会让你输得心服口服。"

浑邪王用手指向前方蜿蜒起伏的群山，说道："我替你选了一处绝佳的葬身之所。在这祁连山中，有两座对峙的山峰，各高百余丈，而相距不过七十步，峰顶仅可容身。你我分立双峰，举箭互射，只能遮拦，不能躲闪，斗起来岂非大是有趣。"

李陵不屑地一笑，说道："老人家好有兴致啊，这个法子好是好，只恐阁下年老力衰，在峰顶立足不住，未等比箭便已跌下去摔死了。"

浑邪王直视着李陵，缓缓说道："我年老力衰而沉稳厚重，你精力充沛但轻狂浮躁，咱们是各擅胜场、正堪相斗。"

李陵将手一伸："请阁下前面带路，李陵奉陪到底。"

浑邪王看了看天色，回头对侍从们说道："再过一个时辰，你们便去拾些干柴，升起篝火，备好羊腿和马奶子酒，待我回来与诸君痛饮。"他又冲李陵说道："我们匈奴人酿的马奶子酒，醇似甘露，味比醴泉，饮后有兰香盈口。饮之需如巨鲸吸水，尽千盅而微醺，唉……真乃人间之至物……"他舔了舔嘴唇，似在回味，半晌方说道："也不知你还有没有命喝到……"说罢拍马而去。

李陵意味深长地看着他的背影，轻轻吁了口气，随后跟上。

两个人在山上攀爬良久，那山势初始甚缓，渐渐变得险峻起来。谷壑幽深昏暗，雾气升腾，远处冰川上雪水融化，水流四注，瀑布飞泻，声荡山谷。

浑邪王走得极是吃力，脚步蹒跚，气喘吁吁，不时便要坐下来歇上一阵。李陵看那太阳不久便要西沉，不禁急道："照你老人家这样走法，等到了峰上天已大黑，还比什么箭？"

浑邪王靠在一块山石上，大口大口喘着气，断断续续地说道："我果然是老了……箭法上胜过了你，体力上终究要输与你……咱俩若是比爬山……老夫甘拜下风。"

李陵皱了皱眉，说道："谁和你比爬山了，咱们比的是箭法！我看你精疲力尽，只怕连弓都拉不动……唉，赢了你也是胜之不武，这样吧，我搀你下山，比箭的事就算了。"浑邪王哈哈大笑："后生，你认输了？认输了

129

便早点说么，费了老夫多少气力……也是，年轻人，好胜心切，要你当着那么多人面服输，确是很难为情。"

李陵被气得哭笑不得，说道："我好心让你，你还不领情。好，比就比，你可别后悔，我倒要看看你有多大本事！"

浑邪王说道："箭当然是要比的，可老夫实在走不动了，这可怎生是好……"他低头思谋了一会儿，说道："此处离比箭之地甚近……不如你背老夫走上一阵，如何？"

李陵"噌"的跳起身来，怒道："什么！还要我背你……你这人……"

浑邪王瞟了他一眼，慢声道："老夫年近六十，比你祖父小不了多少，莫非背我就辱没了你？老吾老以及人之老，你在家中是怎样对待长辈的，难不成也是一做点事便大呼小叫？你这小子，好生无礼！"

李陵见浑邪王满脸皱纹有如刀刻，头顶处只留了一束稀疏的长发，已是皓若白雪。心肠不禁软了下来，说道："罢了，我若不背你，比箭输了你又有话说，索性好人做到底，我背你上去。"

那浑邪王看去干干瘦瘦，身子却极重，李陵背了这个累赘上山，只片刻功夫便已累得大汗淋漓，他忍不住出口抱怨，浑邪王伏在他身上，不冷不热地说道："辛苦一会儿便可见到箭法的最高境界，值得。"

又行了小半个时辰，李陵眼前豁然开朗。山腰处突然现出两座山峰来。这两座山峰孤零零地矗立于主峰之侧，似两柄利剑，直刺天穹。

浑邪王从李陵背上跳了下来，说道："这峰也不甚高，我不再累你，自己走就是了。我占南峰，你居北峰。咱们对射三箭。谁先射中对方谁便是胜者。如果我三箭尚未射完便立足不稳，从峰顶上掉了下去，只要能爬得上来，就可以再比，好么？"

一场比箭耽搁了许多时辰，李陵早已心下不耐，只盼着快快比试，至于浑邪王说了些什么，他听都没听，只胡乱地点了点头。

二人各沿着两条绵亘的山脊爬上了峰顶。峰顶极其狭窄，仅容两人并立，前、后、左三面皆是悬崖。右侧是陡峭的山路，树木参差，怪石嶙峋，若是不慎跌下，非死即伤。李陵向四下眺望，高天远山，尽收眼底。片片草原被祁连山巨大的阴影所覆盖，显得黑幽幽的，极不清晰。夕阳尚未隐没于山后，金色的光芒直射在他的脸上。阵阵罡风迎面扑来，李陵略微向后一仰，只觉自己有如一只苍鹰，似乎顷刻间便会腾空而去。

浑邪王站在对面的山峰上，向这边喊道："小子，你们大汉讲究'亲亲敬长'，那便让老夫来射这第一箭吧！"

李陵也不争抢，回道："好！"他底气充沛，这一声"好"远远地传了出去，在山谷间隐隐回荡。

浑邪王拉足了架式，过了许久才将这第一箭射出。那箭在空中摇摆不定，毫无力道，未及李陵身前，便飘飘悠悠直落到山下去了。

李陵哈哈大笑，心想："这哪里是箭法的最高境界，分明是丢人的最高境界，简直笑死人了。方才将自己吹得神乎其神，却原来连七十步也射不到！和这种人比箭，实在是多此一举。怪不得他要归降我朝，就他这种本事，当真不堪我大汉天兵一击。"那浑邪王也甚是沮丧，捶胸顿足，口中叫骂不止。

李陵微笑着将羽箭搭在弦上，开弓便射。其箭凌厉无比，如雷霆电闪，转瞬间已至浑邪王近前。浑邪王情急之下微一侧身，那箭紧贴着他的左肩飞过，余劲不衰，去势笔直，良久，才消失于视野之外。

李陵禁不住"咦"了一声，万没料到浑邪王身手这般敏捷，竟能躲开这一箭。心中犯了嘀咕："这老头子射起箭来老迈无力……怎会闪避得这样快？莫不是他……"

正在疑惑，浑邪王第二支箭又射到了。这回射得比前番强了些，近得数丈，但终究劲力不足，仍是落到了山下。

李陵从箭袋里抽出箭来，抖了抖手，长出了一口气，心想："我正面射他，即便羽箭再快，他也是早有防备，眼睛始终盯着我箭的走势，或遮拦或躲闪，倒不易得手。如若我出其不意射他的头顶……他绝想不到箭会自天而降，举头望天，心下必然慌乱，而身前身后不是悬崖便是陡坡，回旋余地甚小，眼向上看，脚下便不敢妄动……嗯，这箭就算射不中他，也会闹得他手忙脚乱。"李陵仔细度量了二人之间的距离，举起弓来，攒足了气力，大喝一声，将箭斜斜地射向天上。那箭在空中爬升了一阵，划出一道柔美的弧线，向着浑邪王头顶飞速堕下。

浑邪王将身子稍稍伏低，眼睛直勾勾地望着头上的羽箭，微微晃动着头颈，神色极为狼狈，眼见那箭便要落到他头上，浑邪王忽然转身向后，从山峰上一跃而下。

这一下大出李陵的意料，他顿时惊怔住了，心头一片茫然，只想着："浑邪王跳下去了……他……他又何苦如此……只需略偏偏头，那箭便会落在肩膀上，虽然受伤，却绝不致丢了性命……唉，这老者宁死也不肯服输，倒真是条汉子！早知他这般刚烈……我就不射这一箭了……"

李陵先前以为这浑邪王十分讨厌，相处下来，倒觉得他是个极有趣味的人，这一箭只想逼他认输，原没有置他于死地的心思，不曾想他为了避箭，竟宁肯跳下去摔死！李陵长怅地望着对面的山峰，胸中空荡荡的，说不清是惋惜还是难过。他颓然坐倒，抚摸着手中那张令无数人胆寒的大黄弓，身子竟微微发颤。

恍惚中，似乎有人站在对面峰顶招手。李陵还道自己看错了，用力揉了揉眼睛。只见浑邪王安然无恙立于峰上，面带微笑，抻腿伸腰，正自舒展着身子。李陵既惊且骇，不由自主后退了一步，左脚一空，险些摔下山去，幸而用大黄弓一撑，勉强站住了。他心中忽地冒出个念头："这浑邪王会飞么？何以这么高的山峰，跳下去非但摔不死，反而片刻间又回来了？难道他是鬼！"转念一想："这世上哪里有鬼，装神弄鬼的倒有……装神弄鬼……他不是鬼，自然就是人了，人跳下百丈悬崖却安然无事……想来峰后定有古怪。"他稳了稳心神，心思渐渐清明，暗道："这老头子，当真奸猾，我上了他的当了！"然而浑邪王既然没死，自己一颗悬着的心终究是放下了。

浑邪王喊道："我射第三箭了！"他口中说着，却并不持弓，只单腿跪在峰上，左手斜伸，不住地摆动。李陵呆呆地看了许久，一时猜不透他的用意，心想："他又在弄什么玄虚？"眼见天色越来越暗，再过一会儿太阳就要完全落山，自己看不清楚来箭，那便多半要输，李陵心中一动，遂向前凑了凑，正要高喊："这第三箭由我先射！"蓦地，山风扑面，如冷水一般打在脸上，竟呛得他说不出话来。

只见那浑邪王低下头去，一支箭突然从他背后飞出，疾如流星，迅若风雷，带着尖锐的啸声破空而来，李陵待要看清那箭的走势，夕阳却正明晃晃地照着双眼，他略一迟疑，箭已飞到，"嘭"的一声射在了咽喉上。

李陵刹那间万念俱灰，周身血液都似凝固了，闭了眼睛，心中想着："我要死了……死在了一个匈奴老人的手上……这怎么可能？我离家千里，孤身出塞，一心要荡尽胡虏，身封万户，建不世之勋业，一偿我李氏夙愿。如今未立寸功，未拓尺土，竟这样糊里糊涂地死了……到了九泉之下，我有什么面目去见我爷爷，他老人家会不会怪我……"

胡想了一阵，发觉自己并未倒下，无意间伸手一摸，颈上也没有箭，他心下惶惑，睁眼一看，那箭便在自己脚下，箭镞已被人拗断，只剩了箭杆。他怔怔地望着那支断箭，心中五味杂陈，既喜且悲，不禁呆住了，良久，仍是痴立峰上，一动不动。耳听得浑邪王喊道："小子，你还傻站着干什么？还要再比么？我老人家可是兴致已尽，没功夫奉陪了。哈哈，这场比试，到底是我胜了。"

李陵一语不发，默默地下得峰来。因心中郁闷，神思不属，右腿碰在一块岩石上，疼得他直冒冷汗，走起路来一瘸一拐的，早失却了平日里飘逸潇洒的神采。

浑邪王已在峰下相候，见了李陵这副模样，冷笑着说道："输了便垂头丧气、一蹶不振，嘿，哪里像李氏子孙！"

李陵也不理睬，走到他面前，双膝跪倒，叩了个响头，随即站起，说道："我向你磕头，并非因你胜了我，只为谢你的不杀之恩。其实论起真实本领，你远非我的对手，真要两军对阵，我一箭便能取了你的性命。"

浑邪王斜睨了他一眼，漫不经心地说道："方才若不是我拗断了箭镞，你还有机会和我两军对阵么？你小子，有本事不假，就是嘴硬，输便输了，再如何狡辩也是于事无补。"

李陵重重地"哼"了一声，说道："我只想堂堂正正领教前辈的箭法，没想到前辈这也要使诡计耍心眼。"

浑邪王哈哈大笑，说道："你这话说得好没见识！敌我交战，拼的是生死，争的是胜负，正所谓成者为王败者贼，哪有什么道理可言。我使诡计，那是我有本事；你上了我的当，只能怪自己愚蠢。宋襄公打仗的时候倒是最讲仁义道德，结果怎样，空自遗恨千古，成了后世的笑柄，又有谁说过他是圣人了？"

浑邪王说到此处，看了看李陵，见他低着头不言语，微笑着说道："小子，你别不服气。为了赢你，老夫连看家的本事都使出来了。有些手段，我从未在人前露过，今日当着你的面，全泄了底，唉……"他长长地叹了口气，像是遗憾，又像是欣赏。只听他又说道："小子，两人相斗，胜者未必就是本事大的，譬如两军相击，不是谁的人多谁就稳赢，否则还打什么仗？大家将人马拉出来，盘点一下人数，一看，哎呀，你比我多了几个人，嗯，不打了，我投降。世上的事，哪有这么简单……"

李陵听他说得有趣，忍不住笑了出来。

浑邪王似乎心境格外的好，向前踱了两步，坐在了旁边的一块石头上，捋了捋胡须，说道："《孙子兵法》有云：'兵者，诡道也。'何为'诡道'？谋略而已。为将者若无谋，身死兵败，那是迟早的事。譬如你我二人这次比箭，你和我比的是匹夫之勇，我和你比的却是为将之智。无论是气力还是箭法，我都和你相距甚远，不施展些谋略，还不被你小子射成刺猬？是以只好学学韩信，来个以少胜多、以弱胜强，集乌合之众，败你精锐之兵了。"

李陵见浑邪王如此自谦，反倒不好意思起来，说道："前辈明明不敌，却偏偏能战而胜之，那才是真正的了不起。何况，即便前辈不使那些诡……谋略，而只论真实本领，晚辈也未必就一定能胜。"

浑邪王凝视了李陵片刻，淡淡地问道："小子，你倒说说看，这场比箭，我究竟胜在何处？"

李陵寻思了半晌，宽厚地一笑，说道："反正我是输了，还细究那些做什么。总之……是晚辈过于轻敌了。"

浑邪王摇了摇头："李公子大约是想给老朽留几分薄面吧。嘿，我如今为人所不耻，天下间的英雄好汉，无论识与不识，只要一听老夫的名字，便要以水涤耳，惟恐沾染上臭气……人活到这个份上，哪还有面子可言……"他的口气低沉而绝望，充满了无尽的悲凉，李陵听了不禁默然，心想："看来，叛匈奴而降大汉，他心里也是难过得紧啊……"

浑邪王摆了摆手，似要挥去无尽的愁绪，转脸笑道："'善战者，立于不败之地，而不失敌之败也。'这场比试，早在你第一箭射出之前，老夫便有了十分的胜算，那时你已经输了。"李陵看着浑邪王，无声地笑笑，虽没有出言辩驳，神色却颇不以为然。

浑邪王说道："怎么，不信？那就让老夫给你细细地剖析一番。你和日碑斗箭之时，老夫在一旁瞧得极是仔细，于你射箭的手法、力道、出箭的方向已略知一二。你惯于左手持弓，右手勾弦，箭在弓弣之右，喜射人左边。你起初想射日碑的咽喉，后来不欲伤他性命，便改射他的左肩。老夫据此而推，你要是不想一箭射死老夫，大约也会射我的左肩，是以你第一箭才发出，老夫已将身子右闪，否则待看清箭的来势再行躲避，十之八九被你射中了。'知己知彼，百战不殆'，老夫知道了你的厉害，你却不知老夫的深浅，至此，老夫已有了一分胜算。"

"二，"浑邪王缓了口气，接着说道，"才气非凡之人大多争强好胜，李公子也未能免俗啊。我先是有意讥刺于你，后又自吹箭法天下无双，你便按捺不住，跃跃欲试，一心想着和我比箭，好让老夫尝些苦头，于其他事全没放在心上。'胜兵先胜而后求战，败兵先战而后求胜。'你不思必胜之道而贸然相斗，其时，老夫已胜你两分了。三，李公子为人大气爽快，许是瞧在老夫年纪老迈的份上，竟然事事依从。老夫说要占南峰便占南峰，老夫说要先射箭便先射箭……可惜你这份好心全然用错了地方。别忘了你我是生死相搏的对手，既然相让，何必再比？要比就得锱铢必较，寸利必争。'善战者致人而不致于人。'你一直被我牵着鼻子走，却从不认真想想老夫为何要这样做。这岂非又输了一分？四，老夫自幼生长于祁连山下，对山上的一草一石、一花一木莫不了然于胸，在此比箭，老夫可谓占尽了地利。'夫地形者，兵之助也。料敌制胜，计险厄、远近，上将之道也。'那两座山峰看去无甚差别，但南峰后却有个五尺阔的平台，平台距峰顶不过八尺，攀援可上，我既没有十足把握挡住你这冲天一箭，只好跳到平台上面暂避一时了。从峰顶跳下而毫发无伤，李公子，你无论如何也想不到吧。"

李陵点了点头，说道："前辈这一跳崖避箭的神来之笔，确是大大出乎晚辈的意料。"

浑邪王又说道："上山时，我装作体力不支，引你来背我。你负重登山，我老人家却伏在你的背上养精蓄锐。我以为此举定会消耗你的气力，让你的箭法大打折扣，可惜没什么效验，你这小子，射出的箭仍是快得惊人。但若不使此法，你射出的箭岂不更快……嗯，'能而示之不能……佚而劳之……'你中了我这疲兵之计，便是给我添了第五分胜算。

"老夫在山下时便暗中测了风向，初夏时节多刮南风，今日也不例外。山间风大，我顺你逆，无形中我的箭便快了。而你逆风射箭，虽说干扰不大，但高手相搏，胜负只在一线，失之毫厘，结局全然不同。北峰面南偏西，你身居其上，双眼为夕阳所照，难以从容视物。我先前两箭射得又低又慢，你尚不觉得什么，最后一箭既高且快，你迎着阳光观察箭的来势，当然难以看得分明了。'知天知地，胜乃无穷。'是以我再多两分胜算。

　　"'善战者，能为不可胜，以待敌之可胜……夫为无虑而易敌者，必擒于人。'我射第一箭时，只使了五分力，你却以为那便是老夫的真实本领，更加不将老夫放在眼里，轻乎怠慢之心溢于言表，见乎辞色……嘿嘿，岂不知你笑老夫之时，老夫也在笑你哪。你若不轻视于我，我最后一箭又如何得手。算下来，老夫已经赢了你八分了。"

　　"'凡战者，以正合，以奇胜。故善出奇者，无穷如天地，不竭如江河。'看，这就是我出奇制胜的法宝……"浑邪王转过身去，从背上解下来一样东西。李陵见是一张铜弩，不禁恍然大悟，说道："怪不得你射的箭这样快……只是这般小的铜弩，我还是头一次见到。"

　　浑邪王说道："弩体大笨重，不易为骑兵携带，但它的准头和力量却远强于弓。李公子，你能开得几石弓，射得多少步？"

　　李陵想了想，说道："竭尽全力可开得七石弓。射得最远的一次也不及二百步。"

　　浑邪王沉吟着，说道："和我们匈奴最强的勇士差不多，但与我这铜弩相比就差得远了。引满我这弩只需五石的气力，最远却可射到三百步。这弩是我花了一百斤黄金，求一位能工巧匠费时两年打造而成，有弩之劲力，如弓般轻灵，确是一件神兵利器……这次和你比箭原不打算用的，但老夫实在没有胜你的把握，也只好借助于它了。我既不持弓箭，你当然不会防备，等到北风一起，我便将背后弩箭突然发出，箭借风势，风助箭速，自然是一击必中。李公子，现下好好想想，你输得不冤枉吧。"

　　李陵仔细咀嚼着浑邪王这番话，只觉眼前浮翳一空，心中喜悦莫可名状，恍然良久，方说道："前辈还有一分胜算没说哪？"

　　浑邪王淡然一笑，说道："千金之子坐不垂堂，百金之子立不倚衡，何哉？以其身之贵重，不可轻处于险地。老夫乃叛国降将，为天下不容，垂垂老矣，暮气昭昭，百无一用，与行尸走肉何异？而公子乃名将之后，得世人推重，智勇咸备，才气无双，他日必能扬威异域、名垂后世。公子以有用之身而搏将死之人，胜则无益，败足蒙羞，这难道不是老夫的胜算公子的失算？《兵法》有云：'将有五危，必死，可杀也；必生，可虏也；忿速，可侮也；廉洁，可辱也；爱民，可烦也。凡此五者，将之过也，用兵之灾也。覆军杀将，必以五危，不可不察也。'李公子要想成为一代名将，绝不能如游侠一般，动不动便与人性命相拼。君子忍而爱身，方能成大事。"

李陵垂下头去，长长地叹了口气，说道："陵自束发受教以来，读的便是《孙子兵法》，自以为潜心其中十余载，已深悉其意、尽窥堂奥，想不到和前辈相比，直如小儿之与宿儒……差得实在太远，李陵真的是服了。"

浑邪王听了李陵的赞誉，脸上未现丝毫喜色，他一言不发，只专注地望着暮色中的群山，神情竟渐渐变得忧郁起来。

两人回到山下。那些匈奴人团团围着篝火坐了，正等得心焦，见主公安然归来，立时欢声四起。日磾更是第一个迎上前去，握住浑邪王的手，眼睛却瞧着李陵，问道："义父，大哥，你们两个谁赢了？"

浑邪王笑道："自然是……打了个平手！"他回头冲李陵说道："李公子不必过谦，单以箭法而论，老夫其实是输了……今日得识大汉后起才俊，足慰平生，李公子安坐，老夫请你饮酒……你箭法上胜过老夫，酒量上可未必。"李陵见他豪爽豁达，自己如再说絮絮叨叨称颂对方，倒显得琐碎了，因此笑着止了口。浑邪王递给他一个酒囊，说道："奶子酒是我们匈奴人的圣洁之物，寻常匈奴人一年也只舍得饮两三次。我因是部族首领，是以能天天喝到。从前我一次便要饮上数斤，照你们汉人的说法，那是名符其实的酒囊饭袋了。"众人跟着大笑起来。

浑邪王盯着手中的马奶子酒，眼光一点一点地黯淡下去，半晌，方说道："这酒我已许久不饮了，只每年祭拜祁连山时，才会忘情地痛醉一场……身为降虏，污秽不堪，惟苟活而已，还有什么颜面喝这圣洁之物……"那二十余个匈奴人听他这般说，都不由得住了声，注视着眼前的熊熊火光，神色或悲怆、或无奈、或惭愧、或忧伤。李陵置身其间，心中也自怅然，他抬起头来，仰望满天的星光，静静地坐着，一言不发。

浑邪王默默地饮着那马奶子酒，片刻间，手中酒囊已是涓滴不剩。李陵见了暗暗吃惊，心想："这一囊酒少说也得十五六斤，他喝了竟若无其事，这浑邪王可真是海量啊！"思量着，自己也饮了一口，那酒入口绵软、乳香浓郁，又带着些微的酸辣之气，与汉人所酿之酒全然不同。李陵素来不胜酒力，好在这马奶酒酒味极薄，喝了一斤有余，也仅是微醉而已。

137

浑邪王又饮了多时，脸上微微见红，他伸手入怀，从里面摸出个状若葫芦的木管来，大声说道："今日，我与诸君以臣虏之身，对祁连山，饮马奶酒，得遇佳客，幸何如之。今生已错，去日无多，何妨纵酒高乐，忘人生之几何。来，我为大家吹奏一曲，以助酒兴，可好？"众人轰然叫妙。

浑邪王将木管放在唇边，试着吹了吹，那木管发出"呜呜"之声。李陵好奇心起，问身边的日磾："那物事叫什么？"日磾小声答道："叫做胡笳，我义父吹笳可是一绝，大哥，你有耳福了。"

只见浑邪王右手持了胡笳，左手拿了根木棒在胡笳上轻轻敲击，一阵"得得"之声响起，动静有节、清脆空旷，宛若马蹄踏于荒野之上……渐渐地，蹄声止歇，胡笳声起，低沉婉转，柔美悠扬，便如静夜中一个女子低低地倾诉。李陵心中一动，浑邪王现下吹奏的曲子，便是自己先前在山脚下听到的，怎地两者之间意境如此不同？前者高亢而悲怆，如烈酒、如壮士、如长啸；后者舒缓而忧伤，似流水、似女儿、似相思……但不论意境如何不同，听在耳中却都一样的荡气回肠。

月色如水，薄雾弥漫，笳声已停，余音不绝。众人遥望绿色苍茫的祁连山，胸中俱为缠绵伤感的情怀所笼罩，篝火渐熄，竟无人上去添柴，生怕打破了这如梦如幻的寂静。

不知过了多久，方听日磾长叹了一声，说道："义父，这短歌我已唱过千百遍了，但唱歌时心中所想，与听你吹奏时心中所想并不一样。唱歌时，我想起的是父亲，听你吹奏时，想起的却是母亲……"

浑邪王缓缓地点头，说道："这歌本来就有雌雄之分。想的是祁连山，唱起来便豪放；想的是焉支山，奏起来便哀婉。祁连山健我壮士体魄，焉支山美我妇女颜色，这两座山便是我浑邪、休屠部落的父亲与母亲。可惜，身为不肖子孙，不但保不住自己的父母，反要靠仇人庇护，方得苟延残喘，真真可笑。寄人篱下，无家可归，忍辱偷生，为世所悲，吾何如人哉！何如人哉！"说罢，两行清泪已是滚落了下来。

李陵恍然大悟："原来他们唱的便是'亡我祁连山，使我六畜不蕃息；失我焉支山，使我妇女无颜色！'我说这曲子怎地这样耳熟。这歌我们汉人也唱，不过那是用来宣扬我大汉军功的，听起来便远没有如此的沉痛悲凉。这浑邪王精通兵法，才略过人，大有可取之处……只是为人过于荏弱，现今后悔，当初又何必归降？拉开阵势，和我们汉军轰轰烈烈地干上一场，就算在战场上将命送了，不也好于这般人不像人鬼不像鬼似的活着！何况，大丈夫做错了事，能改则改，既已无可挽回，便要安然承受，终日以泪洗面，效那女儿之态，于事何益！"

浑邪王似是看穿了他的心思，淡然说道："公子切莫因老夫猥琐不堪而小瞧了匈奴人，我们匈奴有的是英雄好汉……譬如日䃅的父亲……那首短歌便是他在临死前唱的……"

李陵略觉意外，回头看了看日䃅，日䃅嘴角抽动，眼中泪光隐隐闪烁，见李陵望着自己，只凄楚的一笑，说道："大哥，你勿须为我悲伤，据说父亲死时，心中喜乐无限，没有一丝遗憾……他活得太累了，却又不敢自杀，多亏义父成全了他……佛陀说，好人死后，便会往生净土，那里没有争斗和杀戮，没有欲望和痛苦……我父亲一定已经在那里了……"

浑邪王将身子一仰，眼神空洞洞的，他的声音飘入耳中，幽远而清晰："李公子，你还不知日䃅的身份吧，他是匈奴休屠王的儿子！"

李陵悚然一惊，他原以为日䃅不过是个寻常的匈奴少年，谁想身份竟如此贵重。休屠王不是被浑邪王杀了么？按理说日䃅该与浑邪王有着不共戴天的仇恨，如何说"多亏义父成全了他"，又如何认了浑邪王做义父？

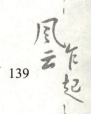

139

浑邪王自失地一笑，说道："李公子，河西之战的情形，想必你也大致清楚，霍侯真正名冠天下，威震四海，实自此役始。那两场仗……第一场打下来，汉军稍占优势，第二场……我们输了，一败涂地……可我从来没服过气……如若没有右日逐王处处掣肘，那场仗绝不会是那个样子……唉，事到如今，说它还有何用处……"

李陵点了点头，说道："霍侯用兵确有其独到之处，打起仗来与西楚霸王项羽极其相像，一是猛二是快。他带的骑兵有如疾雷过山，飘风震海，往往一击之下，对方便已被冲垮。但这样的战法也含有极大的缺陷，便是不宜久战。如果对方不与之硬碰，而是且战且退，待将霍侯军队拖散之后再骤然合围，那么霍侯非但占不到便宜，恐怕还有全军覆没的危险……"他说到这里，猛地停了口，心中憬然自悟："我怎么和他说这些，他虽说归降了大汉，但毕竟是匈奴人，我竟然和匈奴人说些如何对付霍侯的战法，这可大大不妥……"忽然又想到："浑邪王方才曾细细讲解他比箭时如何胜我……

那……分明是在传我兵法……他就不怕我有朝一日出征匈奴么……"这般想着，心中不禁疑云暗生。

浑邪王眼光一亮，微笑着说道："李公子所见极是，殊不知霍侯所用的战法正是我匈奴人的战法。两军对峙，捉对厮杀，真刀真枪，以命相拼，不见胜负，绝不罢休。当初大汉之所以不敌我匈奴，盖因匈奴多骑兵，大汉多步军，以步军对阵骑兵，焉能取胜！大汉自然是打一次败一次。可如今时不同，势也不同，大汉兵精粮足、人雄马壮、器械优良，正面交锋，我们匈奴人已不是对手。元狩二年春，霍侯带一万精锐进攻河西，我浑邪、休屠部落也以一万健儿盛阵以待，双方在祁连山北麓展开大战，那一战打得真是惨烈……八十年来，我们两个部落一直避居河西，从不与大汉为敌，部落里的男丁以放牧、狩猎为业，不习战事，不任干戈，做梦也想不到祸事会从天而降，嘿，为了保卫这壮美的家园，我们虽死何惧！那场仗整整打了一天，日暮时分，草原上躺满了双方战士的尸体，到处都是鲜血，天上的晚霞似乎便是被这鲜血染红的……双方清点人数，汉军一万人剩了不到三千；而我们这边的一万壮士，只剩了一千一百多……我和休屠王讲，还是先撤吧，再打下去，一个活人也留不下……于是借着夜色，我们离开了战场，汉军也没有余力再追来。听说霍侯撤军途中，遇到了刚刚放牧归来的析兰、卢侯两个小部落，那两个部落男丁更少，当然不是杀红了眼的汉军的敌手，结果析兰王、卢侯王被擒，部落也被打散了……

"战败不久，伊稚斜单于便派了自己的儿子右日逐王亲带两万人马来监管河西。右日逐王年轻气盛，怎会将我们这些老头子放在眼里。老夫是吃过汉军苦头的，曾向他进言，汉军势大，宜避其锋芒，将军马屯于祁连山中，只派小股士兵四处游走，将汉军主力引至祁连山下，我匈奴壮士借山川之力与其周旋。汉军奔袭千里，战线过长，粮草必然补给困难，若再派军断其粮道，则霍去病举手可擒。右日逐王听了，竟要砍我的脑袋。说我已被汉军吓破了胆，竟然出此败军之言。他训斥我道，匈奴人打仗不需用什么狗屁兵法，更不会示弱于人。要打就要列开阵势光明正大地打，不但要胜，还要胜得痛快。照你那样的战法，即便赢了也不光彩。又说自己麾下勇士神勇无比，岂是浑邪、休屠部落那些乌合之众所能相提并论，霍去病不来便罢，若是敢来，定叫他死无葬身之地……事已至此，我还能说什么……"

浑邪王茫然地盯着手中的酒囊，说道："李公子，现下你明白了吧，并非只有你才知道对付霍侯的法子……"他将酒囊里余下的酒倾入口中，费力咽下，接着说道："右日逐王派我和休屠王进攻陇西，我们打了败仗，丢了匈奴人的脸，他要我们到大汉边塞打一场胜仗，以振奋匈奴人的士气，他自己则留在河西，等着和霍去病决一死战……可惜，我们还未赶到陇西，便听到了他战败的消息，那时想救援也来不及了……两万多名匈奴勇士，外加附近一些小部落的健儿们，共三万多人战死……右日逐王自己倒是逃了出去……嘿嘿，老天何其不公，一只狼做了坏事，要用三万只羊的性命来做补偿，而狼本身却可以不受惩罚……祁连山，你告诉我，这是为了什么……"他狂态毕现，说到最后一句话时，声音中夹杂着无尽的愤懑与委屈，连嗓子也嘶哑了。李陵浑身一震，暗想："天下乌鸦一般黑……无论在匈奴还是大汉，都是一样的……"

浑邪王眼中布满血丝，已有了七八分的醉意，打了个酒嗝，接着说道："过了不久，单于突然下令召见我们兄弟二人。行到半路，我的一个结拜兄弟从王庭中传出信来，让我们赶紧逃走，说单于以召见为借口，其实是要杀了我们。到了这一步，我和休屠王已经是走投无路了……我不甘心，不甘心哪！输给霍去病的不是我们，凭什么拿我们当替罪羊……"

浑邪王眼中寒光一闪，将拳头捏得"咯咯"作响，嘿嘿冷笑着说道："河西水源丰富，土质肥沃，地势险要，是一块宝地。我们不是单于的亲信，将这块宝地交给浑邪、休屠部，他怎放心得下……这些年来，我始终不敢放胆让部落里的男丁习武，就是怕犯了人家的忌，谁知到头来，还是连命都保不住……我愤激之下，便要投降大汉。休屠王却说什么也不赞成。他说匈奴只有死士，没有降臣，仗打得这般窝囊，本身就是罪了，若再投降了敌人，死后还有何脸面去见阵亡的将士、去见自己的祖先……我这个兄弟太迂腐了……我们没脸去见自己的祖先，难道像右日逐王那样的罪魁祸首、像伊稚斜单于那样不明是非的混蛋，他们反倒有脸了不成！不错，我们匈奴只有死士，但那也要看看是为何而死，又是由谁来死！伊稚斜单于每年向河西抽取重税，金银财宝、牛羊马匹拿走了不计其数，他们高高在上，穷奢极欲，却要我们为了他们的一己私欲而血战沙场，马革裹尸，呸，世上哪有这样的混账道理！他要我死，我偏偏不死，看他能奈我何！"

李陵坐在一旁默默听着，忍不住豪情勃发，便想拍手喝彩，隐隐地，心中又有些爽然自失，暗想："爷爷曾说，事主以诚，报国以忠，那是一个人的大节所在。倘若身名不能两全，身死而名荣者方为大丈夫。贪生怕死，叛国投敌者，必受万世的唾骂。浑邪王……他算不算……叛国投敌……他真的会被万世唾骂么……"

只听浑邪王又说道："后来，休屠王勉强答应归降了，可终日心情郁郁，他还是有很多东西放不下……他时常望着手中那把剑，呆呆地坐着，一语不发。有人说他会自尽，我却从不担心……休屠王崇信佛陀，而佛陀是不准人自尽的，凡自尽者，得无量罪，或下地狱，或再入轮回，他生时已经够苦了，难道死后还想再受苦么……"

"坏就坏在，大汉派来受降的竟是霍去病……休屠王说：'大哥，别怪我出尔反尔，小弟可以降汉，却绝不可以降霍去病。这人杀了我们太多的匈奴子弟，要我向他跪拜，我宁肯永入地狱受苦……'说完，便唱起了那首短歌：'亡我祁连山，使我六畜不蕃息；失我焉支山，使我妇女无颜色！'他说道：'大哥，你是不是觉得这歌太悲伤了……我悲伤，不是因为自己的失败，而是……这样美好的家园，此生竟再也见不到了……'随后拔出剑来，就要自刎……我知他死志已坚，无论如何也劝不住了，能做的，便是成全他……我说：'兄弟，你等等，让老哥哥送你上路。'我抽出剑来，一剑刺入了他的胸膛……休屠王死前神色安详宁静，说道：'大哥，谢谢你了……我是解脱了，你却要留在人世受这无穷无尽的苦……'"

听到这里，日磾早已是泣不成声，浑邪王爱怜地看着日磾，将手中的酒囊递了过去，说道："日磾，饮尽这酒，醉了之后便什么都忘了……人记性越好，就越痛苦……唉，你父亲死了，好多休屠部落的人也不再随我归降，他们要走，走就走吧，何苦要他们和我一样落个骂名……可……可……"浑邪王两腮微微抽搐，面带不忍之色，颤声说道："可他们逃不出霍去病的毒手……霍去病率数万汉军渡过黄河，将不愿归降的匈奴人全部斩首……杀了八千多人啊……我当时完全呆了、傻了，眼睁睁地看着自己的族人被砍翻在地，鲜血溅在我的身上，我竟动也不会动……三年了，我所以深深自责，并非为自己的背叛，我叛的是单于，不是匈奴，又何愧之有！但我实在对不住那八千不愿降汉的勇士……"

捌

行刺

李陵顺手扯了棵青草放在口中嚼着，幽幽地说道："匈奴人之于汉人，譬如疾风之于劲草。没有匈奴人，汉人便不会这般强大；没有汉人，匈奴人也不会如此勇悍。上天既然注定我们为敌，许多是是非非便难以说清……以前辈看，那八千多匈奴人死得冤枉，可在霍侯眼中，这些人既不肯归降，他日必会与汉人相抗，渡河一击，似也不错。前辈说，河西的匈奴部落从不与大汉为敌，但右贤王却常以祁连、焉支山为依托，进犯我大汉边境……现今你们匈奴人敌不过汉人，但当年你们跃马扬鞭，在我大汉边关纵横驰骋之时，又何尝以屠戮汉人为错……"

浑邪王头枕着双手，平躺在软绵绵的青草之上，望着黑沉沉的天空，长舒了一口气，说道："李公子，你是汉人，当然会这般说……唉，大汉也罢，匈奴也罢，如今与我全无干系，走到哪里，不是人为刀俎，我为鱼肉？遥想初降之时，我尚能中夜推枕，绕室彷徨，椎心泣血,恨不得一死以明心志……

如今人老了，胆子小了，连自尽的勇气也没了……这番话久郁在胸，难为人言，今晚说出来，心中便再无一丝的拘执、一毫的挂牵……嘿，即便这世上没人明晓老夫的苦衷、即便全天下都视老夫为乱臣贼子，那又如何！"

淡淡的月光照在浑邪王的脸上，映得他的轮廓如远山一般险峻峥嵘，人也愈发显得苍凉深邃起来，李陵无意间瞥了他一眼，心中竟油然生出些许景仰敬重之意，不禁暗自感叹："这人虽然叛国投敌，却仍可称之为英雄……"

日碑凑到李陵身边，悄悄扯了扯他的衣襟，低声说道："大哥，你这力气是天生的么？嘿，一箭射出，居然连箭缴都挣断了……真真不可思议……要练成这样的箭法，除了力大，可还有什么别的诀窍？"

李陵看着他，笑了笑，一翻手，手心中露出一柄精致的小刀来，说道："你将这刀藏于手中，射箭前先在箭缴末端轻轻割几下，待它将断未断之时，一箭射出，那箭缴自然便断了……"

日碑"啊"了一声，拍着脑袋想了半天，既觉失望又复好笑："我还以为哥哥当真力大无穷哪，原来是骗我……"

李陵漫不经心地摆弄着手中的小刀，说道："假使我有那样的本事，那便是神不是人了，但凡人做出了人力不可至的事情，一定是骗人的。"

浑邪王听到这里，大笑着翻身坐起，指着李陵说道："我早知你那箭缴上有古怪，却不料这般简单。你小子，又聪明又邪性，他日若是领兵北伐，则我匈奴恐无噍类矣。"

李陵心下微微一动，寻思了片刻，忽然开口道："前辈，《孙子兵法》上有这样一句话：'人皆知我所以胜之形，而莫知我所以制胜之形。故其战胜不复，而应形于无穷。'前辈比箭胜了我，又将'所以制胜之形'详细说与我听，难道不怕日后自己难以'应形'么？"

浑邪王面无表情地望着李陵，似乎在琢磨他话里的用意，良久，方破颜一笑，说道："老夫的'所以制胜之形'，不过是《孙子兵法》中一些粗浅的道理。以公子之才智，即便老夫不说，公子日后便领悟不到么？"他顿了顿，说道："这些年来，老夫实是寂寞得紧，好容易遇到公子这样的高手，共同参详一下，又有何妨……降汉之后，老夫熟读了两部书，一为《庄子》，读之以静心；二为《孙子》，读之以自娱。《孙子兵法》于老夫是屠龙之术；于公子而言，也未必便可学以致用！算令祖李广将军在内，大汉的名将少说也有二三十人，可他们单独带兵出征匈奴，竟没有打过胜仗的！只有追随卫霍，才能立功封侯，何以如此？难道当真便没人比得上卫侯、霍侯？我看未必……这里面的玄机，公子他日自会明白，是以公子大可不必承老夫的人情。"

"今夕别后，不知何日复能再聚！"浑邪王缓缓地将酒囊平举至胸，突然间脸色异常郑重："如若公子肯认老夫这个朋友，有两件事还请公子费心。"李陵略微一怔，想了想，抱拳说道："前辈饶晚辈性命于前，又指点兵法于后，晚辈欠前辈实在太多。前辈有事尽请明言，但教与国家社稷无害，李陵自当赴汤蹈火。"

"好，无论结果如何，有李公子这句话，老夫便感激不尽了。第一件……"浑邪王指了指日碑："当年他母子俱被没入宫中为奴，我竭尽全力，却只救得出日碑一人，望公子飞黄腾达之时，能设法让他母子相聚。"

李陵说道："日碑是我弟弟，这件事我自应承担！"

"第二件……"浑邪王遥望昏暗的苍穹，眼光变得柔和而明亮，说道："我有个儿子，叫须卜尼，号称匈奴第一勇士，现在右贤王手下做都尉……自我降汉那日起，他便已经不当我是父亲了，可他毕竟是我的儿子……如果李公子日后在战阵上遇见他……请饶过他的性命。"

李陵不置可否地笑了笑："前辈太看重我了，以李陵的本事，未必便能要得了匈奴第一勇士的性命，恐怕我与令郎在战场上相遇，死的是我。"

浑邪王叹息了一声，摇了摇头："我的儿子，我最清楚，勇力盖世，却浑无半点心机，他日遇上李公子，那是必死无疑……唉……要公子在战阵之上饶他性命，确乎强人所难，这件事，就当老夫没说吧。"

李陵见他眼中流露出哀怜无助的神色，心中亦自恻然，沉吟着，说道："李陵答应前辈，他日若我果真与令郎在战场上相遇，不到万不得已，我绝不伤害令郎的性命。"

浑邪王点了点头，脸上却殊无欢愉之意，长叹了一声，说道："我这辈子只有一子一女，女儿两岁时便被送到单于王庭做了人质，如今生死不知，若是活着，该有二十五岁了……休屠老弟说得不错，我注定要留在人世受这无穷无尽的苦，人间和地狱，到底哪里更好些……"

此时疏星横斜，明月阑干，东方隐隐透出熹微的晨光，露珠打在身上，让人略微感到一丝寒意。

日碑熬了一夜，已是困倦不堪，闭着眼睛在一旁打起了瞌睡。李陵伸手将他推醒，解下腰间长剑，递了给他，说道："日碑，你既认我做了哥哥，我好歹要送份礼物与你，这柄剑，你留着防身吧。"日碑听了这话，不由得精神一振，揉了揉眼睛，将剑接过，握在手中掂了掂，说道："这剑好重。"

他拔剑出鞘，蓦然间只觉一阵寒意砭肌入骨，那剑便如一道长长的流光在手中晃漾不定。日碑抬起头来看着李陵，脸上神色不胜惊讶。浑邪王也探过身子，久久凝视着那剑，半晌方说道："这么贵重的宝物，只怕日碑受不起啊……"

李陵笑道："大丈夫一日定交，则终身生死以之，剑再好也是身外之物，要说这些客气话，未免小家子气了。"

浑邪王拿过剑来，用手指在剑脊上轻敲了两下，那剑发出叮咚之声，有如流泉泻谷，清脆悦耳，煞是好听。浑邪王问道："李公子，这剑有名字么？"李陵答道："这剑是我十五岁生日时，三叔送我的，听三叔说，这剑叫做'纯钧'。"

"噢，这便是'纯钧'！"浑邪王吃了一惊，他小心翼翼地将剑身平放在右臂之上，口中自言自语道："闻名已久，今日方始得见，幸甚，幸甚……"

李陵一愣，问道："怎么，前辈识得这剑么？"

浑邪王若有所思的"唔"了一声："我只是偶然间听人提起过，因此便留了心。据《越绝书》记载，数百年前，秦国相剑师薛烛曾评价此剑：'光乎如屈阳之华，沉沉如芙蓉始生于湖，其文如列星之行，其光如水之溢塘。'相传为铸此剑，千年赤堇山山破而出锡，万年若耶江水水涸而出铜。铸剑之时，雷公打铁、雨娘淋水、蛟龙捧炉、天帝装炭，一代剑师欧冶子承天之命，呕心沥血与众神打磨十载方成。剑成之后，众神归天，赤堇山闭合如初，若耶江波涛再起，欧冶子也力尽神竭而亡……这些传说神乎其神，自然不足取信，但此剑尊贵无双，确是堪称绝唱。"

李陵见他对这剑如此推重，觉得未免言过其实，因淡淡地说道："再怎么厉害也只是一柄剑，不过比寻常的刀剑锋锐些，世人不悉内情，人云亦云，众口相传，便成了神物。我整日将之佩在身上，并不见它如何尊贵无双，想来也不过如此。"

浑邪王没接他的话头，只意味深长地看了他一眼，说道："我本不识中土的宝剑，前年无意中结识了一位异人，与他联床夜话三夕，获益良多，那张铜弩便是他给我打造的……可惜这样一位朋友，却只能神思而不能长伴……"他轻叹了一声，眉间流露出一丝怅惘，说道："这位异人曾说过，欧冶子一生共铸了四把绝世之剑。一曰湛泸；通体黑色浑然无迹，湛湛然如小儿目睛，无坚不摧又不带丝毫杀气，号称仁道之剑。二曰泰阿；此剑汇聚天下间无形无质之剑气。寻常人得了此剑，此剑便也寻常。但若是真正的勇士得了此剑，以内心之威激发磅礴剑气，天时地利人和三道归一，则此剑一出，必无往而不利，是以泰阿号称威道之剑。三曰龙渊；此剑本为楚国太子太傅伍奢所有，后伍家为奸臣陷害，伍奢伍尚父子罹难，伍奢小儿子伍子胥独携此剑亡命天涯。在长江边上，伍子胥被楚兵追杀，无路可走，幸亏一位渔翁救了他的性命。伍子胥怕这渔翁泄露他的行踪，便以此家传宝剑相谢。渔翁仰天长叹道：'得伍子胥者，赐粟五万石，爵执珪，我舍高官厚禄救你，你却疑我贪利少信……夫长者为行，不使人疑之，今吾为行而使君疑之，非节侠也。'遂横龙渊剑以自刎。卓荦高节，义不受辱，乃国士之所为，龙渊剑染了国士的鲜血，自然称得上是一把耿介高洁之剑。四曰纯钧；欧冶子晚年寻遍天下良材美质，整整花了十年，耗尽了所有的心力，终于铸成了这把纯钧剑。他临死前曾说道：'我先前所铸之剑皆可称之曰'宝'，只有这把纯钧方可称之为'剑'。但在世人眼中，湛泸、泰阿要远强于龙渊，龙渊又强于纯钧。欧冶子推纯钧为剑中第一，世人却视之为四剑之末，唉，也不知究竟是欧冶子错了，还是世人错了？"

李陵听得入了神，因问道："欧冶子以为那纯钧剑有何好处？"

浑邪王反问道："公子，你与此剑朝夕相处甚久，就没觉出它的与众不同之处么？"

李陵思谋了一会儿，说道："这剑固是锋锐无比，但它比寻常的宝剑长了八寸，重了十斤，剑身又太阔了些，使起来便不那样的得心应手，练剑时稍不小心，极易伤到自己。"

浑邪王笑道："这就是了，其实剑如人，人亦如剑。湛泸、泰阿两剑之所以名贵，是因它们能为人所用，因人而成名，因人而成事。纯钧就不同，锋芒毕露，卓尔不群，有如野马一般，风华绝世又难以驾驭，从不肯训训顺顺做人手中之器具，是以声不闻、名不显。它始终只是一把剑，独立于世间，不违心，不苟且，不屈从，不以举世非之为憾。欧冶子称之为'剑'大约就是为此罢。"

李陵听着，隐隐觉得浑邪王的话里别具深意，不由得想得痴了。怔忡间，只听浑邪王说道："李公子送了日磾做兄弟的信物，日磾要回赠一份才行，我是日磾的义父，那就由我来代赠好了。"

李陵一抬头，见他送自己的竟是在山上比箭时所用的铜弩，忙笑着推了回来，说道："这东西是前辈的看家本领，前辈还是留着罢。"

浑邪王学着李陵的口吻说道："大丈夫一日定交，则终身生死以之，弩再好也是身外之物，要说这些客气话，未免小家子气了。"说罢大笑。李陵也笑道："好，既然如此，我便收下。不过言明在先，他日若陵与匈奴人相战，以此弩伤了前辈的族人，还望前辈莫怪。"

浑邪王脸上罩了一层阴影，缓缓说道："李公子，你还不知这弩的名字。此弩名为'拒来者'。如匈奴人叩边犯界，公子出塞迎敌，此弩可佐公子斩将搴旗，追奔逐北，大获全胜；如公子希图王侯之位而伐我匈奴，必欲建功立业而劳师远征，此弩定当损己益敌，妨功害主，终令公子一事无成。"

李陵听着他冰冷而决绝的口气，忍不住望了望手中的铜弩，心底忽地泛起了一阵寒意。他慢慢将弩箭放在地上，说道："晚辈愿以此弩换了前辈的一句话，不知前辈可否应允？"

浑邪王凝视着李陵，犹豫着，问道："你想换我句什么话，先说来听听。"李陵说道："我不少边塞将士得了伤寒，这病是从匈奴人处传来的，我想问前辈的是，此病可有医治之方？"

浑邪王沉默了一会儿，淡淡地说道："方子倒是有一个，可也不是百治百灵，能医好半数的人便是好的了，其余的就要看自己的造化……"

李陵站起身来，躬身一揖，说道："多谢前辈指点，既然这病有方可医，就是上天入地，我也定要将之找到。"

浑邪王苦笑道："李公子，你的心思我明白……我何尝不想将这方子给你，可……我毕竟是匈奴人……"李陵豁达一笑，说道："我知道前辈的苦衷，其实前辈今日所言，已足够李陵受用终生，这话咱们再也休提，来，喝酒。"

150

浑邪王摆了摆手，说道："酒已够了，再喝便会误事，过会儿我们还要赶路，也该回去了……这祁连山，一年我们能来上一次，看上一眼，便不枉了。何况今日又交上了李公子这样的朋友……唉，说起来，上天对我也算不薄。"

他拿着胡笳，爱惜地看了一番，又掏出把割肉的小刀，在胡笳上刻起字来，过了好一会儿，他停了手，用嘴将上面的木屑吹去，说道："那铜弩是我代日磾赠的，这胡笳则是我送你的……老了……以后还不知有没有机会再见到公子，留下这个胡笳，与公子做个念想。铜弩重宝利器，却只会杀戮；胡笳一文不值，然足以救人。是以别看这玩意小，倒比那铜弩还要珍贵几分哪……"

李陵恭恭敬敬地双手接过，只见那胡笳上刻着八个字"策名清时 荣问休畅"，因说道："出仕于清平之世，扬名于隆盛之时，这八个字意思真好，多谢前辈了。"

浑邪王看了看天色，对日磾和那二十多个侍从说道："咱们该走了……三年了，只今天过得最为快活，唉，一生中有此一晚，便不为虚度。"他招手叫日磾过来，说道："你给你李哥哥磕个头吧……"日磾"嗯"了一声，依言跪倒，李陵连忙搀起，说道："你我说是兄弟便是兄弟，何必多此一举……"他上前握住浑邪王的手，沉吟着说道："按理，晚辈该给前辈磕个头才是，只是行这些虚礼实在无用……这一路关卡盘察甚严，前辈虽说已贵为大汉的漯阴侯……但毕竟还不能随意出入这边关重地，如若有人将前辈祭拜祁连山之事捅到皇上跟前，只怕大大不妙……不如让晚辈送你们出关吧。"

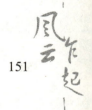

浑邪王笑道："公子的一番心意老夫领了。只是我既能安然无恙的来，自然也能安然无恙的走。"他将嘴凑到李陵耳边，低低地说道："我每年都要来此一次，关上的刘都尉收了我不少的钱财宝物，他怎会告发我？是他放我进来的，我有罪，他亦有罪，当真有人告我的状，刘都尉便会替我遮掩了，公子勿须挂心。"

李陵会心地笑了笑，伸手扶浑邪王上马，浑邪王轻轻将他手推开，说道："老夫还没有老到这地步，倘若有一日老夫上不去马了，那便是死期到了。"他坐在马上，冲李陵一抱拳，说道："后会有期。"接着手中马鞭一指，大声说道："走吧！"那二十余名侍从紧紧跟着他，头也不回地去了。

日磾跑出好远，忽然勒住了马头，向这边望来，良久，才纵马越过前面的高坡，消失于视野之外。

李陵看着那一溜滚滚而去的烟尘，心中十分不舍，想到与浑邪王、日磾不知何日方能再会，眼圈竟禁不住红了。

他上得马来，沿着河水一路北行，那大河愈是往北，水流越细，到最后只剩了数尺阔的水面，变得和小溪相仿；草原也渐渐狭窄起来，青草稀疏，为浮沙所掩，星星点点表露于外。

正自走着，忽听前方响起了一阵急促的马蹄声，李陵抬头看去，只见一匹白马四蹄如飞，眨眼间便奔到近前。马上那人全身罩在一件黑色大氅里，面上蒙着黑纱，只露出了两只眼睛。李陵见他装束奇怪，不由得多看了几眼。那人在李陵面前停住，打量了他一阵，突然问道："李军侯？"他操的不知是哪里的口音，"李军侯"三字说得极为生硬。李陵点了点头，问道："阁下是哪一位？"那人并不说话，催马又行。李陵暗自疑惑，斜眼看时，那人的大氅居然像风帆一样鼓了起来，似乎是伸直了手臂对着自己。李陵心中一动，身子猛地后仰，紧靠在马背之上，右手顺势将挂在腰间的铜弩取了下来。

只听"嗖"的一声，一支"拘肠"箭贴面而过，只差寸许便射到李陵。那人眼见一击不中，料知无法得手，狠狠地抽了那马几鞭子，转身便逃。李陵擦了擦额上的冷汗，直起身来，冷冷地看着那人的背影，左手撑开弩弦，将箭矢置于弩臂上的箭槽内，眯着双眼，调了调"望山"上的刻度，瞄得准了，轻轻一扣弩机下方的"悬刀"……远处，那人在马上摇晃了几下，终于摔了下来。

李陵从箭袋里又掏了支箭出来，填于弩上，远远地对着那人的心口，一步步走近。那人一动不动，仿佛已经死了。李陵看得清楚，方才一箭正射中那人的背部，绝无可能立时致其死命，他躺着不动，多半是想麻痹自己，以做最后一拼，是以始终不敢大意。

到了近前，那人仍是毫无动静。李陵用铜弩顶着他的头部，右脚一勾，将他的身体翻转过来。那人的胸前赫然插着一把匕首，匕首深及左胸数寸，地上淌了一滩鲜血。

李陵益发诧异，这人下手行刺自己，事既不成，立刻自尽，手段之狠辣，行事之利落，计划之周详，绝非仓猝间所能为之，一定预先准备得相当妥当。究竟是谁与自己有如此深仇大恨，必欲除之而后快？

他默然良久，伸手扯下了那人脸上的面巾，一下愣住了：那人颧骨高耸，鼻翼极宽，皮肤黝黑粗糙，胡须卷曲浓密……竟是一副匈奴人的模样。李陵摸了摸那人的耳朵，发觉他耳廓下方有着极明显的耳眼，心想："这人自是匈奴人无疑了。可他怎会在此地出现？难道……是浑邪王派来杀自己的？"想到这儿，李陵摇了摇头，思忖着："浑邪王要杀我，早便杀了，何必另遣人来……莫非他忌惮我是朝廷命官，不想惹火上身，因而要暗中行刺？但他为什么要杀我……怕我泄露他祭拜祁连山一事？怕我将来有一天领兵出征杀了他儿子？怕我向人说出他投降大汉的真实原因……又或者是莽何罗？然而莽何罗怎有本事与匈奴人勾结，何况……他也未必有这样的心机和手段。"想来想去，仍是毫无头绪，李陵索性不想了，他从那匈奴人的尸体上拔出箭来，插回到箭袋之中。那箭上刻有他的名字，倘若被人发现，便是一桩了不得的事情，真相未明，李陵不愿多惹麻烦，尤其不愿牵扯出浑邪王与日磾来。

回到显明障，正值晌午，刺眼的太阳晒得大地一片滚烫，李陵耐不得热，将身上的牛皮铠甲脱了，斜搭在马背上，自己则下了马，缓步向隧门走去。周围虫声唧唧，隧中却异常寂静。那显明障本不如何阔大，加之又新建了十多个帐篷，越发显得狭窄起来，只是院子里一个人影不见、一句人声不闻，即便在白天，也给人一种鬼气森森、死气沉沉的感觉。

李陵上前拍门，好半天，才听到里面有脚步声响。那脚步声到了门前便停了，仿佛有人正透过门上的望孔向外张望，接着便是一声欢呼："军侯，你可回来了。"李陵听出正是出头的声音。

出头开了门，接过马缰绳，跟在李陵身后，兴奋中带了几分埋怨和关切，只听他一连声地说道："军侯，你这一日一夜到哪里去了，可急死我了，你不在隧里，障里又生出许多事来。唉，还等着你拿主意哪！"

李陵看了他一眼，问道："出了什么事？"出头说道："昨日，一个军士怕染上疫病，想偷偷地溜出障去，被莽何罗逮到了，莽何罗抽了那人一顿鞭子，还把他和几个得了疫病的军士关在一块儿，说，你不是怕得病么，这回还非让你得上不可。"

李陵笑了笑，说道："莽何罗干得不错，只是罚得重了些，抽他几鞭子也就是了，何必非要他得上疫病。你呆会儿将那人放出来，单独关进一间屋子，过几日要是没事，就让他和咱们同住。"说到这儿，李陵叹了口气："这病来得如此凶猛，心中害怕也是人之常情。但……我们绝不可任人逃亡而坐视不理，这口子一开，以后逃跑的人就更多了。"出头"哼"了一声，说道："这些人跑不跑一个样，一个个全闷在帐篷里不肯出来，今天的哨还是我替他们巡的。"

李陵点了点头，问道："还有呢？"

出头双手一合，兴冲冲地说道："军侯，你不是很讨厌那个莽何罗么，今日一早，他和管大胡子都被都尉抓走了……哼，真是报应不爽，叫他两个狂，这回可有他们受的了……先前我还以为咱们都尉是个不明是非的糊涂虫，如今看来，倒是很明事理的一个人……军侯，你将事情的前因后果都说与他听了吧……"

李陵目光霍地一跳，忙问道："都尉将他二人抓走了……那是为了何事？"

出头不解地看着李陵，说道："还能为了什么？他二人上次擅开障门，放了老鼠进来，以致军士染病，惹了多大的麻烦……都尉府派人向全障公示了莽何罗、管敢二人的罪名，听说还要传檄所辖各亭障烽隧，务须以此事为戒，提防匈奴人再施诡计。都尉还带来口信，大大夸奖了军侯一番，说军侯精明强干、公而忘私，对手下毫不偏袒，若非军侯向都尉举发，那后果实在是不堪设想……"

李陵听着，脸色渐渐沉了下去："这刘都尉出尔反尔……他究竟想做什么？"他心中模模糊糊现出一个可怖的念头，这念头令人不寒而栗，似乎整件事背后隐藏着一个绝大的阴谋，然而自己身在局中，对一切却又一无所知。

出头见李陵神情凝重，不由得住了口，李陵回头望着他，问道："怎么不说了？"出头咽了口唾沫，抬眼小心地看了看李陵，说道："我二哥来了，他想见军侯。"

李陵怔了一下："你二哥？"出头笑道："他原和我一样，是长秋障的军士，后来都尉调他去了肩水金关，如今是那里的什么……关佐，这些官名我也记不大清……他叫霍光，军侯忘了不曾？"

李陵微哂道："噢，原来是他……从一个军士直擢到关佐，升得好快啊。"他拍了拍出头的肩膀，说道："出头，你可要和这个霍光好生相处，他在肩水金关呆不了多久，多则一年少则半载便要去长安的。你日后的前程多半那靠他了。"见出头懵懵懂懂地听不明白，李陵也不再说，只问："我和霍光互不统属，他见我做什么？"

出头说道："我不知道，二哥说有件天大的事要与军侯商量。"

李陵喃喃自语道："天大的事……真有天大的事他该去见都尉才对，如何巴巴地跑来找我商量……他在哪，我见见。"

只相别半月，霍光身子又壮健了不少，他头戴细纱冠子，系着金银错带钩，一身簇新的铠甲，结束得一丝不苟，看上去神采奕奕、英武不凡。见了李陵，霍光撩衣跪倒，便要磕头。李陵将身子一让，说道："你我现是平级，霍兄弟他日造就更是远胜于我，我怎敢受你如此大礼。"霍光并不起身，仍是恭恭敬敬地将头磕完，这才说道："霍光是军侯带出来的兵，如今虽走了，但往昔军侯的训诲之德却无时或忘，这个头是一定要磕的。"

李陵不言声地笑笑，携了他的手，向帐中走去。霍光低着头，神色间似有重忧，他停下脚步，看了看四周，悄声说道："军侯，你我二人就在这院中走走如何？"

李陵一眼不眨地凝视着霍光，似要看穿他的心事，半晌方说道："霍兄弟，你见我有什么事，不妨直说。能帮的我一定帮，若是帮不了，我自会守口如瓶，绝不外传，你放心就是了。"

霍光感激地看了看李陵，双唇翕动了两下，想说句什么，却又犹豫了。李陵微眯着眼睛，淡淡地说道："霍兄弟，你不肯说，那便让我猜上一猜，你说的这事，是否和刘都尉有关？"

霍光惊愕地抬起头来，身子不自禁地抖了一下，良久，才缓缓地点了点头。李陵满腹心事，呆呆地望着障中的角楼，说道："咱们这位都尉大人，行事当真是高深莫测啊。"

霍光吐了口长气，仿佛卸去了心头重压，说道："我迟迟未敢向军侯明言，就是怕连累了军侯，这件事实在是非同小可……我想来想去，也许只有军侯才能给我指条生路。但若军侯为难，不便相助，霍光也绝无一句怨言。"

李陵咬了咬牙，冷冷地说道："生路是靠自己拼出来的……霍兄弟，肩水金关到底出了什么事？"

霍光沉吟了一阵，摇了摇头，说道："这件事说来蹊跷得紧……我刚被调到肩水金关，都尉府便下了令，升我做了关佐。我一个小小的白丁，骤然间拔到这个位置，非但别人不服，连自己也觉得如同做梦一般。这官我辞了几回，都没有辞掉，只好暂且干着，想着以后见着都尉再说。偏巧这几日关啬夫董喜病了，肩水金关便整个由我主持。我初来乍到，许多事都不懂，生怕办砸了差事，是以打起了十二分的精神，不敢有一丁点的闪失。军侯知道，战时这肩水金关可抵御敌人入侵，平日则是控制人员往来，防止有人夹带违禁物品出关。我在这几日，过往客商倒也老实，贩运出关的大多是皮毛和药材，并未发现有私带黄金、弓弩、铁器的。然而昨日……"他说到这里，声音忽然低了下去："昨日有个叫王长久的商人，赶了十辆大车，要出关去，事情就出在他身上。"

李陵听得很仔细，他微微颔首，"嗯"了一声，问道："这王长久什么来头？"

霍光说道："这人是河内郡怀县的一个大财主，所持的符传也是怀县开具的，出关的文书一应俱全。肩水金关年老一点的军士都认得他，据说他每年都要出关两三次，到匈奴人的地界，以药材、布匹等物事换匈奴人的马和弓箭，而且，他像是和刘都尉私交很深……"

李陵皱了皱眉头，没有说话。只听霍光接着说道："前日都尉府议曹黄石方来肩水金关，曾和我提过一嘴，他说……这王长久虽然只是个商人，却年年从匈奴换回大量的马匹，这肩水金关左近的军马，大多是他带过来的，这人于大汉实有极大的功劳，连刘都尉都极敬重他的……黄议曹叫我千万不可慢待他。还说，查验货物的时候一定要小心，别损毁了人家的东西，丢了都尉的脸面……我当时也没做他想，自然是一口答应了下来。昨日一早，那王长久便到了，这人手面很阔，光货物就拉了整整十大车……过关前，他偷偷塞了一斤黄金给我，让我和弟兄们分了，换口酒喝。金子我当然是不能收的，但看在都尉的面上，也没难为他，只大略地查了查。王长久那十车货物，只有少许的布匹和药材，其余都是些喂马的草料。据他讲，匈奴那边今年大旱，草料稀缺，这几车草料至少可以换回十匹好马。我在他过关的符传上加盖了自己的官印，便放行了。天幸……天幸他最后一辆车在关门不远处翻了……我带了几个军士赶去帮忙，却发现草料车里竟夹带了几个大木箱。"

李陵问道："箱子里装的是什么？"

霍光幽幽地看着李陵，嗫嚅道："是刀！我们大汉军士所用的环首铁刀！十辆大车上共夹带了二十个木箱，一千把铁刀！"

"一千把！"李陵倒吸了一口凉气，出神许久，才喃喃说了句："好大的神通啊！"

霍光脸色惨然，惶恐中又有些无奈，斟酌了一阵，说道："这件事实在是太大了，我霍光纵有一千个脑袋也担当不起……否则我也不会……唉，那王长久见事情败露，居然并不害怕。我将铁刀仔细查点了，放在我的营房之内，命四个军士小心看守，自己则带了王长久去见刘都尉。但都尉却又不在府里……"

李陵冷笑了一声："他怎会不在，只是不想见你罢了，昨日他一直在都尉府中驯马。"

霍光眼中现出一丝诧异，转瞬间便敛了，继续顺着自己的话头说道："我等了一个多时辰，见都尉仍没现身，便回了肩水金关，寻思将这王长久先关起来，待都尉有余暇时亲自提审……谁想……谁想我回到肩水金关后……却找不到证物，那一千把铁刀竟不见了！我急忙唤来那四个看守证物的军士，问到底是谁将铁刀拿走了。这四人起先装迷糊，不肯说……哼，在肩水金关，我名为关佐，其实有职无权，那些军士，没一个真听我的。何况这案子背景这样深，我一个小小的关佐又算得了什么。我知道他们的苦衷，便不再追问，只和他们说，现下不说，以后想说都没有机会，你们替别人瞒着，人家却未必领情，说不定哪天就被灭了口。想不到这番话倒起了效验，一个年长些的军士说，关佐问我们这些当兵的有什么用，关啬夫董喜董大人已经病愈回来主事了，有些事你不妨问问他。

"他这话着实让我吃了一惊。那董喜突然之间大病痊愈，且立刻入关主事，事前连个招呼都不打，这也太不合情理了。是巧合还是另有隐情？我一时之间也拿不定主意。偏巧董大人差了人来唤我，让我将王长久带过去，说他要审理此案。"

李陵眼光熠然一闪，问道："你将人交给他了？"

霍光摇了摇头："按理，我是该把人交给他的，他是主官么，可……我总觉得事情有些不对劲……我刚一上任，董大人便病了，出了这么档子事，他又莫名其妙地立刻痊愈……王长久的过关符传上盖的可是我的官印，我担着血海般的干系啊……万一是黄石方、董喜假借都尉之名，和王长久三人相互勾连，上下其手，事情败露后反咬一口，全推在我身上，我是无论如何也说不清的。就算他们不攀诬我，只将大事化小，小事化了，他日我大汉再与匈奴交战，这一千把铁刀得害了多少汉军将士的性命？人证物证都在他们手里，他们想怎么说就怎么说，到时我就是想追查下去，也是枉然……我左思右想，人是绝不能交给他们的……我让那军士回去告诉董大人，王长久我会亲自给他带过去。那军士大约是得了董大人的吩咐，守在我身边寸步不离，竟执意要和我一同前往。见他盯得紧，我便将王长久缚在马上，假意去见董喜……到了关门处，我照着那军士的下颌，狠狠就是一拳，将他打的晕了过去，然后飞身上马，索性闯过了关卡……守关的那些个军士懵怔了，不知究竟发生了什么事，眼睁睁地看着我跑出去，也没人追出来。我捅了这样一个大娄子，知道除了军侯，没人能帮得了我……我先到的甲渠塞，塞中军士告诉我军侯在显明障，于是我便带着王长久到这里来了。"

李陵似笑非笑地盯着霍光，说道："霍兄弟，你这娄子捅得实在不小，可捅得痛快！放心，只要有王长久在手，再大的娄子咱们也顶得下来。"他吁了一口气，淡淡地说道："霍兄弟，今后你饮食起居要格外小心……想和他们斗，必须得先保住自己的性命。"

霍光惊得身子一颤："军侯说他们想杀人灭口？"半晌，又自言自语道："不会，不会，他们没有那么大的胆子，还不至于这样干……"

李陵不屑地一笑："不会这样干？不错，黄石方、董喜两个人是没这样的胆子，但……刘都尉可就未必了。你想过没有，要是黄石方说的是真的，我们该怎么办？"

霍光怔怔地出了会儿神，许久才道："军侯，说句实话，我以为都尉就算真的牵涉其中，也只是被人蒙蔽了利用了而已，他是什么身份？当今万岁的亲侄儿、中山靖王刘胜的儿子，皇室宗亲，地位显赫，于情于理，他都不会干这样的事。卖兵器给匈奴人，风险太大，好处太少，他要想弄钱，有的是别的门道，实在犯不着走这一步。"

李陵沉沉地叹了口气，说道："那些大人物，行事说话，处处别具深意……就凭董喜、黄石方、王长久几个，哪有本事弄得来一千把环首铁刀。我也希望是咱们错疑了他，不过……不可不防啊！我明日再去一趟都尉府，探探他的虚实……这件事没弄清之前，你就先住在显明障，在这里，他们不敢太放肆。"

霍光无谓地笑了笑，说道："我牵累军侯已深，怎能再让军侯为我涉险？肩水金关我是一定要回去的……我拜托军侯的只一件事，倘若我不明不白地死了，还请军侯日后替我申冤，使霍光九泉之下不至背负骂名！"

李陵低着头，静静地站着，不置可否，突然间他问了一句："霍兄弟，你想过没有，他们为什么升你做关佐？"

霍光想了想，说道："说起来好笑，这边塞之上人人都说，我霍光身后有个大人物撑腰，以讹传讹，竟编排得和真事一样……我自己都不信，唉，别人却深信不疑……"

"空穴来风，未必无因，只是他们升你做关佐，也许……并非全然是为讨那人的欢心。"李陵用探究的眼神看着霍光，缓了会儿，说道："从一开始他们便把你当做了棋子，你做关佐他们是再放心不过了。事情顺利，他们闷头发财；出了差池，那便一切由你顶着，反正你上面有人，只要一牵涉到你，天大的事也查不下去了……但他们没想到，你会有这么大的胆子，敢不听摆弄而将事情捅出去……"

霍光抿了抿嘴唇："军侯，你这话我是越听越不明白。你说的那人究竟是谁？似乎所有人都知道，却偏偏将我一个人蒙在鼓里，我这条命……不知还能留到何时，我不想到死都糊里糊涂的。"

李陵犹豫了一下，咧嘴笑道："我也只是道听途说，那人要不亲口承认你是他弟弟，光我说有什么用，到了要你知道的时候，他自然会告诉你。"

霍光眉梢微微一动，后又失望地摇了摇头，冲李陵拱了拱手，说道："军侯，既然有那么了不起的人物保我，我还怕什么，我这就回去了，他们问起来，我便一问三不知，谅他们也不敢将我怎样。"

李陵若无其事地掸了掸衣角，说道："霍兄弟，你不听我劝便尽管回去，今日你不会死，因为他们还不知道王长久在我这儿，等明日知道了，你就活不成了。你死了，他们还得要我交出王长久，人家光明正大地查案，我凭什么拦着？到最后一定定你个畏罪自尽的罪名。他们将你从一个普通军士骤然提升为关佐，在外人看来，这人情已经是做到家了……是你自己不争气，勾结王长久私卖兵器给匈奴人，犯了十恶不赦的大罪……只怕就连一直帮你的那个大人物也会引以为耻，断然不会认你这个弟弟，而且还要极力隐瞒你的死因，自然不会追究到底。死了一个关佐，终究不是什么了不得的事，拖上一年半载，便不了了之了。至于那王长久，可以花钱找个替死鬼，自己则改头换面，要不了几天便又能悠哉游哉于边塞之上。"

霍光脸色苍白，使劲咽了口唾沫，抖着嘴唇问道："真有……那么黑么？"

李陵点了点头，神色间忽然有些落寞，停了一阵，幽幽地说道："昔年宁成有云：'仕不至两千石，贾不至千万，安可比人乎！'嘿，他的眼界未免太小了，两千石算得了什么！要真论起功劳本领，我李氏一门又何止区区四个两千石！被人排挤构陷得久了，官场上那些蝇营狗苟的勾当不懂也懂了……官么，看上去巍巍赫赫，面目可畏，其实……哼……"他轻蔑地撇了撇嘴角，住了口。

霍光迟疑着问道："军侯，那我该怎么办？难道在这里躲一辈子不成？"

李陵沉吟着，说道："他们怎样对付咱们，咱们便怎样对付他们……今夜杀了那个王长久！"

"杀了他？"霍光心中"突"的一跳，吃惊地张大了口，一时间竟难以合拢："咱们杀了王长久，岂不遂了那些人的意？王长久可是此案的铁证啊！"

李陵瞥了他一眼，淡淡地说道："以现今情势，咱们还扳不倒都尉，他事事让黄石方、董喜出面，已经是给自己留了退路。他唯一担心的就是这王长久，对王长久，他是生要见人，死要见尸的。只要他将王长久抢到手，或者确信此人已死，下一步要对付的就是你我了。"

霍光瞪大了眼睛，插口道："既然这样，那咱们就更不能杀王长久了！"

李陵冷笑了一声："不杀他，你能藏得住他么？这边塞之上处处都是都尉的耳目，咱们能把王长久藏到哪儿去？带他进京告状，咱们又走不出这肩水金关。所以……"说到这儿，李陵顿了顿，眼中如同结了一层寒冰："要想王长久不被人找到，最好的办法就是……神不知鬼不觉地将他杀了！王长久犯的是死罪，他本就是该死之人，死在哪儿，死在谁手里，又有什么分别？"

"这件事……"李陵略微犹豫了一下，接着说道，"一定要做得干净，除了你我，不能有任何人知道。一会儿，我单独给你安排间营房，你偷偷将王长久带进去。杀了他之后，剥下他的衣服，在房中挖个深坑，将尸体就地埋了。天将黑未黑时，你便穿上王长久的衣服，大摇大摆地出障去，我来亲自给你开障门。出去后挑个无人的地方，烧掉他的衣服，再换好自己的衣服回来。都尉严查之下，也只道是咱们与王长久达成了秘约，悄悄地将他放走了。咱们本来没有都尉的把柄，但都尉相信有，这就够了。死人是咱们最好的护身符，只要他一日找不到这'把柄'，他就不敢把咱们怎么样。"

见霍光一直低头不语，李陵自失的一笑，说道："太狠了，太辣了，是么？"他叹息了一声，凝望着远天莲花一样绽放的云朵，说道："对付光明正大之人，咱们当然要应之以光明正大；但若对付的是神奸巨蠹，那就必须奸恶狠辣！"

霍光咬了咬牙，说道："军侯误会我了，我是在想，杀王长久得用绳子，这样才不会溅得四处是血！"

他一抬头，发现出头急匆匆地跑来，与李陵对视了一眼，便不再说话。出头看了看二人的脸色，凑到李陵身边说道："军侯，莽何罗和管敢被放回来了。"

"放回来了……"李陵一愣，"都尉没有难为他们吧？"

出头嗫嚅道："据说，都尉要将他们送到长安待审，今天先让他们回来收拾一下东西，明日一早就走。"

李陵面无表情地听完，只眯着眼睛没有说话，他向前踱了两步，转头对出头说道："你将东侧离障门最近的那间营房给你二哥倒出来。还有……传令下去，任何人不得靠近那间营房，连你也算在内，懂么？"

"……是！"出头嘴里答应着，暗里瞧了瞧霍光。

"出头！"李陵本来要走，突然间想起了什么，趔回身，说道："收拾完营房，你将莽何罗、管敢叫来，我有事问他们。"

见李陵走远，出头冲霍光挤了挤眼睛，刚想说话，霍光将食指放在嘴边，做了个噤声的手势，阴着脸，眼光望向别处，说道："出头，你现今什么都不要问，军侯吩咐你做什么，你就做什么！"

那王长久瑟缩在马厩的一角，口里堵着块破布，手脚被捆了个结结实实。见到霍光进来，他挣扎了一下，口中"唔唔"有声，脸上神情又是惊惧又是惶恐。

霍光走到他近前，团团作了个揖，恭恭敬敬地说道："王先生，霍光让你受委屈了。"说着动手将王长久身上的绳索解开，掖在了腰里。那王长久活泛了一下腿脚，神情复又变得倨傲起来，他站起身，"哧"的一笑，口气里半是得意半是讥讽："怎么，如今关佐大人想通了，不想为难我了？"

霍光赔笑道："是霍光错了……这事咱们到帐中详谈如何？"

王长久漫不在乎地和霍光进了营帐，帐中陈设甚是简单，两边铺着茅草，中间放着些兵士们的饮食器具和一柄铁锹，此外更无一物。王长久皱着眉头，打量了一下四周，说道："我说关佐大人，这是哪里？我劝你还是给我放回去的好……唉，这大祸全是因为你多管闲事惹下的，你是一错再错呀……你送我回去，咱们一起坐下来想个补救的法子，有我王某人其间斡旋，你还不至吃什么大亏，只是日后你务须……"

霍光微笑着听他絮叨，口里答应着，暗暗地转到他的身后，照准他的后颈，狠命一击。王长久哼都没哼一声，软软地倒下了。霍光将绳子套在他的脖颈之上，双手加劲，勒了好一会儿，又探了探那王长久的鼻息，直到确认他死了，这才罢手。

透了口气，霍光又取过锹锸挖起坑来。挖到一人多深时，方才停下。他将王长久的外衣剥了，无意间瞥到王长久下巴上的胡须，心中一动，用刀将胡须剃下，尸身扔入坑中，用土填好，又在上面覆了茅草。

他躺着歇息了一阵，困意上涌，可他不敢睡。偷偷开了帐门看了看，天色已渐渐地黑了。霍光不敢怠慢，将王长久的衣服罩在外面，吐了几口唾沫，在脸上胡乱地粘了胡须，近望无人，便悄悄地走出门去。

李陵正在障门口等他。看见霍光过来，忙丢了个眼色，故意大声说道："王先生，一切拜托了。你暂且先在那里安身，过阵子我一定给你找个好地方，可千万别忘了你我的誓约。"随即附在霍光耳边，低声问道："事情完结了？"霍光"唔"了一声。李陵点了点头："一个时辰后，我遣走这里巡夜的军士，你要是见到障门上挂着灯笼，便赶紧回来。"

在离障门不远处，霍光将衣服烧了。因怕被人看见火光，他将一应物事放进一个沙窝之中，用身子遮住了。看着火头一起，霍光心中如释重负。轻风吹来，飞灰四散，一点痕迹不留。

回到障中，已近酉时。障门微开，门上挑着灯笼。霍光将灯笼摘下，吹熄了，仔细听听，并无人声，他吁了口长气，摸黑回到营房。合衣躲在茅草上，全身松弛下来，这回才真的觉得累了，只是精神极度亢奋，却无论如何也睡不着。正巧出头前来探望，两人便有一搭没一搭地聊天。

迷迷糊糊中，只听出头说道："军侯一直叫我忙这忙那，到今时方得出空来。唉，方才军侯将莽何罗、管敢叫去，问都尉为什么抓他们，那两人只是嘿嘿冷笑，一句话也不说。军侯要他们第二日不用到都尉府去，自己亲自去找都尉说情，谁知两人连个'谢'字也没有，言语之间十分无礼，问军侯还有没有事，没事他们要回去了。那莽何罗临走时还说，到都尉府去，至少能活着到长安；呆在障里，只怕第二日便死了。说起来军侯真是多此一举，对这些不识好歹的东西，管他们做什么，任他们自生自灭算了……"

过了半晌，出头问道："二哥，和你同来的那人哪？"

霍光瞟了他一眼，无可奈何地笑道："出头，你这人真是太好奇了，你要是女人，非得听壁角、传闲话不可。"

出头听了，憨憨地笑了笑。

霍光正色道："出头，不是二哥有意瞒你，这件事和你说了，于你实是有害无益……有时候，不知道要比知道的好。"

二人又说了说离别后相互的景况，霍光睡意渐浓，说着说着便睡着了，连出头什么时候走的都不知道。

这一觉睡得极是香甜。后来，霍光做了个梦，梦中，似乎有人在呼喊自己的名字，接着感到脖颈中微微发凉，他不由得睁开了眼睛。四周依旧黑漆漆的，看样子天还没亮。霍光翻了个身，正要再睡，恍惚中觉得身前站着一个人。他只道自己魇着了，使劲揉了揉眼睛……随即霍然坐起，便去拔刀……咽喉却被一个硬硬的东西顶住了。

"你叫霍光？"一个声音问道。

霍光渐渐适应了眼前的黑暗，依稀看清了那人的形容。那人身材不高，一身边塞军士的打扮，脸上蒙着块布，正用手中铁刀指着自己。霍光头上浸出一层冷汗，心想："都尉这么快就下手了？这人是什么时候进来的？他要杀我么？方才我明明是睡着的，他为何不动手？难道……是要盘问王长久的下落……"想到这里，他心中宁定下来，反问道："我是霍光，阁下是哪一位？"

那人犹豫了片刻，将手中铁刀慢慢放下，说道："我答应别人要来杀你，可又实在找不出杀你的理由，因此特来告知，让你防备着点！"

霍光细品他这话，心中已信了大半，因抱了抱拳，说道："既是如此，阁下便是霍光的恩人，霍光在此先行谢过了。"他向后挪动了一下身子，暗暗地将腰刀擎在手里，用舒缓平和的口气问道："阁下是都尉府的人吧？"

"都尉府？"那人似是对霍光的问话略感意外，随后哼了一声，说道："都尉府里也有你的仇人？！你这小子，真能惹麻烦。实话跟你说了吧，是莽何罗叫我来杀你的，你以前大约得罪过他吧？"

霍光听了莽何罗的名字，先是一愣，随即哑然失笑，说道："他人我倒是见过一面，可并不相识，他为什么要杀我？"

那人偏着头，想了想，自言自语道："这可真奇怪了，他还叫我杀了你之后，去马厩救一个叫王长久的人……这老小子，葫芦里究竟卖的什么药？"他沉思了一阵，突然不耐烦地挥了挥手，说道："唉，管他哪，反正他要杀你，总有他的道理……"霍光听到此处，心中已是雪亮，却继续做出一副莫名其妙的样子，傻傻地看着那人。

只听那人又说道："你们之间的过节我也搞不清楚，但他要杀你却是真的。不光是你，还有李军侯、车千秋、朱安世几个人。老莽和管敢两人获了罪，明天要被押往长安待审了，临走前想把仇人都清理掉。但他们要杀的人太多，怕自己杀不过来，回障后又另约了两个帮手，其中就有我。老莽许诺事后给我们每人一斤黄金，说如今边塞之上疫病作祟，呆在这儿谁也活不成，还不如拿了钱早些逃出去，回家睡热炕喝烧酒搂老婆抱孩子。我们已经分派好活计了，老莽杀李军侯，我杀你，管敢杀朱安世，另一个人杀车千秋。临动手前，我自告奋勇前来探查一番，看你们是不是都睡着。果不其然，你们这几个人睡得和死猪一样，被人取了首级都不知道。"

霍光见他旁若无人谈笑风生，也是个有胆色有胸襟的人物，不由得点了点头，笑问道："一斤黄金，也不算少了，阁下何不试一试？"

那人哈哈大笑："莽何罗要只是傻或胆大，那我还真要一试，可惜他是既傻又胆大，跟着傻大胆能成什么事？"他将铁刀归鞘，看了看外边，说道："我出来有一会儿了，他们还等着我回去报信哪。我们恐怕这就要动手，你赶紧去禀报军侯知道……对付老莽得有个准备，不要被他真的杀了才好。"

霍光见他要走，赶忙站起身，问道："阁下怎么不自己去禀报军侯，那可是大功一件哪！"

那人不屑地"哧"了一声，说道："功劳？他一个小小的军侯能给我多大的功劳？"

霍光说道："再不济也比霍光给的多些。"

那人听了，走到霍光身前，手中火折一亮，将自己的面容照得清清楚楚，他一眼不眨地盯着霍光，说道："记住，我叫上官桀，是显明障的一名军士。你欠了我一个大大的人情，以后要加倍奉还。"

霍光看着他出门，痴痴地站在原地，心想："他想让我拿什么来还哪？"

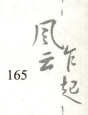

165

玖

斩马

風云再起

李陵闲适地坐在桌案之后，用修长的手指轻轻拨弄着大黄弓的弓弦。霍光、出头、车千秋、上官桀站在他的两侧。下面跪着被五花大绑的莽何罗、管敢和一个叫做苏成的军士。

长久的静默之后，莽何罗向上挺了一下身子，恶狠狠地盯着上官桀，骂道："你他娘的竟敢出卖我，卖友求荣，王八羔子，我呸！别忘了我们是发过誓的，你就不怕天打五雷轰？"

上官桀笑道："我卖友求荣？你还暗箭伤人哪，咱们半斤八两，一样不是什么好东西！"

李陵摆了摆手，止住上官桀的话头，说道："莽何罗，你为什么要杀我？"

莽何罗横了他一眼，说道："你少在这儿揣着明白装糊涂。不错，当日擅开障门，是我和管敢不对，但已被你责罚过了，你还说要替我们担着干系……全都是他娘的放狗屁，翻过脸来你就跑到都尉那里告黑状，非要将我和管敢置于死地不可……娘的，你不让我活，我也不能让你好过，大家同归于尽算了。"

李陵指了指霍光，又问莽何罗："那霍光哪？他和你有仇么？"

莽何罗怒道："霍光更他娘的是个小人。有人说他是霍侯的亲戚，我才不信哪！霍侯何等英雄了得，会纵容自家人里通匈奴贩卖兵器？别说他不是霍侯的家人，就算是，我老莽也一样要替霍侯清理门户！"他看着李陵，忽然恍然大悟的"啊"了一声，说道："怪不得霍光要将王长久劫持到这里来……原来你们两个早有勾结！李陵，你他娘的还是人么！你爷爷和你三叔跟匈奴人打了一辈子仗，想不到居然生出你这个孽种来……"他挣扎着起身，似乎要上前和李陵拼命。出头按捺不住，冲过去扇了莽何罗一通大嘴巴，将他摁在了地上。

李陵强自压了压心头的火气，一字一板地说道："莽何罗，霍光的事你是怎么知道？八成是都尉'无意'间透露给你的吧？被人利用了尚不自知，愚蠢！今日我只和你说两句话：一，我从没向都尉告你的黑状；二，里通匈奴贩卖兵器的另有其人，我和霍光早晚要将那人揪出来。你信也罢，不信也罢，这些话我不会再说第二遍。"说罢看了看霍光。霍光却对周遭的一切视而不见，充耳不闻，眼睛直勾勾地盯着前方，心中只想着："霍侯……霍去病！我竟会是霍去病的弟弟？！"

不知过了多久，霍光才渐渐醒过神来，只见李陵指着车千秋问莽何罗："车千秋老老实实的一个人，他碍着你什么事了，你连他也想杀？"

莽何罗理直气壮地答道："车千秋是你的奸细，没有他，我老莽也不会落到今日这地步，这样的人，我岂能留着他？"

"奸细？"李陵额角青筋一动，向前探了探身子，语气淡淡地问道，"谁说他是奸细？"

莽何罗得意地翻了翻眼睛，笑道："你在我身边安插奸细，我就不能在你身边也安插一个？谁说的，哼，就是你的亲兵朱安世说的，这人于我有功，要不是管敢非要杀他，我还真想放他一马。"

出头气得浑身直抖，一张脸涨得通红，他狠狠踢了莽何罗一脚，大声道："你血口喷人！我什么时候说车千秋是奸细了？我从没说过这样的话！"

莽何罗重又挺直了身子，回头看着出头，冷笑着说道："你是没说过车千秋是奸细的话。但那天我问你，军侯说这疫病是老鼠带来的，究竟是怎么一回事？你是不是说，军侯在隧外发现了许多死老鼠……后来，车千秋告诉军侯，一个匈奴人在临自杀前割破了布袋……他既然能和李陵说这些，那么当日我和管敢冒领军功的事情他自然也会说。嘿，我就是再笨，也猜得到他是奸细。"

出头呆呆地望着李陵，又看了看车千秋，惶然不知所措，满腹的话涌到嘴边，却一句也说不出来，只结结巴巴地辩解："军侯，我……我……不是想说……我不是……"

李陵若无其事地笑了笑，冲莽何罗说道："老莽，既然你认定我要害你，我也不能叫你失望，你将你的虾兵蟹将领回去，想想这世上最惨的死法，油煎水煮、敲骨吸髓、剜眼剥皮、凌迟车裂，所有这些酷刑说不定全用在你们身上，你们等着看吧。车千秋，上官桀，这三个人就交给你们看管，小心着别让他们自尽，那样太便宜他们了。"

莽何罗歇斯底里地大喊着："你尽管来，老子不怕，老子就是做鬼也不放过你……"

莽何罗三人被拖下去后，帐中一片寂静，李陵、霍光各怀心事，蹙眉沉思，出头忐忑不安地站在角落里，心中又悔又恨，眼泪像滚珠般滴落下来，却啜泣着不肯放声。

良久，霍光清了清嗓子，干咳了一声，刚想开口替出头求情，就见李陵缓缓站起身来，徐步走到出头身边，脸上一丝笑容也无："因你一句话，险些害了一个人的性命，你知错么？"

出头抽噎着，委委屈屈地说道："是出头错了，出头没用，连这点小事也做不好，从前我保护不了爹，现今又差点害了车大哥，军侯，你罚我吧！"

李陵心不在焉地"嗯"了一声，想了想，撕了块衣襟下来，掷给出头，说道："不管你练什么，用汗将这块布浸透了就是罚了。"

出头霍光听到处罚如此之轻，都不禁愣住了。出头说道："这叫什么处罚，至少也得打我几十板子，要不我心里不舒服。"

李陵笑道："你又没犯军法，我打你板子做什么。这是李氏的家法……"他仰起脸来，唇边漾起一丝笑意："小时候我做错了事，爷爷要打我，三叔总是拦着，说错都错了，再打也是于事无补，不如罚他练功，有朝一日也好

风云飞纪

壮我李家声威。久而久之，这便成了我李家的一条家法，那时我也就你这般大……经历的事情多了，人自然变得深沉练达了。"

出头眨了眨眼睛，叹了口气："唉，也不知出头要经历多少事才能变得和军侯一样？"

"和我一样有什么好？"李陵苦笑了一声，眉宇间罩上了一层淡淡的忧郁，"经历多少事？我也不知要经历多少事……我还未出生，爹爹就不在人世了，接着二叔也病死了，他们死时都还不到三十岁。爷爷勇冠三军，名标天下，却始终未得尺土之封，最后到身于绝域之表；三叔跟着霍侯出击匈奴，人不弛弓马不解勒连战十余日，而功劳却被人轻轻易易地抢了去，朝廷只封三叔做了个不入流的关内侯，食邑仅二百户……哼……"他不屑地一笑，"人说'天道无亲，常与善人。'世上真有什么'天道'么？我李家为朝廷为社稷，披腹心输肝胆，尽家财亲士卒，征伐半世九死一生，到头来却人祸连连天灾不已；那些操行不轨贪佞无耻之徒，全躯保身尸位素餐之辈，反峨冠博带坐于庙朝，前呼后拥安享富贵……世人谓我李家命数不偶，我偏不信邪，我李陵终此一生，也要与这样的'天道'斗上一斗。"他说到这里，轻轻地缓了口气，口气又变得淡淡的。"这便是我经历的事……这样的事，我想你们还是不经历的好。"

霍光听了李陵这番愤激之语，心中若有所悟，微微抬头，看到李陵冰雕玉砌冷峻骄傲的面容、温润晶莹神采飞扬的双眸，又不禁有些怅然自失。

出头用衣袖使劲擦了把脸，说道："想不到军侯这么威风的一个人，身世也如此可怜，自今而后，出头也要学军侯一般，做个只流血不流泪的英雄好汉。我这就出去练功了，他日不论出头走到哪、做什么，绝不会给军侯丢脸！"

霍光望着出头的背影，慨叹道："出头年纪这么小，便已有了豪侠气概，以后必是个奇男子啊！"他出神良久，方转过头，神色恭谨地问李陵："军侯，王长久之事已毕，你看我……"

李陵定了定神，不疾不徐地说道："你今日和我去见见都尉，明日便回肩水金关，回去后你什么都不要管，反正董喜已经回来了，一切凭他做主就是。此外……"他沉吟着，说道："设法在肩水金关给上官桀谋个职位，有你护着，他方能周全。"

霍光哑然失笑:"军侯,你要抬举他,尽管将他带在身边算了,我是自身难保的人,只怕心有余力不足,再说,莽何罗管敢都关着,又有谁会动他?"

李陵无声地透了口气,说道:"过几日我便将莽何罗管敢他们放出来,这几个人敢作敢为,倒也有几分男儿气概。他们不过是顽钝颟顸了些,受人愚弄,做了人家手中的杀人之刀。我若是处置了他们,正中别人下怀,替人毁了这件本就多余的凶器,为什么不留着这刀,收为己用?何况,闹到今日这地步,李陵也有不是处,不能全怪了他们……莽何罗一出来,车千秋、上官桀不能再呆在显明障了,车千秋我带走,上官桀便交给你。莽何罗方才说的那些话你也都听到了,霍兄弟,你身后有这么大的背景,手中又握着都尉的'把柄',还敢说自己心有余而力不足?"

霍光赧然一笑,只说了声:"好,我尽力而为。"

李陵舒展了一下筋骨,打开帐门看了看外面的天色,说道:"我们被人扰了好梦,也要去扰一扰别人的好梦……"他回头对霍光说道:"走吧!"

"去哪?"

"都尉府!"李陵嘴角微微上翘,声音如风拂号角般辽远而空洞。

二人尚未上马,便听障门处人语嘈杂,似乎有人在大声吵闹,李陵和霍光对视一眼,不约而同迎上前去。只见有十多个军士打扮的人堵在了障门口,每人肩上都扛着两只死羊,一个大个子站在中间叉腰而立,正自破口大骂:"莽何罗,你这个王八蛋,给我快些滚出来。我说你怎么这么好心哪,管你要三十只羊,你说给便给了,原来那羊都是他娘的得了病的,我隧里已经倒了四个兵了,这样子害自己的弟兄,你也不怕断子绝孙!你给我出来,咱们到都尉那儿评评理 ……"

霍光看了那人一眼,吃了一惊:"军侯,那不是长秋障的侯长陈步乐么?!"

李陵早已瞧见了,却眯着眼不做声,待陈步乐骂够了,这才分开众人闪身而出,拉长了声音问道:"陈侯长,你如此震怒所为何事啊?"

陈步乐没想到能在这里见到李陵,一时间怔在当地,好半天才缓过神来,走到李陵跟前以军礼相见。李陵不易察觉地皱了下眉头,问道:"这些羊是哪来的?"

陈步乐似乎余怒未息，梗着脖子，气咻咻地说道："说起来这事军侯也知道一些……前一阵子莽何罗擅开障门私自迎敌，从匈奴人手中抢得不少的羊和马匹，为这还受了军侯的责罚，罚是罚了，那些羊仍是留给了显明障。我想着平日障里兄弟也吃不到什么，便向莽何罗要了三十只，准备给他们打打牙祭解解馋，一直没舍得吃，放在障里养着。前日晌午老莽来我们障，说边塞上流行疫病，要我们小心些，还叮嘱我们要全力捉老鼠，说这命令是军侯下的。捉老鼠这差事也不轻松，障里几十号人忙到半夜，也只捉了二十多只。我见大家累坏了，昨日一早，便叫人杀了十只羊，让弟兄们痛痛快快地大吃了一顿。谁知到了晚上，有四个军士突然发起病来，身子滚烫，脸上身上有一些红红的斑块，和疫病的病征一模一样。我疑心是老莽故意整我，那羊在他障里呆了那么多天，有病没病他会不知道？为什么和我们提也不提，倒传了一个只捉老鼠的怪命令。我今天来，就是要和他算算这笔账！他给的那些羊，我也消受不起，原物奉还。"

李陵的脸色突然变得异常苍白，身子猛地向前一倾，问道："你说什么？那些羊有病？！那几个军士的病真是从羊身上来的么？会不会是捉老鼠时不小心染上的？"

陈步乐见李陵如此紧张，愣了愣，低头细细思量了一会儿，摇了摇头："不会的。那几个人被我派出去做别的事了，根本就没捉过老鼠。他们回来正赶上吃羊肉……我还记得，这四个小子饿得发慌，锅里的肉没熟，便猴急地割了几块生肉来吃，结果晚上便发了病……"

李陵闭了眼睛，深深地吸了口气，好半天，才将这口气缓缓吐出，他走过去，看了看那些羊，幽幽地说道："陈侯长，你错怪莽何罗了，捉老鼠的命令是我下的，因为我想不到……连这些羊也被施了巫蛊……"

"霍兄弟！"他停了停，转头对霍光说道："你留下这里代行侯长事，将障里的羊全部杀了，之后运往大漠深处远离水源之地掩埋。陈侯长和我去见都尉，不管有用没用，这件事一定得和他说说。"他用手轻轻拍了拍霍光的肩头，又重重按了按，说道："拜托了！"

都尉府门前依旧冷冷清清，只门口站着两个把门的军士，正无精打采地拄着长戈打瞌睡。李陵远远地将马停住，问陈步乐："陈侯长，你在这里呆得时间久，这都尉府里可有你的熟人？"陈步乐想了想，说道："熟人倒有一个，是我的结拜兄弟，现在都尉府做门下书佐，只是个末流小吏，济不得什么事。怎么，军侯想打听什么事么？"

李陵轻轻将马头拨回，说道："像这种人，消息最灵通不过了，你带他出来，我在东面一里之外等你们，别和别人说我要见他。"

陈步乐看着李陵，懵懂地点了点头。

大约一顿饭时分，陈步乐便将那门下书佐领了来。那人四十来岁年纪，长着一张苦瓜脸，两只水泡眼眯缝着，一副睡不醒的样子。看见李陵，他停下脚步，回头望望陈步乐，疑惑地问道："陈老弟，你说有人要见我，就是他么？"

陈步乐一笑，说道："梁大哥，这是我们军侯——李陵。想必你听说过吧。李军侯，这是我结拜大哥，梁正礼。"

那梁正礼听说面前站着的是李陵，脸上露出了讶异的神色，呆立了半晌，方含笑过来见礼。两人貌似亲热地寒暄了一阵，李陵忽然问道："梁大哥，都尉还没回都尉府住么？"

梁正礼眼珠转了两转，笑道："快了吧。"

李陵斜睨了他一眼，又问："那匈奴人的马哪，还在都尉府里？"梁正礼哆嗦了一下，偷着看了看李陵，见李陵也在看他，忙将眼光避开了，他干笑了两声："马的事军侯还是去问都尉，我们做属下的是不敢议论的。"他向李陵深深一揖，说道："军侯要没什么事，下官先告退了。"

李陵微笑着将他拦住，说道："梁大哥，别忙着走，我还要送你些东西哪。"他一伸手，对陈步乐说道："陈侯长，将你的佩剑借我用用。"

陈步乐见梁正礼说话闪烁其词，心中不满，只是碍着面子不便作声，待李陵向他借剑，又猜不透李陵的用意，犹疑着将剑递了过去。李陵一抖手，抽剑出鞘，剑尖指地，眼睛却瞟着梁正礼。

梁正礼脸上的笑容僵住了，一颗心怦怦跳个不住，却故作镇静地抬起头来，迎着李陵的目光，说道："军侯，你这是何意啊？"

"何意？"李陵若无其事地哈哈一笑，左手倏然伸出，揪住梁正礼的胸口，轻轻一带，右手宝剑已横在他的脖颈之上。旋即诡谲地一笑，说道："我李陵准备闯一场泼天大祸，不想活了，临死前想找个垫背的，梁书佐，我看你倒挺合适。"

"军侯!"陈步乐被眼前之事惊呆了,见李陵要杀梁正礼,急忙抢前一步,喊道:"人是我带来的,我想知道他哪里得罪了军侯,军侯又为什么要杀他?"

李陵冷冷地看了他一眼,说道:"这件事你先不要管,过会儿我向你解释。"他将目光重又移到梁正礼的脸上,咬着牙问道:"都尉什么时候回都尉府?"

梁正礼头上冷汗涔涔而下,他使劲向后缩着脖子,本能地躲避着冰冷的剑锋,无助地看了看陈步乐,见陈步乐呆呆地站着,并无上前相助之意,方叹了口气:"军侯,你和霍光窝藏重犯,这事刘都尉已经知道了,你们的罪过委实不小。但我听他的口气,只要你们将那犯人交出来,还可从轻发落,你实在犯不着为难小人我。"

李陵"哼"了声,说道:"我用得着他从轻发落?"他将剑锋向下压了压:"我已经是待罪之身,不在乎多杀一个人,我再问你一遍,都尉什么时候回府?"

"快了快了!"梁正礼忙不迭地说道,"等马一运走,都尉立刻就回来?"

"噢?都尉想把马运到哪儿去?什么时候运走?"

梁正礼犹豫着,脸色青一阵白一阵,似乎心里在极度挣扎,思索了半天,大约还是觉得眼下性命要紧,牙一咬,心一横,说道:"那些马明天就运走,听人说是运去长安。"

李陵怔了怔:"运去长安?运去长安做什么?"

梁正礼嘿嘿冷笑着说道:"实话告诉军侯吧,都尉要将这些马送人。京里的皇亲国戚、达官显贵、所有中两千石以上的官员,每人十匹至五匹不等。令叔李敢将军现如今做着郎中令,位列九卿,这马里还有令叔的五匹哪!"他又神神秘秘地说道:"这事只是风传,我也说不准,军侯一个人知道就行了。"

李陵握着刀的手不自禁地抖了一下,目光突然变得异常可怕,仿佛陷入了极大的震惊与恐惧之中,他一动不动地站着,恍然良久,手一松,将梁正礼放开了。

梁正礼如蒙大赦,瑟缩着身子向后退去,见离得李陵远了,正抬脚要跑，突然听见李陵说道："我要送一件大大的功劳给你，你想不想要？"

梁正礼没听清，问了句："什么？"

李陵走到近前，直视着他的眼睛，问道："看守马匹的军士共有多少？马又放在何处。"

"马关在西跨院，看守的军士不多——总共十个。"

"总共十个……"李陵默默在心里盘算了一阵，把梁正礼打发到一边，招手叫陈步乐过来，说道："陈侯长，我求你帮我办一件事，不知你能否答允？"

陈步乐早被李陵一连串的反常举动弄得糊涂了，因狐疑着问道："军侯，你想我帮你做什么？"

李陵瞟了梁正礼一眼，将嘴凑到陈步乐的耳边，压低了声音，说道："帮我杀掉都尉府中的马！"

"啊！杀……"陈步乐惊骇得大叫一声，目瞪口呆地看着李陵，半晌，才意识到自己说话声音太大，费力地咽下一口唾沫，小声道："这可是掉脑袋的大罪呀，军侯真的不要命了么？"

李陵茫然地看着远方，淡淡一笑，说道："你帮我，我绝不牵累你，这事我一个人担得下来……"他顿了顿，又说道："有些事你不知道，我也来不及和你说那么多，我只问你，这羊能致人于病，马就不能么？他们可都是匈奴人送来的。"

陈步乐垂着头想了想："即便这马真能使人致病，军侯也大可以从长计议，至少也要和都尉商量商量。"

"和都尉商量……"李陵双颊肌肉微微抽搐了一下，"我早和他说过，他开始不当回事，之后却撺掇人来……"他摇了摇头："先不说这些，总之他是不会信的，否则我又何必冒这杀头的风险……都尉也许因我说得荒诞不经而不屑相信，也许因他深知其中利害而存心不信，不管怎样，他都会将这二百多匹马运去长安。如若这些马并未被人施了巫蛊，那自然万事大吉，可哪怕只有一匹马能使人致病，后果便不堪设想，京师机枢重地，一乱则天下乱哪！据说，匈奴人倒有治这疫病的方子，但一时之间哪里寻得到。"

陈步乐凝了会儿神，说道："天底下又不是都尉最大，他要真执迷不悟，咱们便向上告，一直告到皇上跟前，看他怕不怕！"

"怕？"李陵一笑，"他怕什么？除了莽何罗擅自迎敌放马入隧这事以外，其他全是咱们猜的，即便你手下那四个军士吃了羊肉致病，别人也可以说是凑巧而已，你不是派他们出去了么，他们就不能是在外面染的病，非是吃羊肉得的么。"

陈步乐说道："那有何难，等朝廷派人来查证之时，咱们找几个死囚，一试便见分晓了。"他像突然想起了什么，重重拍了一下大腿："军侯，那些羊不能杀，咱们得留着。"

李陵漠然地看着他，问道："咱们先告上去，朝廷再派人下来，得多长时间？"

陈步乐迟疑了一下："至少得两三个月。"

"那马哪？"

"马？！"陈步乐不言声地蹲下身子，双手在脸上一个劲儿地抹搓着。显是心中犹豫不决。

李陵吁了口气，说道："即便朝廷真派人下来查证，也一切都晚了。何况这里面丝萝藤缠，朝廷也未必会查下去。这件事我一个人干不了，要是陈隧长肯助我一臂之力，我李陵感激不尽，而且，我决不叫你担任何干系。"

陈步乐霍地站起身来，说道："军侯不要骗我了，干这么大的事我能一点干系没有？"他无奈地长叹一声，说道："罢了，我帮你。不过……"他冷冷地看着李陵："我可不是冲着你才答应的，更不为什么国家社稷！京师那些贪官污吏们死光了又有什么可惜……但你是李广将军的孙子，我跟过他老人家一场，今日为你把命送了，也算对得住他老人家了……"

李陵一撩袍袖跪倒在地，纳头拜了三拜，说道："谢了！"

在离都尉府一箭之地，李陵寻了个胡杨树，将马拴了。带着陈步乐、梁正礼二人悄悄绕到西跨院的后墙外。那院墙足有三四人高，墙头还密密麻麻地垛着木制的尖刺。陈步乐注视着那墙，叹道："军侯，这里我们上不去，还是从门里杀进去吧！"

李陵用手指在墙壁上轻轻叩了叩，说道："这墙是用黄土、糯米汁、碎石子夯筑成的，结实倒够结实，可惜它毕竟比不得石头。"他退后两步，从箭袋里抽出支箭来，将弓拉满，向墙上射去。只听"嘭"的一声，院墙只被崩掉块土渣，箭并没有射进去。陈步乐看着直摇头，李陵却不泄气，一连又射了四箭，每箭都射在了同一处，四箭之后，墙上现出一个半指深的土窝。李陵取出铜弩，上好箭，瞄了瞄，将箭射进土窝。这一次，那箭钉入墙内竟有两寸余深。他又依法施为，片刻间，已将六支箭从上至下射入墙里。

陈步乐拍着手笑道："好箭法！用箭在墙上搭梯子，这法子实在是妙。"

李陵收好弓弩，对梁正礼说道："你现去都尉处，告诉他李陵疯了，杀光了匈奴人'送来'的马匹。你是第一个给他报信的，他一定赏你。"

梁正礼忙不迭地答应着，跟跄着后退，不小心摔了一跤，爬起来转身跑了。

李陵看着梁正礼的狼狈相，轻蔑地一笑，说道："陈侯长，现在是晌午，看马的军士大约正在吃饭，我们这就动手吧。我先上，等里面安然无事了，我便抛出一粒石子，那时你再进来。"

他踩着箭杆拾级而上。陇西李氏所用箭支向来为自家特制，箭杆里面另藏铁芯，是以既硬且韧，李陵踏上去，居然没有断折。

射得最高的一支箭距离墙头不足五尺，李陵踩在上面，对院内情形看得清清楚楚。

这院落十分阔大，东西南北各长约十丈，四面用三十多个马槽围成一个"口"字，圈着一百多匹马。里头另有一个马槽围成的方形，比外侧的略小，却也容下了七八十匹马。一个军士背对着李陵，一边向马槽内添草料，一边絮絮叨叨："王八蛋，说是吃饭，这都几时了，都不乐意回来，偏留我一个干活，把我惹急了，老子也走……"

李陵拔掉了墙头上的几根尖刺，用手一撑，纵身跃下。那军士听到身后有动静，刚一回头，被李陵劈面一拳打得晕了过去。

李陵向墙外扔出一粒石子，又寻了条绳子，将那军士捆了起来。等了一会儿，陈步乐方从墙头跳下。他跑到李陵身边，四下里看了看，问道："军侯，怎么干？"

李陵向那军士指了指："我今日没带佩剑，只好先用你的，你用他的刀。"接着又问陈步乐："陈侯长，你杀这些马要多长时间？"

陈步乐思量着："小半个时辰足够了。"

"好，我就给你半个时辰！"李陵眼中寒光一现，拔出剑来，一剑刺入了陈步乐的肩头。

陈步乐张着口，看看自己的伤处，再看看李陵，动了动嘴唇，连想说句什么都忘记了。

李陵歉然一笑："陈侯长，你无意中发现李陵前来杀马，想要出手阻止，反被我一剑刺伤，受伤之后力尽不屈却仍是不敌，眼睁睁地看着我将马杀光。李陵杀完了马，狂笑着走到门外，等都尉回来。这就是事情的全部经过，千万别记错了。"他举步要走，又转回身，将外衣除下，罩在陈步乐的身上，说道："这马有病，小心别让马血溅到你伤口上……还有……"他从衣服上扯了块布条，蒙住了那军士的眼睛，说道："这人只是晕了，随时会醒，你不能和他朝相。"

"军侯！"陈步乐喃喃地叫了一声。

李陵停住了脚步，神色间也甚是伤感，说道："陈侯长，你是我爷爷带过的兵，按辈分我应叫你叔叔才对。那天我打了你二十军棍，实是情非得已。我初来乍到，才薄德浅，如若对你们一味宽纵，只会让你们更加小看了去。先树之以威，再施之以恩，有威则不可犯，有恩则士心服，宽猛相济、恩威并用，上下一心，令出必行，方为常胜之道。这是我的一点想头，也不知对不对。于法于理，李陵打你并没有错；于情于义，李陵内心有愧，望你见谅。"

陈步乐笑笑，眼中泪光一闪而逝，说道："军侯，你去守着门，我陈步乐可要大杀一场了。"

李陵堵在门口，将发簪摘下。那发簪长约半尺，白玉所制，一端刻着一个鱼头，鱼眼的部位嵌着两颗碧莹莹的松绿石，簪身几近透明，中间横贯着一缕红晕，那红晕便如滴入水中的鲜血一般，色彩绝美又令人不寒而栗。发簪精致华贵，却隐隐透出一股幽远的古意和寒凛的杀气。

清风吹来，散开的长发如细雨般轻拂着自己的脸，李陵将发簪握于手中，出神地看着，良久方叹道："刘屈氂——他不配。"

他重新束好头发，用簪子别了，闭了双眼，仗剑而立。李陵心中一片空明，仿佛睡着了，太阳直射在身上，酷热难耐，额头和鼻尖渗出了汗珠，他却擦也不擦一下。

不知过了多久，前方传来一阵零乱的脚步声，似乎有人说笑着向这边走来，接着，所有声响都停了。

李陵微微一笑，睁开双眼：面前，七八个军士正愕然地望着他。

其中一个军士识得李陵，惊诧道："这不是李军侯么，你怎么到这儿来了。这是都尉禁地，旁人是不能擅入的！"

李陵笑道："都尉治军不严。既是禁地，就该正行伍营陈，振军威士气。看看你们几个，懒散懈怠，敷衍塞责，要是我的兵，早打得你们皮开肉绽了！"

那军士做了个鬼脸，嘻笑道："真在军侯手下，我们也不敢这样。哈，原来军侯是考较我们来了，吓了我一跳。"他上前伸手便要推门，李陵长剑伸入他的胯下，向上一挑，低吼道："给我回去！"

那军士飞出一丈之遥，"扑通"一声摔倒在地，疼得他龇牙咧嘴，一时竟难以起身。

余下那几个军士慌了，纷纷拔刀出鞘，想要上来擒拿李陵，却又无人敢抢先动手。

李陵扫了众人一眼，说道："里面的马全叫我给杀了，你们去找都尉来，我有话跟他说。"

几个军士相顾骇然，一人大声道："李陵，你这不是要我们的命么，我和你拼了。"他从人群中跳出，发了疯一般，照着李陵迎面一刀。李陵侧身让过，一弯腰，伸手抓住他的足踝，右臂运力，将那军士掷了回去。

诸人见李陵下手甚轻，不欲伤人，都大呼着围了上来，将李陵逼到墙角，为首一人喊道："老六，我们缠住他，你进里面看看，马是不是真的都死了！"他话音未落，便被李陵一脚踢倒。那人十分悍勇，站起来挺身又斗。

李陵心想："这些人都是野战出身，不下狠手，非被他们冲进去不可。"心中想着，抓过一个人的臂膀，使劲一拉，向上一送，那人肩骨立时脱臼，跪在地上动弹不得。

李陵长剑并不出鞘，只当做木棒专扫人腿骨，片刻间，八个军士已被打倒了五个。他罢了手，用眼睛睃着那三个军士，说道："还不快去找都尉，非要一个个躺在这里才肯干休么？"

一人嘴快，说道："咱们打了这么久，早有人找都尉去了，只不过都尉人在显明障，得过一阵才赶得回来。"

李陵心里一惊："都尉在显明障……不消说，他到那儿一定是搜王长久去了。也好，让他搜个够……"他抬头看了看太阳，心想："陈步乐应该干完了。"

那三个军士再不敢近前，可也不敢逃走，远远地围着，眼光中尽是怯意与恐惧。

李陵将剑拄在身前，神情复又变得冷漠如冰。正沉默着，忽觉脚下大地一颤，一阵沉闷的马蹄声由远而近，隐隐约约，渐趋清晰，空气中弥漫着刺鼻的尘土味，李陵想："终于来了！"

两队铁甲军沿甬路鱼贯而入，军容整肃，目不斜视，甲胄兵器相互撞击，"叮当"作响，动人心魄。一百多名军士到了李陵近前，左右一分，形成一个圆圈，将李陵围在垓心。刘屈氂在四名司马的簇拥下悠然而入，他身后还跟着一个矮壮粗实的大汉，那人脸上戴着羊皮面具，只露出眼睛、嘴巴、鼻子。面具上画着红绿相间的花纹，那红色格外鲜艳夺目，有如道道伤口，在阳光下看去，说不出的诡异可怖。

刘屈氂走到李陵身前，团团作了个揖，说道："李军侯，我实在服了你的胆子。你窝藏重犯那笔账我还没算，转眼你又跑到官衙重地杀起马来，真是条好汉。这样的大罪，别说你只是郎中令的侄子，就是诸侯王，恐怕也得死上几回。放心，我不会索拿你入京问罪，让你受零零碎碎的苦，我于心不忍。念在故旧的情分上，我给你个痛快，自裁或是……"他回手指指周围的军士："由他们动手，你自己选吧。"

李陵有意无意回头看了看西跨院的门，说道："都尉大人，你早就想杀我了，是吧？"

刘屈氂挑着眉毛，谑笑着，说道："杀你？你要不惹这些事，我为什么要杀你？"

李陵微微一笑，说道："我问的是你的心，不是你的嘴。你不想杀我，又何必处心积虑地挑拨莽何罗和我作对？其实不用那般麻烦，今日我就授你以口实，让你可以明正言顺堂堂正正地斩了我，不过也要看大人有没有这本事。像陈步乐，见我潜入都尉府，居然暗中跟着我，想阻我杀马，真是自不量力，要不是他做过我爷爷的随从，我早要了他的命。我李陵杀了这些瘟马，早已心无挂碍，今日不妨放开手脚陪都尉玩玩。"他"唰"的一声，拔剑出鞘，眼光一一掠过众人，一抱拳，说道："各位兄弟，都尉要我死，我却不能束手待毙，各位这就请上吧，杀了李陵，你们便可立下大功，不知李陵项上人头，能成全哪位兄弟的功业。来！"他长剑斜指，立在当地，神色间凛然无惧。

众军士为他豪气所慑，无不动容，手按刀柄，眼光却齐唰唰地望向刘屈氂。

刘屈氂面带笑容，捋了捋长须，说道："你们陇西李氏，人人自负其勇，狂妄无知，一向不把别人放在眼里，今日我便让你见识见识天下的英雄，那样，你死也可以瞑目了。"他突然高呼一声："奴儿，将他拿下。"

只听脚步声橐橐，那个戴着面具的大汉已从刘屈氂身后缓缓走出。他打量了一下李陵，在身后掏摸了一阵，取出一支长箭来。那箭四尺长短，两指粗细，箭身上泛着黑幽幽的金属光泽，似是用生铁打造而成。他走过去，拿着手中兵器，对着李陵的宝剑比了比，不满地摇摇头，双手抓着箭尾，使劲一拗，那箭竟弯了。他上上下下扭了一会儿，"铮"的一声，箭已断为两截，那大汉将短的一截随手扔了，拿着另一截又与李陵的剑比了比，见短了二寸，方含混地嘀咕了句什么。他退后两步，突然转身，手中铁箭猛地向李陵头部砸来。

李陵向后疾闪，脸部为箭风扫中，隐隐作痛，接着便听到一声脆响，虎口一震，手中长剑已被铁箭碰到，飞出两丈开外。那大汉"呵呵"笑了几声，猱身而上，当胸便刺。李陵斜跨一步，脚下一勾，右手在他背后一按，那大汉直掼出去，仆倒在地，李陵顺势一滚，将长剑抢在手中。直到这时他才惊觉，冷汗已将自己后背的衣衫打湿了。他深呼了两口气，定了定神，心想："原来都尉手下还有这样的好手，这人是谁，我怎么从没听说过。方才他这一砸像是从匈奴人的惯用招数中化出来的。匈奴人气力大，两军交锋往往大劈大砍，和汉军的小巧轻灵全然不同。他这一招使得真好。这么厉害的身手却在刘屈氂手下做奴才，太可惜了。"

那大汉爬起身，冲李陵竖了竖大拇指，举起铁箭，扑过来又是一记横扫，李陵不敢与之硬碰，只前后左右四处闪避；瞅准机会便刺出一剑，一会功夫，那大汉便身披数创，他却浑然不觉，大呼酣战，铁箭挥出，仍是风声大作，劲力不减。李陵遇到这般勇猛的对手，也不禁暗暗心惊。

风云乍起

刘屈氂脸色愈来愈是阴沉，他"哼"了一声，说道："李公子，这就是你的看家本事？一味挨打，抽冷子伤人，也不怕丢了你爷爷的脸！"见李陵不为所动，他向两旁军士努了努嘴。军士们各挺刀剑，向李陵刺来，另有六七个人撞开西跨院的门，闯了进去。李陵略一分神，肩头被铁箭的倒刺钩中，鲜血溅了自己一脸，他只觉伤口一阵火辣辣的疼痛，想后退，身后却尽是明晃晃的刀尖，李陵用剑奋力砸开刺到眼前的兵刃，将剑一抛，随手举起两个冲在前面的军士，四下里挥舞，霎时间，已将二三十个军士打倒在地。他缓了口气，望了望对面，西跨院的门已经哗然洞开，陈步乐被人抬着，正和都尉说话，时不时向这边瞟上一眼，和李陵的目光一触，他微微点了点头。李陵心头一松，险些瘫倒在地，转眼已瞥见那蒙面具的大汉一箭刺来，他再无余暇闪避，心中忽然一阵酸楚："人说'为将三世者必败。'我李家为将三世，却一世也没有得好。我们究竟做错了什么，要受老天如此惩罚？"

那铁箭眼见便要刺穿李陵胸口，忽地向上迎去，挡住了后边军士劈过来的两刀。没等李陵明白过来，那大汉已一把将李陵扯到身后，张着两手，冲刘屈氂哇哇大叫。刘屈氂听了，非但不恼怒，反笑着说道："我只是想帮你，可以省你些力气，既然你不愿意，那好……"他向左右挥了挥手："你们都退下，看我奴儿如何生擒李陵。"

那大汉转过头来面向李陵，将铁箭扔了，叉开双手，做了个肉搏的姿势。李陵心中纳罕，这"奴儿"是个哑巴么，怎么一句话也不说。他见奴儿的伤口处血流如注，伸手指了指，示意他包裹一下。奴儿摆了摆手，同样指了指李陵的肩头。李陵抱拳一揖到地，上前亲自给奴儿裹了伤口，退后五步，将手一亮。

奴儿也照葫芦画瓢似的躬身一揖，突然跃起身来，"呼"的一拳，直捣李陵面门。李陵不拦不架，竖起两指，点向他的臂弯。奴儿只觉臂弯处一麻，拳头尚在半途，便软软地垂了下来。他吃了一惊，想去抓李陵的胳膊，一不留神，脸上已挨了一拳，他身子微微一晃，赶忙伸手摸了摸自己的面具，似乎生怕那面具脱落下来。

李陵一招占先，再不容奴儿喘息，出尽全力，一连四拳打在奴儿的腹、胸、脸上，那奴儿只退了几步，却没倒下，双手一搂，将李陵手臂锁住，向上一挺，用力一抡，将李陵扔了出去。

李陵头昏脑胀，强自站起，心中暗自思量："我这四拳下去，就是牛马也禁受不住，他却没事人一般，这样的神力，这样的身体，我还头一次见到，怎生才能将他制住？"他好胜心起，只想着如何击败奴儿，对自己处境全不在意。

那奴儿拍了拍胸膛，样子很是得意，奔上前来，故技重施，要抓李陵的双臂。李陵向前一冲，额头重重撞在奴儿的鼻子上。奴儿猝不及防，一跤摔倒，鼻血激射而出，他却只顾护着面具，硬生生地又受了李陵一脚。

李陵心下疑惑："这人是谁？为什么这样怕被人见了真面目？"他凝视着奴儿的双眼，发觉奴儿眼神空洞洞的，正盯着刘屈氂。刘屈氂则神情紧张，不安地捋着胡子，看上去心中极为忐忑。李陵寻思着，一个念头陡然涌上心来："都尉大人倒是很看重我啊，怕铁甲军收拾我不下，特地请来了一个高手。可他也小觑了我，以为那奴儿一出手，他便能稳操胜券。可那叫奴儿的为什么要蒙着脸哪？莫非……莫非这又是刘屈氂的一个把柄？"

只听刘屈氂慢条斯理地说道："奴儿，李陵不是你的对手，但辰候不早了，还是让人帮你将他拿下吧？"他话说得很是客气，不像命令，倒像在与奴儿商量。

那奴儿狂暴地吼了一声，纵身而上，状若疯魔，只一味地狂踢乱打。李陵拳脚落在他身上，便如泥牛入海一般，毫无效用。李陵愈斗精神愈长，心思愈加清明："这人壮健异常，勇悍好斗，使的竟是不死不休的打法。大约只有一招才能制得住他。想着，跃到奴儿身后，双手扳着他的左臂向后一扭，奴儿右手疾探，死死抓住李陵的胸口，大吼一声，将李陵从头顶掷了过去。众军士见两人打得惊心动魄，不禁心旌神摇，一齐拍掌喝彩。

李陵在空中挺直身子，右手在奴儿头上一按，稳稳落在地上，接着一屈身，已从奴儿的两胯之间钻过。众军士"轰"的一声，讪笑之声顿起。李陵听着，微微冷笑，抓住奴儿的两腿，使劲一扳，将奴儿掀翻在地，随即纵身上跃，膝盖对着奴儿的腰眼，重重地跪了下去。行将落下之时，他张开双手，在地上一撑，将一跪之力减到五分，饶是如此，奴儿仍旧惨呼了一声，挣扎了几下，却始终没能站起来。

李陵走到他的面前，说道："腰椎没断，不妨事。"他看着奴儿脸上的面具，忍不住便要摘下，那奴儿双手摆着，目光中流露出惊恐之意，李陵略一犹豫，心想："这人救过我，我若是强人所难，太不够朋友了。"他冲奴儿笑笑，将手缩了回去。

刘屈氂阴恻恻地说道："李军侯，果然厉害，像你这样的人才，真是可惜了，但你闯下如此大祸，任谁也保不了你。我虽然舍不得，又不得不杀你，你九泉之下，不要怨我才是。"他将手臂高高举起，一百多名铁甲军搭箭上弦，箭镞寒光闪闪，如繁星一般照着李陵的脸。

李陵大笑着说道："以我李陵一命，换了都尉如花似锦的前程，值得！"

"你的命哪有那么值钱！"刘屈氂扬起脸，面露讥讽之色，"你大约还想着王长久吧……他现今是朝廷重犯，自保尚且不能，怎敢胡乱攀诬他人。你以为将他藏起来，我便不敢处置你和霍光了？笑话！"

李陵说道："你当然敢。那王长久也盼着我俩死哪，这样他才能得到封赏。霍光给他留了封信，写明了事情的经过，只要我们一死，王长久就会设法将这封信送到长安。都尉行得正做得端，自然没什么好怕的。"

刘屈氂眼角微微抽搐了一下，说道："一面之词，不足为凭！"

李陵冷笑道："难为你做了这些年的官，居然这么简单的道理也不懂。一面之词也要看谁信。如若是我说的，当然不足为凭，霍光说的可就未必。"

刘屈氂双眼微睁，问道："谁信？"

李陵一动不动地盯着他，说道："都尉认为呢？"

刘屈氂温颜一笑："你和霍光都死了，王长久为什么还要去长安冒死送信？商人么，无利不起早，两个死人能给他什么好处？"

李陵泰然地踱了几步，说道："都尉说得很对，商人最重的是利。这东西不论都尉我或是霍光都不能给他，有人却能给。"

刘屈氂失声叫道："他想做盐市令！"

李陵本来是顺着刘屈氂的话茬儿虚声恫吓，这时见他当了真，心里更加有底，心想："原来这王长久野心还不小，盐铁官可是大司农手下最肥的缺，难道都尉答应过为他谋此职位不成？"他故意做出一副胸有成竹的样子，只轻轻地"哼"了一声，神色间讳莫如深。

刘屈氂也意识到自己说走了嘴，长长地叹了口气，说道："李陵，你虽然机关算尽，结果却是白忙一场。到如今，我未接到有关王长久的任何讯息，我不信他还活着。即便他还活着，他能走得出这肩水都尉府的辖地么？

我昨夜便已向各亭障烽隧颁下严令，没有我的手令，士民人等一律不得出关。你们只要将王长久藏在我的辖地之内，他就休想逃出去。"他又缓缓将手举起，说道："李军侯，你的这条命对我无足轻重，更换不掉我的前程。你与霍光王长久沆瀣一气，置国家法令于不顾，贩卖兵器，从中渔利，又大闹都尉府，杀掉我大汉数百匹战马，情无可原，罪无可逭，安心受死吧！"

李陵望着四周亮晶晶的箭镞，心中一片茫然："是啊，不管找不找得到王长久，只要他在肩水都尉府的辖地之内，便奈何不了刘屈氂。我输给他了……这一点我确是没有想到。那霍光呢？都尉杀了我之后，会不会杀霍光？依是他毒辣的性子，是饶不过霍光的……李陵啊李陵，你自作聪明，以为想出了万全之策，不料却落得如此下场，真是可悲可笑可怜。"他颓然坐倒，心想："都尉为什么不信我说的话？为什么要对付我？为什么要将那些马送到长安去？莫非他真和匈奴人有勾连？他到底想做什么哪？"眼见刘屈氂的手一落下，自己便会被乱箭射死，这些疑团是再也解不开了，他忽然有些不甘心。

"都尉！"陈步乐正要随着几个军士下去休息，忽然间住了脚，说道："有件事……"

刘屈氂笑道："陈遂长，有什么事你不妨直说。你为护马而被李陵刺伤，堪称楷模，我要大大奖赏你。"

陈步乐听了，越发吞吞吐吐："都尉，昨夜接到你的命令之前……有个人拿着李军侯的符传……从我那里出障了……"

"嗯？！"刘屈氂眼中精光暴露，"是真的？那人长得什么模样？"

陈步乐嗫嚅着说道："属下也没看清，那人用粗布蒙了半边脸，鬼鬼祟祟、神神秘秘的，像是生怕被人看到他的真面目。本来属下不想放他出障，但他拿了李军侯的符传，而且还说……"

"还说什么？"

"还说这边塞上流行的疫病是匈奴人传过来的，李军侯要他去匈奴找郎中看病……听他这么说，我便放他过去了……"

刘屈氂狠狠一顿足，脸上恚怒难当，阴森森地说道："你好大的胆子！你知道你放走的是什么人么？"

陈步乐委委屈屈地跪了，说道："当时都尉严禁出关的手令还没到，按朝廷法令，持军侯符传的人是可以出隧的，属下只是个小小的隧长，军侯上任不久便打了我一顿板子，我怎敢再去得罪他，望都尉体谅小人的处境。"

刘屈氂被他说得哑口无言，思量了半天，脸色渐渐霁和，说道："这事也怪不得你，是李陵有意害你的。但你无意中放走了重犯王长久，我就是想赏你，也不能了，你回去好生将养身体，这事以后再说。"

李陵心里感激万分，脸上却不敢表露出来，冷冷地斜睨着陈步乐。陈步乐回头恶狠狠地瞪了李陵一眼，骂道："我和你无怨无仇，你为何要一而再再而三地害我，这个仇我一定要报。"说完，便恨恨地在几个军士地搀扶下走了。

刘屈氂满腹心事，慢慢地踱着步，那只下令放箭的手始终没再举起。

李陵冷冷地看着他，不知不觉向奴儿身边挪去，心想："若是他下令放箭，我便将奴儿掷出，冲开个口子，再设法擒住他……这样或许可以保住性命。"

双方僵持着，众人细细的呼吸声隐约可闻，此外再外一点动静。

刘屈氂徐徐转过身来，神情带着几分恍惚，他朝四下看了看，忽然开口道："众位兄弟，李陵这次胆大妄为，罪在不赦，但古有'八议'之法，一曰议亲，二曰议故，三曰议贤，四曰议能，五曰议功，六曰议贵，七曰议勤，八曰议宾。陇西李氏威名赫赫，李广将军更是人人景仰，李陵是他老人家的孙子，也很有才干的，依着'议功'、'议能'这两条，我想给他个戴罪立功的机会，不知兄弟们愿不愿意？"

众人轰然答道："但凭都尉吩咐！"

"好！"刘屈氂眯起眼睛笑了笑，说道，"李陵，这么多人保你，我也乐得做个顺水人情。我答应你，只要你将逃走的重犯王长久抓获归案，我便保你个活命。"

李陵干笑了两声，心里骂道："这老狐狸，明明是他想放我，却轻轻巧巧将责任全推到了众兄弟身上……要我抓王长久，却没定个期限，他分明是想不了了之，难道这事就这样轻易过去了？"

刘屈氂走到李陵身边，似笑非笑地说道："李军侯，我叫你戴罪立功，可是救了你的命啊，怎么？不跪下谢谢我？"

李陵向旁跨出一步，冲对面的军士们跪了，大声说道："多谢都尉的救命之恩，这份心意李陵来日必有补报。我不会令都尉和众位兄弟失望，一定要将那个险恶卑鄙的小人揪出来，尽管……"他瞟了刘屈氂一眼，说道："他位高权重，但逃得了一时，逃不了一世，倒行逆施，必然日暮途穷！"

刘屈氂阴郁地盯着李陵，淡淡地说道："好啊，咱们走着瞧！"

目送着李陵出了大门，刘屈氂仍是呆呆地站着，不知在想些什么。一个司马走过来，低声说道："都尉，此人不除，后患无穷，不能留着他。要不要派那些人出去……"

刘屈氂摇了摇头："有用么？"他沉沉地叹息了一声："对付这种人，得等时机。放心，恃才放旷，其身必亡。李陵不会有好下场的。"

风云乍起

拾

噩耗

营帐里闷热干燥，光线极暗，老胡直挺挺地躺在大坑的竹席上，脸上蒙了块面巾，大口大口的喘着气。李陵负手站在他的身侧，出神地看着他，目光中带着几分迷茫和优郁。

"军侯，我要死了……"老胡的喘息声忽然停了下来，口气变得异常平静，就像在讲一个遥远的故事。

李陵仰起脸，默默地望着屋顶，隔了良久方说道："胡大哥，李陵欠你一条命，今生是无望偿还了。"

老胡摆了摆手，说道："军侯错了，这条命不是军侯欠我的，而是我欠别人的，十年了，早该还了。"他双手支撑着想要坐起，李陵过来扶他，却被他一把推开："军侯，这疫病来势极猛，于我来说，染上了未必是不幸，于你来说，可就不是幸事了，你还是离我远一点的好。"

他颤微微地拿过枕头，将身子斜倚了，说道："病了这几日，一直昏昏沉沉的，毫无精神，今天偏偏心思清明了，这大约便是回光反照吧，我恐怕是熬不了多久了。我并不怕死，可真死到临头，心中仍免不了感到恐惧。《庄子》中说，予恶乎知悦生之非惑邪？予恶乎知恶死之非弱丧而不知归者邪？予恶乎知死者不悔其始之祈生乎？这话说得真对。活着的人都怕死，是因为谁都没有死过，既然没有死过，又如何会知道'死生'究竟哪个更好一些？也许'死'于人真的不过是'弱丧归家'。十年前，我的家人都死了，他们回家了，只孤零零地留下我一个人，如今我终于也要回去了……"

李陵听他说得伤感，心中不禁生出几许悲悯，想开口劝慰，觉得实在多此一举，张了张嘴，又闭上了。

出头满头大汗地进来，手里端着碗热气腾腾的粥，他龇牙咧嘴地将粥放下，使劲地甩了甩手，说道："烫死我了……胡大哥，这粥是上好的粱米做的，你好几天没吃东西了，好歹吃一口吧！"

老胡摇了摇头，说道："出头，你好生歇一会儿，我有话要跟你说。"

出头木然地看了看李陵，慢慢地垂下眼睑，说道："胡大哥，有什么事你就说吧，我听着呢。"

老胡沉吟了好一阵，缓缓说道："出头，你还记不记得，我曾经提过，想托你帮我办一件事。你当时说，但教你能办到，一定万死不辞，这话还算不算数？"

出头说道："当然算，我出头说过的话，哪有不算数的。只是想要我办什么事，你却一直没说。"

老胡吐了口长气，幽幽地说道："以前怕连累别人，不敢说亦不能说，如今我快死了，死无对证，一了百了，那是再不用顾忌了。"他吃力地挪了下身子，换了口气，说道："你日后去一趟长安，将我房里那些竹简设法交到太史令司马谈的手里。什么都不用说，他看到那些竹简自会明白。这是我最后一桩心愿，你替我了却了吧。"

出头一愣，问道："这么简单？"

老胡点了点头，说道："如有可能，你给他磕几个头，就说是替一个姓郭的孩子磕的，以谢他当年的救命之恩，那人能报答他的也只有这么多了。"

出头"嗯"了一声，又问："姓郭？那人是谁啊？"

李陵心中一动，一眼不眨地盯着老胡，突然开口说道："胡大哥，原来你是关东大侠郭解的后人。"

老胡脸上蒙着面巾，出头看不到他的神情，只觉他陡然间坐直了身子，显见是吃了一惊。半晌，老胡才重新躺下，淡淡地说道："军侯，你太聪明了。聪明当然好，但太聪明了就并非好事。尤其是——你的聪明还处处显露出来。人家表面上对你又敬又怕，暗地里却会小心翼翼地提防你，处心积虑地对付你。一个人要是成了众矢之的，不论多高的本事也应付不来。你记住我这句话，若是你能收敛锋芒，磨平棱角，他日必为军锋之冠，卫、霍二侯也比不上你。若是你凡事都要辨个清楚明白，不愿屈就权贵，不肯受人摆布，那结果就难说了……"

李陵只微微一笑，却没有说话。出头在一旁说道："胡……应该叫你郭大哥才对。唉，认识你这么久，到今日方知你姓郭……"

老胡说道："出头，并非做哥哥的有意瞒你。十年前，我全家被杀，只有我一个人逃了出来。我是朝廷重犯，当年我的赏额有二十万钱之多……嘿嘿，你想不到吧，看似窝窝囊囊的老胡会值这么多钱！后来，司马谈大人收留了我，我爹和他交情并不深，只怕他老人家泉下有知，也绝想不到最后救我的人竟是他。他留我在家住了些日子，直到风声不紧了，才给我改名换姓，送到这边塞之上当了兵。唉，这个秘密我藏了十年，对谁都没提起过。我是生是死何足道哉，但要是连累了恩公一家，那可真是万死莫赎了。"

出头叹了口气，说道："想不到做官的人之中，也有这么仗义的。胡……郭大哥，军侯说的关东大侠究竟是你什么人啊？朝廷又为什么杀你全家？"

老胡舔了舔嘴唇，感到身上的精力在一点一点地消失，许多往事却纷至沓来，齐上心头，有些话憋在心里太久了，他忽然很想和别人说说："出头，你年纪小，不知道关东大侠是谁并不奇怪，可要是十多年前，一个男子说自己没听说过郭解的名头，那是要被人笑话的。'男儿气节，关东郭解'，关东大侠郭解便是我爹。"

出头眼光兴奋地一闪，说道："关东大侠郭解，好威风的名字！"他转头问李陵："军侯，你听说过么？"

李陵说道："听是听过，可……"他微微摇了摇头，欲言又止。

老胡冷笑了一声，说道："军侯生于显贵之家，耳中听到的郭解，自然是个杀人放火，无恶不作的匪首。当年，朝廷给我爹定了五十二款大罪，什

195

么暴戾恣睢，侵凌孤弱，鱼肉乡里，草菅人命……这些罪名不过是硬凑上去的，他们杀我父亲，为的不过是一条：权行州域，力折公侯，以匹夫之细，窃生杀之权！"说到此处，他呼吸突然变得急促起来，双手不住地颤抖，心中悲、愤交织，竟致难以自控。李陵、出头目光与之一触，俱都黯然。

过了好久，老胡才平静下来，自失地一笑，声音哑哑地说道："何谓'王'？擅国之谓'王'，能利害之谓'王'，制生杀之威之谓'王'。'王权'必由皇上一人独揽，'权'在则天下在，'权'倾则天下倾。治国安民，奖善惩恶，本是皇权所主，岂容他人置喙。皇上可以什么都不做，却也绝不允许别人替他做这些事情。我爹要真是个作奸犯科之徒，早就没事了……可他偏偏要代天行事，替天行道，这就犯了朝廷的忌。我年轻时想不通这道理，愤怒如狂，咆哮不休，大骂苍天不公，后来渐渐释然了，其实，这岂非就是天道。"

出头站在一旁，仰着头，嘴巴张得大大的，目光尽是神往之情，自言自语道："关东大侠……替天行道……唉，在百姓眼中，他一定是个神一样的人物。人生于世，能得别人如此赞誉，就算只活二十岁，也足够了。"

老胡听他说得动情，轻轻叹息着，说道："二十岁时的郭解，可绝不是个好人。那时河内轵县的百姓一见郭解，便如遇到毒虫猛兽，人人色变股栗，惟恐避之不及。尽管大家恨他恨得牙根痒痒，却是敢怒不敢言。我爹少年之时，好勇斗狠，无恶不作。他天生神力，左近的恶少年没人打得过他，便尊他为首领，听他号令行事。我爹有了人马，便愈加肆意妄为起来，铸钱盗墓，强买强卖，敲诈勒索，替人出头……把轵县闹得乌烟瘴气，连官府都不敢管他。"

出头怔怔地看着老胡，问道："郭大哥，你不是说关东大侠是替天行道的么？怎么……怎么会是这般模样？"

老胡喘息着，说道："那时他还没被人称做关东大侠，而是叫河内一霸。我爹当年为人酷似高祖刘邦，若他生逢秦末乱世，说不定也能拉起一支队伍，争一争天下。生于太平时节，便只能做个地方豪强。"

出头听得兴味盎然，不禁问道："那他是怎样变成关东大侠的？"

老胡缓缓地摇了摇头，说道："我不知道。那时我才十二岁，还不懂得大人们的事，我爹也未曾提起过。我只记得一天晚上，看见他将自己关在房中，双手使劲地揪着头发，像野兽一样地嘶嚎着，尖利凄惨的吼叫声令我现今想来仍是不寒而栗。从此，我爹就变了，千万家财被他一夜之间散了个干干净净，自己带了全家人到一个偏僻的村落居住，只守着几亩薄田度日。空室蓬户，褐衣疏食，日子过得极为清苦，他却悠然自得。虽然我爹离群索居，但绝非不问世事。他白日里干农活、睡觉，晚上则一个人悄悄地出去，常常经宿不归，没人知道他去做什么，他也从不对人说。后来，县里出了件大快人心的事，有人帮于老汉报了仇……"

出头搔了搔头，问道："于老汉？"

老胡说道："提起于老汉的遭际，轵县百姓没有不嘘唏流泪的，真是惨哪……"他轻叹了一口气，说道："这于老汉本是个做豆腐的，只守着个如花似玉的闺女相依为命。一年冬天，他闺女去给县尉家送豆腐，到了晚上也没回来。于老汉跑到县尉家去问，县尉说他闺女早就走了。于老汉疯了一样地找了三天，结果在县郊的一片荒地里发现了他闺女的尸体。那孩子是吊死的，身上青一块紫一块，伤痕遍布且一丝不挂。县里的仵作验了尸首，说这女孩子是自缢身亡，于老汉不信，自家闺女出门前还好好的，怎么会忽巴啦地自尽？有个好心的女子偷偷告诉他，他闺女尸体上留有行房的痕迹，很可能是死前叫人给糟踏了。于老汉抬着闺女的尸体到县里去告，县里的官员反说他无理取闹，明明是自尽，还告什么？于老汉又告到郡里，郡里又发还到县里……官司翻来覆去打了两年多，于老汉始终不肯送自己的闺女入土。他说，报不了仇，我闺女就是躺进去也睡不安哪！唉，一个漂漂亮亮的女孩子，眼瞅着烂成了一堆白骨。民间传言，这都是那都尉的儿子做的孽。看见人家闺女生得俊，起了歹意，糟踏完了人家，又怕人家告，索性灭了口。于老汉无权无势，凭什么能扳倒县尉，告来告去，慢慢地灰了心，人也变得魔怔了，将他闺女的骨头摆在屋里，早晨立起来，晚上放倒喽。天天叫着他姑娘的小名：'花呀，把爹的衣服洗了。''花呀，咋还不做饭，爹饿了。'邻居们见他可怜，常送些东西给他吃，可没人敢进他的屋子。谁进他的屋子，于老汉便拿起斧子和谁拼命，还撕心裂肺地喊：'闺女快跑，坏人来害你来了。'"

出头听着，心中悲愤难忍，双拳紧握，胸膛起伏不定，连眼睛也红了。

"后来，邻居家的后生发觉于老汉三天没出屋，送的吃的也是一口未动，还在院子里放着，他心中好奇，便乍着胆子进屋去看。那于老汉已经死了，只是脸上挂着笑容。屋子里除了他闺女的一副白骨，另有一颗人头和一柄剑。人头是县尉公子的，剑极寻常的一把，坊间随处都可买到。不寻常的是剑上刻着字：'人间不平事，自有我铲之。'"

出头接口道："人是你爹杀的？"

老胡幽幽地说道："不知道。老百姓都说，于老汉的冤情激怒了苍天，是老天爷派神来替他报了仇，他和他闺女走得终于心安了。那剑后来又出现过许多次，杀了几十个恶人。百姓们争着抢着将剑带回家当神一样供起，说这剑可以斩妖伏魔、驱邪避凶，并给它起了个名字，叫做'太平之剑'。自那以后，地方上为非作歹的人便愈来愈少了……其实恶人也并非无所畏惧，若是做了恶便受惩罚，有几个人还敢以身试法。在河内，在轵县，'太平之剑'便是'法'。"

出头略带疑惑地问道："既然没人知道事情是谁做的，那……"

老胡一笑，说道："那为何偏偏我爹叫关东大侠是吧？对这些事我爹是从不认承的。但有一天，我醒得早，看见爹从门外进来，身上还带着伤，神情很疲惫，也很开心。那时我已大了，隐隐约约明白了一些事。我问他去哪儿了，他笑笑，不说话。上午，我便听到了轵县一个姓许的豪强被杀的消息。唉，'人间不平事，自有我铲之'。我终于知道爹夜里出去所为何事了。

"事情不知怎么渐渐地传开了，开始不断有人来寻我爹。来的人很杂，男女老少、穷富美丑，各式各样，不一而足。他们通常都带着礼物，说见我爹是要拜谢他的大恩。可不论他们如何哀求，我爹从来不见他们。最后这些人只能将礼物留下，冲门叩头，憾然而去。礼物爹也是不收的，放在门外，任由过往行人自取。"

他咳嗽了一阵，待呼吸平稳了，接着说道："我爹声名越来越大，来投奔他的人也越来越多。有不少是敬佩我爹为人的穷苦汉，想跟着我爹做一番事业，其中也不乏强横不法走投无路之徒。我爹来者不拒，全部收下。不过既入了门，便要守我爹的规距。我爹的规距大得很，不得饮酒，不得食肉，不得贪财，不得好色，不得欺凌孤弱，不得为非作歹……共有七十条之多，我爹说：'人没了欲望，才没有弱点，而没有弱点的人才配替天行道'……只是那些人每日以粟米青菜充饥，以畋猎稼穑为事，又要守那么多的规距，很快就受不了了，人陆续地来也陆续地走，到最后只剩下了五十余人，这些人后来便成了我爹行侠仗义的左膀右臂。"

"不是我夸口……"老胡口气中带着些许的自豪，说道，"那时的轵县乃至河内郡，怕是全天下最太平的地方。但凡有人受了欺辱，我爹只要在他家门前插上一把剑，便一定会替他讨还公道。有我爹在，河内豪强不得逞凶，官府不得重敛，妇孺安居，百姓乐业，虽称不上是乐土，但庶几近之矣。"

李陵一笑，说道："郭大哥，你方才说有你爹在，豪强不得逞凶，官府不得重敛，难道连官府也会怕了关东大侠不成？"

老胡说道："军侯不信？这便是我爹的本事了。元光二年，轵县大旱，百姓们颗粒无收，县令为了向上邀功却还要足额征粮。有一些老实巴交的乡农便跑到我家想借粮完税，我爹和他们说，谁说县里要征粮了，咱们这儿今年遭了灾，按朝廷律令，不但不能征粮，反倒要开仓放粮赈济灾民才是！那些人不信，我爹也不和他多说，只叫他们回去。第二日，县里免税的告示果然贴了出来……"

出头兴奋地双手一合，问道："真是厉害！他究竟用了什么法子？"

李陵接口道："八成是给了那县令不少的钱财吧？尽家产以博众人之誉，世所谓游侠，大抵如此。"

老胡重重地"哼"了一声，说道："军侯太小瞧我爹了。我爹是何等样人，岂能摧眉折腰向城狐社鼠们行贿？哼，即便给了，县令也是不敢要的，反过来他还要送我爹钱哪！"

出头说道："郭大哥，我看你是在吹牛，县令怎么会送钱给你爹。"

李陵看着出头，微笑着冲他摆了摆手。

老胡笑道："我眼看要死了，哪还有心思吹牛……我爹虽不是大官，却有大官的才有的效用。"

出头问道："什么效用？"

老胡面朝着李陵，说道："军侯可知道？"

李陵说道："小官怕大官，是为大官能给也能摘他的乌纱帽。莫非令尊能左右县令的仕途？"

老胡冷冰冰地说道："能！在河内郡，百姓养着官，官却得养着我爹。你们想想，我们家总计只有十五亩地，一年靠地里的收项，五口之家活命也难，又怎么会养得起数百食客。那些钱都是做官的给的。"

"噢？"出头皱着眉，说道，大侠不是独往独来的么，怎么会替官府做事？"

老胡说道："出头，要人家的钱不一定非要替他做事，有时人家给你钱恰恰是要你什么都不要做哪！"

出头听得愈发糊涂，不耐烦地说道："老胡，你这人有事总是藏头露尾不肯爽爽快快地说出来。"

老胡笑道："我是小心惯了，说话点到为止，偏生遇到你这个急性子死心眼，你这脾气可得改改……"他吐了口气，说道："眼下当官的哪个不是家财万贯，朝廷俸禄菲薄，他要不做坏事，钱从哪来？但不论这坏事做得多隐秘，总是有迹可寻，别人不知道，我爹却知道，以此相挟，还怕他不就范？哼……在河内郡甚或朝廷那些手握实权的官员家中，都有我爹的眼线，这些人的一举一动，我爹清清楚楚，他们对我爹是又恨又怕，几次想下手置我爹于死地，却始终不敢轻举妄动。天下像我爹这样为官府所养的侠客，只怕仅此一家。"

出头赞叹了一声，说道："你爹活得真是硬气，痛快！"凝思了半晌，突然又问道："不对呀，你方才不是说你爹被官府杀了么？"

老胡默默地垂下头，说道："人生于世，没有谁能够真正的独往独来，我爹能制人，当然也会受制于人。他老人家管了一辈子是非，最后是非终于找上门来了。"

李陵一惊，说道："平阳公主？"

老胡点了点头："难为军侯还记得老夫说过的话。唉，早年我爹浪迹京师，杀了人，被官府擒获判了死罪，是平阳公主出面救了他的性命。欠人家的，终究要还，我爹去长安之前，便已做好了必死的打算。只不过他没想到，这个人情太重了，要用全家人的性命才补偿得了。"

李陵脸现困惑之色，说道："郭大哥，令尊是平阳公主请去保护卫后的。卫陈争位，卫后赢了，令尊实是立了大功，便有什么小过失，卫后也替他担代了，怎么会落得全家处斩的下场？"

老胡冷冷一笑："小过失？宫廷争斗一向最为残酷，陷进去了便是大过失。何况我爹整日侍从卫后，知道了太多不应知道的东西，换成是你，你会让他活么？"

出头恨恨地说道："恩将仇报，卫后真是阴毒！"

"其实无所谓阴毒不阴毒。"老胡口气淡得白水一样，"天下最险恶的地方不在牢狱，而在庙堂。再干净的人进去也黑了，因为不如此便不能生存。想不变黑只有两个法子：离开或者死。"

李陵听着，不禁怦然心动："我将来会怎样？变黑、离开还是死……"

老胡依旧是不紧不慢地说着："卫后真是个了不起的女人，当初谁也想不到是她下的手。即使如今，我也只是猜测，并不敢确信一定是她。"

出头说道："有人要害你，怎么会看不出来？连我都知道害我爹的人是谁呢！"

老胡"扑哧"一笑，说道："要是被你一眼便看穿，人家还能害得了你么？平阳的县吏倒是害过你爹，他们下场如何？害人又能使受害之人浑然不觉感恩戴德，那才叫本事呢。"

李陵问道："令尊到底是怎样出的事？"

老胡缓了口气，心情似乎颇为矛盾，寻思了良久，才慢悠悠地说道："元朔二年，御史大夫公孙弘向皇上进言：'茂陵初立，天下豪杰，并兼之家，乱众之民皆可徙茂陵，内实京师，外销奸滑，此所谓不诛而害除。'皇上准了他的条陈，下令凡郡国豪杰及资财三百万以上者均徙居茂陵。我爹名头太响，声势太盛，连公孙弘也有所耳闻，自然是逃不掉的。郡里县里那些有把柄在我爹手里的官员，背地里额手相庆，面上还要跑到我家里诉苦买好，说舍不得我爹走，可上边已明明白白点了我爹的名字，他们实在没法子回护。我爹不在乎这个，游侠么，天下便是家乡，到哪里还不一样。谁想……这时朝中却主动有人跑出来替我爹说话了。"

李陵一愣，问道："那人是谁啊？"

老胡徐徐说道："未央卫尉、岸头侯张次公。"

李陵喃喃说道："张次公，那是卫侯的心腹啊。他识得令尊么？"

老胡摇了摇头："事情怪就怪在这里。我爹和他素不相识，也从未请托过他，他却和皇上说，河内郭解乃是一介农夫，家无余财，不应迁徙。"

出头说道："张次公这人不错啊，想必是他听说过你爹的为人，心生仰慕，这才跑到皇上跟前去说情的。"

老胡嘿然一笑："他这叫说情？他这叫无事生非。皇上身居九重，哪里会知道郭解是何许人也。他不说倒好，一说反而让皇上留了心。一介农夫，权至使将军为言，种了这么一粒种子在皇上心里，祸患非小哇！"

出头兀自懵懵懂懂的，呆想了半天，说道："就因为这个皇上将你爹杀了？"

老胡阴郁地说道："光这件事还不至于，可后来又出了几件事，终于将我爹逼上了绝路。"他微微仰着头，脸上的面巾随着呼吸一起一伏："我爹离开轵县时，全县一万多百姓竟有六千多人来为我爹送行，声势闹得太大了……我们河内有个风俗，送别亲人常要送些钱财和礼品，那天光是铜钱我爹就收了一千多万，有些百姓实在没钱，便将自家养的鸡鸭猪狗都赶了来，要我爹带上……东西多得二十辆大车都装不下……从前我对爹的所作所为并不如何赞成，那一刻终于懂了。车轮一动，数千人竟齐齐地跪了下去，队伍绵延足有十里之长。我爹心肠素来刚硬，面对此情此景却也禁不住泪光莹莹，他冲着众百姓磕头，前额都碰出了血，却仍是不肯起身。他说：'郭某生于轵县，二十岁前作恶无数，如今只做了几件小事以赎前愆，却蒙乡亲父老如此厚爱，实在愧不敢当。'"

"临行之前，我爹将一千多万钱全数撒于道路两侧。说，这钱乃轵县人所赠，亦当为轵县人所用，今后，凡轵县父老嫁娶凶丧贫弱老病生计无着者，皆可从中取之。然后断剑立誓：'若有人令我轵县百姓不安，解必使之不安。'"老胡停顿了一下，慨然说道："我爹虽去，遗泽犹存。我听说，轵县百姓偷偷为我爹建了座祠堂，我爹留下的那些钱便堆在祠堂里，这些年了，从无一人妄取一文。那些用过钱的人，也会想方设法将钱还上。他们说，要将这钱一辈一辈地传下去。钱不尽，则关东大侠便不死，会一直活着为轵县百姓做好事。"

出头默默听着，紧咬着嘴唇，脸涨得通红，心中思潮如涌："'男儿气节，关东郭解。'我出头有生之年也要做个郭解一流的人物。替天行道为民除害，杀尽天下贪官恶霸，令世上再无出头这样的可怜人。"

李陵长长地吁了口气，轻声说道："想不到郭解如此英雄……"

老胡说道："非但军侯，连皇上听了也是这般说！"

李陵眼光熠然一闪，问道："这事被皇上知道了？"

老胡略显疲惫地仰着身子，说道："知道了。仍然是张次公说的，张次公三番五次地为我爹向皇上求情，殷勤得紧哪！皇上说，郭解这人在内可为郡守，出外可为将军，是个不可多得的人才，惜乎不能为我所用……"

出头奇道："皇上对你爹很是推崇啊，又怎么舍得杀他？"

老胡缓缓地摆了摆手，说道："不能为我所用即是无用。我爹流落于江湖之中，无权无势，尚能振臂一呼应者云集，要是出入于庙堂之上，还了得了么。普天之下，莫非王土；率土之滨，莫非王臣。为臣者，自安之道在于使皇上心安。若是你势力太大，威望太高，又如何会让皇上安心？恐怕那时皇上就已经在寻思怎么处置我爹了，所欠者仅是一个借口而已。"

李陵说道："后来的事我也有所耳闻，听说令尊又杀了两个人，以致惹祸上身。"

老胡不屑地一笑，说道："我爹是杀过不少人，但那都是在从前。元朔元年，太子刘据出生，皇上大赦天下，我爹早就没罪了。后来死的两个人不是我爹杀的。"

"那是谁干的？死的又是什么人？"

"一个是轵县一名姓杨的县吏，与别人闲谈时说了句，如今这世道变了，郭解做贼居然也做得这样神气。晚上他便身首异处，舌头也被人割了，尸体上还用刀刻着几个血淋淋的大字：'辱郭解者必死！'他家里人到县里郡里去告状，官府却不受理，只让他们去长安告御状，说郭解在河内党羽太多，不论郡县都管不了。"

老胡出神半晌，喘了口气，又道："姓杨的县吏死时，我爹已在茂陵了，怎么可能动手在轵县杀人。我爹的门客都是些义气深重之辈，若是他们做的，必会承认，绝不致连累我爹。可这个凶手不光杀人，杀了人后还要故意打上我爹的旗号，这分明是想嫁祸于人么。更可疑的是，那杨县吏的儿子年方十二，孤身一人进京上书，要朝廷缉拿杀他爹的凶手，结果反被人刺之于阙下，杀人者也在尸体上刻下了辱郭解者必死的字样。这下京师大哗，众议汹汹，要求朝廷严惩郭解，以为替父申冤却惨死于京师的孩子报仇。皇上当然乐得从善如流，命公孙弘主审此案。哼，欲加之罪，何患无辞。我爹没杀人，也不知道杀人的是谁，公孙弘却说，郭解以布衣任侠行权，睚眦杀人，不知杀人者而甚于郭解杀之，当大逆无道，族诛。"

说到这儿，老胡的声音略有些发抖："后来，我听人提起，杀我爹的时候，长安城万人空巷，官员抃手，百姓称快，上上下下一片颂扬朝廷英明之声。行刑那日，监斩官公孙弘亲自斟了酒，得意洋洋地对我爹说：'郭解，你口口声声替天行道为民除害，到头来却被视作大奸大恶亡命殒身，还累得家人无辜丧命。奉劝你一句，来世为人当敬天畏法，规规距距做个百姓，否则仍逃不了今日的下场。要明白，天只有一个，就是皇上，谁要妄想做天，那便只有死路一条。'我爹微笑着答道：'人活着，总得有点人样。若是一头猪，不管它如何富贵，终究是猪。我郭解轰轰烈烈活了一世，粪土公卿，笑傲王侯，皇帝不能趋，三公不能使，杀可杀之人，笑可笑之事，何等逍遥自在，今日饮刀成快，何憾之有。不像阁下，寄人篱下，唯唯诺诺，行不敢行，做不敢做，言不敢言，乐不敢乐，喜怒由人，利欲熏心，怀诈饰非，不知羞耻，再活一百岁，也依旧是个老奴才罢了。'"

李陵身子向前一冲，激动得眼睛闪闪发亮，说道："令尊豪杰，真是一语骂尽天下官员，令人拍案叫绝！此言如流水，可涤尽胸中积垢。"他翕了翕嘴唇，搓着双手，似乎心中说不出的畅快。

出头也嗟叹了半晌，突然愣头愣脑地问了一句："那这事和卫后又有什么关系？"

老胡思索了一阵，缓缓说道："什么人想我爹死？皇上么？皇上想杀我爹已是后来的事了，他原本没听过我爹的名字。再者，皇上要杀一个平民百姓，压根也用不着费那么大的事，一道诏书什么都解决了。河内郡守轵县县令？我爹已经走了，他们高兴还来不及哪，又怎会没事找事。我爹的仇家？什么样的仇家敢在长安闹市之中杀人，而朝廷不但不严加追查，反将罪名全扣在我爹的头上？能使得动岸头侯张次公，又能神不知鬼不觉暗中筹划一切的，算来算去，也只有卫后了。杀人灭口，本是宫廷争斗之常情，留着我爹，于卫后来说，终究是一心腹大患。她不敢堂堂正正地处死我爹，暗里下手又没把握，利用皇上无疑是最聪明的办法。可惜，这只是我自己猜度的，并不知道真相到底如何。我也一度想给我爹报仇，但仇人是谁呢？皇上？卫后？公孙弘？张次公？也许都是，也许都不是。即便知道了，我有本事杀他们么？唉……心里煎熬了这么多年，上天终于要收回我这无用之身了。这一天我实是盼了许久，如今得偿所愿，你们该当为我欢喜才是。"

他身子微微一侧，险些从坑上跌下，李陵、出头一边一个赶忙扶住，两人眼泪在眼窝中打着转，拼命忍着，最后仍是落了下来。

老胡艰难地推开二人，说道："军侯，我那天去查看尸体，无意中被蚊子叮了一口，我想，这病或许是这么得的也未可知。从今日起，你叫所有的兵士睡觉时不得脱衣脱鞋，脸上还要蒙上面巾……虽然未必管用，但聊胜于无，宁可睡觉时热些，也远比得这疫病要好……"

他又指了指出头对李陵说道："别让出头做官，那只会害了他……做什么都行，但一定要离官场远些……"他重重地躺下，喘息之声愈来愈弱："你们走吧……我想……静静地睡上一觉……"

李陵拭了拭泪，拉过出头走到房外。出头泣不成声，说道："军侯，老胡……老郭大哥他死了！"

李陵的眼光跃过蜿蜒的城墙，悠悠地望着远处的亭障烽隧军士战马劲草胡杨，本来极清晰的景物竟渐渐变得模糊起来，他淡淡地说道："希望老胡是最后一个！"

回帐后，李陵破例喝了些酒，头晕晕的，神思飘忽，烛光明明灭灭，他却一丝困意没有，掏出浑邪王赠他的胡笳，暗自出神。

"策名清时，荣问休畅"八个字在昏黄的灯光下清晰可辨，李陵笑笑，忽地想起浑邪王曾说过，治伤寒药方倒是有一个的话来。"匈奴人已远徙漠北，来来回回千里之遥，便是能顺利找到药方，也要一月之后方可回来。我诚不畏死，疫病难道也会等我么？"他这样想着，不禁气沮，长叹一声，将胡笳放在唇边，却无论如何也吹不响。一怒之下，便要掷出，蓦然间心中灵光一现："铜弩重宝利器，却只会杀戮；胡笳一文不值，然足以救人。是以别看这玩意小，倒比那铜弩还要珍贵几分哪……""浑邪王这话到底是什么意思？当时只觉得他说得怪。说音律能怡人性情，这话犹可，但说它能救人就太过了，一个小小的胡笳能救得了谁。对了，他说的是胡笳能救人，可不是音律能救人……这二字之别，意义便天差地远。只有胡笳能救人，琴瑟钟鼓却救不了……"霎时，他酒意全消，举过烛火，在胡笳上细细照着，那胡笳的底部似乎刻得有字："乌喙十分，细辛六分，术十分，桂四分，以温汤饮一刀圭，日三，夜再，行解，不出汗。"李陵看着，眼睛竟有些湿润，手一抖，烛火落在了地上。

夏去秋来，秋尽冬至，冬消春回，转眼又是一年将尽。那疫病肆虐于夏秋，累得边塞之上百余军士卧病不起，李陵虽得了医病的药方，却仍眼睁睁地看着近四十人痛苦而死。但天气愈冷，疫病便愈弱，一进深冬，竟消逝得无影无踪。疫病既去，人心也自然安定了下来。

李陵以为刘屈氂必定会为杀马一事再向自己报复，因此行事说话十分小心，不给这位都尉大人一点可乘之机。哪成想刘屈氂没事人一般，凡有会议，必召李陵，且待他异常亲热，宠信有加。李陵已领教了他的厉害，面上虚与委蛇，暗中格外警惕，而今一年都快过去了，那刘屈氂却仍无丝毫异动，李陵惊诧之余，也不禁佩服他真能沉得住气。

这天，李陵沉沉地睡了个好觉，一睁眼，见外面天还黑着。躺下再睡，却怎么也睡不着了。他觉得奇怪，自己素来醒时都在寅时三刻左右，如今地气转暖，白日越来越长，按说天色也该亮了……他没来由的一阵烦躁，在书架上随意抽了册书简来读，却是三叔李敢写给自己的信，落款日期为元狩五年九月一日。李陵一怔，不由想到："是啊，这是家里给我来的最后一封信，此后半年却一个字没有……就算三叔整日忙于朝事，难道母亲、弟弟他们也没有写信的功夫？"不知不觉间，桌上的蜡烛已经燃尽，李陵只觉眼前一片漆黑，他想伸手寻根蜡烛，忽然听见外面有人喊道："沙魔来了……"

李陵眉头微蹙，信手推开房门，一下被眼前的景象惊住了：塞外的天空本是湛蓝如洗，此时却混混沌沌迷迷茫茫不见日月，昏黄中杂着些许的暗红，细细的沙末雨点一样飘落下来，呛人口鼻，天上一丝风也没有，五十步之外即不能视物……营房里的军士全拥了出来，望着天咦咦啊啊地叫着，惶惑，惊恐，兴奋，百态尽出。李陵发了阵呆，招手让一个老兵过来，问道："这是什么天气？这时辰了不见太阳却下沙子，你从前见过没有？"那老兵说道："军侯，这样的天气塞外每年都有一次，但像这回这么大的沙尘，我却不曾见过。"他叹了口气，说道："听人说，沙子是从匈奴那边吹过来的，春天风大，沙漠里的沙子被风裹着，自北而南便入了塞，咱们只能防匈奴兵，沙子是防不住的。别看眼下没风，那是被沙子坠住了，吹不起来，等晚间沙子落干净了，风就该大了。"

李陵仰视苍穹，良久，没有说话。沉默了一会儿，又问："看见朱安世没有，这几日少见他的行踪，他都在忙些什么？"那老兵说道："这孩子，练武练得发了疯，也不知在哪抓了十匹狼，圈在离此不远的一个木栅子里。也不喂那些狼吃的，说喂熟了狼便没有斗志。他天天天不亮就去赤手空拳和狼搏斗，身上被狼咬得到处是伤，狼也被他杀得差不多了，听他说过几日还要再抓几只更大的来。"

李陵会心地一笑，未等进房，便见出头领了一个人迤逦而来。只一年时间，出头便长高了一头，身子壮实得像头小牛，脸色黑中泛红，虽然只有十五岁，但乍看上去，已是个相貌堂堂的大汉了。他满头满脸的黄沙，衣服上被扯开许多条大口子，愈发地破烂，好在身上并没有伤，见了李陵，嘻嘻一笑，说道："军侯，这是都尉府派来找你的军士。天气太差，他眼神又不好，在附近迷了路，正好遇到我，便带他回来了。"

"噢？"李陵看了看那人，问道："都尉找我什么事？"

那军士谦恭地一笑，向李陵施了礼，说道："都尉没说，小人也不知道。这事是都尉昨晚上吩咐下来的，还叮嘱小人今日一定要起个大早来寻军侯，说此事非同小可，万万耽搁不得。谁想赶上这样一个鬼天气，也不知是啥时辰，要是误了事，小人回去还要受责罚哪，请军侯体恤小人，这就动身吧。"

李陵犹豫着，问道："是单叫我还是叫了所有的军侯？"

那军士想了想，说道："好像只叫了军侯一人……"

李陵在房中踱着步子，刹那间心中转过无数念头："刘屈氂葫芦里到底卖的什么药？莫非设了个圈套等着对付我？他想怎么对付我？我是去还是不去？"

那军士觑了李陵一眼，小心地说道："昨日夜里都尉拿了一封京城里来的信，看后便长吁短叹，极痛心惋惜的样子……这次叫军侯去，是不是与此有关？"

李陵听到这话猛地转过头来，目光利剑一般向他扫去，那军士被他盯着，不禁有些气馁，耷拉着脑袋，嗫嚅道："军侯尽管放心去……此行绝无风险……"

李陵走到近前，凑在他耳边，声音中带着巨大的威压："绝无风险？你是怎么知道的？"那军士越发慌了，结结巴巴地说道："都……都尉说的……"

李陵点了点头："都尉还说过什么？"

"没了……"

"没了？"

那军士"咕咚"一声跪下，说道："不论是都尉还是军侯，小人都惹不起，军侯还是别问了，去了自然知道……都尉还说……"

"说什么？"

"说……军侯要是没胆，不来也可。"

李陵微微冷笑："这位兄弟，你先行一步，见着刘都尉回禀他一声，他那里便是龙潭虎穴，我也照闯不误。"

漫天黄沙，不辨路径，距都尉府几十里的路，李陵骑马走了两个时辰方到。门上早有军士迎了出来，将李陵带入都尉府中的议事厅，说道："军侯先在这儿等一会儿，都尉马上就来。"李陵"嗯"了一声，脱掉罩在外面的大氅，抖了抖，在堂下的席子上坐了。

等了良久，刘都尉却连影子也不见，李陵微有些不耐，他手上身上脸上落满了沙尘，又干又涩，隐隐发痒，心想："要是能痛痛快快地洗个热水澡，那才叫舒服。"转念又想："那刘屈氂打的什么算盘？莫非奈何我不得，便想要我在这里坐着，一直到死？"他胡思乱想着，被自己这想法逗得笑了。

又等了一阵，仍是没有人来，长长的议事大厅空空荡荡，一点声息也无，只墙壁四周燃着的巨烛偶尔会"啵"地一声，跳起灯花，然后又归于沉寂。

李陵心中有种不祥之感，他下意识地摸了摸剑柄，缓缓站起身来。前面是一个巨大的几案，案上堆满了竹简，另有一册书简散落在地下。李陵伸手拾起，瞥了一眼，放回到几案之上。正要转头，猛然间全身一震：方才……那书简上似乎写有"李敢"两个字。

"这上面写的事竟与我三叔有关？"他迟疑着，半晌不动，想将那书简取下细读，手却无缘无故地发起抖来。那不是一封私人信函，而是半年前朝廷的一份邸报，上面写着："……元狩五年十月，郎中令李敢从上雍，至甘泉宫猎，为鹿触杀，上优恤之……"

李陵只觉耳中"嗡"的一声，头脑一片空白，他颓然坐倒，半晌，泪水才从眼眶中无声地涌出，周遭的一切渐渐地暗了下去，一瞬间，仿佛天地都消失得无影无形。

"我三叔……也死了！！"不知过了多久，李陵神志复苏："先是我爹，之后是二叔，之后是爷爷，如今轮到三叔了……莫非我李家真做了什么大奸大恶之事而不自知，以致要遭天谴？"他枯坐着，一件陈年旧事慢慢浮现于脑海：记得自己五岁时，曾被一个校尉家的大孩子欺负，那孩子骂他是个没爹的野种，自己和他打了一架，却反被人家一通狠揍，哇哇大哭着回了家。那天正赶上三叔带兵回来，三叔不容分说，拉着自己便进了那校尉家的门。

李陵沉浸于往事之中，嘴角露出一丝笑意："三叔的脸阴得吓人，一进门便喊，你们家所有的男人，都给我滚出来。院子里立时冲出十多个人来。自己开始还有些害怕，但小手被三叔厚实的大手握着，心中却有种说不出的温暖，只觉有三叔在身边，就没人能欺负自己。果然，三叔一个人便将那十几个人打得屁滚尿流。回家的时候，自己骑在三叔的脖子上，高兴地挥舞着树枝，学着三叔的样子打打杀杀，边玩边听三叔说话：'好侄子，记住，你是姓李的。是李广的孙子，是我李敢的侄子，谁要是欺负你，你就和他拼命。不准打不过别人，更不准打不过别人后哭鼻子，第一次打不赢可以打第二次，第二次打不赢可以打第三次……只要你活着，就一定要将欺负你的人打到服为止。欺负人的人都是贱骨头，只要你打服了他，他就再不敢招惹你了。'

在李陵的心里，实是将三叔当做了父亲，而今言犹在耳，三叔却不在了。他闭了眼，轻轻地呼了口气，拿过竹简细细又读："郎中令李敢从上雍，至甘泉宫猎，为鹿触杀……为鹿触杀……"读到此处，他眼光惊异地一闪："我三叔何许人，那是能征惯战的猛将。当年随爷爷出击匈奴，四千汉军为十倍于己的匈奴兵所围，三叔带了二百个人在四万匈奴军中杀了个来回却毫发无伤，这样的本领会被鹿撞死？"他一想明白此节，心中悲伤之情顿减，思忖道："这邸报是真是假？若是假的，都尉编排这等不经的消息骗我何用？于我无损于他更无益处，以刘屈氂的为人，他断不会做此傻事。若是真的……可这不可能是真的……一只鹿便是撞死一个寻常的孩童都非易事，更别说一个可赤手猎熊双臂伏虎的大将！这究竟是怎么一回事？难道是朝廷在说谎？但……朝廷为何要说谎？"

李陵痴想了一阵，疑心更盛，他收了泪，将竹简放回原处，心想："刘屈氂今日叫我来，就是为了要我看到这条消息，那他用心何在？是否以为我得知了三叔的死讯后必然心神大乱，不顾一切奔回长安，这样他就可以上奏朝廷，以擅离职守的罪名斩了我。照这么说，这消息倒未必是真的。邸报上写的是我三叔死于元狩五年十月，如今是元狩六年三月……派去寻我的军士说的是：'昨日夜里都尉拿了一封京城里来的信……'如果刘屈氂故意骗我，他为何要将日期提前五个月？他若想杀我，上次我大闹都尉府时早便死了，因为王长久下落不明，他有所忌惮，这才迟迟没有动手，莫非他发现了王长久的尸体？然而不管怎么说，他都没必要编造这样的消息……"

李陵定了定神："眼下我绝不能乱了方寸，授人以柄。得先搞清三叔是生是死再说。"他咳嗽了一声，大声道："来人。"一个军士探头探脑地朝里望着，说道："军侯有什么吩咐？"李陵说道："给我拿笔和书简，我要写封信。"那军士呆了呆，答应着下去了。过了半晌，才颠颠地跑来，奉上了笔墨和竹简。李陵拿过笔，略写了几个字，将竹简卷了，用布条缠上，递给那军士，说道："这是我的家信，你交给都尉，让大人先过过目，之后将信寄出就是了。"

他转过头来，若有所思地看了看议事厅的后堂，对那军士说道："想必都尉正在筹划机密大事，没空见我，我也不向他辞行了，拜托兄弟你转告都尉大人，有什么事尽管随时通传李陵，我等着呢！"他披上大氅，径自去了。

刘屈氂盯着那信，打开，见只竹简的外侧写了一行字："长安怀阳里赵充国翁孙君亲启"，里面却一个字没有。他歪了头看了看站在身旁的老者，说道："黄议曹，你看李陵这是想要干什么？"

那老者微笑道："信上无字，正是要收信者往上面写字啊！"

刘屈氂点了点头："他想打探消息？这人处事比从前可稳重了，我还以为……他知道后便得立即飞马跑回长安哪。这信来回就要一月，他倒挺有耐性。"

那老者沉吟着，低声问道："都尉，以李陵的性子和本事，他若回长安定要闹个天翻地覆，真要惹下大祸，皇上追查下来，你只怕也难逃干系呀。"

刘屈氂不屑地一笑："你是指泄露消息？我什么时候泄露给他了。李陵不经许可，私阅都尉府文书，这本身就是大罪。再说这事已过去这么久了，李陵此刻方知，有谁能想到是我做的手脚。"他惬意地舒展了一下身子："这是千载难逢的机会，由着他闹去，两虎相争必有一伤，李陵赢了，皇上饶不了他；若是……"他抿了抿嘴唇："到时我自有办法。"

那封回信，李陵一等就是半年。当他接到信时，已是元狩六年九月二十日了。边塞之上冬天来得早，中原内地正是落英缤纷的深秋天气，这里已是一片肃杀的初冬景象。

李陵围炉而坐，将缠着书简的布条解下，书简却丢在一边。出头看着一愣，弯腰拾起，李陵头也不抬地笑道："信里是报平安的，实话不能写在明面上。"他双手使劲，将布条扯开，那布条是双面夹层，里面似乎另写得有字。出头目不识丁，张望了一会儿，觉得无趣，讪讪地退开了。

炉火照在李陵的脸上，衬得他的神情极为阴郁，他默默地盯着那布条，良久，顺手一抛，将布条投入火中，布条瑟缩着，蜷曲着，眨眼之间便化为灰烬。

大约是因炉火太热，李陵想向后挪下身子，谁知却直挺挺地倒了下去，出头大惊失色，奔上前一把扶住，未等呼叫，李陵已悠悠醒转，他面色灰中带青，眼中泪光泫然，双手捂住脸，肩头剧烈抽搐着，却是一点声息也无……出头仿佛被李陵突如其来的举动吓着了，直瞪瞪地看着，一声也不敢出。

炉中红通通的火苗越来越弱……终于全然熄灭，留下一块块或黑或白的炭灰。出头身子发冷，情不自禁打了个寒颤，跺了跺脚，偷眼看李陵时，见李陵也在看他，忙又站好了。

房中极冷，李陵吐了口长气，一道长长的水气如轻烟般散开。他打量了出头一会儿，将目光移开，漫不经心地说道："衣服昨日刚补好，今日又破了，练得这么久，那些狼仍能扑到你么？"

出头赧然一笑，说道："冬天的狼没吃的，比夏天时要凶猛许多，不过这一个月我一点伤也没受，只这衣服不争气，些微一碰便会裂开，我也没办法。"

李陵心不在焉地点点头，隔了好一阵，突然说道："出头，你来这儿也快两年了吧，我给你换个地方当兵，如何？"

"换个地方？"出头不解地看看李陵，问道，"去哪儿？"

"长安！"李陵话说得很慢，口气却异常笃定，"不光是你，像霍光、车千秋、上官桀……这些人只要愿意，都可以跟着我回长安，既然跟了我一场，我就得管到底。我要是将你们扔下一走了之，都尉还不知要怎样炮制你们。"

"军侯，你要走？"

"嗯。"李陵说道，"再等两天我便有两个月的休假，我想回长安，而且……我也未必再会回来，你跟不跟我走？"

出头胸膛一挺，大声说道："军侯上哪儿，我便去哪儿。"

李陵沉思着，没有言声，指着兵器架说道："出头，你去将那柄剑取来。"

出头将剑取下，感觉那剑入手轻飘飘的，没一点分量，他双手奉给李陵，问道："军侯，这是什么剑，好像只有剑鞘没有剑身。"

李陵微眯着眼睛，瞿然睁开，说道："勇者之剑——鱼肠。来边塞之前，三叔送了我两把剑，纯均已被我转赠他人，只剩了这把鱼肠带在身边。相传这剑数百年来从未出鞘一次……"他注视着那剑，喃喃自语道："如今终于要派上用场了……"

出头搔了搔头："数百年来从未出鞘？不会吧，难道军侯也没见过这剑？"

李陵说道："没见过。这剑里隐藏着一个秘密，一旦出鞘，秘密暴露，就不灵了。"

出头嗫嚅着说道："好奇怪的剑，唉，我倒真想见识见识……"他还要再说，李陵已转了话题，说道："五天之后咱们就动身，我这就去见都尉，要你们四个的军籍。"

出头问道："一下要四个？都尉他会答应么？"

李陵"哧"了一声："他早就想逼我走了，只要我走，他什么都肯答应。你这就回去准备准备，别忘了老郭要咱们带的东西。"

第二天一早，出头便跑到显明障，打听这几天是谁外出巡逻，听说是管敢带队时，便放了心，暗想："真是天道循环，报应不爽。"他自己的东西甚少，只老胡托他带的书简太过累赘，足足包了两个大包裹。一切收拾停当，出头歇了两晚，第四日头上，他起了个大早，将关在圈里的狼全部放了。那些狼被出头刚刚抓来不久，十只里只剩了四只，且身上全都带着伤，眼瞎齿落、骨裂腿折、奄奄一息。出头笑道："你们运气不好，碰到了我。如今我要走了，你们好好活着吧。"有两只狼却不领情，扑上去仍要撕咬出头，被出头掐着脖子扔到了圈外，那些狼哀嚎着结伴去了。出头嘿嘿一笑，挥了挥手，说道："逃得远远的，别再让我看见。"

在管敢巡逻的必经之路上，出头下了马，和两年前一样，找了个背风处躺了，用面巾蒙了脸，静待管敢前来。当听到曾经熟悉的脚步声时，他笑了。

管敢一时间没认出出头来，怔了好一会儿，才轻蔑地笑道："原来是你！仗着有李陵撑腰，越发张狂了。明告诉你，风水轮流传，你那个军侯很快就靠不住了，到时，我让你哭都找不着调。"

出头装作十分害怕，用手拍了拍左胸，说道："这句话可吓死我了。管大爷，出头胆子小，又没本事，哪敢在你面前张狂……我对你老人家向来都是佩服得紧啊。想当年，管大爷带着一群兵士痛殴一个十几岁的孩子，欺软怕硬、不要脸皮，这等好汉子行径，说起来谁人不服！打完了人，还要反咬一口，敢作不敢当，恶狗先告状，管大爷的无耻神功又深了一层，自是可喜可贺。恩将仇报，暗箭伤人，打不过人家，便夜里行刺，可惜仍是失手被擒，其愚蠢又远胜于无耻，管大爷一人集天下愚蠢与无耻于一身，真是羡杀旁人啊。"

管敢眼中凶光一现，强自忍住，说道："你这是找茬来了……"

出头大咧咧地说道："是，是找茬来了，管大爷方才不是说让我哭都找不着调么，我发过誓，这辈子再不掉一滴眼泪，我想看看，管大爷有什么招法能让出头我哭出来。"

管敢脸色铁青，拳头攥得紧紧的，似乎立刻便要冲过来动手，然而眼中却有一丝犹疑和忌惮。

出头语气一转，咬着牙一字一板地说道："怕了？当年在这里你和我说，只要我给你磕三个响头你便饶了我。我没那么贪心，今日你只要给我磕一个响头，说一句'我错了'我便饶了你。"

管敢狠狠地朝地下啐了一口，笑道："你他娘的疯了吧，敢跟我说这样的话。一只手便被我打得稀巴烂的小兔崽子，我们四个……"他指了指自己的身后："今天就把你拆巴喽。"

出头淡淡说道："老管，你真是越来越不长进了，以前你还不至于以多为胜。哼，别说你们四个，就是四十个又能奈我何。"说完，身形一晃，欺上前来，噼噼啪啪地打了管敢四记耳光。管敢一愣，回过神来，心中又惊又怒，一拳打去，手腕却被出头牢牢叼住，出头顺势一带，将管敢的手臂扭在身后，待管敢疼得伏下身子，飞起一脚将他踢翻在地。

管敢满脸是血，踉跄着起身，将口中两颗门牙混血吐出，抽出腰刀，摇摇晃晃砍向出头，还未近身，又被一拳击倒，连刀也不知掉到哪去了。他手下那三个军士假模假样过来营救，听见出头一声大喝，都吓得退了回去。

出头走到管敢身边，动了动手指，说道："再来。"管敢张了张嘴，无力地摆了摆手。

出头掸了掸衣袖上的灰尘，笑道："你欠我的，我已经讨回来了，咱们两清了。"他旁若无人地抻了个懒腰，仰起头来，长啸一声，心中畅美难言。瞧也不瞧管敢等人一眼，牵了马，踽踽而行。太阳将他的影子拖得老长，印在了大漠之上。

拾壹

截杀

　　五个人五匹马没命价地跑了近十天，已是进了安定郡高平县境内，眼见时已过午，众人又困又乏，饥渴难忍，看到路边正好有一家小店，便都不肯走了，央求李陵歇歇，上官桀口口声声说，千万别将马累坏了。那安定高平距长安不过三四百里路程，顶多再走两三天也就到了。李陵归心似箭，恨不得飞回长安，但看着几个人风尘仆仆、无精打采的样子，也觉于心不忍，无奈地叹了口气，说道："在这歇歇脚，吃点东西，半个时辰后，咱们接着赶路。"

　　乡野店铺，异常简陋，只用几根木头撑了个架子，顶上再铺以茅草便算完事大吉。店里四面透风，摆着四张七扭八歪的桌子，边上放着长凳。五个人找了张桌子坐了，大喊着要酒要肉。谁知这家小店的生意甚是清淡，连肉也没的卖，众人嘀咕抱怨了一会儿，只好要了面汤、粟米饭外加十个鸡蛋和一碗大酱。

正狼吞虎咽地吃着，忽听外面一阵辚辚车响，那车声在店铺门口停了下来，跟着走进了两个人。前头的是个又黑又粗的大胖子，满脸横肉，看上去凶巴巴的，后面的是个女子，面目倒还秀气，只神色间悍气逼人。那女子腆着个大肚子，似乎有七八个月的身孕在身。两人坐下后也不说话，那店老板躬着腰，赔着笑跑前跑后，待候得极为周到。不过一盏茶时分，那店主便端上了一盘热气腾腾的清炖猪肘子。一时间，满屋肉香扑鼻，上官桀闻着，忍不住馋涎直流，一拍桌子，指着那店主骂道："王八蛋，你不是说你们店里无肉可卖么，那是什么？人家有我们没有，是不是你小子狗眼贱，怕大爷没钱？"

那店主被他这一嗓子吓得直哆嗦，慌忙跑过来，低声道："大爷，您见谅，那边那个胖子我们实在是惹不起呀。我们高平是个穷地方，人连活着都困难，哪吃得起肉。是以小店从来不卖荤腥。这家伙……"他偷偷用手指了指那胖子："可狠着呢！前几年他还不过是个小混混，自打他姐夫升任高平县令后，便成了个大祸害。前两年他打死了人，只在牢里呆了两个月就给放了出来。杀人不用偿命，你说谁不怕他。去年，他在左近买了一百垧地，全家搬过来住，和小店成了邻居。偏赶上他婆娘怀了孕，他便整天逼着我做肉给那婆娘吃，七个月了，一文钱也没给过我，只记账，说是一起算。如今已欠了小店六千钱了。唉，没法子，这猪肘子是我特地给买的，不买不行啊……他婆娘吃不到肉，这胖子非得将我当肉炖了不可。不过……"那店主说到这儿诡谲地一笑："小的也不傻，前天老高家的猪病死了，我花了不到一百文便将那头猪买到了手，天天做给他婆娘吃，哈，只怕最终生出来不是儿子，是头病猪。"听他这么一说，几个人不由得笑出了声，上官桀说道："好，这回饶了你，这肉我们可不敢吃，你还是孝敬他好些。"

那胖子见几个人瞅着他说说笑笑，脸一沉站起来便要发作，大约是看着李陵他们高高壮壮人多势众不好惹，遂又气哼哼地坐了。

那店主刚要下去，突然瞥见一个老者在门口探头探脑向里张望，喊了一句："这位客官要里面坐么？"

那老者憨憨地笑了笑，摇了摇手，只在门口站着。那店主不满地说道："不吃饭偏堵着门，什么毛病。"话虽如此，倒也没上前去撵。

那老者又等了半响，迟疑着，鼓起勇气，走到那胖子桌边，讷讷地说道："这位大爷……车钱还没付哪……您将车钱给了吧。"

那胖子用筷子挑起一大块肉吃了，乜斜着眼问道："什么钱？"老者声音越发低了下去："车钱……"

"什么车钱？"

"方才大爷雇我的牛车，说是将你们从县里送到这儿，便给我五十文车钱……"

"你这老头儿……"那胖子吃得满嘴流油，用袖子擦了擦，"糊涂了吧，车钱我早就给你了，怎么又来讨？看我好欺负是不是？"

那老者眼里闪着惊恐的光，结结巴巴地说道："没有哇……大爷……真没有。小老儿身上只有五个铜钱，你要是给了，我身上该有五十五个铜钱才对……大爷，你真没给。"说到最后，那老者已带出了哭腔，哆嗦着手将一个脏兮兮的钱褡裢打开，将里面的五个铜钱都倒在桌子上："大爷，您看看，真没有啊……真没有啊。"

那胖子不耐烦地撇了撇嘴："行了，你不要在这儿胡搅蛮缠，老子说给了那便是给了，趁我今天心情好，赶快给我滚远点。"

那老者被气得站都站不稳了，却依然不敢发怒，拽着那女子的衣袖说道："大嫂，你是见证……你相公他真没给我钱哪……"话还没等说完，脸上早挨了一记耳光，那女子忽地站起身来，立着眉毛骂道："哪里来的老王八，竟敢占老娘的便宜！"那老者被打得一怔，手捂着脸，委屈地说道："我占你什么便宜了……你们坐我的车不给钱，是你们占我的便宜……"那女子又是一个耳光过去，骂道："你摸老娘的手了……你也不打听打听，老娘是何等样人！家里有的是钱，会欠你五十文？撒泡尿好好照照自个儿，混账老王八，敢和我动手动脚！"

老者大怒之下，扬起手来，便要打还她一个耳光，那女子见状，泼性大作，挺着肚子喊道："你打，你打，你要是不打，你就是村东头那大叫驴生的。你打呀……妈了个逼的，我倒要看看，在高平，谁敢动老娘一根汗毛，你他妈打我一个耳光，我杀了你全家！"

那老者手停在半空，发了一阵子呆，身子瘫软了下来，蹲在地上，绝望地说道："四十多里路哇……你咋就一文钱都不给哪，我还指望着这点钱给我孙子买点肉吃哪，孩子半年多没吃过肉了……我错了，以为你这样的大财主不会赖这点子账，出门前我还和孙子说，爷爷这回一定给你买好吃的回来，你没看见我孙子乐得那样……我怎么向孩子交待呀……"他将头深埋于两臂之间，发出的哭声犹如野兽的哀嚎一般，听上去既恐怖又凄然。

那胖子悻悻地踢了他一脚，骂道："一边嚎丧去，爷听着心里烦。"他抬头看了出头等人一眼，扶着自己的婆娘出了门。

出头脸色铁青，咬着牙笑了笑，一拍桌子便要追出。霍光扯住他，说道："别惹事。"出头不言声地将目光移向李陵。李陵一副心事重重的样子，用筷子挟起个鸡蛋，在酱碗里蘸了蘸，淡淡地说了声："去教训教训他也好。"出头净开霍光的手，大步流星地撵了出去。

外面不知何时飘起了细碎的雪花，随下随化，落下脸上软软的凉凉的，却并不寒冷。出头抖擞了一下精神，看看四下无人，提了口气，喊道："前面那两个杂碎，给我站住！"

那胖子回过头，眯着眼睛看着出头，说道："怎么，就你一个人，活得不耐烦了？"出头骂道："什么狗屁耐烦不耐烦的，赶紧回去，将钱付了，再给那老者磕十个响头，小爷我今天或许会留你条狗命。"那胖子漫不经心地听着，伸手在腰后一摸，掏出把匕首来。他在匕首上哈了口气，用衣袖仔细地擦拭一番，问道："你叫什么名字？"出头说道："我姓报，叫报应。"他又向地上啐了一口，说道："就凭这把小刀想跟你爷爷我斗？哼，可笑。一句话，付不付钱？"

那胖子做出侧耳倾听的样子，凑近了几步，手中寒光闪闪的匕首猛地刺向了出头的小腹。出头想都没想，抓住他持刀的手向后一送，只听"噗"的一声，匕首直没至柄，却是插了那胖子的胸膛之上。

那胖子睁大了眼睛，缓缓地转过头来，呆呆地望着出头，眼中流露出难以置信的神色。出头恶狠狠地说道："这回你信了吧。记住，我姓报，叫报应。"他将匕首使劲向上一提，那胖子惨叫一声，登时了账。出头一脚踹开他的尸身，鲜血瞬间喷射而出，缤纷如雨，汇成小溪，沿着那胖子的身躯蔓延开来。

出头狞笑着看那泼妇，那泼妇早失却了方才的凶悍之气，五官扭曲，全身剧烈地抖着，双手抱着头，想叫，却无论如何也叫不出来。

出头将手一伸："付钱，我放你走。"

"杀人了！救命啊！"那女子突然间嚎叫起来，声音尖厉异常，震得出头耳中嗡嗡直响。出头心中一惊，下意识地回头看了看，想到："光天化日之下杀人，要是被人发觉，非但自己性命难保，只怕还要连累军侯霍二哥他们……"他上前一步，封住那女子的嘴，喝道："给我闭嘴，不许喊。"那女子挣扎着，使劲抓向出头的脸，出头头一偏，左脸留下一道长长的抓痕，火辣辣的，痛楚难当。他心头火起，想着："你更不是什么好东西！"照着那女子的鼻子狠击一拳，那女子飞出两丈开外，后脑正碰在一块尖石之上，双腿下意识地抽搐着，眼见是不活了。

出头看着地上的两具尸体，听着落雪的沙沙声，心中掠过一丝迷惘，怔了好一会儿，才转身回去。

霍光见出头回来，脸上还带了伤，嘻笑道："怎么，没打过人家？"出头摇了摇头，不知怎么，嘴唇竟有些发抖："军侯，咱们最好赶紧走。那两个人……全让我给杀了。"

"啊！"众人都惊住了，相互瞅着，许久无人说话。

"全杀了……"霍光自言自语道，"你也太狠了，他们再不对，也罪不至死……何况那女子还怀着身孕，这可是三条人命啊。"

李陵将手一摆："现在不是议论谁错谁对的时候，县里的差役转眼就到，咱们不能卷进这场官司里，马上走。"众人慌里慌张地起身，那店主迎了出来，笑哈哈地说道："几位爷，好走。"李陵点点头，掏出一把铜钱递给他。那店主双手忙不迭地接过，乐得合不拢嘴："这位爷，三十文就够了，用不了这许多。"李陵眼中凶光一闪，说道："我们是安定郡的军爷，军务在身，要抓一个逃犯。方才出去那人身份可疑，我们这便去召集人手抓他，为防走漏风声，一个时辰之内你不得出店半步，否则我拆了你的招牌，砍了你的脑袋。听到没有？"那店主见李陵突然之间换了副面孔，神情严峻，咄咄逼人，意识到出了事，唬得身子软了半边，忙答道："军爷放心，小的一定谨遵您的吩咐，不但不出门，一句话也是不敢多说的。"

出头经过那老者的身边，见那老者正傻呵呵地盯着自己，脸上泪痕未干，心中不由一阵酸楚，上上下下摸索了一遍，将身上的铜钱全交到了那老者的手里。

众人一路策马狂奔，一口气跑出了五六十里，这才慢了下来。因出头惹下了人命官司，李陵不敢再带着几个人住驿站，只想在左近的百姓家里歇息一宿。哪成想一路走来，周围尽是茫茫荒野，竟是一户人家也无。他心中奇怪，信口说道："以前便听说过安定郡人少地多，可也不至于上百里渺无人烟哪。"

"军侯！"车千秋又累又冷，在马上晃悠着，张开嘴，嘘了嘘手，说道："从前我有个叔祖就住在此地。建元年间，这里还有近千户人家，地能卖到一亩六七千钱，快赶上县城里的地价了。自元光年间，朝廷和匈奴不停地打仗，青壮年都去当了兵，剩下些老弱妇孺，被抓去运军粮，人口便渐渐地少了。加上皇上募民十多万徙居朔方郡，这里的人又走了一批。近几年安定遭了旱灾，赤地千里，寸草不生，百姓守在这儿，只能活活地饿死，于是都走了……我叔祖前年死的。他家里三十多亩地，只卖了三千钱。据说高平不少手里有钱的主，趁机大量置地，冀望天下太平人口繁滋时大大地赚上一笔。只是……"他自失地一笑，叹道："这天下……何时才能太平啊。"

李陵听了，吐了口气，晶亮的双眸直视前方，说道："我大汉和匈奴断断续续打了上百年的仗……皇上是想一劳永逸啊，等什么时候匈奴肯彻底臣服于我大汉了，天下也就太平了吧。"

苍黑的浓云在天际翻滚着，雪越下越大。初时是又细又轻的雪粒，渐渐竟大如琼花，纷纷扬扬，飘飘而降，将大地装扮得皑皑茫茫。雪未住，风又起，狂风卷动万千雪花，盘旋嘶吼着，有如千军万马，在无垠的平原上纵横来去。五个人望着眼前的景象，心中颤颤而惧，只觉自己宛若狂涛巨浪中的一叶扁舟，似乎顷刻间便会被这混沌迷离的风雪所淹没。

又行了一阵，出头撑不住了。冷风透过层层征衣，寒彻入骨，手脸开始还如针刺一般的疼痛，慢慢却变得僵硬，失去了知觉。他心中突然有些异样的恍惚，真想跳下马来，躺在雪地里好好睡上一觉。"大约人冻死之前，都是想睡觉的……"出头迷迷糊糊地想着，忽地听见后面"扑通"一声，回头看时，原来是上官桀连人带马掉进了路边的沟里。那沟已被大雪填平，乍看上去与平地无异，上官桀冒冒然骑马踏去，自然摔了个跟头，好在有厚厚的积雪垫着，并未受伤。上官桀浑身是雪，笨手笨脚地爬出了沟，又抓紧缰绳，狠命去拉马。那马哀嘶着，却无论如何也不肯起来。李陵纵马过去，略看了看，说道："这马后腿折了，不中用了，你和我共乘一骑。"上官桀将手中马鞭狠狠向地下摔去，一个箭步窜到出头身前，照准他的胸口便是一拳，骂道："都他娘的怪你！出什么风头，管什么闲事。你杀了人，还害得大家跟你一块儿死。你要真是有种的，就一人做事一人担。"

出头也不分辩，任由他打骂，心想："我们真会冻死么？早知如此，当时我杀了人之后便应去官府自首，也免得害了几位哥哥。"他向四下张望了一会儿：来路已被重重雪雾遮掩，影影绰绰，看不清楚，暗自叹息着："便是现在回去，只怕也来不及了……"

李陵不动声色地瞅着上官桀，见他还要动手，马鞭挥出，缠住了他的右臂，轻轻一拽，上官桀"噔噔"后退了两步，不由自主坐倒在地。李陵收回了鞭子，说道："要撒气冲我来，是我让出头教训那两个王八蛋的，怎么？你想让我给他们抵命不成。"上官桀呆呆地坐着，一脸的沮丧，说道："唉，我并不是怪朱安世……"他回头冲出头笑笑："朱兄弟，我是心里发急，对不住了，过会儿我让你打还我一拳。"他又失神地看着远方，叹道："今年这雪下得真早，往年这时分哪有这么冷！再走下去，我们可真要冻死了。杀了两个人，却要我们五个抵命，这亏吃得大了。"李陵一笑："再走十里，若是还寻不到人家，我们便搭间雪屋……我十四岁和爷爷出征时，也是被一场雪困住了。"他抬头看了看，说道："那雪比这场还要大些。一万多个军士，两个时辰之内便搭了两千多间雪屋，住在里面既背风又挡雪，舒服极了。放心，我们冻不死。"他若有所思地盯着上官桀，说道："既是我们五个凑到了一起，便当一心一意，同甘共苦，即使有错，也要一起担着。来，上我的马。"一伸手，已将上官桀拉上马来。

众人听了李陵的话，心里暖洋洋的，身子也不觉得如何冷了，出头一听要建雪屋，顿时来了精神，心里暗暗盼着找不到人家住宿才好。众人催动马匹徐徐而行，霍光却站在原地一动不动。出头叫道："二哥，走啦！"霍光竟似没有听见，只凝视着远处呆呆出神。

李陵拂了拂脸上的霜雪，略带疑惑地看着霍光，问道："怎么了？"

"军侯！"霍光声音大得出奇，他用手向前指着，"那边好像有人家。"

"噢？"几个人顺着霍光指点的方向望去，除了一片连亘的白杨林在迷蒙的雪色中时隐时现之外，什么也看不到。上官桀于霍光有救命之恩，两人又共事一年，相处得极好，说话便没什么顾忌，打趣道："关佐大人，方才睡着了吧。梦见自己进了一处华屋高堂之中，碰上了个热情好客的财主，好吃好喝地款待咱们，偏偏他家里有个天仙般美貌的女儿，看上了你，你便在人家做了上门女婿，是不是？"霍光笑着自嘲道："咱们几个长得都不俊，便是有个天仙般的女子，那也是看上了军侯，我这美梦变成了噩梦，于是便醒了。"众人又笑了一回。

霍光笑容渐渐敛去，看着李陵，说道："军侯，我方才看见那边有火光，一闪便不见了。要不要我先去查探查探？"

李陵思索了片刻，说道："大家一同过去，若是没有人家，咱们也不再赶路了，就在那里搭间雪屋御寒。"

行不到里许，眼前果真现出了一座宅院。一色青砖到地高可丈许的院墙，屋宇则雕甍斗拱，飞檐翘翅，虽称不上雄伟，却十分的华丽。这宅院被层层大雪覆盖，暗夜中望来，自是白茫茫的一片，不到近处，确是难以发现。

上官桀惊叹道："原来真有华堂高屋……看样子还不是寻常的富贵人家……我这张嘴神了。"他说着，冲霍光一笑："关佐，里面说不定真住着个天仙般的美人……唉，我上官桀五年没见过女人了，便是只看一眼也好……"

李陵正色道："管他是什么人家，今晚就宿在这里了。"车千秋凑近了来，低声说道："军侯，这种人家讲究是最多的，咱们这么多人，又提刀带剑的，我怕他们未必肯收留。"

李陵说道："不收留？那咱们就硬闯进去，咱们一不杀人二不越货，住一宿又有什么干系？他要敢为富不仁，咱们便以恶制恶，都快冻死了，还跟他讲什么礼数。"

出头奇道："军侯，你不是说盖间雪屋子便不会挨冻了么？"李陵一笑："雪屋子？我只听过，却没见过。不过……"他缓了口气，说道："当年有个军士在雪野上迷了路，为活命建了间雪房，第二天被人找到时，已经冻僵了。大家将他放在水中，泡了一整天，最后终于缓了过来，然而……眼睛却瞎了。"他眯着眼睛瞧着漫天的风雪，幽幽地说道："咱们要真在雪地里住上一夜，未必所有人都能活得下来……"

"那你为何还说……"

李陵"扑哧"一笑，转眼看着霍光，说道："霍兄弟，敲门。"

霍光上得前去，刚刚伸手要碰铺首上的衔环，突然像烫着了似的，手猛地往回一缩，急急地向后跃开。众人都是一怔，仗刀挺剑围到了霍光身边，疑惑、探询、纳罕、惊讶，各色各样的目光一起射到霍光的脸上。霍光艰难地咽下一口唾沫，右臂直直地伸着，说道："上面有血！"

他说话的声音不大，却清清楚楚地传进了每个人的耳中，几个人均被他惊恐的语气激得头皮一炸。

李陵定了定神，缓步走上前去。这宅院应是新建不久，门上的朱漆未有丝毫剥落，铺首的衔环上溅着数滴墨迹一样的东西，门扇虚掩着，里面黑黝黝地，极像一个幽暗的陷阱。李陵在门环上摸了摸，用手细细地捻着，那东西又湿又粘，带着一股浓重的腥气。他冲霍光点了点头，做了个散开的手势，旋即一脚将门踹开，身子闪在一边。门里并无动静。一阵疾风扫过，那门环随着风的一鼓一吸敲打着门板，发出阵阵令人心悸的"当当"声。

跨步进门，但见门洞的台阶上脚印杂乱，一片狼藉。再向前走，脚印便通通消失不见，想是院落里的脚印无遮无掩，又被落雪覆盖了之故。院子的西侧散着十几匹马，马背上未配马鞍，马的主人似乎离去得十分匆忙，连缰绳也没来得及拴。

正房廊庑的栏杆下面，隐约伏着一条黑影，静静地卧于雪地之上，一动不动。李陵轻移着脚步，一寸一寸地靠近，从箭袋里抽出支箭来，捅了捅那黑影。出头颤着声问道："军侯……那是什么？"他本来说话的声音极低，但在这沉寂诡异的荒宅中听来，甚或带着袅袅的回音，令人不寒而栗。

李陵缓缓站直了身子，铠甲的甲片发出"叮叮当当"的轻响，他深呼了一口气，淡淡地说道："是死人！"

"死人！"几个人情不自禁地惊叫出声，车千秋一不留神，脚绊在台阶上，重重地摔了一跤。

院子里的风比外面小了些，在廊庑间四处游走，吹在身上，却更加的寒凛逼人。众人也不知是冷是怕，牙关轻轻打颤，"咔咔"之声响成一片，竟是难以自控。

霍光捧起把雪，在脸上使劲地搓了会儿，恐惧之意稍减，他走到李陵身旁，说道："军侯，这家定是遭了强盗，人都死光了，否则不会一点声息也无。然而这些马……"他眼里闪着幽幽的光，打量着那些马匹，说道："这

225

些马大约是盗贼们带来的,如今马价这般贵,他们绝不会将马留下……难道他们……还呆在这宅院里没走?"他被自己这念头吓了一跳,心想:"我们只有五个,而强盗至少十人。军侯的本事自然没的说,出头和军侯学了这么久,听说也厉害得紧,混战起来,他二人可保无虞,我、车千秋、上官桀就难说了……"他闪眼偷偷看着车千秋、上官桀,见二人惊骇惶恐不能自己,不禁有些担心,思忖着:"总要想个两全其美的法子,能保全所有人的性命才好。"

李陵却不晓得他的心思,对他的话也似没有听见,将那死人拖到院子中央,借着雪的微光细细端详那死人的脸,良久……他忽然打了个寒颤,大声说道:"你们看看这人是谁?"

出头闻声望去,脑中轰地一下:"这人……这人不是长秋障的伍长程连么?他怎么会死在这里?"

只见那程连一身寻常百姓的装束,脸色惨白,双目紧闭,咽喉被人狠狠地斩了一刀,伤口甚深,鲜血已然凝结,显见是死去多时了。

出头往日在长秋障当兵时,曾吃过程连不少的苦头,对他素无好感,然而两人毕竟相处甚久,乍见他惨遭横死,心中也不禁愤怒感伤,"咚"的一拳向身边的枯树上击去。树上落着的几只乌鸦像是受了惊吓,"哇哇"地叫着,飞走了。

李陵自言自语道:"他是陈步乐手下的兵,如何没穿军衣?莫非是逃出来的?又怎么会被人杀了?"

正疑惑间,隐约听见后院有人在说话,似乎一个男人扯着嗓门喊了几句。然而说的是什么,却听不清楚。再听时,声音反而没了。李陵见地上散落着几根熄灭的火把,轻声说道:"霍兄弟,你说看见火光一闪,想必是有人擎着火把走进这院子。"他略微沉吟了一下,说道:"你们每人捡上一根,先别点燃,咱们到后面看看。"

五个人蹑手蹑脚地进了后院。这后跨院形制略小,东西各盖了两间厢房,厢房之间夹着一个一人多高的大圆丘。那大圆丘孤零零地矗立在正房之北,便和一座巨大的坟墓相仿。李陵心里一紧:"哪有将坟修在自己家里的?这究其是什么东西?"他悄悄地走近,皮靴踩在雪地上,发出"嘎吱嘎吱"的轻响。他将圆丘左侧的一块浮雪拂去,触手处凹凸不平,心中了然:"原来这圆丘是由碎石堆成的。"再细看，碎石间竟以濡米汁勾缝，李陵不禁哑然："建这圆丘的人可真是煞费苦心，造得这样坚固，到底做什么用哪？"

雪不知不觉已经停了，天空一轮明月如洗，银辉泻地，清光满院，映得各人的人影分外清晰。

李陵围着那圆丘转了一圈，见圆丘的南面有个五六尺高的小门，门上挂着一把铜锁。李陵使劲摇撼着，那铜锁却纹丝不动。便在此时，听见一个人说道："高伍长，咱们顶不住的时候，便将这人一刀杀了。他们不是抢么，哈哈，给他个两半的。"接着又是一阵大笑。

笑声来自西首的厢房之中，阴森森的，带着些许的得意。出头听着，心怦怦跳得厉害，一句话冲口而出："像是陈侯长的声音！"李陵摆了摆手，示意他噤声，招招手，将众人聚拢到身边，压低了声音说道："咱们不能贸然进去。上官桀、车千秋，你二人点燃火把，踹开门，将火把扔进房中，人立即左右闪开。朱安世、霍光，你们在前面的石阶上守着，那里暗，别人不容易看到你们。你二人拉弓上弦，等我的命令，我让你们放箭便放箭，不能有丝毫的犹豫，听到了么？"众人点了点头。

李陵一矮身，几个起落，跳到了西厢房的窗外，回头盯着上官桀、车千秋二人。这两人虽是老兵，却从未上过战场，第一次见到这般阵势，脚有些发软，良久，才磨磨蹭蹭挨到门前。李陵冲二人眨眨眼，做了个投掷的手势。二人迟疑着，大口大口地喘着气。上官桀大叫一声，一脚将门踢开，扔了火把，转身便跑。车千秋被他的举动吓了一跳，惶急中也将火把胡乱掷出，那火把扔得高了，正碰在房檐上，"嘭"地一声，反弹回来，落在雪地里，火苗"嘶嘶"地响着，挣扎了几下，熄灭了。

李陵望着两人仓仓皇皇的身影，不禁一笑，又暗自叹了口气："能打仗的，不是战死了便是还乡了。指着如今这些兵去打匈奴是万万不成的，必须加以整顿才行。我在边塞这么久，杂事太多，竟没能好好练兵，如果有机会……"想着，心中凄然："我哪里还有什么机会……"他摇了摇头，收回思绪，用手指蘸了唾沫，捅破窗纸，向里面瞧去。

一支火把的光芒虽然微弱，但房里的情形还大致看得清楚。地上横七竖八地躺着不少的尸体。背对着门，站着五个大汉，身着黑衣，手持弯刀，布成半圆形，将角落里的三个人团团围住。那三人浑身鲜血，迎门而立，其中身材高大者正是陈步乐，另一身材略矮的是长秋障的伍长高无咎，还有一人被陈步乐和高无咎架着，低着头，以手抚胸，像是受了重伤。

双方陡然间见门被踢开，一支火把自外而入，心中都是一惊，不约而同地将目光转向门口。一个黑衣人趁机向前挪了两步，陈步乐猛地惊觉，刀向那伤者颈中一搭，大喝一声："给我退回去，再向前一步，我便杀了他。"那黑衣人犹豫着，似乎颇不甘心，但仍是依言退了回去。

李陵在窗外看着，心想："陈步乐和高无咎架着的那人是谁？我在边塞之上可从来没有见过，难道是他们抓到的俘虏？那些黑衣人对他可是十分的顾忌呀。方才我明明听陈步乐说'顶不住的时候，便将这人一刀杀了。他们不是抢么，给他个两半的'。莫非双方争抢的便是这个人？"正想着，就见那伤者缓缓地抬起头来，神情委顿，面容憔悴，他侧过脸，冲陈步乐说道："陈隧长，那秘密我已告知了别人，我死后，自然会有人禀报朝廷。我的使命已经完成，再没什么遗憾了。你现在便动手将我杀了，你和高伍长少了我这个累赘，说不定能打条生路出去……你们俩别管我了……"

陈步乐说道："老哥放心，真到了万不得已，就是你不想死也是不成了，我杀了你然后再自尽……死在这里，好歹算个殉职，谅朝廷也不至亏待了咱们。如若被他们擒住，让人家整治得求生不得求死不能，那时便是想自尽也来不及了。"他转脸看了看高无咎，问道："高兄弟，你怎么说？"高无咎斩钉截铁地说道："隧长死我不敢生，隧长生我不敢死，就是这话。"

陈步乐点点头，说道："好。"他将目光移向门外，若无其事地喊了声："外面的兄弟请露个面吧，是自己人就助我杀敌，要是帮着他们来抢人的，我三人那是无论如何也逃不掉了，不劳各位动手，即刻死在你们面前就是。"

李陵伏在窗下，心中暗暗赞道："我爷爷带过的兵果然是好样的，这陈步乐处事干净爽快，临大难而浑然不惧，倒真是个人才！"他回头搜寻着：出头和霍光藏在离此二十步远的台阶两侧，模模糊糊地看不清形容，只手中两支箭镞在莹莹月色下闪着寒光，正对着房门，引弦待发。车千秋和上官桀分别躲在厢房的东西墙下，上官桀手里拿着刀，一步一步向门边踅过来，似要助自己一臂之力，车千秋却不敢妄动，安安静静地呆在墙脚，时不时探出头来向这边张望。

李陵心下略宽，又凝神向房中望去，只见东首一个黑衣人冲陈步乐拱

228

了拱手，说道："陈侯长，我们之所以千里追踪一路截杀，为的就是将你手中那人除掉，如今你要亲自动手，那是再好没有了。我们匈奴人最恨奸细，本来是想将他带回去，依我们的故俗加以惩治，既然陈侯长执意相护，我们只得便宜他了，让他死个痛快，但陈侯长和高伍长不免也要陪葬。如若……"那黑衣人咳嗽了一声："陈侯长识时务明大体，愿意将人交给我们，我们可以考虑放两位一条生路。实说了吧，人你们是绝带不到长安的，我们五个已杀了你们汉军一十八人，也不在乎多杀两个，不过老夫有好生之德，不想让你们白饶上性命。一个人死两个人生或是三个人一起死，两条路，你们自己选吧。"

陈步乐只不住地冷笑，眼睛盯着门外，并不答话。那黑衣人阴恻恻地笑道："看来陈侯长仍不死心，八成以为是救兵来了吧？哈哈，别做梦了，根本就不会有什么救兵。大约只是个小蟊贼想进来偷东西，一看到里面这阵势，吓得将火把扔下便跑了。哼，汉人真他娘的没用。昆弥，你出去瞧瞧。"

那叫昆弥的黑衣人答应着，大步走向门外。李陵在黑暗中猛喝一声："放箭！"

两支冷箭激射而出，一支射在昆弥的肩上，另一支却直透他的咽喉，那昆弥叫也不叫，直挺挺地摔倒在地，项上长箭贯颈而出，血花四溅，"哧哧"有声。

李陵将佩剑摘下，大模大样地走进房中。陈步乐乍见李陵，呆呆的，仿佛不认得一般，使劲地揉了揉眼睛，怯怯地问道："你是李军侯？"李陵一笑："跟了我这么久，这么快便忘了我是谁？蠢材该打。"

陈步乐精神大振，指着那四个黑衣人大吼道："亏你们还有脸说饶我的性命，老子可没有这般好心，有种的别跑，老子要将你们这四只匈奴大王八活煮喽……"

东首那黑衣人瞠视李陵良久，闪身出来，手中弯刀一指，问道："阁下是哪一位？"

李陵见他脸上蒙着面罩，只露出了眼睛、鼻孔和嘴巴，心中"突"地一跳，想到："一年多以前，我在边塞之上被一个匈奴人射了一箭，那人好像也是这副打扮……莫非他们是一伙的……"陈步乐见李陵沉吟不语，索性替他答道："嘿，问我们军侯？他们李氏一门专以打猎为生，不过不打豺狼虎豹，而是专杀那些比畜牲还不如的匈奴人。几十年下来，李家三代亲手杀的匈奴人没有一万也有八千了吧？我们军侯年轻，是以杀得最少，现今只宰了一千九百九十六个，加上你们四个狗崽子，正好凑够两千。"

那黑衣人猛地抬起头来，双眼晶然放光，问道："李氏？陇西李氏？"随即摇摇头："哪有这么巧，看人家名气大冒充的吧？以为抬出陇西李氏就能吓退我们？哼，便是李广亲来，我们也要死拼到底。"他话虽说得硬气，然而越到最后声音越小，显然底气不足，对陇西李氏颇为忌惮。

李陵盯着那黑衣人，问陈步乐："陈侯长，这些人为何要与你为难？"

陈步乐将架着的那人向上一提，说道："军侯，你大约不知此人来历。他叫王胜，是大将军长乐侯卫青麾下的一名军侯。元光六年，他奉大将军之命诈降匈奴，潜在军臣、伊稚邪单于身边十余年之久。这次回来，乃是因他知晓了匈奴人的一个惊天阴谋，是以才甘冒奇险，由肩水金关归汉。十天前，刘都尉命我带十九名军士护送他南下，进长安见卫侯禀明一切，谁想在高平竟遭匈奴人伏击，士卒死伤殆尽，要不是遇到军侯，眼下我老陈已经鸣呼哀哉了。"他咬了咬牙，又道："军侯，这几个匈奴人你一个也别放过，杀了他们替兄弟们报仇！"

那黑衣人嘿嘿冷笑着，说道："管你姓不姓李，反正你我各为其主，多说无益，动手吧。"他上前一步，忽然又有些犹豫，瞅着门外，说道："一个军侯，少说也管着几百人，你带了多少人来？"见李陵不答，便长叹道："不妨让他们一起现身，好叫老夫死个明白。"

李陵听他声音苍老，显见年岁不轻，一抱拳，说道："人不多，可护着陈步乐他们倒是绰绰有余。阁下的如意算盘今日一定是打不响了。不过，你们五个匈奴人杀了我十八名汉军，我若是以多为胜，传扬出去，仍是汉人敌不过匈奴人。这样吧，我一个人斗斗你们四个，要是我败了，便放你们走。"

那黑衣老者眼光寂然一闪，又渐渐转暗，说道："不杀了王胜，我哪还有脸活着回去……"他转脸看着奄奄一息的王胜，说道："我一人出战军侯，若是侥幸得胜，也不求军侯放过我们，只愿以这四条性命换王胜的一颗人头，不知军侯能否答允？"李陵摇了摇头："王胜既已知晓了匈奴人的大阴谋，那他一人便身系大汉安危，他的生死我做不了主。"

那黑衣老者深吸了一口气，纵声长笑，说道："军侯不答应，那老夫只好做困兽之斗！先杀你，再取王胜的人头。"他纵身跃起，举刀斜劈，迅若风雷，声势慑人。李陵向后连退两大步，"咦"的一声叫了出来，面上现出惊异之色……

霍光、出头、上官桀、车千秋因担心李陵的安危，早已聚拢过来，伏在窗下，于房中几人的对话听得清清楚楚。突然间见李陵与那黑衣人斗在一起，四人的心顿时悬得老高，连大气也不敢透一口。良久，霍光忧心忡忡地收回目光，冲三人低声说道："这匈奴人好厉害，军侯未必能赢得了他，咱们得想办法帮帮军侯才是。"出头目不转睛地盯着房内，信口说道："我知道军侯的本事，绝不会输给他，眼下军侯只挨打不还手，那是留着力气，想一击必中。一会儿要真的不行了，我再进去试试。"

霍光瞟了他一眼，说道："他们还有三个人没出手，要是……要是他们的本领一般高，你和军侯能打得了他们四个么？"出头笑笑："没打过谁知道，依我看差不多，何况不光是我和军侯，不是还有你们哪么……"说到这里突然止了口，心想："不知二哥现今身手如何，只怕未必挡得住一个匈奴人，上官桀车千秋那两下子跟着起起哄还行，真打起来还不叫人一刀劈死。"他寻思了一会儿，问道："二哥，那依着你怎么办？"

霍光掂了掂手中的长弓，说道："趁着那几个匈奴人疏于防范，咱们偷偷地射他们一箭，就算射不死，伤了他们也好，再对付起来便容易得多了。"出头沉吟着："军侯与人有约在先，咱们暗箭伤人……不大光彩吧？"霍光一哂："什么光不光彩？跳出来明刀明枪地和人家干上一仗，最后一个一个地被人家砍死了，这样反倒光彩了不成。"见出头还有些犹豫，霍光拍了拍他的肩头，说道："出头，晓不晓得军侯为何要一个人和他们拼斗，而不叫咱们一同进去？"出头懵懂地摇了摇头。霍光面色凝重，缓缓说道："我猜……军侯知道除你之外，其他人本领不济，因而用意在于保全我们。这几个匈奴人凶悍无比……看看地上的尸体就明白了，死的全是汉军，没有一个匈奴人。陈步乐带着那么多人都不是他们的对手，咱们又能成得什么事。军侯大约是想一个人上去掂掂他们的斤量，能打赢最好，即便打不赢，以军侯的本领，也会杀得对方一两个人，那时以我七人对敌，便可稳操胜券。眼下军侯被那黑衣人缠住了，咱们若是冒冒失失地闯进去，匈奴人见我们人少，士气大振，殊死一搏，到时谁胜谁负就难说了。你我兄弟生死是小，最怕的

风云乍起

231

是耽误了朝廷的大事、辜负了军侯的苦心。是以我们要先下手为强……"

上官桀深以为然，说道："暗箭伤人总比叫人杀了强，我听关佐的。"霍光又看了看出头和车千秋，车千秋咧嘴笑道："我本事最差，只要关佐信得过我，我自然要射这一箭。"出头抿着嘴唇，不屑地说道："朝廷关我屁事……不过军侯既然不叫咱们进去，我也不能就这么干看着，那成什么人了……射就射吧。"

那黑衣老者连砍李陵十余刀，均被李陵轻轻巧巧地闪开，他忽然停了手，冷冷地说道："你武功比我高，我便被你一剑刺死也是心所甘愿，可你我既然性命相拼，你却连剑也不出鞘，只一味闪躲，未免侮人太甚。军侯真就这般瞧不起我们匈奴人？"

李陵若有所思地盯着他，意味深长地一笑："匈奴人？你怎么会是匈奴人？"

那黑衣老者身子陡然一颤，旋即双脚在地上猛地一蹬，直冲过来，挥刀撩向李陵的小腹。李陵正欲举剑遮拦，却见他脚下一软，右膝着地，单腿跪在了自己面前。便在此时，窗前站着的那三个黑衣人也惨叫着栽倒在地。

那黑衣老者徐徐转头，默默注视着自己的同伴，凄然一笑，从右腿里侧拔下一支箭来，远远掷出，说道："军侯又何必多此一举，我们四个加起来也不是你的对手，你实在犯不着让你的手下在外面放什么冷箭。"

李陵眉头微皱，斜睨着门外，缓了口气，说道："不是我的对手？嘿，这事你知道，我知道，他们却不知道。我们来的人只有五个，其中四个没上阵打过仗，我若是输给了你，他们焉能挡得住你们？出这主意的人顾念自己及他人性命，谨慎从事，以策万全，谁又能说他错了？倒是我，常单身对敌，自陷险地，自炫其勇，说不定他日……"他目光中流露出些许伤感，然而一闪即敛，神情复又变得坚毅。侧过头来对着那黑衣老者，问道："阁下究竟是什么人，奉了谁的命令截杀王胜？"

那黑衣老者坐在地上，绝望地叹了口气，声音沙哑干涩："军侯，老夫既已输了，也就没什么好隐瞒的了。你想知道什么，我通通说给你听。不过在此之前，能否请各位退出房内，在院中稍候片刻，我想给我几位已死的兄弟磕个头，也不枉他们跟了我一场，好么？"

陈步乐说道："军侯，这老东西奸滑得紧，不能答应他。"那黑衣老者将刀举在颈前，慢悠悠地说道："军侯若是连老夫这一心愿也不肯答允，那老夫只有自尽一途。军侯便是出手再快，也拦不住我这一刀吧。"

李陵默然半晌，说道："事既不成，惟死而已。我就算答允了你，留你一人在房中，你仍是要自尽的。人若是连死都不怕了，又怎会受人胁迫，说出自己不想讲的秘密？"他将手一让："反正从你口中也问不出什么来，你这就走吧。"

那黑衣老者吃了一惊，怔怔地问道："你要放我走？"

李陵自嘲地一笑："我放你走，可并非安着什么好心。你只要活着，心中的秘密便在，我问不出来，未必别人也问不出来。说不定你哪天心情舒爽，自己便会跑到朝廷上招认了。是以我要留你条命，放你走。你放心就是，李陵不会在你身后放箭，更不会派人跟踪，那些是别人的差事，我管不着，也不想管……阁下这就请吧。"

那黑衣老者沉默着，好一阵，才赞叹了一声："军侯做事潇洒痛快，老夫要是晚生三十年，定会追随左右，好好地做一番事业，可惜……"他顿了顿，问道："军侯叫什么名字？"李陵说道："长安李陵，字少卿。"

"噢，果然是姓李的……"他自言自语道，"姓李的……人强命不强啊！军侯，你既便放我，我也是不想走了……你们先出去吧，有些事老夫要好好地想一想！"

众人在前院的正房之中升起火来。李陵举起火把，细看之下，心中颇为惊诧，房中陈设华丽贵重之极，绝非常人所居。但见四面墙壁饰以明珠翠羽，耀眼生光，窗牖皆有绮疏青琐，图以云气仙灵。房当中立着彩绘透雕漆座屏，屏上雕着鹿、凤、雀等物，并以朱红、灰绿、金、银等色漆绘就，委婉生动，玲珑剔透，美轮美奂。南窗下摆着一张精致的牙床，床上绣帷闲挂，锦褥新叠，仿佛有人刚刚起床离去。

李陵顺手在窗下的桌子上一抹，手指沾了厚厚的一层浮灰，心想："原来此间很久没人居住了。"他信步走到左侧的梳妆台前，见上面放着一个小巧别致的木制妆奁。木奁四周贴满了金银箔所制的花纹，纹样已有些模糊，花纹中央嵌着四瓣鸡心形的红色玛瑙。奁盖上另有三道银扣，银扣上刻着一座云气缭绕的山峰。李陵看得入神，心想："这山峰怎么看着如此眼熟，倒有几分像祁连山。"他打开奁盖，里面空空如也，却隐隐透出一股幽香，那香气便如暗夜中的薄雾一般，飘渺无际，捉摸不定，丝丝甜香中带着一股远山冰雪的凉气，嗅之令人神思俱爽，心中却又不自禁地生出淡淡的忧伤。

上官桀见李陵呆立不动，凑近了来，贪婪地吸了口气，叫道："好香。我的妈呀，这真是一间小姐的闺房！我全说中了！唉，可惜只闻其香，不见其人……不过能闻到这香气也足够了。要是见到这女子一面，我上官桀说不定得少活十年。"

陈步乐一直在替那王胜裹扎伤口，突然发起怒来，将布条往地上一摔，说道："失血过多，怎么也挨不到长安了，奶奶的，这差事算是办砸了！"

王胜斜倚着墙，有气无力地笑笑，舔了舔苍白的嘴唇，说道："我虽挨不到长安，那秘密能到长安就行了。陈侯长，你的差事没办砸，我现下便告诉你，你一定要面禀卫侯。"

李陵冲霍光、出头等使了个眼色，说道："咱们到外边看看去，让王兄和陈隧长安静地说会儿话。"

王胜摆了摆手，说道："军侯，你们谁都别走，这秘密知道的人越多越好……万一陈侯长也遭了不测，卫侯还是得不到信。大家都坐下来听我说说，咱们只要有一个人能活着到长安，事情便成了。这件事牵涉太大，要是真被匈奴人占了先机，我大汉只怕有亡国之祸。"

李陵和陈步乐对视一眼，都觉得这王胜有些危言耸听。陈步乐问道："方才你不是说已将秘密告知了旁人么？"

王胜苦笑着说道："我那时一心求死，不这么说，你未必会下决心杀我。我若是落在那些人手里，还不如死在你手上好。十几年来，卫侯派了许多人潜在匈奴，打探各种消息，我是他们的总头儿。但凡有了消息，他们必先联络我，再由我将消息送回大汉。"他看着陈步乐，说道："知道这些匈奴人为何迟迟没有动手杀咱们么？他们是想将我生擒回去，逼问我那些人的姓名。"

他双眼望着那熊熊的火光，说道："十三年前，我便跟着卫侯了。那时，他还没有封侯，声势远不及如今这般显赫，刚被皇上拜为车骑将军，第一次领兵打仗。与他一起出兵的还有李广、公孙敖、公孙贺等三位将军。这四人中数他资历最浅，但因他是皇上的小舅子，却位列其他三位将军之前。李广将军为此牢骚满腹，对卫侯满心的不服，常常流露出轻视之意，卫侯却从来不与之计较。"霍光听到这里，有意无意地瞥了李陵一眼，见李陵正若无其事地倾听，忙将眼光转开了。

只听王胜接着说道："我原来只是卫侯军中的一名伍长，也不知怎么被卫侯看中了，竟委以如此重任。说实话，开始他让我诈降匈奴，我并不如何情愿，只不过军令如山，我是不敢不去啊。后来，情形变了，在我临行之前，卫侯竟将我的爹娘接到军中，当着我的面，拜他们为义父义母……直到如今，他二老还住在卫侯府中，吃穿用度与卫侯同等，那是享了大福啊……一个人受恩如此，还有什么割舍不下的，我既无后顾之忧，自当粉身以报。五年前，卫侯曾叫我回归大汉，但我立功甚微，哪里有脸见他老人家。我派人告诉他，王胜不立奇功，终不归汉。"

他叹了口气，说道："很多人说卫侯所以能立功封侯，乃是因他的运气好，每战必有斩获，不像诸宿将，常留落不偶，一无所遇。嘿，真是井蛙之见，卫侯他老人家深谋远虑，筹划周详，他当初若不派我们这些人诈降匈奴搜集军报，又哪有后来的料敌机先，战无不胜？这份心智，岂是常人所及。

"为了取得匈奴人的信任，诈降后，我将一路汉军的行踪秘报了军臣单于，这也是卫侯授意的，卫侯说，这叫：'将欲取之，必先与之。'"

李陵突然冷冷地问道："敢问王兄，你秘报的是哪一路汉军的行踪？"

王胜听他声音有异，纳罕地看着李陵，一时间停住不说了。

陈步乐见此情形，知道自己再不说话不成了，忙打了个圆场，说道："王将军，这位李军侯是李广将军的孙子，你还不识得哪，他可是个厉害人物，只怕将来的功业还要在李老将军之上，哈哈，你们以后多亲近亲近……"

王胜避开李陵的眼光，垂下头去，说道："我知道军侯要问什么了。军侯多疑了，卫侯对李广将军深为敬佩，又怎会去害他？他叫我密报给匈奴人的，是公孙敖中路军的动向。卫侯事先已经跟公孙敖将军交待过了，让他这次受些委屈，将来一定还他个千户侯的爵位。听说，漠北之战时，李广将军与公孙敖将军为争先锋之位闹得不可开交，卫侯偏向公孙将军多些，我想，原因就在于此吧：公孙敖曾救过卫侯的命，又为他做过诱敌之饵，更险些因此掉了脑袋，卫侯多给他几个立功的机会，也在情理之中。"

他自失地一笑，说道："但那次损失之惨重，连卫侯也没料到，公孙敖一万骑兵，死伤七千多……卫侯曾教过他，让他将部众分成两队，一队诱敌，一队虚张声势从后接应。按卫侯的战法，顶多损失三千军士也就够

风云飞起

了……仗打成这个样子，公孙敖可算是无能之极。但我却因此为匈奴立了大功，军臣单于大喜之下，封我做了相国，侍从左右，参与诸多军国大事……转眼已经十三年了。

"不久前，伊稚邪单于令我到右贤王的属地征粮，右贤王为我接风，那天他喝得多了，无意间提起单于与赵信正在谋划大计，此计若成，则大汉危矣。我心中一惊，有心细问，那右贤王却不肯再说了，自此，我便留了意。"

陈步乐问道："赵信？那不是大汉降将么？"

王胜说道："赵信原本是匈奴右贤王的相国，元朔五年被汉军击败，率千余人降汉，皇上封他为翕侯。元朔七年他随卫侯出征，又在军情紧急之际复降匈奴。这种反复之人，放在我朝，早就被灭了族了，岂容他活到今日？然而伊稚邪单于却对他格外器重，信用不疑。漠北大战前，单于听了赵信的话，坚壁清野，以逸待劳，欲与汉军在漠北决一死战。那场仗虽然仍是败了，但单于却无一语重责赵信，反而温言抚慰，百般开解。遇主如此，赵信怎能不尽死力？说起伊稚邪单于这人，毛病是有的，心思单纯，性子急躁，当年他信了儿子的话，要杀浑邪王，致使浑邪王心灰意冷，愤而降汉，匈奴白白丢失了大片土地。其实，浑邪王要是真到了王庭，面陈其冤，伊稚邪单于一定不会杀他。 伊稚邪不是一代雄主，他对你好，不是为了利用你，而是觉得你值得做朋友……匈奴人至少在这一点上比咱们汉人强，他们待人处事，不像汉人心机那般深……"

拾贰

阴谋

王胜的胸前不断有鲜血涌出，将缠着的布带浸湿了，他用手抹了抹，淡然一笑，向陈步乐说道："陈侯长，烦劳你再替我裹一条，勒紧一些。"陈步乐扯了布条，却被李陵一手接过。李陵一边替王胜裹伤，一边问道："那赵信给伊稚邪出了什么主意？"

王胜被他勒得有些透不口气，笑道："军侯手劲好大……赵信出的什么主意我并不清楚，只偷听到他和单于谈话的只言片语……那些话我都牢牢记下了，相信朝廷中的文臣谋士自然能猜出他们的阴谋。"他沉吟了一下，又道："一个月前，赵信突然来到匈奴王庭晋见单于。他的属地离此甚远，是不轻易来的，他一现身，必有大事。何况我在右贤王那里得知他欲对大汉不利，那就更要千方百计地探听消息，好让大汉有所防备。碰巧单于命我款待赵信一行，我便打算在酒宴上灌醉了他，从他嘴里探些口风。那赵信平日很贪杯的一个人，偏偏当天滴酒不沾，给我逼得急了，只好说，他晚上还要和单于商量些事，明日一早便走，实在饮不得酒。我听了这话，心中一喜，便左一杯右一杯饮个不停，假装喝得酩酊大醉人事不省，到了夜里，便跑到单于的帐下偷听。"

出头问道："偷听？"

王胜说道："是啊，单于住的和一般匈奴人一样，也是毡帐，不过大些罢了，平常仅有四个勇士把守。可不像我们大汉的皇宫，警跸森严，连鸟都飞不进去。嘿，也幸好如此，要不我如何能闻这般机密之事。不过当时的情形也极是凶险，我绕到单于的寝帐之后，刚刚趴下，一个巡夜的匈奴兵便走了过来，差一点就踩到我的手，当天晚间天阴得厉害，星月无光，他高擎着火把，只照了照远处，因我伏得低，他竟没瞧见我。要是他再向前半步，我恐怕……唉，这也许是天意吧。那匈奴兵离去后，我取出随身的小刀，将那毡帐割了条口子，将耳朵贴在上面……"

房中点了火，本来甚是温暖，可众人听着他说话，却不知不觉微感凉意。

"帐里就只有单于和赵信两个人。我听单于问道：'那件事做得怎么样了。'赵信回道：'颇为顺利，虽只半年，已有不少达官显贵去过了，这些人嘴上说不信，心里可是信得紧啊！但刘彻却始终没有上钩。'我听他提起大汉皇帝的名字，心里着实吃了一惊：'让皇帝上钩？上什么钩？'那伊稚邪单于笑了几声，说道：'刘彻于鬼神一道向来深信不疑，他又喜欢微服出行，我想，他是迟早要去的。告诉他们要有些耐性，等刘彻一到，便立刻下手。这些年来，刘彻杀了我们多少人，他让我们流血，自己也必须用鲜血来偿还。你这条计策很好……等大功告成，我再赏你一万个奴隶，两块草原，地方你自己挑。'

"赵信突然跪了下去，说道：'臣无能，前番与汉军决战，臣不但不能灭掉卫青、霍去病，反而损兵折将，几使单于性命不保。臣早已是万死莫赎之人了，如若此计成功，单于能饶臣一命，使臣得保首领以终，已是天大的恩典，臣哪还敢再要什么奴隶草原。'单于说道：'如今汉军势大，这事也怪不得你，你打不赢他们，谁又打得赢了。唉，当年冒顿单于何等英雄，传到我们这些不肖子孙手里，却是丧土失地、屡战屡败……惟盼你们能助我重振祖先的威风，那时便是要我的性命我也心甘情愿，又何惜区区几万奴隶几块草原。'

"那赵信感恩戴德啜泣了一阵，突然间喜出望外，像是想到了什么，他重重地拍了下手，说道：'臣以为单杀刘彻一人，并不能令大汉大伤元气。要想毕其功于一役，一定要使其自乱。当年冒顿单于之所以能纵横天下百战百胜，实与中原秦末分争楚汉相攻民穷兵疲有莫大的关联，依臣看，咱们不妨由此着手，另想个办法，可以一劳而永逸。'伊稚邪'噢'了一声，问道：'什么办法？'赵信说道：'当年刘邦、刘恒、刘启这些汉朝皇帝打不过咱们时，他们用的是什么办法？'伊稚邪想了一阵，恍然大悟，说道：'是了……'不等他说完，赵信便接口道：'单于既已想到，不必宣之于口，要的是践之于行。'"

出头于朝廷中事知之甚少，忍不住问道："打不过人家……打不过人家能有什么办法？那只有宁死不屈或逃之夭夭了。他们想说的是不是这个？"

王胜笑道："我猜他们想说的是'和亲'。但……"他摇了摇头。"堂堂大汉万乘之君怎么可能会娶夷狄女子……即便大汉国力衰疲之时，也只是将我朝女子嫁给匈奴单于，要娶匈奴女子为后为妃，哪个皇帝都不会答应。赵信要真出这样的主意，不过是痴人说梦罢了。"

李陵问道："伊稚邪又是如何说的？"

王胜说道："不知道。他们说话的声音低了下去，我没听到。后来，伊稚邪单于问赵信：'她行么？'只听赵信叹道：'这人真正的了不起，她的聪明才智别说是女子，便是男子也少有能及，臣自愧不如。天赋过人，博古通今，加之……'赵信凑在单于耳边，也不知说了些什么，两人忽然大笑起来，只听那单于连连慨叹：'可惜可惜。'那赵信说道：'以一人而换大汉的江山，单于不要她也罢。嗯……我找几个人辅助她，加之咱们有强大的内应，我看此事大有可为。到时非但单于自己，连您的子孙也可高枕无忧了。'那伊稚邪仍有些犹豫，说道：'这计策好是好，就是时日太长了些，我只怕见不到那天了……'赵信说道：'请问单于，大汉打败我们用了多少时候？七十七年！咱们只用二三十年便又能反败为胜,这笔账划算哪！'伊稚邪像是下了决心，恶狠狠地说道：'她在汉人堆里长大，我留她在那里，原本只想让她探听些消息，想不到还有如斯妙用……嗯，就照你说的办，咱们便是夺不了大汉的江山，也要搅他个天翻地覆。'赵信又说道："臣还有件事要禀报单于，上回臣和你提及的那些东西已经流入大汉内地了。'单于听后精神大振，说道：'好，咱们双管齐下，直捣中原！'"

李陵听着，心里隐约觉得有些不对，忙问："他们说没说是什么东西流入了大汉内地？"

王胜说道："没有，他们之后聊的都是些闲事，我也没敢再听。"

霍光搓了搓手，说道："王兄，说句话你别介意，既然事情尚未查清，我以为你不该急着回来，十三年都熬过来了，也不急在这一时。"

王胜苦笑了一声："原本我就是这样打算的，事情全查清再回来也不迟。可是后来不能再等了。公孙贺将军派的汉军细作因行事不谨被匈奴人发觉，抓了起来，我再不走，说不定被他供出，我是他的上司，他不认得别人却认得我啊。"

李陵凝视着眼前跳动不停的火焰，问道："王兄，方才你说公孙贺也往匈奴派了细作，那我爷爷他……"

王胜面露微笑，说道："大汉的将军们效仿卫侯的用兵之道，或多或少都在匈奴派有细作，惟独李将军没有。我手下有个人，是赵破奴的亲兵，他从前跟过李将军。据他讲，李将军对此颇不以为然，常说：'我宁愿你们战死，也不让你们去受那不生不死的苦。战死了，亲朋好友不过悲痛一时，派你们做细作，却要累得父母妻子思念一世。一旦去了匈奴，相距万里，人绝路殊，又有几人能够回来。生于大汉，反要葬在匈奴，死后连魂魄都不能还乡，只能隔着大漠遥遥相望，人间惨事，莫过于此，你们便是想去，我也不准。唉……'他幽幽地叹了口气："说起对手下的恩义，没人比得上李将军……军侯，陈侯长，你们回去，切记向卫侯讲明详情，让朝廷早做准备……不要让我的爹娘知道我的事，免得他们伤心……十三年了，二老该七十岁了……"王胜的眼睛变得亮晶晶的："我在匈奴妻儿俱全，不是我夸口，我妻子长得很美啊。我儿子今年五岁，按汉人的属相，他该是属虎的，他却最喜欢马。整天缠着我要我教他骑马，可他太小，我还没来得及教他……我离开她们的时候，天还没亮，娘俩正睡着，我曾答应她们，第二天带儿子去打兔子，还有……试试妻子给我缝的新袍子，她们一觉醒来，却发现我永远都不见了，儿子会哭吧，慢慢会好吧……我最怕……我这一走，身份便暴露了，匈奴人会不会杀了她们娘俩……"他忽然停住了不说，李陵轻轻推了推他，王胜眼中两滴清亮的泪珠滚落下来，身子却一动不动……陈步乐擦了擦两颊上的泪水，问道："他死了？"李陵点点头，喃喃说道："只是我不明白……大汉与匈奴，哪里才是他的家乡……"

众人望着王胜的尸身，久久无语，思绪却如潮水一般，汹涌澎湃，起伏不定，激荡不休。

陈步乐慨叹了一番，抬头看看外面，天色仍是漆黑如墨，他眼睛瞟着后院，说道："那匈奴老者在后堂呆了一晚上，居然一点动静也没有……不会出什么事吧？"

李陵口气倦倦的，似乎很是疲惫："那黑衣老者不战、不走、不降，我担心他思来想去，仍是不敢不死……"

陈步乐疑惑着，自言自语道："军侯，咱们已经放了他，难道他还会寻死么？……这老家伙是不是趁咱们说话的时候逃了？"

李陵从身后拿了支箭出来，箭尾连着条细长的绳索，直通到门外，他用箭拨了拨火头，说道："将那黑衣老者单独留在房中之时，我已将三股箭缴结在一起，合成一条，一端拴在西厢房的门上，一头连着我的箭，从西厢房到这里不过三十丈，而这条绳子刚好三十丈二寸，只要他一开门，我这箭必然要动，但……它始终未曾动过……"

陈步乐惊疑不定，看了高无咎一眼，说道："老高，这是咱二人的差事，咱俩得看看去。"

李陵站起身来，跺了跺脚，说道："一块去。陈侯长……我劝你别抱什么指望，那黑衣老者八成早已自尽了。"

西厢房房门紧闭，里面没有一丝亮光，门前那具黑衣人的尸体也未被移动过。四下里寂无声息，衬得各人的脚步声格外空旷。

陈步乐举着火把走在最前面，他素来胆大，可不知怎么，这时心中却隐隐有些恐惧，他吁了口长气，稳了稳神，勉强挤出一丝笑容，大声说道："军侯，还是你说得对，房门是关着的。大约那匈奴人怕贼，是以要关起门来，想好好睡他娘的一觉。"说完，自己干笑了几声。见众人没有搭腔，陈步乐不禁有些气馁，无意中，右脚在匈奴人的尸体上绊了一下，他顺手将火把向那尸体上一照，骂道："敢挡老子的路，老子烧了你……"忽然，他停住了，回过头来，神情又是惊骇又是茫然："谁……谁干的？"他顿了顿，声音有些嘶哑："我问你们……这事到底是谁干的？"

北风劲急，锋锐如刀，吹得陈步乐手中火把的火苗飘摇不定，而他的面目，也在忽明忽暗的火光的映照下，显得愈发狰狞。

几个人被他突如其来的举动吓到了，面面相觑，惴惴不安，谁也没敢接话。

陈步乐的目光在霍光、出头、上官桀、车千秋身上游移着："这事跑不了你们几个，出头，是不是你做的？"出头一脸的莫名其妙，问道："我做的……我做什么了？"

陈步乐将火把凑近那死人的脸，说道："你自己看吧。"

出头借着火把的微光瞧去，突然跳开，拼命地摆着手，失声叫道："不是我……我没干！"

上官桀大大咧咧地问道："看见什么了，吓成这样，让我看看。"出头一把将他扯住，说道："别看……那人的脸不知被谁砍得稀烂……恶心死人……"他胃里一阵翻江倒海般的难过，一张嘴，"哇"的一声吐了出来。

陈步乐冷笑着说道："这人死时，军侯、我、高无咎正在房中和那几个匈奴人周旋，只有你们四个在外头，不是你们做的还能有谁？辱人尸体、毁人面目，心地这般残忍，枉称了'男儿'二字！"

霍光"哼"了一声："陈侯长，在匈奴人的尸体上砍几刀又不是什么大不了的事，若是我们做的，我们何必否认。但我们四个确实没做过这件事，你要是一定不信兄弟们的话，我也没办法，就当是我霍光做的好了。"

陈步乐见霍光义正词严，不似作伪，寻思着，低声说道："这宅子里就咱们几个人，惟一活着的匈奴人又关在屋子里，一直没出来，那会是谁做的？"

李陵心中一动，大步走到门前，俯下身子，伸手一摸，随即僵在当地。好一会儿，他才缓缓转过头来，手里拿着一截绳索，神色甚是沮丧，说道："他出来过……"

陈步乐走过去，蹲在了李陵的旁边，接过绳索，看了一阵：那绳子的断头处十分齐整，显然是被人用利器削断的。房门的右下角插着枚箭镞，另有一小截绳头绑在箭镞上。陈步乐叹道："黑灯瞎火的，连布置得这么隐秘的机关都能被他发现，这人当真机敏，好在他腿上有伤，跑不远，我这就带人去追。"

李陵淡淡地说道："追不追是陈侯长的事。我当时设这机关是见他死志不坚，怕他召集同伙再来暗杀王胜，并没安着欲擒故纵的心思。我既已答应放他走，便不能食言。不过陈侯长并没答应过他什么，如果要追，悉听尊便。"他一推门，进了房中。

陈步乐踌躇良久，也跟着众人走了进去。

遍地尸体横陈，鲜血流得到处都是，有些尚未凝结，踩在上面，"啪叽"作响。

那四个黑衣人的尸体并排摆在一起，有三个人的脸被利器砍得血肉模糊，根本分辨不清形容。只左边那具尸体是双眼被挖，整张面皮叫人剥了去。鲜红的血肉加上两个黑黑的孔洞，连李陵、陈步乐这等久经战阵之人见了也不由得胆颤心惊，车千秋更是看都不敢看上一眼，远远地躲开了。

陈步乐面色苍白，说话的声音微微发颤："军侯，看来这宅子里果真有人来过，咱们却不知道，这人和几个匈奴人是一路的，眼见事情败露，趁咱们说话的时分，杀了那黑衣人灭口。"

霍光专注地看着那几张面目全非可怖之极的尸体，说道："我看未必，也许那活着的匈奴人已经逃走了，怕咱们去追，因此拖了具汉军的尸体，将他的脸毁了，冒充自己。"他问陈步乐："陈侯长，在宅子里共有多少汉军战死？"陈步乐想了想，说道："路上死了七个……宅子里死了十个。"

霍光屈指算道："前院有一具，这屋子里该有九具才是，加上四个匈奴人……"他站起身来，数了数房中的尸体，失望地摇了摇头："十三具，数目正对，难道是我想错了？"

陈步乐说道："既然尸体数目相符，那黑衣老者定是给同伙杀了！"

霍光不以为然地瞅了他一眼："如若他真有同伙，那只管杀人便是，为何要将他们的脸毁了。他们是匈奴人，追杀本族奸细是天公地道的事情，根本用不着藏头露尾，隐瞒身份。"

陈步乐不服气地梗着脖子，强辩道："匈奴人禽兽不如，不能以常理度之，说不定这又是他们什么古里古怪的仪式。"

李陵安安静静地站在一旁，听他们争执不休，不置一词，这时却突然说了句："那黑衣老者不是匈奴人。"

陈步乐吃了一惊："他不是匈奴人……军侯怎生知道？"

245

李陵思量着，说道："那黑衣老者的刀法有几招是从雷被的剑法中化来的。元朔三年，雷被到长安找我三叔切磋武艺，他们比试的时候，我一直在旁边看着，于他几记厉害的杀招记忆犹深。三叔对他的剑法也甚是钦佩，求他将其中一套雷氏乾坤剑传授给我。雷被为人极豪迈的，为朋友可以不顾性命，但说到传剑，却是死活不肯。雷氏乾坤剑是他雷家的独门绝技，连本家子侄也不轻传，遑论外人。那黑衣老者若是匈奴人，怎么可能会使雷氏乾坤剑。何况从匈奴漠北到大汉的安定郡，中间要经过多少道关卡，五个身携利器的匈奴人，如何过得来，且来得这般快。要是我所料不错，这五个黑衣人都是汉人扮的。"

陈步乐倒吸了一口凉气："汉人扮的……军侯，那雷被是谁？"

李陵说道："雷被是当年淮南王刘安门下的第一剑客，后来向朝廷举报淮南王太子谋反，立下大功，他却不肯为官，这些年始终隐居不出，听说，他一年前已经病死了。"

陈步乐越想越摸不着头脑："淮南王大逆无道早已伏诛……雷被也死了，那……那事情究竟是谁做的？唉……那黑衣老者是惟一知道内情的人，偏生也死了。"

李陵摇摇头，像在自言自语："我全然想错了……那黑衣老者是别人豢养的死士，性命本来就不是自己的，他坏事之后没有当即自尽，显然还有什么事没做完。我放他走，想着留他一条命在，陈侯长便仍可追查下去。可……我没料到，他没做完的事竟然是……毁了同伴及自己的面目！"

出头惊讶地低呼了一声："军侯，你是说那黑衣老者是自杀？这四具尸体里……哪个是他？咱们识得他么？"

李陵指着左面的那具尸体，说道："这人颈上有一道深深的刀口，腿部有箭伤，显然是他了。"他透了口气，说道："咱们不识得，定然有人识得……这黑衣老者真是狠得出奇……将所有同伴的脸一一毁去，又自己剥皮掘眼，以刀勒颈……他死前所受苦痛绝非常人所及，能调教出这等死士，主使之人也非寻常啊！"

陈步乐眼光倏然一亮，说道："军侯，有件事……我们这一队人马的行踪是绝大的机密，怎么会给这五个人知道？会不会是……"

李陵有些意兴阑珊。"事情明白着……"他盯着陈步乐，眼光深遂而迷茫，"谁泄的密，相信陈侯长心中有数，但我以为……五个杀手未必是那泄密的人派遣的。一，泄密的那人没有这么大的势力，他的那点伎俩，出了肩水金关就不灵了。二，敢做这种事，定然所谋者甚大，一个都尉未必会有这样大的野心，他的后面该有个了不得的人物才是……"

陈步乐发了一阵子呆，恨恨地说道："看来，这事咱们管不了。行，等我见到卫侯，将王胜说的话告诉他便算交差。卫侯要怎样查，那是他的事，与我再不相干了。"

几个人满腹心事，闷声不响地回到前院的正房中，那火仍然噼噼里啪啪烧着，房中热气熏人。众人一路奔波，又兼迭遇奇险，个个身心俱疲，斜倚在墙角闭目养神，不一会儿便发出了酣声。

李陵坐在火堆旁边，望着那忽伸忽缩的火苗，却无论如何也睡不着，他伸手入怀，取出一卷羊皮卷来，那是爷爷生前的一幅画像：银须白发，神色傲然，精悍之气，犹在眉间，越老而越见其风骨。李陵仰起头，沉思着："爷爷从不请人画像，偏偏在元狩四年他老人家出征之前，花重金请宫中画师画了这幅像，现今看来，爷爷其时已做了一去不复返的打算。"

他嘴角牵动着，又想："今时不同往日，我大汉兵精粮足，弓强马壮，讨伐匈奴已经成了难得的肥差，不论文臣武将，但凡能带兵到塞外走上一遭，只要不全军覆没，即使小败也能冒功领赏。如若运气好，抓住个小部落的王子、相国，便可剖符裂土，得食邑，封通侯。爷爷心思爽直，生性憨倔，不走门路，不屑钻营，那些皇亲国戚、高官显贵人人视其为异己，哪个肯将立功受爵的机会给他？从前在爷爷麾下，后又改换门庭跟了卫侯、霍侯的校尉们，几年间全都风生水起，扶摇直上，最小的也做到了关内侯。他老人家虽然嘴上不说什么，心里那份失落可想而知。爷爷盼封侯盼了一辈子，然而最后一次出征却是心如止水……"

李陵不禁想起三年前自己陪爷爷到京郊打猎时的情形：为搏爷爷夸赞，他打起全部精神，只用了三箭便射杀一头熊，哪知爷爷见了却未置可否。回来的路上，两人在树旁休息，爷爷随口说起与匈奴人打仗时的战策战法，李陵当时在军中尚无职份，却整日研习卫、霍的用兵之道，于对阵匈奴人颇有心得。他侃侃而言，爷爷便闭了眼，靠在树下静静地听，一缕白发凌乱地散在爷爷的额前，只在那时，这位勇冠三军叱咤一时的大汉名将才显出一丝老

247

态。爷爷后来叹了口气，默默地盯着李陵，眼神中像是寄托了无限的心事："陵儿，爷爷此生有两大志向，少年之时，正逢国家多事，诸侯叛乱、匈奴逞凶，我匹马从军，誓要荡平勍敌，一扫狼氛，建不世之奇功，有闻于当时，垂名于后史，使我大汉军威远震、海内艾安，强房不敢犯，夷狄不敢侮……到老了，心思慢慢变了。六十许人，哪里还有什么贪功之念，所以白发出塞、皓首临边、马革裹尸、肝脑涂地而不悔者，求的不过是心之所安。我李广驰骋一世纵横一生，到头来岂能缠绵病榻郁郁而终！是军人，便该战死沙场、亡于敌手……"

一幕幕往事涌上心头，两滴热泪从李陵的眼眶中无声地溢出："爷爷连这个心愿也未能实现……他没有死在疆场之上，却只能以自尽来反抗上天的不公……爷爷恩义素在人心，出殡那天，长安近万百姓前来送行，天下英雄，无论识与不识，尽皆痛哭垂涕。爷爷生虽不能封侯，死后哀荣却是无人可比。哼，朝中那些万户侯廊庙宰，个个陵墓高起翁仲如林，生前骄横荒淫，死后仍是奢纵无度，妄图以厚葬重币显扬当世，搏时人之虚誉，真是可笑，不过得声声骂名罢了。谁又能如爷爷一般，以手中剑、颈中血换来天下人的一掬清泪？"

248

他慢慢闭上眼睛，心中依旧思如潮涌。"爷爷本是皇上亲授的中军先锋，谁想出塞后却被卫侯临阵换将，改为右路接应，右路军迂回路远，又不给向导，终致后期失道，爷爷一怒之下愤而自尽……爷爷虽非卫侯所杀，但卫侯实是难辞其咎……三叔要去找卫侯讨个公道，撕掳个明白，却又不让自己跟从，记得三叔说：'你三叔一个莽汉，没什么出息，一个人和他拼了也就是了，你不成，你爷爷曾经说过，将来重振家声光耀门楣非你小子不可……'原来爷爷对自己有着如此的期许……"他缓缓地叹了口气，"三叔去卫侯府前吵闹了一阵，还没见到卫侯，便被几个过从甚密的将军、校尉劝走了，然而这口气憋在心里，却始终不能释怀……"蓦地心中一个念头一闪："三叔的死会不会和此事有关……难不成三叔又去找卫侯报仇了？要是他头脑一热，不管不顾伤了卫侯，那可真便犯了大罪……不对，不对……如若真是这样，朝廷必然要治三叔的犯上之罪，明正典刑，公之于众，以为后来者戒，为何要说是'为鹿触杀……'想想爷爷辞世已有两年多了，时过境迁，三叔即便再怨恨，也不会再像当初那样打上门去……何况卫侯为人持重谨慎，又心中有愧，按理说不该跟三叔一般见识啊……赵充国在密信中写得也是含糊其辞，只说'令叔已死，另有隐情……'什么隐情呢？京城里究竟出了什么事，连家里人都要瞒着我，以致信也不给我来一个？"正想着，就见三叔浑身是血突然出现在自己面前。三叔双手捂着喉咙，神色极其痛苦，像是有什么话要说，口中却只发出咿咿呀呀之声……李陵站起身，大声说道：'三叔，告诉侄儿，是谁害了你，我给你报仇！'"

三叔的面目渐渐变得模糊，终于消失不见，李陵心中惊悸，不住叫道："三叔……三叔……"朦朦胧胧中，听到有人在耳边轻轻呼唤着自己："军侯，醒醒，醒醒。"他猛地睁开眼睛……原来不过是做了一场梦而已，众人靠着墙角，依旧呼呼地睡着，外面早已是天光大亮，只出头蹲在自己的身边，鼻孔急促地一张一翕，眼中闪着兴奋的光。

李陵搓了搓脸，停了一会儿，说道："都这时辰了，叫大家起来，咱们上路。"

"军侯……"

"什么？"

出头紧张得有些口吃："外面那座大坟丘子有些古怪，军侯要不要去看看？"

李陵疑惑地问道："大坟丘子？"

"是啊，就在后院。又高又大，拿石头砌的，结实得很。"

李陵怔了怔，回想起来，后院确有这样一个大圆丘，自己当时见过，也觉着不大对劲，因皱着眉头问道："你到那儿做什么？"

出头搔了搔头，说道："我见王胜死得可怜，恰好今儿起得早，便想找块地方将他葬了。谁想院子里偏巧有个现成的坟墓，王大哥受了那么多苦，又为大汉立了许多功劳，只有住这样大的坟才不至委屈了他。不管这坟里葬的是谁，能和王大哥同穴而眠，那是极荣耀的事，谅他也不会怪我。我原以为凿开这坟要大费周折，谁想这坟和别的坟不一样，边上还修了一扇小门，我将门上的锁撬开了，那里面竟……"

李陵摆了摆手，止住了他的话头，说道："不必说了，我这便去见识见识……"他出了会儿神，幽幽说道："不知这宅子里原先住着的是什么人？如今他们又搬到哪里去了？"

风云乍起

圆丘南侧的小门开着，走到近处便能闻到一股刺鼻的臭气，像是什么东西腐烂了，中人欲呕。

里面阴冷潮湿，漆黑一团，两人各点了支火把，小心翼翼地向前走去。两侧是坚硬的石壁，脚下是一级级的石阶，笔直地向地下延伸，目力所及，不见尽头。走了一阵，那腐臭的气息更浓了，李陵只觉呼吸不畅，胸中烦恶之感渐增，心里也愈发地惊疑："这不像陵墓的墓道，倒像是一间秘室。然而既是秘室，入口必然要修得十分隐蔽才行，怎么会在石丘的南侧开个小门，那还有何秘密可言？"

再向前走，足底突然变得软软的，用火把一照，石阶上竟是白花花的一片，如同铺了一层厚厚的雪。出头低声问道："军侯，地上铺的是什么东西？"李陵拈起一撮，放到鼻下嗅嗅，说道："是石灰。"

"石灰？铺一地石灰做什么？"

李陵沉吟着，缓缓说道："十之八九是为了祛毒。这宅子里也许有人得瘟疫死了，家人为怕瘟疫流行，这才修了一间石墓，又在墓道了撒了石灰……"说到这里，不禁哑然，心知自己解释得全然不通，如果真是有人得疫病死了，石灰该撒在死人生前的寓所之中，怎么可能撒在坟墓里，何况这根本就不是墓室？除非……这里面关着一个活人！"一念及此，心中栗然而惧，只觉这神秘的石室中处处透着诡异，仿佛暗中有一双眼睛时刻盯着自己，脖颈后面冒出阵阵凉风，浑身的汗毛都竖了起来。

出头笑道："军侯，这里面葬的绝对不是人，不信你看。"

不知不觉间，两人已走到了石阶的尽头，只见前面耸立着一个六尺来高的石堆，石堆底部长约丈许，越往上越是狭窄，顶部用一块三尺来宽的石头压着。石堆周围同样布满了石灰。

李陵"咦"了一声："这是什么？"

出头说道："我之前进来时，也觉得奇怪，便将上面的石头搬下来想看个究竟，谁知石堆中间居然是空的，便和一个大笼子相仿，里面有些碎肉，都已腐烂了，恶臭无比……唉，这家的主人许是神志不清，真想不通他要这里养什么？什么猛兽这样厉害，要关在石头堆里，外头还要盖个大坟丘子？老虎？看这石堆，老虎是一定养不下的……再说他养老虎做什么？"

李陵不再听他的唠叨，将压在石堆上面的石头推开，伸出火把，探头向里面张望，良久，点了点头，又绕着石堆踅了一圈。那石堆垒得十分牢固，石块与石块之间缝隙极小，只怕连刀刃也难以插入。上部均匀分布着十几个一指粗细的孔洞，似乎是透气用的。李陵轻轻地吁了口气，说道："出头，你猜得没错，这里面是养过东西……至于那些碎肉，我敢说不是牛的便是马的，方才我隐约见到一小截腿骨，只是火光太弱，实在是分辨不清……"他眉头微蹙，自言自语道："什么东西喜欢吃牛马肉呢？"

出头眨了眨眼，说道："军侯，要不咱们将这石堆拆了仔细看看？"

李陵苦笑着摇了摇头："可惜我另有要事在身，而且……唉，不然真要好好寻访一下此间的主人，这人一定很不简单……"

李陵带众人出门上马，那上官桀却拖在后面，悄没声地将房中的木奁搬了出来，放在马背上，用绳索捆了个结结实实。陈步乐见了，一哂，骂道："看不出你他娘的还是个贼，你偷这女人的东西做什么？"上官桀满不在乎地说道："当然是要送给女人了，难不成我上官桀还会像你陈侯长一般，一辈子也讨不到老婆么？这房子没人住，东西也没人用，白白放在这里糟踏了岂不可惜？等我讨了老婆，嘿，还想一家子都搬过来住呢。"

陈步乐呸了一声："闻闻你那浑身的贼味，有哪个女人肯跟你！快将东西放回去。"上官桀却不肯，嘟囔道："又不是你的，你管得着么？"

李陵听见二人吵闹，回过头来，冷冷地看着，说道："陈侯长，既然上官桀不愿将东西送回去，你就代劳吧。"

上官桀听李陵如此说，方不言声，陈步乐走上去一把将他推开，解了绳索，将木奁抱在怀中，低头看看，忽然停了下来，喃喃说了句什么。抬头见李陵好奇地看着自己，便指着奁盖上的银扣说道："军侯，这上面刻着的是焉支山。"

"焉支山？"

"是啊，焉支山在祁连山的东南，却比祁连山小得多，匈奴人又称之为胭脂山……一到夏天，山上开满了火红的山丹丹花，生活在这里的匈奴女人常常将花捣碎了，将花汁涂在脸上妆扮自己，匈奴女人简朴粗率，比不了汉女的窈窕雅致，可爱美的天性却是一样的……"

李陵说道："焉支山……胭脂山，好美的名字。"他望着西北，神色有些怅然，良久，才问道："陈侯长，你们是怎样到的这里？"

陈步乐苦笑道："说来惭愧，我们一入高平，便碰上了这四个黑衣人，一场仗打下来，二十个人竟没抵挡得住，反倒折损了几个弟兄，只好边打边逃。逃到此处时，我听到一个黑衣人用生硬的汉话喊了句：'别让他们逃进那宅子里去，到前面拦住他们……'我向前一望，前面果真有个宅院，当时也来不及多想，带着人便奔过去了……现今想想，那些黑衣人仿佛是故意要引我们到这里来……唉，幸好遇到军侯，不然被人家杀了之后埋在这荒宅里，生不见人死不见尸，又有谁知道？"

李陵打量着陈步乐："你说截杀你们的是四个黑衣人，可我却见到了五个，怎么会多出来一个？"

陈步乐怔了一下，偏着头，思索了一会儿："对呀，那个人是什么时候多出来的……开始是四个，好像进宅之后便多了一个，想是那人追我们时落在了后面，后来又赶上来的。"

李陵听了，眼光幽幽闪动着，徐徐问道："陈侯长，这真是个荒宅？你们进来时并没遇到什么人么？"

陈步乐摇了摇头。"军侯也看到了，这宅院里自始至终就咱们这些人，要是另有他人，按理早该出来看个究竟了，能任由外人在自己家里这样折腾？不过……"他缓了口气，"我进门时，那门上并没有上锁，倒真像住着有人……这院落里房间甚多，咱们又没一间一间地察看，若说一定没人，属下不敢下此断语。"

李陵紧皱的眉头渐渐舒展开，说道："这里从前住了不少人，不知什么缘故突然走了个干干净净……拦截你们的是四个黑衣人，进了宅子便多出一个，我想，这人也许原本就在宅子里，只是不知道……他和从前住在这里的那些人是不是一路的。"

陈步乐身子一震，说道："依军侯看，要不要知会这里的县令，叫他们将这座宅子封喽？"

李陵迟疑了一下，许久才说道："究竟谁是幕后主使，又有多少人参与其中，我们一无所知，这种情形之下，当然要知道的人越少越好，到了长安之后，你将这里的事情详详细细讲给卫侯听，一切听他的定夺。这里离长安不远，一来一去也就四天的功夫，希望卫侯的人来之前，这里不会叫人家烧了。"

第二天傍晚，七个人便到了渭水之南一处叫做安庄的小村落，这里距长安不过三十里之遥。李陵一路上打马如飞归心似箭，如今京城就在眼前，他反倒不急了，执意要在阳陵找户人家住上一宿，次日一早再进城。除李陵以外，众人都是第一次到长安，眼见绵延数十里的城墙沐浴在金红色的夕照之下，巍巍赫赫，格外壮观，想像着城内的富庶繁华，都想赶在天黑之前进城，然而望着李陵忧郁的面容，却是谁也没敢做声。

六个人在镇上一户姓王的财主家里住了。但凡有钱人，为人处事都是极小心的，何况他们几人骑马挎刀一脸狞恶，那财主怎敢拒之门外。赶紧叫下人收拾两间厢房给他们住了。将炕烧得滚烫，又准备了丰盛的饭菜，满满地摆了一桌子，伺候得要远比驿站里的小吏们殷勤周到。众人多少天没吃过一顿像样的饱饭了，见了面前的鸡鱼肉蛋，如何能忍得住，放开肚皮据案大嚼，人人都吃得流了一头的热汗。

上官桀挟了块肥肉片子塞进嘴里，囫囵咽下，说道："真他娘怪了，咱们不过是借宿，他们却待咱们如亲爹一般，到底是京城附近的人，民风都不一样！"

陈步乐说道："只少了一样，酒。让我管他要点去。"

李陵一把将他扯住："陈侯长，酒人家是不会给的。这家主人是个老实人，生怕咱们喝酒闹事，别给人家添麻烦。"

陈步乐笑道："原来他是怕咱们，行，那今日就不喝，进长安后再喝个痛快。"

李陵略吃了两口便停箸不食，望着长安的方向微微叹了口气。霍光见他意兴索然，将盛鱼的陶碗推到他的面前，说道："军侯，明日便到家了，你该高兴才是。尝尝这鱼，很新鲜，咱们在塞上只吃得到腌制的小鱼，味道比起这个可差远了。"

李陵看看，说道："还有鱼……上如好者下必甚焉，皇上尚武，以致百姓对当兵的也高看一眼。这家人必定是吃过军爷们的亏，否则不会对咱们如此礼敬。京城里的兵骄横惯了，你们不要学他们。"他打开随身携带的包裹，从里面取出三封书简，仔细比对了一下，分别递给出头、上官桀、车千秋三人，说道："这是我写给京辅都尉高不识的信，拿着它去见高大人，冲我爷爷和三叔的面子，他一定会妥善安置你们。在天子脚下当差，处处都有规矩，你们初来乍到，人地两生，遇事要勤勉谨慎，能忍就忍，不到万不得已，不要蛮干。"他盯着出头，说道："以后再惹祸那便只有自己担着，我就是想照拂也照拂不了你们了。京师人才多，际遇也多，诸位能有多大的出息那要看各人的造化，有飞黄腾达之日，不要忘了我李陵这个人。"

他平平静静的一番话，几个人听在耳中却格外伤感，出头霍地站起身来，大声说道："我早就说过了，军侯去哪儿，我便跟到哪儿，没有职务，就是一辈子做个亲兵侍从也好，这封荐书我用不着，给我二哥吧。"说着，将手中书简递给霍光。霍光却不接，略带疑惑地看着李陵。

李陵苦笑着，说道："傻出头，你霍二哥用得着我安置么，他和你们不一样。"他拍了拍霍光的肩头："听说令尊一直住在大司马府，你寻到了他，一切便清楚了。朱安世、上官桀、车千秋还有陈侯长，他们几个和你也算共过患难，能周全的尽量替他们周全着，别委屈了他们。"

他脱了靴子，躺在炕上，望着房顶的檩木若有所思，良久，才说道："出头，我要去哪儿连自己也不知道，明天是十月初六……十月初六了……明日一早你将我那套便装找出来，我着便装入城，这军衣我是不穿了……你们来长安，原本我该尽地主之谊，领你们到家里走走，然而是不能了，还请你们不要见怪。"

几个人相互瞅着，心中均大惑不解，李陵今日尽说些不祥之语，怎么竟像……交待后事一般，几个人再也无心吃喝，默坐了半晌，想寻个话头探探李陵的口风，回头看时，发现李陵已经睡着了。

长安乃大汉都城，城周六十五里，每面辟三门，城下有池环绕，池上有桥，与街相直。城北紧依渭水，城墙顺河流之势，呈曲折之状，有如北斗七星，南墙沿长乐、未央二宫修建，东北向内收缩，宛若南斗六星，因此长安又有南北斗城之说。全城历百余年修缮经营，庄严肃穆，规制宏阔，雄伟壮丽，无与伦比。

六个人一早从城南的安门进城。迎面一条笔直的大街，自南而北，纵贯全城，那大街宽约二十余丈，中间两条排水沟将长街分成三股，左右两股行人摩肩接踵，川流不息，极是热闹。居中一股最是宽阔，却是静静地连个人影也无。出头叹道："嘿，到底是京城，真他娘的气派！军侯，这条路叫什么名字，这么宽，能并排走多少人啊！咦，中间怎么没人走？没人走咱们走，免得和他们挤。"

李陵微笑着摇摇头，说道："出头，这是驰道，是专供皇上出行用的，你要是敢走，那便犯了杀头的罪。"

出头吓得脖子一缩，吐了吐舌头："当皇上的原本这般横蛮，这么宽的路，凭什么他走可以，别人走就要杀头，好不讲道理。"

上官桀说道："操，要不怎么谁都想当皇上哪，还不是因为当了皇上便想怎么样就能怎么样。和你事事讲道理，辩是非，那做皇上还有什么意味。我说的话便是道理，你听也得听，不听也得听，那才叫皇上呢。"

出头轻蔑地吐了口唾沫，说道："全是狗屁，他不让我走我就不走了，总有一天我非得从这条路上大摇大摆地走上一趟不可。"

霍光瞪了他一眼，怒道："出头，这是什么地方，你怎么敢如此胡说，你不要性命，我们还要呢。"

出头见霍光生了气，心中虽然不服，却也不再吭声。李陵转过头来，面无表情地看着出头，说道："这样的话，还有两个人说过，一个是西楚霸王项羽，一个是大汉高祖刘邦，两个人最后竟都说到做到……一样的了不起！"

出头眼光一亮，说道："军侯的意思是说我也会成为那样的人物？"车千秋瞟了李陵一眼，接口道："朱兄弟，军侯逗着你玩呢。秦末乱世，说过这话的不知有几千几万，除了项羽和高祖，其他人都死了，你也想死不成？"

出头喃喃自语道："皇上有什么稀罕，便是请我做我也未必去做……"

行了大约五里左右，前面现出一个岔路口，李陵勒住马头，指着左首的街路说道："从这里再走一里，南面便是京辅都尉府，出头，你们几个找高都尉，递上我的荐书，其他事他自会安排。还有，前一阵子，郭大哥托我们带些东西给司马谈大人，这些事也只好烦劳你了。"他向北望了望，说道："那边是北阙甲弟，里面住的都是长安城一等一的贵人，卫侯、霍侯的府第自然也在其间，陈侯长、霍兄弟，你们各自去寻要找的人吧。众位兄弟，多多珍重，咱们就此别过了。"

出头急道："军侯，你去何处？日后我们到哪里找你啊？"

李陵沉吟着，仰起头来，眼光中带了几分伤感迷茫，他轻轻吐了口气：

"日后的事，日后再说吧。"

李陵纵马向城北而去。安门大街两侧是朝廷存放兵械的武库，高墙大院，连绵百丈，精兵巡弋，门户森严，处处透出一股逼人的气势。向西，是皇上朝会起居之所——未央宫。未央宫建于龙首原之上，居高临下，俯视全城。从安门大街远远望去，里面崇台峻基、琳宫仙宇，突兀峻峙，萃然山出，使人神志不觉森悚。东面是长乐宫，南面是北宫和桂宫，俱是部署繁复、外观嵯峨，再往前，便是东市西市了……

乍从边塞荒蛮之地回到这翼翼京室眈眈帝宇，李陵不禁有些恍惚。他家累世高官，自己少年时即受恩荫，充为郎中，入宫禁掌守门户，左右尽是权贵子弟，常结队浪游，呼酒共饮，雕鞍顾盼，横行长安，日子过得疏狂又放诞。而今出塞日久，身处大漠，戍守边疆，眼中所见，尽是孤城落照、铁马征衣，心境与从前已是大为不同，再回想昔日所为，心中竟生出淡淡的隔膜，他摇了摇头，脸上露出一丝苦笑，缓缓进了东市。

长安九市，东市最为繁华，两侧店铺酒肆鳞次栉比，入市者连袂成云密如蚁聚，市中人声鼎沸，喧闹不堪。

李陵寻了半日，也未找到赵充国信中所说的邵家老店，向人打听，却没人知道，看看天色，已近午时，不由得心下焦躁，四下里张望着，心想："赵充国信中说，'十月初六午时会于东市邵家老店，吾召人宴饮，君于隔壁安坐听之，令叔之事自见分晓。'"邵家老店？他怎么会寻这么隐秘的所在？

转过街角，无意中抬头，见不远处一个土屋门前挑着幅酒招子，那酒招子皱皱巴巴、污渍斑斑，似乎多年不曾清洗，上面写着的"邵家老店"四字已不甚清晰。东市的店铺多为木制重楼，只这邵家老店是单独的一间土屋，被四周层层叠叠、富丽堂皇的楼阁裹挟着，尤显残破不堪。李陵心中暗笑："这个赵充国，由郎中晋位中郎，给事禁中，秩比六百石，依旧如此小气，召人宴饮，却找了家长安城里最破烂的酒肆。"

举步入店，一个精精瘦瘦的店伴前来招呼："公子，几位？"李陵眯起眼睛四下里打量了，见店中狭小，东西墙下各放着四张桌子，桌下铺着蒲草编成的坐席。南面靠窗的位置用屏风隔了两间雅座，那屏风上的黑漆已经剥落，露出里面白花花的木色来。李陵用手指了指，说道："我是一个人，就要你们外头那间雅座。"

那店伴怔了怔，躬身赔笑道："公子，真不巧，里面那两间雅座昨日便已被京辅都尉府的几位官爷包下了。您坐外间吧，今日小店里人少，坐哪都一样清静。"

李陵淡淡一笑："据我所知，都尉府那些官老爷们都挑剔得紧，会到你这店里来？别是诓我吧？"

那店伴使劲地摆着手，忙不迭地说道："公子，您也看到了，这店里生意如此清淡，您能光顾，便是小人的衣食父母，我怎敢诓您。昨日几位官老爷来，吃了我们店里的梅花鲤鱼炙，赞不绝口，跟小人交待了，说今日要多叫几位老爷来吃，让小人将两间雅座都留着，连定钱也交过了……要是小人知道公子您今日来，我好歹也要给您挤出一间雅座来。"

李陵斜睨了他一眼，缓缓坐下，说道："他们昨日来过了？……我爹在京辅都尉府中当过差，里面有不少人是我的叔伯，跟我说说，这些官爷都长得什么模样？说不定我认识。"

那店伴见李陵气度雍容举止洒落，猜不出他的来头，更加不敢得罪，挤出一脸媚笑，说道："昨日来的共是三位官爷，年岁都不大，不会是您的叔伯，其中一个又高又壮、浓眉大眼，另两个么……一个是黑胖子，一个白白净净的，长得很俊。"

李陵思量了一阵，问道："那又高又壮的官爷叫什么名字？"

那店伴摇了摇头："这小人可就不知道了，不过听其他两位官爷管他叫赵大哥。"

"赵大哥？"李陵心中默想着："高高壮壮、浓眉大眼，且又姓赵，那这人必是赵充国无疑了。原来昨日他便带人来过了，可他为何要说自己是京辅都尉府里的人……赵兄为人谨慎，他隐瞒自己的身份，约我来这家小店相会……这其中定然另有深意，然而我三叔之死究竟有何蹊跷？赵充国不但不能在信中明言，连与我相见都要藏头露尾小心翼翼？"

他满腹疑惑，出神了半晌，才若无其事地问道："那三位官爷就是冲着你们店里那道什么梅花鲤鱼炙才来的？"

那店伴将胸脯拍得嘭嘭响："那是自然。公子您不知道，几年前我们这店可是远近驰名，别看门面小，连卫侯都差府里人到这里定过菜哪！为的什么，还不是为小店这道梅花鲤鱼炙。这菜的秘方是我们东家世代祖传的。那时附近的酒肆没一家的生意能比得上小店。小店一开门，外面的客人便已多得挤破头。里面客满，外头仍有客人排队等着，啧啧，那人多了去了……”

李陵见那店伴口若悬河滔滔不绝，越说越不着边际，忍不住好笑，揶揄道：“我没见到里面客满，更没见到外面有人排队，只见到一个人在这里胡吹。”

那店伴苦笑了一下，说道：“公子您这是笑话小人哪，可小人说的都是真的。如今店里生意不好，只能怪我们东家自己。有了钱，便尽交些狐朋狗友，吃喝嫖赌无所不为，几年间将家产散了个干干净净，他没心思做生意，生意自然就一落千丈，加之他的秘方被人骗了去，现今长安城里只要是个酒肆，便会做这道梅花鲤鱼炙，不论什么东西，一旦遍地都是，就不值钱了。我们东家吃了大亏，有心悔过，想重新将生意做起来，唉，可不管怎么着，再也比不得从前了……不过说起这梅花鲤鱼炙，还是小店做得最地道，公子要不要尝尝？”

“梅花鲤鱼炙？”李陵被他说得倒真有几分心动，因问道：“何以叫做梅花鲤鱼炙，里面加有梅花么？”

那店伴说道：“哪有什么梅花，不过是为着名字好听些罢了。说是梅花，其实用的是苜蓿。这梅花鲤鱼炙最绝之处便在于，要用苜蓿草而不是寻常的木炭来烤炙鲤鱼。您想，苜蓿草是什么？那是喂马用的上好牧草，用它来烤炙鲤鱼，鱼肉里面自然便有了青草的芳香，昨日来的那三个官爷中，有一个是极有学问的，他跟小人说，苜蓿另有个雅号，因日照其花有光采，风在其间常萧萧然，故又名怀风。唉，这些事小人是不懂的，只知道将这梅花鲤鱼炙吃进嘴里，味道实在是妙不可言。您瞧见没有？”那店伴指了指门外：“对面知秋楼的人每天都要到小店要一道梅花鲤鱼炙，吃顺口离不开了，这足证小人所言不虚。”

李陵顺着他手指的方向望去，见一座高楼孤零零地矗立在街路对面，飞檐插天层楼高起，十分的惹眼。然而门庭却甚是冷落，半天也未见有人进出。

李陵微感好奇，随口问道：“知秋楼？那是做什么的？哼，和你这小店相比，生意只怕也好不到哪里去。”

那店伴咧了咧嘴，说道：“我们这店哪能和人家比！我们的梅花鲤鱼炙卖得再贵，也不过六百钱，人家一单生意便是六万钱哪！”

李陵听了，心中一惊，问道：“六万钱？他们做的什么生意？”

拾叁

问卜

　　那店伴看了李陵一眼："公子不是本地人吧？"

　　李陵不知他此话何意，犹豫了一下，说道："噢……不是，我从陇西来的。"

　　那店伴说道："难怪哪！本地人谁不知这知秋楼。跟你说……"他凑近李陵，低声说道："据说里面住的是神仙一般的人物，能知过去未来。为人占生死、卜吉凶，从未失算过。这知秋楼今年七月才开张，不到三个月便已名满京华，您说厉不厉害？"

　　李陵不以为然地笑了笑。

　　那店伴睁大了眼睛，说道："怎么，公子不信？嘿，开始我也不信。东市里看相的、演易的少说有数十家，收钱再多也不过五十文，谁会花六万钱上知秋楼去算命？六万钱，够好几户穷人家一年的开销了。这不是想钱想疯迷了么？好在长安城富人多，凑热闹的也多。两个月前，一个姓吴的布商一时兴起，居然付了六万钱，进了知秋楼。进门时还嚷嚷：'算算大爷最近有什么好事没有？算得准我再赏你三万钱，若是算得不准，我不但要拿回这六万钱，还要拆了你的招牌，让你滚出东市。'"

那店伴口才极好，口说手比，绘声绘色，将故事讲得格外引人入胜，李陵不由得听出了神，问道："后来哪？"

那店伴说道："后来知秋楼里的那位神仙说了：'你呀，好事没有，还是赶紧回家看看你儿子吧。今日午后未时，你儿子一定会断了右臂。'那姓吴的布商听了暴跳如雷，说：'你这妖人，竟敢咒我，我这便回去看，若是我儿子没事，我回来非剥了你的皮不可。'当时午时已经过了，那姓吴的布商气冲冲地回到家，刚好是未时。一进院，看到自己的儿子正好端端地在井沿边玩耍，他扭头便向回走，要到知秋楼找那卜者算账。谁知还没走出两步，突然听见身后一声惨叫，那布商的儿子不知怎么竟摔倒了，不但断了右臂，连右腿也摔折了。自此以后，知秋楼的大名便一天天的在长安城里传开了，问卜的人趋之若鹜，他们要是敞开了门可劲儿做生意，一天六百万钱也挣了。可说来奇怪，那知秋楼里的神仙每天只卜一人，余者不论出价多高，也只能按次序等着，什么时候轮到了，什么时候再来，这规距从来不变。有几个宫里的贵戚，仗着自己有些势力，想让那神仙破例，最后也闹得灰头土脸的，没有得逞。"

李陵看了看那店伴，见他意犹未尽还要再说，摆了摆手："道听途说，言过其实，这些神鬼之事我从来不信。"

那店伴神色间颇有几分失望，说道："公子不信我也没办法，有空您自己试试便知晓了。像我这等人，这辈子是没指望让人家给卜上一卜了。"

大约平日店里没什么客人，那店伴又爱说得紧，攒了一肚子的话无处可诉，便陪着李陵聊个没完。李陵本来嫌他话多，听了一阵，只觉这店伴对长安近来发生的奇闻轶事知之甚多，倒渐渐留了心。眼见时已过午，那两间雅座仍然空着，他心中突然涌起一种异样的感觉："难道赵充国会失约不成？"想着，微微叹了口气，问那店伴："你不是说那两间雅座已经定给京辅都尉府的老爷们了么？怎么这时辰也不见人来？"

那店伴搔了搔头，嗫嚅道："许是什么事耽搁了，要不……您先上雅座里坐着，他们不来，您在里面乐意吃到几时便吃到几时，如若这些官老爷们来了，相信您一定不会难为小的，我在外间给公子收拾个干净地儿，咱再将雅座换给他们，您看这样可成？"

李陵说道："既是人家已经定下了，我还争什么。看你伺候得这样周到，我就尝尝你家这道梅花鲤鱼炙，不拘什么酒，给我来上一壶。"说着，从怀中掏出一小块金子，扔给那店伴。

那店伴将金子放在手里掂了掂，吃惊地看着李陵，结结巴巴地说道："公子，这金子足有一两重，值四千钱哪，太多了，使不了。"李陵淡淡一笑："付完了酒资，余下的全赏你，不为别的，就为你故事讲得好，你先下去，一会儿我还有事问你。何况……"李陵神情略有些落寞："我留这东西也没什么用。"

那店伴拿着金子，千恩万谢地走了。半晌又踅了回来，手中拿着一壶酒，恭恭敬敬放在桌案之上，垂手躬腰站在李陵身旁，说道："小人已经安排下了，先将酒给您摆上，菜马上就好，公子再耐心等等。若是不嫌小人絮烦，小人陪您说会儿话。"

李陵点了点头，说道："我这次来长安，一为投军，冀望来日能征战沙场为国效力。二来也想长长见识，多些阅历。"他瞥了那店伴一眼，接着说道："我们陇西民风勇悍，人人尚武，出了不少将军。李广你知道吧？他就是我们陇西人。"

那店伴笑道："李将军谁不知道啊，勇冠三军人人敬服，不光是咱们汉人，连匈奴人提起他来都要竖大拇指，那是我大汉的宝啊。唉，可惜命不好……到头来连个侯也封不上。皇上也是的，就冲他老人家打了一辈子仗，没有功劳也有苦劳，给个侯爵也是该当的么，朝廷太不尽人情了。"

李陵惊异地瞅着那店伴，良久，说道："嗯，看不出你还有些见识。凭你这话便值了方才那一两金子。有件事……"他顿了顿，说道："前一阵子我在陇西听说……李广将军仅存的一个儿子李敢也死了，还听说是随皇上打猎时被鹿撞死的。想那李敢也是身经百战的勇将，怎会被鹿撞死？这话我不信，总觉其中另有隐情，你……"

"当然有了！"不等李陵问完，那店伴便抢着说道，"李敢将军会叫鹿给撞死？便是换了我，给鹿撞上一二十次也不见得就死了，那是朝廷骗人的鬼话，哪里能信它。公子住得离京城远，消息自是不及我们灵通，李敢将军刚死的那会儿，谣言传得满天飞，说什么的都有……"

"噢，那他们说我三……他们说李敢将军是怎么死的？"

那店伴道："有的说是李将军得罪了卫青卫大将军，被大将军狠狠奏了一本，皇上见了大将军的奏疏后怒不可遏，便下令将李敢将军秘密处死了。还有的说，李敢将军确是陪皇上行猎时被鹿给弄死的，不过那不是一般的鹿，而是一只神鹿。那鹿全身闪着金光，悠闲地当着众人的面吃草，一点也不害怕。皇上身边的侍从们没人敢射，偏是李敢将军射了一箭，结果那箭莫名其妙地转了弯，竟鬼使神差地将李敢将军给射死了。这事太过匪夷所思，皇上不让宣扬，对外则称李将军是被鹿给撞死的。小人也不知哪条是真哪条是假，不过，李敢将军的死透着古怪却是一定的了。昨日小人听到了一个更加骇人听闻的传言，竟然说……竟然说……"

那店伴说到这里突然犹豫起来，吞吞吐吐不肯明言。李陵哈哈一笑，说道："既是传言，那便说说又何妨？有什么好怕的。听了些传言回去，我也算没白来长安一趟，回去讲给乡亲们听，他们定会夸我见闻广博哪。"

那店伴喘了口气，说道："能不怕么，这传言吓死人了，里面牵扯着霍侯哪！"

李陵幽幽地盯着他，问道："哪个霍侯？"

那店伴说道："还有哪个霍侯，自然是鼎鼎大名当朝第一的冠军侯——霍去病了！"

"什么？"李陵身子向前一冲，险些站起身来，双手将桌案捏得"咯咯"作响。好半天，才勉强把持住了，缓缓说道："这传言果然吓人……只是李敢一直是霍侯的属下，两人关系虽然不睦，但也没什么了不得的仇怨，霍侯会搅进这件事里？"

那店伴得意洋洋地笑了笑："方才公子还说我，如何？现今听完也害怕了吧。"他四下里瞧了瞧，压低了声音说道："霍侯和李将军是没什么仇怨，可李将军和卫青卫侯有啊。而霍侯又是卫侯的外甥，你想，舅舅受了欺负，做外甥的焉能不闻不问。何况舅舅是大将军，外甥是大司马，两个人联起手来，只怕连皇上也要惧怕三分，遑论李敢将军！一个郎中令，怎么敌得过卫霍两家。"

李陵眉棱骨微微一动，一字一顿地说道："这些话你是听谁说的？"

"实不相瞒，小人……小人是听昨日那几个官爷说的。"

"他们怎会将这样的话讲给你听？"

"他们没讲给我听……是小人……"那店伴见李陵神色愈来愈是难看，心中又疑又惧，余下的话竟不敢再说，只呆呆地望着李陵。

李陵盯着那店伴，足有移时，淡淡地说道："你知道我是谁么？"

那店伴懵懂地摇了摇头。

"李敢是我三叔。他被人害死，今日我便要去为他报仇。那几个官老爷都说了些什么？只要你如实相告，我绝不难为你。"

"公子！"那店伴怔了半响，浑身抖着，双膝一软，跪了下去。"小人昏了头，不知您的身份，方才……方才都是在胡说八道，您千万别当真，就当是小人放了几个臭不可闻的屁，您就饶了小人这一回吧。"

李陵略一沉思，一笑，说道："你不说也行，我这便拉你去京辅都尉府，告你散布流言，诽谤朝臣，蛊惑人心，这罪名想必你担得起。"

那店伴没命价地磕头，哭着求道："公子，小人是个没出息的人，在这店里做店伴，一个月只拿三百文钱，一家四口全指着这点钱度日，您要治小人的罪，小人一家子都得饿死，我一双儿女还不到五岁啊。小人这张臭嘴不知招了多少是非，依旧是死性不改，公子不解气，可以撕了它，务求公子高抬贵手，留小人一条狗命，给我全家老少一条活路。"

李陵听他哭得凄惨，心中也是一酸，缓了口气，幽幽地说道："你可怜，我又何尝不可怜？三叔死了快一年了，我却连仇人是谁都不知道。能害死我三叔的，必然来头极大，是以不论我复仇成败与否，都一定活不过明日，这里只有你我二人，我死之后，又有谁知道你说过的话？因此你大可不必担心受我的牵累。告诉我，那几个官老爷是怎么和你说的？都说了些什么？"

那店伴迟疑着，怯声声地说道："昨日，那三位官爷吃酒吃得沉了，便将小人叫进去伺候，是他们说时我听见的。"

"他们说……"那店伴偷偷瞟了李陵一眼，"说李敢将军不知为什么打了卫侯。卫侯为息事宁人，并未上奏朝廷，想将这事就这么压下来，不了了之。谁想事情到底给霍侯知道了，在甘泉宫随皇上行猎的时候，霍侯便找了个机会，一箭射死了李敢将军。"

"原来如此……"李陵眼中泪光波动，复又阴寒如冰，他咬着牙，缓缓

265

起身，手却一丝不抖，举起桌案上那壶酒，饮了个干干净净，随即大踏步向门外走去。那店伴仍然跪着，瞅着李陵的背影，呆望了一会儿，突然问道："公子，那道梅花鲤鱼炙就好了，您不吃了？"

李陵笑了笑，没有回头，只扬了扬手，说道："菜赏你了。还有……"他长长吁了口气："你不用等了，那三个京辅都尉府的官差不会来了。"

一句话说得店伴愣愣的。

外面晴天一碧，阳光温柔。李陵乍从阴暗的酒肆中出来，略觉有些头晕，他本酒量不宏，此刻酒入愁肠，醉得便愈发地快了，放眼望去，四下里尽皆明晃晃的一片，耳中所闻，俱是嗡嗡嘤嘤无止无休的人声。他摇摇晃晃，牵了马举步要走，蓦地，鼻端忽然嗅到一股青草与野花的气息，李陵精神陡的一振，迷迷离离之中，仿佛自己又置身于祁连山脚下，那终年不化的积雪，连绵起伏的绿浪，缭绕不散的雾气，若隐若现，若即若离，渐次浮现于眼前……虽遥不可及却分外清晰，他静静地站着，不禁呆住了。

香气来自于街角处的一丛丛苜蓿草。时已入冬，天气寒冷，苜蓿草大都枯黄，清风徐来，吹得细长的叶子簌簌作响。然而就在这枯草之中，一朵淡紫色的小花居然尚未凋谢，色彩艳丽，香气馥郁，竟似对初冬凛凛的寒气浑然不觉。李陵突然想起那店伴曾说过："日照其花有光采，风在其间常萧萧然，故又名怀风。"他痴想了一会儿，喃喃说道："怀风……祁连山脚下长有不少这样的花草，我常见到，却从不知它就是怀风……"

他咧嘴笑着，一瞥之间，见面前矗立着一座六丈余高的楼阁，那苜蓿草便长在楼前，玉带般绕楼一匝，只在门前石阶处留了缺口。楼门两侧的楹柱上各挂着一块八尺来高的木板，右面写的是"善无不报"，左面写的是"迟速有时"。上方悬着一块漆金沥粉的牌匾，却只有两个大字："知秋"。

李陵一愣。"知秋楼……原来自己不知不觉间竟走到这里来了。那店伴说，这知秋楼的主人能知过去未来。为人占生死、卜吉凶，从未失算过。哼，什么善无不报，迟速有时，全都是些狗屁。满朝的皇亲国戚、中贵巨官，哪个做得恶少了，偏偏终身逸乐，富厚累世。我李家一心为国、洁身自好，反倒一个个死于非命！苍天不公一至于斯。皇上与卫、霍两家沆瀣一气，自然不会替我主持公道，嘿，这个公道我便自己去讨。左右是个死，轰轰烈烈与霍去病剧斗一场，即便死在他的手上，也好于含垢忍辱，苟活于世。"

他乜斜着眼，仔细瞧着左右楹柱上刻着的那几个字，一阵冷笑，暗想："世人将你传得神乎其神，我倒要看看，你是招摇撞骗还是真有本事，若你敢说公子爷我日后当位充禄厚，福泽无尽，我便拆了你的招牌，让你滚出长安！"

他将马缰一丢，晃晃荡荡上了台阶。

这是一间很大的厅堂，因未有屏风间隔，加之环堵萧然四壁皆空，屋内便显得更为宽阔。后墙上另开有一道小门，门上挂有碎玉串成的玉帘。一个老者面无表情居中独坐，鸡皮鹤发，长髯及胸，看上去年纪有七十上下，天气寒冷，他却只着了件单衣，冲着阳光闭目养神。

李陵进门时便起了生事的心，本想借着酒劲大闹一场，消消心头火气，他既已期之必死，心中便再无任何顾忌，然而此刻却迟疑起来，只觉此间有种说不出来的宁和清静，外面闹市喧嚣，里面寂如山谷，他一时嗫嚅着，反倒不知怎样开口了。

那老者察觉有人进来，双眼微睁，漠然地看着李陵，说道："知秋楼一天只卜一人，今日占卜之事已毕，请公子留下姓名住处，轮到公子问卜之时，知秋楼自会派人告知公子。"

"占卜之事已毕？"李陵轻蔑地一笑，"装神弄鬼，妖言惑众，听说你卜一次便要人家六万钱，公子爷我一文钱也没有，却偏要让你卜上一卜。今晚我要做件大事，你倒说说看，是成是败？"

那老者眉头微皱，淡然说道："公子爷若是循法守礼，我便当你是贵客，若是想到这里来撒酒疯，我看公子是找错了地方。公子请便。"他伸手做了个送客的手势，身子却仍是端坐不动。

李陵红晕上脸，打了个酒嗝，大大咧咧盘腿坐在了那老者的对面，说道："你真以为本公子没钱哪吧？外面那匹马是文帝时名马逸群的后代，仅有三岁，正当壮年，乃当今皇上亲赐，市价当在五百万钱上下，本是我须臾不可离之之至宝……"说到这里，他语调突然变得伤感起来："我一直当他是兄弟，奈何形格势禁，不能与之相伴，你要是算得准，就将它留在这里吧，惟盼老丈能妥善看顾，不至令李陵抱撼。"

那老者摇了摇头："我一个糟老头子，要马有什么用。你这马便是值五千万钱，也难令老夫动心。每天只卜一人是我知秋楼铁打的规矩，万不能为公子破例，公子还是请先回吧。"

李陵心头火起，正要再说，忽然听到身后传来一阵沉重的脚步声，转过身，见一壮汉端着一盆清水走进房中。那壮汉身材不高，却极结实，额窄面圆、鼻低唇厚，相貌与汉人并不相同。李陵怔了怔："这大汉想来是匈奴人的后裔，难不成他也是这知秋楼的？"

其时在长安生活的匈奴人颇多，大都是汉军在历次大战中俘获来的匈奴人的后裔，浑邪王降汉后，流落于京师的匈奴人也不在少数，李陵见怪不怪，并不以为意，不料那大汉看见李陵，却像是吃了一惊，盆中清水晃荡不定，竟撒了一地。李陵心下疑惑："这大汉认得我？"仔细想想，又实在记不起在哪里见过。回头一笑，冲那老者说道："老丈好大的口气，你为人占卜，不就是图些钱财么？不为钱，你又为的什么？"

那老者见李陵纠缠不清，索性不再睬他，合上双眼一言不发。李陵心中本就郁闷难伸，碰了这个软钉子，一口气再难忍耐，握起拳头狠狠向地上击去，喝道："滥杀无辜者坐于庙朝，骗人钱者逍遥法外，这叫什么世道？你不为我卜也可以，我一把火烧了你这知秋楼，叫你日后卜无可卜，骗无可骗！"

那老者哈哈一笑，瞿然开目，说道："公子尽管一试，只怕公子没那么大的本事。"说完依旧兀然安坐，脸上毫无惧色。

李陵见这老者一副有恃无恐的模样，心想："这知秋楼果真有些门道，说不定朝中的哪位大人便是他的后台，哼，蛇鼠一窝、搜刮民财，我今日更要砸了它。只是这人年岁太大，我万不能和他动粗，干脆，先打这端水的大汉一顿。"他拿定主意，慢慢起身，寻思："这汉子八成只是个仆厮杂役，那些骗来的钱他也拿不到多少，既然他不是首恶，我只轻轻打他两拳，吓唬吓唬这老头，再将知秋楼外面的招牌摘了就是。"一念及此，便转过头来，盯着那端水的大汉，说道："你，过来。"

那大汉听李陵叫他过去，身子不自禁地一抖，眼中露出惊恐之色，他不敢正视李陵的眼睛，只呆呆望着地上坐着的那老者。

李陵看着那大汉，心中突然一动："这眼神怎地如此熟悉……我分明在哪里见过……我识得的匈奴人不多，除浑邪王、日和他们的侍从之外，还有一个匈奴人……那人想在边塞上射死我，可他已经死了。莫非是在安定郡高平县的那所荒宅之中？然而那些人根本就不是匈奴人啊。这眼神我一定见过，究竟是在哪儿呢？"此时他酒意未醒，头昏脑胀、心思混沌，苦思冥想了半天，却始终回想不出，霎时已将惹是生非的念头抛至九霄云外，心中只想着如何寻个法子盘问那大汉的来历。

那大汉一步一步地向门边退去，李陵冷冷一笑："这位兄台，你还记得我么？"

那大汉双唇发抖，张了张嘴，随即紧紧闭上，目光也变得愈来愈是坚毅，双手下意识地抓紧了木盆，似乎立时便要暴起发难。

微风穿堂而过，扑在玉帘上，那玉帘发出"叮咚"之声，衬得房中更是幽静。李陵心头掠过一丝迷惘："我原想这大汉不过是个寻常的仆役，看来竟是想错了。他果真识得我么？瞧他的样子，对我显然甚是惧怕，这究竟是为了什么？这知秋楼到底是个什么所在？那老者又是谁？他们整日在这里装神弄鬼，为的就是骗人钱财？"

三个人泥塑般或坐或立，僵持着，谁都没有再动。

玉帘一阵轻响，像是被谁不经意间拨弄了几下，接着，一股幽香从帘内缓缓透出。那老者听见响动，赶紧起身，冲玉帘深施一礼，神情异常谦卑，说道："主人，您有什么事要吩咐？"

李陵一怔："原来帘后有人。听这老者的言语，那人才是知秋楼真正的主人。他们在闹什么玄虚？这地方，诡异得紧啊。"正想着，耳中突然听见一个女子说道："既然这位公子执意不走，我们就为他破个例吧。邱老伯，你和小五子先出去。"那女子说话的声音柔和之至，宛如幽谷之流泉，山间之皓月，冷冷冥冥，清清净净，不载一尘，不着一色。

"女子？知秋楼主居然是个女子！"李陵心中骇异无比，"这怎么可能？听她说话，年岁应该不大。一个年轻女子在长安闹市为人占卜，且还闯下了不小的名头，真是奇哉怪哉。"随即又想："她有什么本事，卜一次要收人家六万钱？这伙人要真是行骗，为何要选个女子做楼主？方才那老者仙风道骨，由他出面胡说八道，上当的人岂不会更多？"

那老者向李陵瞪视良久，见他恍然出神，一语不发，自顾自地想着心事，犹豫了片刻，这才向帘内人深施一礼，不情愿地说了声："是。"

那老者与大汉退出之后，似乎对李陵放心不下，一左一右分立楼门两侧，仿佛两个持戟而立的期门武士，留意着房中的一举一动。

　　那女子轻轻一笑："邱老伯，不必这般紧张，这位公子姿容俊爽、轩昂磊落，绝非庸俗无聊的市井之徒，断不致对小女子有无礼之举，你们将楼门关上，以免言语外泄。"

　　李陵听她称赞自己，脸上微微一红："好甜的一张嘴，怪不得上门问卜者趋之若鹜，可我李陵倒有自知之明，还不至让你几句好话便捧昏了头。"他凝视那玉帘，心想："这帘子有点古怪，我瞧不见里面，里面的人却能瞧见我。"

　　楼门发出一声沉闷的声响，关上了。房中一下子暗了下来，李陵屈身在玉帘前的蔺草席上坐了。楼内安静异常，李陵可以清晰地听见帘内女子的呼吸之声，他心中忽然涌上一个念头："里面的人究竟长得什么模样？"

　　只听那女子说道："公子所卜者何事，但请明言。"

　　李陵想了想，反问道："敢问楼主精通哪门术数？打筮、看相，还是演易？"

　　帘内女子沉默了一阵，说道："这些我都不会。"

　　李陵一愣，随即哑然失笑，暗想："这人未免坦诚得过分了。"他轻咳一声，说道："楼主不会这些……难道这知秋楼是打着占卜的幌子专门骗人钱财么？"

　　帘内女子冷冷地说道："昔者，商纣王为象箸而箕子怖，以为象箸必不盛羹于土硎，则必犀玉之杯，玉杯象箸则必不盛菽藿，则必旄象豹胎，旄象豹胎必不衣短褐而舍茅茨之下，则必锦衣九重，高台广室也，称此以求，则天下不足矣。圣人见微以知明，见端而知末。请问公子，箕子因一象箸而断言商纣有亡国之祸，他所精者何也，打筮、看相，还是演易？"

　　李陵受了她的讥讽，满心的不服，长眉微微一挑，说道："照这么说，楼主自认是圣人喽，在下可是失敬得很哪。"

　　帘内女子自嘲地一笑，毫不理会李陵话中的揶揄之意，说道："小女子不敢自认是圣人，不过有些道理未必只有圣人才懂。为人占生死、卜吉凶，只要顺天理明人情便够了。"

　　"顺天理明人情？在下愿闻其详。"

那女子不疾不徐地说道："日中则昃，月满则亏，日月之行便是天理；春后有夏，夏后有秋，秋后有冬，冬后有春，四时之行也是天理。君不闻'月晕而风，础润而雨'？自上古时起，先贤便能从蚁动叶摇之间推测出天象的变化，这何尝是鬼神之说？道不远人，其实'道'不远的岂止是人，风雨欲来，燕子低飞、蝼蚁徙居，燕子蝼蚁都能绸缪于未雨之时，又何况万物之灵的人。人之吉凶祸福尽藏于自己的一举一动一言一行之中，只是凡人一叶障目，看不到这些变化罢了。"

"而所谓人情……"帘内之人顿了顿，接着说道："重权、爱名、贪利、好色，易为外物所役，这便是人情。是以明人情顺天理者，通固然之理，晓必至之事，观人之所惑而知事之成败。闻天地之大道，凡事均可未卜先知，又何必以小术为卜？庄子说，井蛙不可以语于海者，拘于墟也；夏虫不可以语于冰者，笃于时也；曲士不可以语于道者，束于教也。公子若不明白这些道理，小女子无言以对，自此往东，打筮、看相、演易者数十家，惟请公子自便。"

听了这番言语，李陵眼光惊异的一闪，心中暗暗佩服："真是个奇女子啊！"然而言语中却不肯表露出来，说道："人情险于山川，难于知天，并非掉几句书袋便能知晓的。不过……我要舍此另寻他处问卜，岂不成了楼主口中的井底之蛙了。楼主既然如此自信，那就请楼主为在下算算吧。"

帘内那人微微叹了口气，说道："天道茫茫，方才那番话说的是至人之道，小女子德薄才浅，怎敢自比至人。但公子有什么烦恼不妨直说出来，或许在下的一点陋见可为公子解忧。"

李陵神情甚是萧索，他摇了摇头，语调中略带着悲凉。"其实这事无需问楼主，我自己便知结果是什么。我三叔为人所害，而仇家是个大有来头的人物，我今夜去替三叔报仇，明日我的死讯便会轰传长安。人生如梦，不知他日自己将葬身何处……"他仰着头，沉思着，神情中蕴藏着无限心事，半响，方自失的一笑，说道，"想不到与楼主初见即是永诀，我方才吃多了酒，心中烦忧，迁怒于人，对楼主及门外的那两位朋友多有得罪，还望楼主见谅。我已是将死之人，楼主就不要与我一般见识了。"

帘内那人静默无声，许久，才问了一句："你叫李陵？"

李陵呆了呆，想起自己向那老者托付马匹时曾自报过家门，便点了点头，说道："陵虽不肖，却不至使家门贻羞。听君一席话胜读十年书，所惜者，日后再无机会听楼主教诲。楼主珍重，在下叨扰已久，这便告辞了。"

"李公子！"

"嗯？"

帘内那人停了一会儿，缓缓说道："公子要找何人报仇？"

李陵脸上漾出一丝微笑："明日楼主便知道了。"他回头望着那玉帘，略带怅然地说道："陵自幼便立下志向，有生之年定要做一番轰轰烈烈的事业，顶天立地名满天下，绝不能碌碌无为，与草木同朽。谁想……别人是因建功立业而垂之于丹青，我却是因杀了那建功立业之人而书之于史册，嘿，上天对我真是不薄……"

帘内那人似也被李陵身世所感，长长地叹了口气："公子何必如此消沉……你不必亲自报仇，你的仇人本来也活不久长了……"

李陵苦笑道："活不久长？楼主知道我的仇人是谁？"

帘内那人"嗯"了一声，笃定地说道："我既已知道你叫李陵，当然知道你的仇人是谁。"

李陵心中一阵狐疑，试探着问道："楼主因何说他命不久长？"

帘内那人一笑："你叫李陵，要是我所料不错，李广是你祖父，李敢便是你的三叔，对么？"

李陵听了这话，身子一震："这楼主怎么会知晓我的家世？嗯，我李家在朝中也算是声名赫赫，名声大便难免遭人议论，她知道这些事也并不稀奇。只是她还说知道我的仇人是谁，一个东市的卜者，如何会晓得这样隐秘之事？"他疑虑重重地看着那玉帘，一时间沉吟不答。

只听帘内之人又说道："我猜公子此时一定在想，这小女子到底是什么人？身处于江湖之中，又如何会知道庙堂中事，八成另有图谋，我得防备着点，可不能中了她的圈套，是不是？"

李陵被他说中心事，神情甚是尴尬，只得干笑了两声。

帘内那人说道："公子别忘了，我是依天理人情为人占卜吉凶，虽明天理，不知人事也是枉然。知秋楼未建之时，我便耗巨资网罗天下名门望族之家事佚闻，于其成败兴坏之纪、恩仇怨憎之由均略知一二，不如此，不足以当得起'知秋'二字。一叶落而知岁之将暮。岁暮者，秋也。知秋楼所以能鹤立鸡群、名满京华，盖因洞明世事深悉人情，进而拨云见日一语中的。"她顿了顿，说道："何况，小女子占卜一次便需向人索要六万钱，寻常人家哪里付得起。是以来知秋楼问卜的，多是高官显贵、富商巨贾，他们对朝廷中事了如指掌，小女子终日与之对谈，又焉有不知之理。"

李陵心想："她这番话倒也能自圆其说。只是……我记得那店伴说过，一个姓吴的商人来这里问卜，楼主居然说他的儿子会折断右臂，更奇的是，这件事竟被她说中了……这女子口口声声说是靠天理人情为人占卜吉凶祸福，许是李陵蠢笨，实在想不出哪条天理人情能预示这样的灾祸……嗯，市井流言往往夸大其词、越传越神，这事说不定是别人编出来的，倒也不可全信。方才她说我的仇人命不久长，这话同样耸人听闻。霍去病一人之下万人之上又正当盛年荣宠无比，怎么会命不久长？这倒要听听她的高论。"他正容说道："李陵愚钝，还请楼主明示。"

帘内那人问道："你与那人因何结仇？"

"在下早便说过了，他杀了我三叔。"

帘内那人又紧逼一句："你三叔官居何职？"

李陵微微一怔，缓缓答道："郎中令。"

"噢？请公子恕小女子鄙陋，在朝中，郎中令所主者何事？"

李陵想了想，说道："郎中令为九卿之一，秩中两千石，主管皇上的贴身禁军，与南军、北军互为表里，共同护卫圣驾。"

帘内那人说道："据我所知，郎中令所辖者，有郎中、中郎、外郎、谒者、大夫、中大夫，加上掌执兵送从的期门军，总数该有数千人吧。"

李陵点点头说道："数目常有变动，但从未过万，就人数而言，与南军北军差得多了。"

帘内那人淡然说道："禁军中要么是皇上搜罗的奇人异士，要么是巨官显宦家的子弟，期门军中的勇士更是从各地军中精挑细选的拔尖人才，人数虽少，却是我朝第一精锐之师，我说得对么，李公子？"

李陵见她娓娓而谈如数家珍，对禁军状况比自己还要清楚，心中暗想："这女子可着实不像个卜者。"他沉吟了片刻，说道："不光如此，好多将相及郡县官也都出自郎卫，郎卫虽职位不高，却是官员的晋身之阶……"他轻咳了一声，问道："敢问楼主，这与我那仇人命不久长有何关联么？"

帘内那人说道："郎中令居鼎铉之侧，掌皇帝安危，名为九卿之一，实为九卿之首，位高权重，非至信者不能任之，这样的官，霍去病说杀便杀了，皇上又岂能善罢干休？"

李陵听她说出霍去病的名字，心中一阵惊悸："这女子对朝廷内幕果然知之甚深，我费尽心机才探得的真相，她却像早便知道了，这女人……"他恍然良久，回过神来，不屑地一笑："皇上当然不会善罢干休，既说我三叔是被鹿撞死的，自然是骂霍去病是鹿了，除了他老人家，哪个敢说霍侯是畜牲，不过，也仅此而已。霍去病是卫皇后和卫侯的亲外甥，是当今太子的两姨哥哥，朝中重臣宿将多半出自卫霍门下，皇上会为一个郎中令得罪这么多人么？"

"不是不会，而是不敢。"帘内那女子笑了笑，"卫霍势力如此庞大，上连皇后太子，下慑百官群臣，呼吸之间便可撼动朝政，皇上焉能不惧？李敢只冒犯了卫侯，霍去病就敢将他杀了，如果有一天皇上想处置卫霍，霍去病又该做何举动？"

"处置卫霍？"李陵沉思着摇了摇头，"这两人一个是皇上的内弟，一个是皇上的外甥，都是自家人，皇上还要靠他们稳住朝局哪，不到万不得已，不会轻易罢黜。何况，看皇上的意思，竟是不灭匈奴誓不罢休，如今匈奴虽然远遁漠北，但实力依旧不容小视，卫霍又确是领军之才……只要皇上还想打仗，卫霍便会安然无事……这个公道……还得我自己去讨！"

帘内那人对李陵的话似乎颇不以为然："公子能否告诉我，皇上最喜欢的是什么？最怕的又是什么？"

李陵嗫嚅着："皇上最喜欢……楼主，李陵并非天子近臣，并不晓得皇上的私事。"

帘内那人说道："皇上是天下共主，家即是国，国即是家，他的私事便是天下人的公事。你既不知道，我便说给你听，但凡做皇上的，最喜欢的只有一样东西：'权'；最怕的，自然是没有'权'。

"公子记不记得本朝名将韩信死前的话？"见李陵没有做声，那女子缓了口气，接着说道，"'狡兔死，走狗烹；飞鸟尽，良弓藏；敌国破，谋臣亡。'为何当皇帝的都喜欢做鸟尽弓藏之事？走狗、良弓、谋臣俱为天下利器也，持之于皇帝之手，自然无往而不利。如万一落入他人之手或图谋自立，则皇帝便难以安枕高卧。皇帝乃制人者，制人者岂能受制于人？是以走狗、良弓、谋臣可以利用却不可长留。十余年年来，匈奴与大汉连番大战，虽勇悍不屈，毕竟实力大损，再无力南下，于皇上而言，匈奴已是疥癣之疾。相反，卫霍以皇亲国戚而为大将，屡克强敌，立功甚伟，为一时军锋之冠，舅甥并为大将军大司马，权倾朝野，睥睨则人从其目之所视，喜怒则人随其心之所虑，声势之大，举国无两。哼，无情最是帝王家，为争权，父子尚可相残，遑论外戚。二人早为皇上猜忌，霍去病于此时仍是桀骜不驯，因小怨擅杀朝廷大臣，欲远死求生，其可得乎？"

李陵越听越是心惊，暗想："这女人条分缕析，丝丝入扣，说得确有几分道理，依她所言，卫霍倒台是迟早的事，然则大丈夫替叔报仇，自当手刃仇敌，岂能因人成事。即便皇上真要罢黜卫霍，也不知要等到哪年哪月……"他吐了口气，声音中有几分暗哑："我三叔死了有一年多了，皇上对卫霍何尝有一言一语之责难，楼主说的或许是真的，但日后皇上处置卫霍的罪名有千条万条，却不会有一条是因为我李家。"

"噢，公子这样看？"帘内那人发出一声呢喃似的叹息，"公子所见不深啊。皇上若不爱重你们李氏，又怎会让李广、李敢父子俱任郎中令，那可是皇上身边最要紧的职位。凡任此职者，一要家世清白，威望素著，二要忠心耿耿，无朋无党。李氏与卫霍不和，这是朝野皆知的事，皇上却偏偏让你爷爷、三叔做他贴身禁卫的首领，难道不是另有深意？

"方才公子说，令叔死后，皇上对卫霍无一言一语责难，其实责是早已'责'了，只不过朝中诸大臣假做不知，而公子则没有察觉到而已。"

李陵斜眼盯着那玉帘，眼光幽幽的，问道："那楼主又察觉到了什么？"

帘内那人说道："我对令叔之死的前后因由也并非全然知晓，但大致情形还是知道的。这件事看似简单……然而其中有两处却极为蹊跷……

"一，令叔不知何因打了卫侯，卫侯是大将军，令叔是郎中令，下属殴打上司，按汉律自当严惩，皇上身居九重却耳目灵通，这件事霍侯知道，皇上会不知道？皇上用人不拘一格，然稍失意则以律严诛，杀责甚苛，用法无情，不殉旧恩。令叔祖李蔡只因侵卖园陵道外壖地，虽官居丞相一样被逼自杀。李敢以下犯上，其罪更重，皇上为何要装聋作哑不闻不问？"

李陵猛地抬头，心中像打开了一扇门，外面的阳光汹涌而入，将阴霾密布的内心深处照得一片光亮："我从前隐隐约约也有过这样的念头，只是百思不得其解。进了长安，得知三叔为霍去病所杀，便昏头昏脑，一心只想报仇，更没心思想这些了，楼主能否为我解除心中疑虑？"

帘内女子淡淡地说道："事情明摆着，皇上是想借这件事试探卫霍。倘若卫霍能含垢忍辱，深自谦抑，低眉垂首，逆来顺受，或许皇上还可放他们一马，若自以为煌煌大汉唯我独尊，居功自傲睥睨群臣，见皇上对李敢不加处置便大放厥词亦或擅自诛杀，那可就……可惜，这道理卫侯懂得，霍侯却不懂。"

"那第二个蹊跷之处又是什么？"

"第二，皇上为何要说令叔是为鹿触杀？他要真想回护霍去病，可以说令叔是自己坠马，可以说是霍侯无意中误射令叔，为何要说是为鹿触杀？鹿性情温顺，既无爪牙之利又无皮肉之坚，为人追逐时只会四处逃窜，虽有角却不锋利，即便慌不择路撞到了令叔，一个勇猛善战的大将又怎么可能这般轻易死去？为人开脱，当然要寻个可信的借口，以塞天下人悠悠之口，皇上偏偏选了个令人最难相信的……皇上雄才大略，精明无比，如何会出这样的纰漏？"

李陵听着，蓦然间双手全是冷汗，心想："皇上心机如此厉害，这女子的心机似乎还要胜皇上一筹……和他们相比，我这点子聪明实在是微不足道。难怪爷爷勇冠三军却仍会困顿终身，在这尽是机械倾轧的官场之中，以他老人家倔强耿直的性子，自然难以全身而退……"

恍惚中，听到那女子说道："显然，皇上这样做是为了试探百官。秦时有赵高指鹿为马，如今皇上则指霍为鹿。赵高指鹿，是为了看看百官中有多少人敢不听他的，皇上此举，却是想看看百官中还有多少人敢言卫霍之非的。令皇上失望的是，不论他找的借口是何等令人难以置信，百官都是噤口不言，无一人上疏直陈令叔之冤，这才是最令皇上害怕的。霍侯擅杀大臣而百官缄默，万一有朝一日霍侯心血来潮，要废当今而立太子，结果将如何？是以皇上于卫侯尚有保全之念，于霍侯，却是一定要尽早除掉不可。"

李陵不置可否，良久，才说道："皇上于霍侯有知遇之恩，霍侯更是视皇上如亲父，说霍侯恃宠而骄是有的，若说他存心谋逆，楼主未免耸人听闻了。"

帝内那女子说道："我并没说霍侯有心谋逆，我只是说他有本事谋逆。'权'大得足以威胁皇上，于为臣者，这便是死罪。皇上自即位以来，先后换了八任丞相，怕的就是相权过重，时日一久，难以驾驭。皇上自称孤家寡人，那绝非谦称自己德薄，而是因他无父无母无妻无子，一人为君，天下为臣。臣者，聪明圣智，当守之以愚；功被天下，当守之以让；勇力抚世，当守之以怯；富有四海，当守之以谦。凡事不可自专，上命不敢有违、功成则归德于主上，事败则揽过于己身，这才是合格的臣子。霍去病不想为臣只想为子，以为杀了令叔不过是儿子对父亲使性撒娇而已，皇上顶多申斥几句，一笑置之，嘿，这可大错特错了。"

李陵听得痴了，若有所思地盯着那玉帘，玉帘内透出的香气淡淡的，却是萦绕鼻端，久久不散。便如一滴清水不经意间溅在脸上，丝丝凉意渐渐延伸，却偏偏无迹可寻。"方才我竟没有觉察，这香气……"李陵用力地吸了吸鼻子，"我好像在高平县的那所荒宅中也闻到过……"他心中立时警醒，望着那玉帘，惊诧地张了张嘴，随即做出一副漫不经心的样子，问道："请恕李陵唐突，楼主……你用的是什么香？"

帝内那人沉吟了一会儿，说道："怎么？公子对女儿家所用的胭脂也感兴趣？"

李陵笑了笑："这香气清雅得紧，我……我也只是随口问问。"

帝内那女子笑道："现今长安大户人家的女子都用这个，用的人多了，便俗了，但这胭脂的名字却不俗，叫做——'倾国倾城'。东市有很多店铺都卖这东西，公子是想买上一些送给尊夫人么？"

李陵凄然一笑："李陵尚未娶亲，哪有什么夫人，想来日后也不会有了。"

那女子沉沉地叹了口气："小女子和公子说了这么多，公子仍是不改初衷，定要去找霍侯报仇？"

"我何尝愿意和人以死相拼！"李陵昂着头，眼神中略带一丝茫然，"我李家以军功出身，算起来，祖孙三代也做了几十年的官了，官场上那些龌龊情事有什么不懂的：奴颜婢膝，谄媚奉迎，见风使舵，苟合取容，无善恶之心，无是非之辨，逢君之恶，残民以逞，到头来不过是为了'功名利禄'四个字罢了……哼，陇西李氏门下个个都是堂堂正正心底光明的大好男儿，岂能蝇营狗苟于如此卑鄙猥琐之事？我李家能有今日，全是在战场上真刀真枪用血和命拼回来的，不是皇上和霍侯谁赐的。我们不求非分之福，可也不甘受毋望之祸。我三叔若是贪赃枉法而引颈就戮，李陵自当毫无怨言；若是因受人欺凌而死于非命，李陵必当千百倍报之。皇上杀不杀霍侯是他的事，为三叔报仇则是我的事，李陵可以不要性命，却绝不做被人杀了亲人反还要拜谢人家的奴才！"

帘内那人半晌没有出声，过了好一会儿，方冷冷地说道："公子这么做，想没想过后果？"

李陵轻蔑地撇了撇嘴角："惟死而已，李陵何惧？"

"那你的祖母、母亲、弟弟们哪？"

李陵一怔："李陵之罪止于一身，关我亲人什么事？"

"止于一身？"帘内那女子冷笑道，"霍侯擅杀令叔才是罪止一身，你杀霍侯，皇上便是诛你三族也不奇怪。"她顿了顿，又说道："皇上处置霍侯，那是震动朝局的大事，牵一发而动全身，不可不慎，皇上迟迟没有动手，那是因他还没想出万全之策。李公子若于此时替叔复仇，岂不恰恰成了君父手中的杀人之刀……"

李陵笑道："依楼主所言，我替皇上去了心腹大患，那他便欠了我一个大大的人情，杀我一人已然心中愧疚，更加不会株连我的家人。"

"皇上会和你讲人情？……皇上只论得失成败啊。汉高祖为了天下，连父母妻儿的生死都可以不顾，皇上为了朝局稳定，又何惜你李家的上百条人命！若你杀了霍侯，皇上必会重处李家以消皇后、太子之戒心，以解卫侯、百官之疑虑，诛一李而百害俱除，上下相安，皇上何乐而不为？"

不知不觉间，天色暗了下来，房中没有点灯，夕阳的余晖从门窗缝隙间钻进了屋子，洒下一地淡红色的光渍，外面偶尔还能传来一两句悠长的吆喝声，吆喝声随着人的脚步渐去渐远，一切终复归于岑寂。恍然间，李陵觉得自己的心也像那抹残阳一样，无声无息，缓缓沉落下去。"要散市了……"李陵说道，他的声音听来有几分苍凉，"我也该走了……一年多了，母亲没给我来过一封书信，我知道，她是担心我的安危，怕我闯祸，始终不敢将三叔的死讯告诉我……祖母也是六十多岁的人了，三年前死了丈夫，现今连仅存的一个儿子也死了，这段日子真不知她是怎么熬过来的……人间惨事，莫过于白发人送黑发人，祖母一个个将他们都送走了，我爹、二叔、三叔……她老人家只剩下我和李禹这两个孙子……这次回来,我无论如何该回趟家的……但三叔不明不白惨死箭下,我终不能忍气吞声嘿然而已……见了祖母母亲的面,心就乱了,心不静,又怎能打败霍侯……楼主劝我不要报仇,这份心意李陵领受了,可惜李陵实在不是忍辱负重、明哲保身之辈。满朝文武之中,我李家的故旧不少,受过我爷爷厚恩的,也大有人在,嘿,居然没有一个敢站出来说句公道话的,世情凉薄如此,李陵尚有何望……我于此时若再不拼死一争,岂不叫天下耻笑我李氏无人!我已想好了办法,绝不连累我家人就是了……"

"生为霍家汉,死做李氏男……"帘内那女子喃喃地说着,声音微微发抖,"李公子,可否告诉我,你有什么办法能不牵累你的家人?"

"若是……霍去病杀了我,皇上还会诛我三族么?"

"这就是你想出的办法……"

李陵没再言语,慢慢起身,冲那玉帘躬身一揖,说道:"楼主是当世的奇女子,今日李陵得与楼主相遇,实为平生幸事,可惜我已不久于人世,再不能听楼主论天地之大道了……我想求楼主一件事……"

"什么?"

"我死前能不能……见见你的样子?"李陵一眼不眨地盯着那玉帘,足有移时,直到确信那帘子不会被挑起,这才宽容地一笑,转身欲行……

帘内那人忽然说道:"李公子……请等等……"

李陵转过头来,蓦地,玉帘内铮然有声,那女子仿佛抚弄了几下琴弦,然后,琴声悠扬,从玉帘内缓缓流溢而出。

蓝天、雪山,还有无边无际的草原……是春天吧……李陵眼中闪出一丝光彩,草刚刚从地里露出头来,微风如细雨般轻拂着人的脸……一个仙子一袭白衣,坐在雪山之巅,静静地抚琴,琴声仿佛将山巅的积雪都融化了,那雪变成流水,汇成小溪,顺着山涧不断地流淌……不知为什么,天上又下起雪来,雪花在阳光下闪着奇异的色彩,旁边应该种着许多竹子……李陵分明听见雪花落在竹子上的声音,像两块美玉轻轻击撞,发出泠泠的声响:"那仙子被雪花围裹着,却没有一片落在她的身上,清冷的雪光映着她柔和的脸庞,使她宛如一尊冰雕玉砌的神像。她一直在抚琴,琴声是飘飞的雪花,雪花是落地的琴声……

李陵静静地听着，只觉心中悲喜交集，但又说不出的快活。就像飞鸟一般逍遥自在行于空中，脚下是朝阳照耀的海面，耳边是烈烈呼啸的风声。

不知过了多久，琴声停了，李陵依旧是痴痴呆呆的，如失魂落魄一般站在原地，恍然不觉。

"李公子？"

"嗯？"

"见到了么？"

"见到了……"李陵似乎仍是沉浸于那琴声之中，"陵死前是不宜听这种曲子的，再听下去，斗志全销，便会舍不得走了……"

帘内那人微笑道："此曲乃晋国乐师师旷所作，名为《阳春白雪》。'阳春'取万物知春，和风荡涤之意；'白雪'取懔然清洁，雪竹琳琅之音。其实……人生于世，事事称意者能有几人？公子不如静下心来，想想寒冬之后的春色，看看眼前飘落的轻雪……这世上，真就再没什么……值得公子留恋了么？"

"当然有……"李陵轻声说道，"若真有来世……陵愿如邱老伯和小五子一样，给楼主守一辈子门……日日守在楼主身旁，听楼主弹琴……"

"李公子……"帘内那人的声音有些嘶哑，"天理溟茫，事无定数，公子此去，虽抱必死之心，却未始不能平安归来，小女子惟盼……能有再见公子的一天……公子，珍重……"

李陵垂着头，久久无语，好半天，才轻轻说了声："珍重。"

拾肆

复仇

　　出了知秋楼，天已完全黑了，明月当头，浮云涌动，薄薄的云层一团团、一块块急速向南行去，犹如万千军马衔枚疾走，无声无息，无止无休。

　　李陵吸了一口清冽的空气，仰望高远深邃的天空，心想："要变天了，明日只怕更冷……嘿，我活不过今晚，还想明日做什么……"这念头只是一转，心里却没来由的一痛，忍不住想再看看知秋楼——那淡淡的幽香、美妙的琴声、神秘的女子，竟始终缠绵心头挥之不去，以致先前胸中破釜沉舟誓死相搏的豪气也淡了许多，他闭上双眼，暗想："霍去病乃本朝第一名将，我本就没有胜他的把握，若再这样心猿意马胡思乱想下去，非但不能替叔申冤，只怕自己不到十招便被人家劈成两半了，到时我李陵的复仇之举岂不成了天下人的笑柄，也使卫霍更加轻视我李氏……"他勉力收敛心神，解开上衣，任冷风遍袭四肢百骸，直到心中没有一丝杂念，这才大步而去。

　　出了东市，便是华阳街，霍去病的府邸离此极近，只有不到二里的路程。为防奸滑作乱，京城禁止夜行，李陵怕遇上巡夜的士卒，不敢走得太快，稍有响动，便要伏在黑暗处藏躲，是以短短的一段路，竟走了小半个时辰。

向左转了一道弯，便到了香室街。香室街位于东市之南未央宫之北，这一带因离未央宫较近，朝中的不少权要人物都在此处大起第舍，时人称之为北阙甲第。

月光冷冷，透过云层倾泻而下，照在片片黑压压的屋宇之上，给人一种萧索惨淡的寒意。几点若明若暗的灯火在幽远苍茫的夜色中轻轻摇曳着，高墙内偶尔会传出一两句人声，声音过去，便又是无边无际的寂静。李陵走在空旷的街道上，心中突然有些气馁："有鱼肠剑在，霍去病要想胜我也难。浑邪王说，'胜兵先胜而后求战，败兵先战而后求胜'。我有备而来，可谓'先胜而后求战了'，但霍去病要是躲着不肯见我怎么办？我若是硬闯，他底下的护卫随从便会将我拿下了，这些人可都是沙场上身经百战的将佐，我即便再有本事，单凭一己之力，也绝挑不了整个冠军侯府。闹腾大了，京辅都尉府和北军的人再赶来……将我送到廷尉府治罪，我连霍去病的面都没见到便身首异处，那可就太荒唐了……"

正思量着，猛然看见正前方有数盏栲栳大的灯笼在屋檐前晃荡不定，灯笼上写着个七个大字："大司马冠军侯霍"。李陵心里先是一沉，随即又是一阵轻松，他长舒了一口气："终于到了。"

霍去病的府邸极为阔大，几乎占去了半条大街。红色的大门前立着高高的石阙，为便于车马出入，门前没修台阶，院墙西侧开有一个角门，也是紧紧闭着。从院墙外面远远望去，能看到院落后部矗立着的四层高的望楼，望楼上空空如也，并没有兵丁岸望巡视。

李陵信步走到府门前，握住门环，轻叩了两下，清脆的叩门声在静夜之中传出好远，然而等了半天，门里却是一点动静也无。

东墙下排着二十余辆马车，为首的那辆车的车夫似乎被李陵惊醒了，从车厢中探出头来，擦了擦惺忪的睡眼，有些茫然地向这边看着。

李陵正要再敲，就听那车夫喊了一句："公子，你是哪里人啊！"李陵看那车夫面目已颇为苍老，不禁心中疑惑："霍去病行事果然处处出人意料，府中值夜的卫士居然睡在门外的马车里，且又这般的老迈，难道这老者有什么惊人的艺业不成？"他缓缓地踱过去，冲那车夫拱了拱手，说道："这位老丈，我是肩水都尉麾下的一名军侯，奉我们家都尉之命，前来求见霍侯……只是霍府里面怎么没人应门哪？"

那车夫扑哧一笑，无奈地摇了摇头："我说呢，这么不懂规矩，原来是边塞上来的，难怪难怪……霍侯夜里是不见人的，你这时分敲霍侯的门，那不是没事找事么。弄不好，连我们这些人一并被霍侯撵走了，老弟，我已经在这儿等了十天了！你自己办砸了差事不要紧，可千万别连累我们。"

李陵一惊："原来这老者不是霍侯的家人，和我一样，也是来见霍侯的。十天？他倒真有好耐性，居然在这里等了十天！"他沉思了一阵，问道："我这是要紧的公事，这样傻等，岂不是耽搁了？"

那老者笑道："军侯还跟我弄这套玄虚，你有公事，为何不到大司马的衙署里去，跑到霍侯家里做什么？你们都尉给霍侯带的什么礼物？"他上上下下打量了李陵一阵，点了点头，自言自语道："八成是宝刀宝剑之类的吧……"

李陵不解地问道："你在这儿等了十天，就为送霍侯些礼物？"

那老者诧异地看李陵一眼，陡生警觉，讪讪地笑了笑，不再理会李陵，转身向车厢中钻去。李陵一把将他扯住，哈哈一笑，说道："老丈真是精明，什么事也瞒不过你。实话说了吧，我家都尉确实让我带份礼物给霍侯。我是昨日到的京城，原以为今晚将礼物送到，明日便可回去了……唉，谁想连门都敲不开。"

那老者打量着李陵，半天才叹了口气，说道："念在咱们都是给人当差的，不容易，我便与你说了吧……我在这儿守了十天，只见过一个年轻人进过霍府，这还是今日晌午的事，不知那人是什么来路……至于咱们，霍侯是不会见的。"

李陵一愣，问道："不会见咱们？那老丈又何必在这里等？"

那老者向李陵身边凑了凑，神秘兮兮地说道："霍侯何等人物，他如今病着，每日里想见他老人家的官员不知有多少，霍侯哪能都见得过来？至于礼物……人家府里什么东西没有，再稀罕的宝物霍侯也未必看得上眼，是以咱们送的不是'物'而是'心'。你求见霍侯，霍侯一说不见你便走了，这分明是没有诚心么。嘿，别人走，我不走，在他府门前呆上几个月，虽然仍是见不到霍侯，可时日久了，霍侯便会见到咱们，也就自然明白了这份心意。我们家主的名刺我已经递上去了，霍侯对家主的名字留了心，以为这个人不错，办事有章法，待人有诚心，有机会得抬举抬举。能让霍侯这样想，咱们的差使才算办得周全。"他又慨叹了一声："天下笨人太多，聪明人可也不少，看见没有……"那老者指了指自己身后："后面马车里坐的人都和我一般的心思，这才叫会办事哪！"

李陵见那老者口若悬河、滔滔不绝，一副洋洋自得的样子，强自抑住心中的厌恶之感，心想："这些人真是寡廉鲜耻，即便人家不叫他做奴才，他自己也是非做不可。嘿，大丈夫当自立于天地间，岂能托庇他人以取富贵，好没出息！"又想："听这人说霍侯病了？霍去病武功卓绝，今年还不到三十岁，身子一向比铁还结实，听说和匈奴人打了这么多年的仗，连一丁点伤都没受过……他怎么会突然得了病？得的又是什么病？"

那老者见李陵脸色阴沉，拍了拍他的肩膀，说道："后生，你们都尉比我们家主还小着一级哪，想见霍侯更难。明日府里若是有人出来，你得空将名刺递上去，便安心在这里等，想让霍侯领你们都尉的情，一定要有耐性。"说完打了个哈欠，将车门上的棉帘放下，径自睡了。

李陵默然，抬头看着院墙，心想："既然求见不得，我只好逾墙而入了。只是这墙高足丈四，倒是不易攀越。"他若有所思地盯着靠墙的那一溜马车，心中忽然有了主意。

他悄没声地掩到最后一辆马车旁边，轻轻登上最后一辆马车的顶部，向上一跃，已攀住了墙头，院中黑漆漆的，连盏灯也不见。李陵纵身跃下，伏地静听，四下里死寂一片，没有一点声音。不禁心中奇怪："霍侯府中至少得有二三百的家人侍从、仆役厮养，怎么会这般安静？"他生怕中了人家的圈套，是以屏住呼吸，小心翼翼，好半天才敢迈出一步。走了不知多久，借着黯淡的月光望去，偌大的院中竟然没有一间房屋，尽是半人余高起伏蜿蜒的土山。李陵心中疑心更甚："显贵富豪之家多广开园囿，采土成山，可最多也不过堆上两三座而已，且要山势崇伟有若自然，以其登高临远之际，遍览京都风情。霍去病在家里修这些土包子做什么？"

再向前走，听到一阵"哗哗"的水声，原来两堆土山间夹有一道水沟，那水沟只有两尺来宽，抬脚可过，水却是活水，汩汩奔流，不停向北。李陵暗暗好笑："别人建山造水但求精巧雅致，惟恐不真不美，这位霍侯却反其道而行之，山小而不能登，水浅而无需涉，满院子的沟沟坎坎，走起路来也不怕跌跤？嗯，听说霍去病骄傲自负得紧，万事万物在他眼中均是不值一提，也许世人所谓的崇山峻岭、大江大河，在他心目中就是这般微不足道吧。"想到这里，他内心忽地一动：眼前这座土丘的走势倒颇有几分像祁连山。"祁连山……那可是霍去病建立赫赫功业的地方……它若是祁连山，那这条水沟便是弱水了……"李陵循着水沟向北走去，土丘之势渐渐低缓，前面几步远的地方立着块一尺多高的石头，李陵蹲下身子仔细看了看，顿时恍然大悟："这是以一整块石头雕成的关隘——肩水金关。"

这石制的肩水金关形状虽小，却雕刻得极为精细，雄固苍莽、傲然屹立的气势尽显无遗。旁边林立着许多以青砖和竹木制成的亭障坞堡，一道绵延不尽尺许高的土墙横亘其间，那自然是长城了。李陵呆呆地站着，心想："这边是河西之地，那么向南便是金城、陇西，向东是朔方、五原、云中、雁门……原来霍去病竟将自己的府邸建成了一个巨大的沙盘，天下的山岳江河、名城大郡尽藏其中。难怪人说霍去病好战成痴，果不其然，他心中除了打仗，竟似乎全无别的念头。然而论起满朝文武，大约也只有他才有这份心胸气魄……"

再走十余丈，落脚处甚软，地上铺的都是细碎的黄沙，黄沙尽处，又换作了铁青色的碎石，李陵暗想："看来我已经到了漠北的戈壁了，不知霍去病究竟住在何处？这府邸方圆数里，又没有一间房屋，找起来大是不易。"又走了数十丈，眼前赫然现出一排丈许高的木栅栏，栅门虚掩着，上面似乎刻得有字，李陵看着那字，心中默念道："——年——月——日，去病擒伊稚邪单于于漠北，自此边患殄灭，四夷宾服，我大汉雄立宇内，人莫敢犯。"

年、月、日三字上边均留有空白，未写任何字迹。李陵微微一笑，心中已隐隐猜到了霍去病的用意。"匈奴未灭，何以家为？等什么时候霍去病真的擒住了伊稚邪，这几个字才会填上。说起来……"他长长地叹了口气，"霍侯气吞天下，志存高远，确是个了不起的英雄人物，若不是他杀了三叔，他日我与之并缰绝驰征战疆场，岂非人生一大快事……"想到这里，心中不禁有些爽然自失。

他推开栅门，里面是十余丈的空场，并排立着三座毡帐，一大二小。大帐之中有光亮透出，空气中弥漫着浓浓的草药的香气。李陵往前挪了两步，靠得那毡帐近了些，侧耳倾听，帐里果然有人说话，那人的声音细细的，显得有气无力，仿佛正在病中："伊稚邪，你将药放下，过会儿我自然会吃。"李陵一怔："伊稚邪？那不是匈奴单于的名字么？霍府中居然有人也叫'伊稚邪'，真是怪事。"他想着，又向前凑了凑身子。只听另一人说道："侯爷，这药刚从太医那里取来，太医说要趁热吃方见药效。"

"侯爷？"李陵的心怦怦地跳个不住，暗想，"霍府中只有一个侯爷，这侯爷当然指的是霍去病了，他……他就在这帐篷里，只是想不到他真的患了病……如果我于此时和他动手，那岂不是乘人之危，即便胜了又有什么光彩？可若这次不和他斗上一斗，以后还有机会么？"他心中又是失望又是沮丧，正迟疑间，猛听得帐中有人大喊道："太医？他们算什么太医？我不过受了些风寒，反倒被他们越治越重，他们是治我的病么？哼，我看分明是想置我于死地。都有哪几个人给我开过方子，你将他们的名字记下来，一个也不许漏掉，待我下次出征时，让这帮庸医跟着我从军，到时……嘿，看我怎么收拾他们！"

"那这药？"

"倒掉！"

"侯爷……"那叫伊稚邪的人颤微微地说道，"这药可是皇上命太医们给你熬的，这是御赐之物，您老可千万别辜负皇上这片心……"

那人幽幽地叹了口气："皇上……唉，君有赐臣不敢辞，好吧，我喝。"

过了一会儿，只听一阵细碎的脚步声响，一个年轻人端着托盘从帐中轻手轻脚地走出，李陵站在离他几步远的地方，他却没有瞧见，低着头急匆匆地去了。李陵望着他的背影，心想："瞧这人的身形步伐，竟是一点拳脚也不会。既然他只是个仆役，那霍去病的贴身护卫都到哪去了，难道霍去病不住在这里？那里面被人称作侯爷的又是谁？"他一步一步地挨近毡帐，想挑帘进去，忽然又有些犹豫。

帐中那人咳嗽了两声，接着便唱起歌来，歌声中偶尔还夹杂着一两下金铁碰撞之声，李陵怔住了："这人真是好兴致啊。"他耐着性子听去，发现那人唱的竟是汉高祖的《大风歌》："大风起兮云飞扬，威加海内兮归故乡，安得猛士兮守四方。"

李陵心中一动："这《大风歌》原本词气慷慨、激昂壮烈，听罢令人豪情满怀、雄心陡增。然而这人唱的却另有一番况味，踌躇满志中带着深深的绝望，意气风发中藏着无限的悲凉，充满了韶华易逝人生苦短的无奈之感……他有什么打不开的心结么？"

须臾，歌声停了，又是两下金铁相撞之声，只听那人吟道："以血煮酒，叩节击剑，单枪匹马，纵横万里江山，哈哈……"那人突然失声长笑起来："去病，去病，连你也会生病么？老天，你何其不公，那些只知吃喝拉撒的行尸走肉，你个个赐以六七十岁的寿命，我霍去病是有用之身，却只二十四岁便得了这缠绵不愈的重症，你既想让我早死，又何必将我生得这般武勇，你既给了我这旷世之才，又为何要我壮志难酬？嘿嘿，天命不与，世人皆负我，我霍去病又有何惧……"

李陵再无犹豫，挑起毡帘，闪身而入。帐外朔风呼啸寒气凛冽，帐内却是酷热干燥有如炎夏，李陵刚一进门，便觉一股热气直扑脸颊，不由得微微向后退了一步。帐内陈设虽少，却极是奢华，北面一张木制的大床，床上和寻常人家一样，也铺设草席，但席边皆以红绢包缝，床头另置有玉制的唾壶。东向是一张四尺长的书案，案上别无他物，只放着一盏黄铜烛灯。烛灯的造型颇为奇物，为侍女跽坐持灯之形，侍女虽为铜铸，却是曲眉丰颊体态窈窕，面目生动逼真栩栩如生。因灯盘上笼着灯罩，烛光并不明亮。一个白衣男子背对着门，披头散发歪坐在一张熊皮之上，旁边放着九层的博山香炉，炉上镂以珍禽异兽，却不见有香气散出。帐中虽热，但看不到炭火，想是地下烧着地火龙之故。

那人左手拿着根发簪，右手持着一柄弧形的长刀，以发簪轻轻敲击刀背，发出"叮叮"的声响，似乎并未察觉有人进来。

李陵望着他的背影，下意识地摸了摸腰间的佩剑，沉声问道："阁下是霍侯？"

那人没有应声，只微微欠了欠身子，良久，方漫不经心地说道："将毡帘捂严一些，我怕冷。"

李陵轻蔑地一笑："我是仇人，不是奴仆，恕难从命。"那人点点头，说道："是我唐突贵客了，这些事本该叫奴才们做的。"他伸了个懒腰，抬起胳膊，将面前垂着的一根黑色的丝绳握在手中，说道："这绳子末端拴着铃铛，直通另外两座帐篷，那里住着我四个贴身的小厮，我想叫他们来做点事情，你不会害怕吧？你要是怕了我就不摇。"

李陵斜睨着他，问道："怕？我怕什么？"

"当然是怕我叫人来抓你。"

李陵在那人身后席地坐下，解了佩剑，横放在膝前，淡淡地说道："阁下请便。"

那人没有回头，只嘴上"嗯"了一声，伸手摇了摇，不一会儿，便听帐外一个怯生生的声音问道："侯爷，您有什么吩咐？"

那人歪着头，想了一阵，说道："冒顿、老上，你们两个将各自帐中堆着的名刺扔进地火龙里烧了，这些混账官，别看干正事不行，名刺却做得一个比一个精致，用的都是上好的竹木，一定很好烧，我这帐里还是不够热，要烧得再暖和一些。听见了没？"

"是。"

"军臣、伊稚邪……"那人停顿了片刻，"这毡帘做得不好，总是透风，明日叫人来改改。伊稚邪，前日我让你给太夫人送去的补药你送去了么？"

外面一人恭恭敬敬地答道："送去了，太夫人很欢喜。"

那人笑笑："欢喜就好，欢喜就好。伊稚邪，你明日代我去拜望一下老太爷，说四场仗我已全都打完，场场大捷，四个匈奴单于束手就擒，漠北王庭为我汉军所占，我在漠北休整两天，身体稍好一些便去向他老人家请安。嗯……顺便也看看我那同父异母的弟弟，他刚从边塞回来，在长安住上一年半载，还是得回边塞去，想得功名，要看自己的本事。还有……告诉夫人，她生产前，我一定赶得及回去陪她，孩子的名字我已取好了，就叫……霍嬗。好了，你们各自照我的吩咐去忙自己的差事，这帐里不管发生什么事，没我的命令，谁都不许进来，违者斩。"

李陵听那四人的脚步声渐渐远去，想想他们的名字，情不自禁笑道："这就是阁下亲封的匈奴四大单于？"那人也是笑不可遏，说道："他们几个窝窝囊囊的是不大像，可没办法，单于总得有人做啊，我府中实在找不出太像样的了。"说到这里，那人突然剧烈地咳嗽起来，好半天，气息才渐渐平复，只听他长叹道："我这人闲不下来，一闲下来就要生病。为这四场仗，我筹备了一年之久，将家里人统统赶到别处住了，花了六七百万钱在院子里修了个大沙盘，你方才进来时一定见到了，如何？是不是很壮观？"

李陵说道："阁下闭门不出，单凭心中臆想便能擒住匈奴百余年来的四位单于，其丰功盛烈世所难及，不过终属纸上谈兵，有自欺欺人之嫌。"

那人冷笑道："我胸中自藏精兵百万，闭门不出也可称雄天下，岂是赵括那等愚顽预食古不化之徒可比。这四场仗中……最难打的是和冒顿单于那一场，那时咱们大汉没有马么，都是步兵，步兵和骑兵对阵，胜面自然微乎其微，幸亏后来我想到一个好法子。"那人兴奋地拍了拍大腿，说道："我伐了上万棵小树，制成长长的尖桩，命军士们持着，藏于阵后，阵前仍遮以盾牌。等匈奴的骑兵冲上来，阵前军士退后，阵后军士前冲，以手持的尖桩专刺马的前胸，这才算勉强顶住了匈奴人暴雨骤雨般的攻势，之后我汉军两翼齐飞伏兵尽出终于围而歼之。这场仗虽然赢了，我们的损失可也不小，不过是一场惨胜罢了。我打仗素喜爽快，这还是第一次打人家的埋伏，逼的嘛，唉，我虽不才，但若是早生一百年，大汉便不致有白登山之围，更不会有后来的合亲之辱，我大汉女子，岂能嫁给匈奴人做小老婆！

"至于元狩三年的漠北之战，实为我平生恨事……"那人似乎意犹未尽，接着说道，"那次出征，原本定的是我出定襄，舅舅出代郡，后来细作带回来的消息说，伊稚邪为掩人耳目，与左贤王互换了防线，于是皇上又改变了我的出兵方向……不然，那次便能与伊稚邪在沙场上一决雌雄……我六次出征，竟没有一次能遇到伊稚邪，莫非真的是天意不成？"他失望地摇了摇头，"不过这次我是照从前的方略，从定襄远征……你看，我已于前日占领了他的王庭，匈奴灭了……"

那人缓了口气，忽然问李陵："君以为，建元以来，我大汉哪场仗打得最窝囊？"

李陵说道："元光元年，皇上听信王恢之言，以雁门马邑诱降匈奴，置伏兵三十余万，耗钱粮财用无数，欲毕其功于一役，谁想最后连匈奴人的影子也没见到，徒然劳师伤财贻笑大方而已。"

"噢，你觉得伏击匈奴人这主意出得荒唐？"

"当然荒唐。"李陵侃侃言道，"不管是埋伏还是偷袭，首要是一个'密'字。像这次，数十万大军千里奔波穿郡过县，粮草辎重往来要塞不绝于道，这么大的声势，哪还有什么秘密可言，匈奴人若是上当，那才是怪事。可笑邪王恢，为防泄密，竟将雁门附近放牛马的牧人全都抓了起来，欲盖弥彰，更无成事之理。匈奴人攻入烽燧，生擒武州塞尉史，一个小小的尉史居然对大军一举一动了如指掌，知道汉兵数十万伏于马邑下，真不知那些将军们是怎么守密的。凡将欲智而士欲愚，将智，方有克敌制胜之法，而士愚……并非说当兵的就要呆傻，而是说——不能让他们预先知晓将帅对战事的布置，这样才能万无一失。元光元年的这次马邑伏击，从头到尾不过一场儿戏，王恢因此丢了性命，倒也不冤。"

那人听罢，振衣起身，笑道："说得好，敢夜闯我冠军侯府的人，果然不是易与之辈。我是霍去病，敢问贵驾尊姓大名？"

李陵见他突然间意气豪壮病态全消，不禁一愣，抱拳说道："肩水金关甲渠塞军侯李陵见过霍侯。"霍去病喃喃说道："李陵……你是李广的长孙吧。这名字我听别人提起过。你怎么这般没用，到现今才做到军侯？"

李陵"哧"的一笑："我既没有做大将军的舅舅，也没有做皇后的姨母，更没有做太子的姨表兄弟，当然只能做个军侯。"

那人欠了欠身子："你是想说，我霍去病能有今日全是靠了他人的荫庇？"

"霍侯受没受他人的荫庇与我全无干系，我今日来找霍侯，是想替我三叔讨个公道。"

"你三叔？"霍去病似乎怔了一下，随即了然，笑道："你说的是李敢那老小子吧？他这人有趣得紧，敢打我舅舅，却又不敢和我比箭，答应了和我比箭，却又不敢下死手，哈哈，结果自然是被我射死了。"他的口气轻松而淡定，仿佛在他眼中，杀李敢便和杀只蚂蚁一般容易。

李陵两颊肌肉微微抽动，双眼已是红了，他极力压住心中怒火，淡淡地说道："霍侯的那点本事，天下谁人不晓。出征匈奴，带的是百里挑一的壮士；军需粮草，各军均有不足，惟独霍侯要多少给多少，加之你天生幸运，遇到的都是匈奴的乌合之众，自然可以所向披靡常胜不败，这样的功劳是皇上拱手相送的，亏得霍侯还有脸到处炫耀！我三叔早知道霍侯武艺稀松，又念在您是皇亲国戚的份上，是以处处容让。想不到阁下心狠手辣，非但不领我三叔的情，反而要了他的命。我今日来，就是想让霍侯见识见识我李家的真实本领。"

"你想激我出手杀你？"霍去病握着刀的手略微有些颤抖，他仰起头来，沉默了片刻，缓缓地吁了口气，说道："念你三叔跟了我一场，给我们李家留条根吧……等你娶妻生子之后再来找我，到时我一定成全你。"

李陵一眼不眨地盯着他的背影，神情中带着一丝讥讽："霍侯病了，胆子也变小了。放心，我不会占你的便宜。你的亲兵护卫们哪，叫他们出来，李陵先和他们斗上一斗。他们能杀了我最好，若是万一杀不了，李陵血战之余已是强弩之末，以疲惫之躯会你这多病之身，这才公道。"

"笑话！"霍去病身子向前一倾，缓缓转过头来，李陵瞧着他的脸，微微有些惊讶，心想："原来他长得这副模样。"灯下，霍去病的脸一丝血色没有，苍白得有些可怕，两颊瘦削，颧骨高耸，尖耳阔口，隆准长目，眉宇间给人一种说不出的阴郁之气。他打量着李陵，目光中又是冷酷又是兴奋，一瞬间，李陵心中突然闪过一个念头："他不是人，倒像一只在雪野中找寻猎物的狼。"

霍去病将刀擎在手中，那刀长约四尺，刀身极细，刃上闪着冷森森的光芒，李陵望着那刀，恍惚中，只觉一阵寒意直逼过来，毛发不禁为之一耸。只听霍去病说道："我霍去病再不济，还不至要别人来保护。你到了九泉之下，和你三叔分说明白，并非我不念故旧之情，实在是你自己找死。"

李陵"哼"了一声，将剑缓缓拔出剑鞘，当看到剑身时，自己也不禁一愣，原来长鞘之内装的竟是一把断剑，只有不到一尺长，剑脊上红锈斑斑，似乎轻轻一碰便会折断，显然已不堪使用。霍去病哈哈大笑："你想用这把破铜烂铁跟我打？"他向床上指了指，说道："我那儿还有把剑，是楚地一个铸剑师给我打造的，虽不如何名贵，还将就着能使，你用它吧。"

李陵微笑着摇了摇头："霍侯的好意在下心领了，只是霍侯还不知这剑的来历吧。此剑号鱼肠，相传为春秋时著名刺客专诸所用。当年，吴国公子光欲杀吴王僚而自立，求天下壮士，伍子胥便向公子光推荐了专诸。专诸本是吴国的一个有名的厨师，最拿手的就是做鱼，吴国的达官贵戚们但凡要在家中设宴，几乎都要请专诸主灶，据说吴王僚最喜欢吃的一道菜便是专诸做的'凤尾炙'。公子光笑话伍子胥，说我要杀的是人，你怎么给我找了个做菜的。伍子胥说，专诸手中无剑时，是吴国第一厨师；手中有剑时，便是吴国第一勇士。吴王僚到公子光家赴宴，怕人加害，自是防卫森严，千余卫士

風雲乍起

铁甲长铍，从王宫一直排到公子光的府邸，门户阶陛左右，尽是吴王僚的心腹，吴王僚身着狻猊宝铠，自以为万无一失。当专诸端着一条三尺长的凤尾鲟鱼请吴王僚品尝时，他还赞不绝口，准备大快朵颐，谁也没想到专诸会藏了一把剑。他上殿时，卫士们曾仔细搜过他的身上，除了盘中那条鱼，他什么也没带，没人能想到，那剑便藏在鱼腹之中，专诸杀吴王僚之后，这把剑和专诸一样名扬天下，后人称之为'鱼肠'。"

霍去病的眼光惊异地一闪，点头赞道："是去病错了，这剑虽貌不出众然能取王侯首级，果真不是凡品。但我这刀未必就比你的剑差了。"霍去病伸出两根手指在刀身上一弹，"叮"的一声轻响，"嗡嗡"之声不绝："这刀是我第一次出征时舅舅送我的，算起来它已有六岁了。六年了，不知它究竟饮了多少匈奴人的鲜血，我是个粗人，没念过什么书，随便给它起了个名字，叫做'扫北'，取诛灭匈奴之意，希望这名字没辱没了它。征河西时，我这刀一连砍断了二十四把匈奴人的弯刀，刃口却一点没卷，这事不知怎么被皇上听说了，一次，皇上非要见识见识我这把宝刀，叫我拿刀劈一块金子，我没答应，我说，我这刀是用来杀敌的，不是用来取笑作乐的。皇上听后并没气恼，反而赞我：'刀似人，人如刀，都是无双国士。'嘿，即便皇上不高兴我也要这样说，这刀和我并肩作战出生入死，我岂能让它成为别人的玩物。"

李陵拍手叫道："痛快！宁与刀做友，不为帝王诏，单凭此举，霍侯便是个难得的英雄。你这刀不该叫'扫北'，要叫'抗上'才对。"

霍去病从怀中掏出根黑色的丝带，将散乱的头发拢在脑后，松松地打了个结，说道："好久没和人过招了，不管平日病得多重，一旦遇到高手，我便欣喜之情难以自抑，出刀那一刻，什么病都没了。你万不可学你三叔，以为我是病人而手下留情，否则你会后悔莫及。"他看了李陵一眼，问道："你没为你三叔戴孝？"

李陵迎着他的目光，说道："不打赢你，我哪有脸给三叔戴孝？"

霍去病遗憾地叹了口气，幽幽地说道："真是可惜了，你不懂，只有鲜血溅上白衣时，它的颜色才是最美的……"

李陵将背上的大黄弓、腰间的铜弩一一解下，恭恭敬敬地放在一旁，手中断剑平举至胸，说道："请霍侯进招。"

霍去病嘴角荡起一丝笑意，说道："我这第一招名为'晴天霹雳'，六年以来，约有二百多个匈奴勇士死于此招之下。'晴天霹雳'招式简单，自上至下直劈，要诀是快而狠，你小心了！"话音未落，霍去病猛地跃起，身形犹如鬼魅，长刀在空中划过，宛若一道闪电，风声短促而急迫，李陵举剑相迎，蓦地，手中断剑一沉，刀已及肩，鲜血迸溅。霍去病一招得手，倏地跳开，不屑地一笑，说道："人不过如此，剑亦不过如此，你连我这一刀都挡不住，怎么和我斗。"

李陵不紧不慢地跟着他，脚步从容而舒缓："霍侯，有句话不知你听没听过——人之情不蹶于山，而蹶于垤。你马踏祁连、封狼居胥、禅于姑衍，登临险山如履平地，我李陵不过是个微不足道的小土丘，你却未必过得去。"

霍去病撇了撇嘴角，说道："做梦。听好了，我第二招名叫'斩草除根'，招式一样简单，只是由直劈改为横扫，要诀也是……快而狠。"

刀剑相交，却是一声轻响，竟没有方才清亮的回声，李陵看手中剑时，发现剑身上已多了一道半寸余长的缺口。霍去病瞟了李陵一眼，漫不经心地说道："我再出一刀你这剑便断了，你还不认输？哼，'鱼肠'，故事倒挺好听，剑却这般不中用。"

李陵不疾不徐地说道："风起于北海而入于南海，其微时，人扬手可拂，抬脚可踏，垂髫童子亦可战而胜之，然折大木飞大屋者，惟风能之。庄子曰：'此以众小不胜为大胜也。'霍侯威猛凌厉，得的却是小胜，而我屡败屡战，必得大胜。"

霍去病"哼"了一声："你总有说的，徒逞口舌之利，于事何补？"

李陵答道："我是理直气壮，你是理屈辞穷！"

两人默默对视着，不再说话。片刻间，又过了十余招。李陵的鱼肠剑上布满了细长的缺口，却始终没有折断，身上也多了三处新伤，虽非致命，但流血甚多，鲜血滴落在地上，发出单调的"啪嗒啪嗒"之声。霍去病听得有些心烦意乱，他四下游走着，寻找着李陵的破绽。李陵面无表情亦步亦趋紧跟不舍，眼睛死死盯住霍去病的咽喉，他的目光锐利而专注，仿佛对天地间的一切都视而不见，眼中看到的，只是霍去病的咽喉。

帐外，砧声远飘，谯鼓断续，转眼间，天已快亮了。李陵突然间大喝一声，伸手按了按肩头，又飞快地在脸上一抹，烛火之下，他的脸殷红一片、满是鲜血，看上去大是阴森诡异。霍去病心中一寒，鼻端忽然嗅到一股浓重的血腥气，李陵竟纵身冲上，手中断剑向他的咽喉猛地掷来，霍去病双手持刀奋力一挥，只听"呛亮"一声，鱼肠剑已被霍去病斩为两截，李陵这一掷劲道奇大，霍去病手臂隐隐发麻，未及转身，便觉一股热气吹在自己的脸上——李陵头发披散着，目光幽幽发亮，右手不知拿了件什么东西，霍去病觉得咽喉处痒痒的，凉凉的，略微有一点疼痛。

李陵的神情极为疲惫，但还是笑了笑，他看着霍去病的眼睛，良久，方说道："你输了！"

霍去病点了点头，从容问道："你手上拿的什么？头上的发簪？你要杀我，还是用那把破剑吧，我不想让人说霍去病威风一世，到头来却被一支小小的发簪取了性命。"

李陵一字一板地说道："这不是支发簪，而是另一把'鱼肠'。"

霍去病先是一愣，随即哑然失笑："你的'鱼肠'剑好多呀。开始拿的断剑是'鱼肠'，如今一支发簪也是'鱼肠'。你还有多少'鱼肠'，索性都拿出来，让我好好开开眼界。"

李陵瞟了他一眼，淡淡地说道："'鱼肠'剑只有这两把。专诸刺吴王僚之时，短剑尚未穿透重铠便已折断，而后，专诸抽出了自己头上的发簪，将其刺入了吴王僚的咽喉。是以'鱼肠'是两把剑，前者诱敌，后者制命。这剑是别人送我爷爷的，爷爷传给了三叔，我出塞前，三叔又将它交到了我的手上。听爷爷说，这两把剑未必就是专诸用过的，几百年前的东西，谁能做得了准。但是不是其实都无所谓，真正的'鱼肠'本来就不是剑，而是专诸的'智'和'勇'。他老人家说，真正的勇者，心中都有一把'鱼肠'。"

霍去病听得入了神，喃喃说道："仁者不忧，智者不惑，勇者不惧……勇者即是'鱼肠'……唉，后生可畏啊……"

李陵见他神色有异，寂寞之中带着几分凄然，不自禁的胸口一酸，心想："我打赢了霍去病，心中应该高兴才是，怎么反会觉得难过？"他顿了顿，说道："霍侯不必懊丧，从疑心我三叔被人杀害后，我便开始准备一场恶战了。能杀我三叔的人，自然不是等闲之辈，李陵若不及早下手，又怎能替三叔报仇雪耻。今日这场比试，李陵精心筹谋半年之久，霍侯却是仓猝应战，何况又身子不爽，输了实在没什么大不了的。"

霍去病一笑，说道："我怎会懊丧，欢喜还来不及哪。我第一次出征时，比你年纪还要小些，官不过校尉，兵不过八百，却是初生牛犊不怕虎，凡事无所畏惧，遇敌一马当先……这几年仗打得多了，官做得大了，心里想的也不一样了……我舅舅常劝我，说从前咱们只是寻常弁佐，命不值钱，就算死了，也毫不可惜；如今不然，你我是大将军大司马，权倾天下、手握重兵，一生一死左右朝廷大政，一举一动关乎万人荣辱，命太值钱了，想死也死不起呀。是以行事说话要瞻前顾后自虑吉凶，切不可莽撞任性率意而为，惟其如此，才可长保平安。哼，他满心想的都是自己的平安富贵……我则不然，自漠北一战后，我自认天降我霍去病，为的便是擒单于灭匈奴，环视天下，能担当此任者，舍我其谁！壮志未酬，我便不可再像从前一般轻抛性命。方才两刀砍你不死，我心中已自怯了，存了护身惜命之念，勇者不惧……我非勇者，输了给你，也是理所当然。大约上天觉得我霍去病已经威风得够了，想将擒拿伊稚邪的重任交给你，既然如此，我明日就算死了，也可以心安了。"

李陵说道："霍侯说这话，可不免英雄气短了。阁下只有二十四岁，正值壮年，来日方长，如何出此不祥之语？"

霍去病不以为然地一笑："我的病我清楚，光我自己想好有什么用，只怕……"他望着李陵，嘴角牵动着，突然间身子一沉，不由自主向下倒去。李陵一惊，问道："霍侯，你这是……"

霍去病的头上冒出大滴大滴的冷汗，脸色白中带青，左手捂着小腹，牙关紧闭，似乎正承受着极大的痛楚。李陵关切地问道："还是叫你的四大'单于'吧，让他们赶快请个太医来看看。"

霍去病摆了摆手："不妨事的，我这肚子每天都要疼上一阵……过会儿便好了……请太医，哼，这药就是太医们开的……他们说，重症须下猛药，这药性烈，小腹自然要疼上一阵……不说它了……"霍去病挣扎着起身，笑道："你不是要替令叔报仇么，这就请动手吧。当年我曾对天盟誓，战败之日，便是寿终之时。男人么，生当叱咤风云，死当轰轰烈烈，这才不枉了在尘世上走一遭。上天叫我做的事，我已经做完了，以后就看你的了……切莫辜负了自己这一身的本事。"

簪尖顶着霍去病的咽喉，现出一个小小的圆坑，李陵只要微一用力，便能取了霍去病的性命,然而他却不愿事情就这样了结,心中隐隐盼着能将时刻拖得越长越好。霍去病闭着眼睛,不紧不慢地说道:"你行事能不能爽快着点,我杀你三叔时,可是一箭就射死了他,并未劳他久候。你一个七尺汉子,怎么这般婆婆妈妈。"

李陵怒道:"你性命在我手上,居然还敢如此嚣张,真的不怕死么?"说着手上加劲,簪尖刺破了皮肉,一缕鲜血从霍去病的咽喉处缓缓流出。

霍去病一动不动,神情怡然自得,脸上毫不畏惧。

李陵觉得自己的手心中粘粘腻腻的满是汗水,他深呼了一口气,将顶着霍去病咽喉的发簪略松了松,咬着牙说道:"你卫霍两家亏欠我李家良多,就算我三叔做得有什么不对,他也罪不至死,你何至于就一箭射杀了他?!"

霍去病慢慢睁开眼睛,冰冷的目光在李陵脸上转了两转,说道:"卫霍两家亏欠你李家良多?我们都亏欠你们什么了?"

李陵冷笑道:"元狩四年,我爷爷随卫青出征匈奴,皇上本已钦点我爷爷为前将军,入塞与单于决战,谁知半路被卫大将军临阵换将,以致迷途失期伤心自刎;我三叔为你麾下校尉,舍生忘死率部血战,击溃左贤王精骑,功劳远在路博德、义山等人之上,结果人家全都封了通侯,我三叔的功劳却记在了别人的名下,他们广地益封,我三叔只得了个关内侯,食邑二百户,你赏罚如此不公,叫人怎样服你!"

霍去病"哧"地一笑:"你以为我舅舅是为了故意难为李广才临阵换将,好不让他立功?嘿,你真是高看我朝的这位大将军了。既然皇上钦定李广为前将军,凭我舅舅的胆子,他怎么敢擅自更换?我记得出征前舅舅还对我说:'李老将军六十多岁的人了,仍有这份立功争胜的雄心,真了不起,但愿他这次能运气好一点,痛痛快快地和匈奴人打上一仗,了了他一生的心愿。'你觉得我舅舅会出于私心临阵换将么?他所以要那样做,定是中间发生了什么变故……至于究竟是什么变故,他没说,我也没问。而你三叔没封通侯的事就更怪不得我了。我军中幕府所记:李敢斩首捕虏三千二百级。谁想上奏朝廷后,却被人弄拧了,有两千之数分别记在了路博德、义山和几个匈奴降将的名下。这事后来我向皇上奏明过,皇上说,朝廷已经下了明诏,赏赐功臣的大事岂可朝令夕改,错了就错了吧。但也绝不能委屈了李敢,爵位上低了一级，职位上给他补回来，这样才晋你三叔为郎中令。哼，李敢不知好歹，还以为自己的爵位低了是我从中动了手脚，故意压他！我以大司马之尊，会低三下四向他解说这些事么？我为他说好话，他心中反要恨我，恨就恨了，又能怎样！"

李陵听了，心中惊疑不定，不知霍去病说的到底是真是假，思量着："莫非他是为了活命才想出这番话？看着又不大像，他如此傲性之人，岂肯巧言自饰乞命求生！那……我爷爷和三叔所受的委屈……又是拜何人所赐？"

"你三叔的死……实在是他自找的……"霍去病咳嗽起来，半晌方说道，"因你爷爷死得凄惨，他一时错怪我舅舅，跑到大将军府里去闹，开始我们谁都没有恼他……但事情过去一年多了，你三叔不知又听了谁的挑唆，发起邪疯来，不问青红皂白，将我舅舅打了……这些年来，我舅舅越发懦怯了，吃了这个大亏，竟然不敢声张，皇上及满朝的官员也是装聋作哑不闻不问。嘿，长这么大，只有我欺负别人，还没被谁欺负过。后来我趁便找你三叔比箭，一来是想出口心中恶气，二来也是做给皇上和我舅舅看的。"

霍去病停了停，意味深长地盯着李陵，说道："你记住我的话，要想做个了不起的将军，就不要学着做官。学会做官虽可长保荣华，但打不了胜仗。我朝名将如韩信、周勃、周亚夫之流，上溯战国，像廉颇、李牧、白起之辈，个个不容于官场，然而战功勋名却彪炳于史册，所以如此，皆因他们从来不是也不肯做人家的奴才。大丈夫锐气不失方能所向披靡。若整天只知揣摩皇上的心意，想着哪句话不能说，哪件事不该做，这个要讨好，那个也要奉迎，终日笑容满面如沐春风，实则战战兢兢畏首畏尾……将心思都花在这上面，还打个屁仗！"

说到这里，他自失地一笑，又道："说起我那个做大将军的舅舅，唉，他的智谋心机远胜于我，可惜就是性子太懦、顾虑太多。这两年，他一见我的面便要拉着我说些混账道理，什么'木秀于林，风必摧之；行高于众，人必非之'，什么'进退盈缩、与时变化，君子当伸而能屈，往而能返……'听得我头都大了。他本来没有尾巴，夹得时侯长了，尾巴便长出来了。有些事当我不知道么？"霍去病摇了摇头，说道："开始他带我出征，是想让我立个功名……等我真有了功名之后，他就有了别的心思，处处捧我，什么都不和我争。我带的兵最精，得的饷最多，立的功最大，我舅舅看在眼里，非但没有一丝忿忿之意，反而真心的欢喜。是啊，他不想做第一，只想做第二么。为了从当朝第一大将这一名号上退下来，他可真是煞费苦心，每次和匈奴人打仗，都是小胜即止，要么便故意犯些小过。而在另一些事上，他却从不含糊，他不肯荐人做官，说亲贤士大夫，招贤绌不肖，乃人主之柄，大臣奉法守职而已，何与招士？他不肯阵前斩将，说：'职虽当斩将，终不敢自擅专诛于境外，而具归天子，天子自裁之。'他这不敢那不敢，后宫中那些什么婕妤美人们的生辰他倒是记得清清楚楚，每年都备上好些厚礼专门巴结人家，就是和与皇上跟前那些得力的宦官们相处得也是极好，他的这份聪明才智要是用到打仗上面，何功不可立，何事不可成！哼，他将我推出来，去做那秀林之木、行高之人，自己躲在一边匿名远祸安富尊荣，我偏不能叫他如意。他挨了李敢的打，自己忍了，还让我不可生事，我偏要生事，看他如何置身事外！皇上有本事便杀了我，我那一万七千多户封邑是以堂堂军功换来的，皇上不想伐匈奴则已，若是还想打仗，就非用我霍去病不可！"

李陵听着，五内如沸，心中竟大起知己之感，手中发簪斜着一挑，在霍去病的脸上划了道血痕，随即将发簪一扔，说道："李陵今日只身闯府，本没打算活着回去。血债须以血偿，这发簪本是我三叔所赠，如今上面既沾染了霍侯的鲜血，想我三叔九泉之下也可瞑目了。李陵心愿已了，但凭霍侯处置。"说罢退后一步，负手而立。

霍去病软软地坐在地上，吃力地笑了笑，说道："你既已饶了我，难道我还能厚着脸皮恩将仇报不成。"他轻叹了一声："我有个同父异母的弟弟，叫霍光，想必你也知道他。他长这么大，我今日方才见了，他对你很是推崇啊。这小子，打仗不行，不过依我看，他倒是个做官的好料。你们既有共事之谊，以后便当好好相处，说不定你日后北伐匈奴之时，他在朝中可以助你一臂之力。"他抬起头，失神地望着深深的帐顶，突然笑了起来，说道："我若一时半刻死不了，你得空便来坐坐，咱们以口对战，以心交兵，在这园中好好地打他几场大仗，岂不痛快！"

李陵说道："守在门前求见霍侯的官员成百上千，只怕是霍侯没空见我。"

霍去病"呸"了一声："我身边全是这样的人，国贼禄鬼罢了。他们想见我，不外乎是扯关系套交情，以求来日升官发财。你得势时，他们把你当祖宗似的供着；一旦失了势，他们恨不得一脚踩死你，我才懒得见他们哪。你与他们不同，你是我大汉未来的柱石啊……"

李陵出得帐来，天光发亮，街上开始有了稀稀落落的人声和车马声。霍去病四个仆役所居的帐篷却是静悄悄的，一点声息不闻。李陵暗笑："霍去病治家不严，我们这边闹翻了天，他们几个却睡得和死猪一样。"他摇了摇头，扯下衣襟，将自己身上的几处伤裹了。

那二十余辆大车仍旧停在门外，听见门响，车里的人纷纷拥了过来，当见到李陵浑身是血从府内踉跄而出时，一个个又都呆住了。昨日与李陵攀谈过的老者更是惊讶地张大了口，久久不能并拢。李陵也不理睬他们，众目睽睽中，迈开步子向北行去。初升的阳光照在他的脸上，李陵微微有些恍惚，蓦然间，想起知秋楼那女子说过的话："天理溟漠，事无定数，公子此去，虽抱必死之心，却未始不能平安归来，小女子惟盼……能有再见公子的一天……"他笑了笑："想不到我还活着……"

转过街角，前面便是家了……

完稿于二零零七年三月二十六日凌晨　　　301

图书在版编目（CIP）数据

李陵传奇之风云乍起 / 贾涤非著. —北京：新星出版社，2007.12
ISBN 978-7-80225-356-8

Ⅰ. 李… Ⅱ. 贾… Ⅲ. 历史小说－中国－当代 Ⅳ. I247.5

中国版本图书馆CIP数据核字（2007）第080394号

李陵传奇之风云乍起

贾涤非著

责 任 编 辑：许　彬
责 任 印 制：韦　舰

出 版 发 行：新星出版社
出　版　人：谢　刚
社　　　址：北京市东城区金宝街67号隆基大厦　　100005
网　　　址：www.newstarpress.com
电　　　话：010-65270477
传　　　真：010-65270449
法 律 顾 问：北京建元律师事务所

读 者 服 务：010-65267400　service@newstarpress.com
邮 购 地 址：北京市东城区金宝街67号隆基大厦　　100005

印　　　刷：河北大厂彩虹印刷有限公司
开　　　本：700×1000　　1/16
印　　　张：19.25
字　　　数：220千字
版　　　次：2007年12月第一版　　2007年12月第一次印刷
书　　　号：ISBN 978-7-80225-356-8
定　　　价：24.80元